JN283734

二見文庫

恋のかけひきは密やかに

カレン・ロバーズ／小林浩子＝訳

Scandalous
by
Karen Robards

“Scandalous”（邦題『恋のかけひきは密やかに』）はファンのみなさんに捧げます。これはわたしが心から楽しんで書いた物語です。読者のみなさんにも楽しんでいただけたら望外の喜びです。

それから、わたしの人生にいる男たちの協力も忘れてはいけません。夫のダグと、息子のピーター、クリストファー、ジャック。あなたたちのおかげで、愛しい本ができあがりました。

恋のかけひきは密やかに

登場人物紹介

ガブリエラ(ギャビー)・バニング	バニング三姉妹の長女
マーカス・バニング	第七代ウィッカム伯爵。バニング三姉妹の異母兄
クレア・バニング	バニング三姉妹の次女
エリザベス(ベス)・バニング	バニング三姉妹の三女
ジェム・ダウンズ	バニング三姉妹の使用人
バーネット	マーカスの使用人
マシュー・バニング	第六代ウィッカム伯爵。バニング三姉妹の亡父
トーマス・バニング	マシューのいとこの息子
モード・バニング	トーマスの妻
デズデモーナ・バニング	トーマスの末娘
トゥインドルシャム	バニング三姉妹の家庭教師
オーガスタ・サルコム	マシューの妹。ロンドン社交界の重鎮
トレント公爵	マシューの古い友人
ベリンダ	ウェア卿の妻。マーカスの友人
ジャミソン	ギャビーの求婚者

プロローグ

一八一〇年二月

富と美貌を誇る三十一歳の若きウィッカム伯爵は、獲物を求めて緑なす景色に目を走らせながら、期待に口もとをゆるめた。茂みにひそむ召使の合図で、さっと猟銃をかまえる。銃声が轟《とどろ》き、その突如たる破砕音が、照りつける日ざしに揺らめく楽園の島セイロンの大地にこだました。だがそれは、伯爵の銃から放たれた音ではなかった。

監視者は信じられない思いでぽかんと口をあけ、伯爵が特大の靴先で蹴られたかのように前のめりになるのを見つめていた。そのまま地面に倒れた伯爵の背中から泉のように血が噴きだし、たちまち上等のリネンのシャツを深紅《しんく》に染めてゆく。持ち場についていた召使たちは、そこから五百ヤードほど離れた高みにいる監視者同様、驚愕《きょうがく》に身動きできずにいたが、ようやく狂ったように叫びながら駆け寄っていった。

しかし、もはや手遅れだ。恐ろしさに叫び声をあげながらも、監視者にはそれがわかった。主人の声におびえて、乗っていた馬が暴れだす。小型望遠鏡の位置がずれ、それまで見ていた光景がぼやけ——そして、波乱の場面のすぐ向こうの樹林に焦点が合い、木の間《こま》隠れに、荒っぽい風貌をした悪漢の姿が見えた。悪漢はみすぼらしい馬に飛び乗り、片手に猟銃をつかんだまま馬に拍車を当て、去っていった。

監視者は悟った。それは伯爵の非業《ひごう》の死を目撃したのとおなじく、受けいれがたいことだった。発砲したのは、おそらくあの逃げてゆく悪漢だろう。

マーカスは自分の目の前で殺された。

衝動が悲しみを抑えつけた。いま心を突き動かしているのは憤《いきどお》りだ。もうもうと湧《わ》き起こるどす黒い怒りが、怨嗟《えんさ》の声となってほとばしり、復讐を胸に誓った。望遠鏡をぴしゃりと閉じると、監視者は馬の脇腹に踵《かかと》を当てた。

やってくるのが遅すぎた。マーカスを救うことはもうできない。だが、殺し屋の逃亡を阻止することはできるだろう。

1

「このような悲報をお伝えすることになって残念です、ミス・ギャビー」

ジェム・ダウンズがふたつの大陸と海を渡って持ちかえった知らせを告げる声は、残念を通り越して哀れをもよおさせるほどだ、とレディ・ガブリエラ（ギャビー）・バニングは思った。問うようにグレーの目をみはると、ジェムは茶色の目を悲しそうにうるませて見つめかえしてくる。その背後で、老執事のスタイヴァーズが一礼して出ていき、そっと扉を閉めた。ジェムの着衣から立ちのぼる湿ったにおいのせいで、暖炉の石炭から漂う硫黄《いおう》臭さも、手もとで燃えるロウソクのかすかな獣脂《じゅうし》臭さも消し飛んだ。帽子は手に持っている。旅で汚れた服は降りしきる雨にぐっしょり濡れ、水滴が点々と散って、きらきら光っている。靴とズボンは泥まみれだ。ふつうなら、一家に死ぬまで仕える者がこんなありさまで主人の前に出るなど、思いもよらないだろう。翌日まで待てなかったにしろ、旅の垢《あか》を落とすのをあとまわしにしたにしろ、その事実がジェムの心模様を雄弁に物語っている。

ギャビーは打撃にそなえて思わず身構えた。唇を引き結び、体をこわばらせる。それまでは書斎の隅に押しこめたどっしりした机に、女王然と背筋をのばして向かっていたのだ。この部屋には正餐《せいさん》がすんでから家計簿をつけるために来た。このときまでの最大の関心事は、すでにぎりぎりまで切り詰めた家計から、あと数シリングひねりだせるかどうかということだった。それがジェムの言葉のおかげで、心臓が飛びだしそうになり、財政状況も頭から吹き飛んだ。それでも、ギャビーは落ちつきはらった態度を守りつづけた。ふいの動揺が表にあらわれているとすれば、しゃちほこばった姿勢と、とっさに羽ペンを持つ指に力がはいったことくらいだ。指の力がこもりすぎていることに気づき、慎重に羽ペンをインク壺のそばにもどし、目の前のひらいたままの家計簿の上に細い両手をひろげて置いた。

外では雷鳴が轟き、その音が要塞のごとく堅固な造りのホーソーン・ホールの奥まで聞こえてくる。突如、暖炉の炎が揺らめいた。風に吹かれた雨粒が煙突を伝っておりてきたにちがいない。ギャビーには、突然の雷鳴も火明かりの変化も、不吉な前兆のように思えてならなかった。体の震えをかろうじてこらえ、心のなかでつぶやいた。つぎはなんなの？　ジェムを鋭くにらみつける。ああ、今度はなにが起こるの。

「兄には会うことは会ったのね？」長年、意地悪の権化《ごんげ》と暮らした経験から、何事にも動じないことの大切さは身をもって学んだ。たとえ、どんな災厄が転がりこんでこようとも。ギャビーの声音《こわね》は冷静そのものだった。

「ミス・ギャビー、伯爵は亡くなりました」見るからにことの重大さを意識して、ジェムは手にしたフェルト帽をねじってくしゃくしゃにした。五十がらみで、短く刈ったごま塩頭と鋭い目鼻だちを持つジェムは、その昔騎手をしていたことがあり、痩《や》せがたで強靭《きょうじん》な体つきはいまも変わっていない。その体が、容易ならぬ出来事を伝える重責に押しひしがれ、さらに小柄に見える。

ギャビーははっと息を吸いこんだ。がつんと殴られたような気分に襲われた。懇願がはねつけられることなら、あるいは、マーカスが父親ゆずりの性格をした人間であれば、そんな頼み事をするなどずうずうしいと叱責《しっせき》されることさえ、覚悟はできていた——けれども、こんな事態になろうとは思いもしなかった。異腹の兄マーカス・バニングは、一年半前に父親が死んだことにより第七代ウィッカム伯爵となったが、ギャビーとの年の差は六歳しかない。ふた月前、この伯爵が財産相続のためイングランドにもどるのを少しも急いでいないらしいことがわかると、ジェムに手紙を持たせ、兄の住むセイロン島へ送りだした——マーカスは人生の大半をその小さな島にある、母方の身内が経営する紅茶農園で暮らしていた。手紙では目下の窮状をできるだけ簡潔に述べ、延び延びになっている妹クレアのロンドン社交界入りの許しと援助を求めたのだ。

それに多くを期待していたわけではない。それでも、なにも手を打たないよりはましだ。クレアはまもなく十九歳になろうとしている。その妹がスクワイア・カスバート——やもめ暮らしの長い、愚鈍《ぐどん》な中年の地主で、しきりにクレアに言い寄ってくる——や、オズワルド・プレストン――人手不足のために教区牧師の職にありついた能なし――のような男と結婚するなんて、考えるだけでも我慢ならなかった。ふたりともそれぞれ、彼らなりにクレアに首ったけで、父の第六代伯爵が生きていたころはホーソーン・ホールでは歓迎されざる客だったのだが、いまやしょっちゅう訪ねてくる始末だ。クレアは彼らにやさしかった。なぜなら、やさしさはクレアの本質だから。しかし、でぶの地主や信心家ぶったオズワルドのどちらかに嫁《とつ》がせると思うだけで、ギャビーは胸が悪くなるのだった。

「兄が死んだですって？」ギャビーはゆっくりとくりかえした。それがどういうことをもたらすのかが頭のなかを跳ねまわりだし、胃にしこりができた。「ジェム、たしかなの？」

愚問だ。ふつうなら、そんなわかりきったことはきかないだろう。なんといっても、ジェムは伯爵の死などという一大事について、あやまりを犯すような人間ではない。

ジェムは、そんなことができるなら話だが、いっそう悲愴な顔つきをした。「はい、ミス・ギャビー、たしかです。おれは閣下が死んだとき、その場にいました。お仲間と虎狩りに出かけて、あの獣がいきなり茂みから飛びだしてきた。あわてただれかが発砲して、その弾《たま》が閣下に命中したんです。それで一巻の終わり。もう手遅れでした」

「ああ、神さま」ギャビーはふいに眩暈《めまい》をおぼえ、目を閉じた。父親が死んでからの一年半、マーカスが、かつて一度だけ会ったことのある腹違いの兄が、もどってくることに希望と不安をいだいていた。新しい伯爵の到来で、なにもかもが変わるはず――ギャビーの、そして妹たちの立場は変わるにちがいない。きっとよくなると念じていたが、これまでの経験から、悪いほうへ転がるおそれも捨てきれなかった。

けれども、クレアが、そして三女のベスが、自分とおなじ苦労を味わわされるのを見るより悪いことがあるだろうか。女性を心から蔑《さげす》み、わが子への愛情などひとかけらも持たぬ父親に、邪険にされたりないがしろにされたり。自分は金持ちであるにもかかわらず、家計にまわす金をけちり、しばしばじゅうぶんな量の料理が家族に行きわたらなかったり。夫や子供を持つことのわずかな見込みさえ立ち消えとなり、世間から隔絶された、このだだっぴろいホーソーン・ホールに取り残される羽目になったり。

そのとき、ギャビーは最悪の事態とはなにかわかった。わが家をすっかり失ってしまうこと、ふんだんとは言わぬまでもどうにか生きていけるだけのお金を失ってしまうことだ。ホーソーン・ホールを追いだされ、自分の力で生活を支えていかなければならない——運がよければ、家庭教師かコンパニオンの職につくこともできるかもしれない。心を落ちつけてそのことを考えてみた。ベスは年が若すぎるから、まだ働くのはむずかしい。クレアはどうかしら。最寄《もよ》りの街ヨークの通りを歩けば、だれもが振りかえって見るほどの美貌だ。良識ある女性が、そんな面倒の種になりそうな者を雇うだろうか。いいえ、きっと承知しないわ。そうなると、三人のうちでわずかでも雇用に向いている者は、二十五歳という年増の、ごくありきたりの容貌で、十二歳のときに奇禍《きか》にあったせいで脚を悪くした自分しかいない。はたしてそんな自分が、一家を支えるだけの職にありつけるだろうか。

いいえ、世の中はそれほど甘くない。断言してもいい。雇用主になってくれそうな人が、美しいクレアをひと目見たら、なおさら無理だ。

わたしたちは、いったいどうすればいいの？　その疑問が心のなかで、ひんやりととぐろを巻き、胸がつぶれそうになった。ふいに、スクワイア・カスバートとオズワルド・プレストンが、荒れ狂う海に投げだされた命綱のように思えはじめた。決断を迫られたなら、クレアはまちがいなく、着の身着のままで放りだされるより、どちらかましなほうと結婚することを選ぶだろう。

でも、待って。ギャビーはこみあげる恐怖を抑えながら、自分に強く言い聞かせた。結論を急ぐことはない。なにかほかに方法があるはず。いまはまだ思いついていないだけよ。

「兄に、家族はいなかったの？　息子は？」最後の一縷《いちる》の望みに胸をときめかせながら、目をあけてふたたびジェムを見すえた。

「閣下は独身でした、ミス・ギャビー。お子さんもいなかったようです。たぶん、伯爵の地位を継ぎにもどったら、ちゃんとした英国女性を妻に選ぶつもりだったんでしょう」

「そうね」ギャビーはゆっくり息を吸い、呼吸をととのえた。自分や妹たちになにが待ち受けているにしろ、さしあたってやらなければならないことがある。必要な人にウィッカム伯爵の死を伝えなければ。父親が死亡したときにも、おなじつとめを果たしたばかりだから、手なれたものだ。たとえば、父の主任弁護士だったミスター・チャロウには知らせなければならないし、またいとこのトーマスにも……

その名が浮かんだとたん、背筋がぞっとした。

マーカスが死んだことで、伯爵の位とそれにともなう財産はすべて、父のいとこの忘れ形見で、いちばん近い男系男子であるトーマス・バニングに渡ってしまうのだ。父はトーマスを毛嫌いしていた。かたやトーマスは、高慢ちきな妻のレディ・モードと、いつも薄笑いを浮かべているふたりの娘ともども、受けた憎悪に利子をつけて返してくる始末だった。またいとこ一家には何度か会ったことがあるし、最近では父の葬儀で顔を合わせている。トーマスはかろうじて最低限の礼儀は守ったものの、妻と娘たちはそれさえわきまえていなかった。

いまやわたしたち三姉妹の運命は、トーマスの手にゆだねられているのだと悟り、ギャビーはみぞおちを突かれたような衝撃をおぼえた。極度の女嫌いのせいで、父は三人の娘のために遺言を用意していなかった。父が死んではじめてそれを知ったときは、目の前が暗くなった。自分たちには収入の道も貯蓄もない。なにもかもすべて、気前がよかろうと悪かろうと新しい伯爵の情にすがるほかなかったのだ。

父は死後、地獄に堕《お》ちただろうかと、またしても思った。

娘がそんなことを考えるなんてとんでもないが、もし地獄にいるなら、いとおしむべき者たちを虐《しいた》げ、いまなおも苦しめていることに、天罰がくだったのだと感じずにいられなかった。

あまりあてにはできないけれど、トーマスはことによると、ホーソーン・ホールに住みつづけることを許してくれるかもしれない。妻もギャビーたちを手中におさめることを喜ぶかもしれない。レディ・モードは三姉妹をおとしめるような言い方で〝マシューの寄せ集め〟と呼んでいる。夫婦生活がうまくいかない伯爵が何度も妻を変えたため、三人とも母親がちがうからである。

とはいうものの、ふたたびクレアのことを考えると、そんなかすかな望みさえ見当違いもはなはだしいとわかる。レディ・モードは冴えない顔をした娘たちの近くに、美しいクレアを置いておきたくはないだろう。

「ミス・ギャビー、閣下はお嬢さんに手紙を書きました」

話しかけられて、ギャビーはいま一度ジェムに注意をもどした。

「手紙？」悲しみのかけらもない声に、自分でもはっとした。

「閣下が、亡くなられるまえの晩のことです。おれが追いついたとき、さっきも話したように、閣下は虎狩りにお出かけで、現地の野蛮な召使だけを連れて荒野にいました。おれをご自分のテントに呼んで、お嬢さんに渡すようにとこれを寄こしたんです」ジェムは脇にぶらさげた革の小袋を手探りし、しわと汚れのついた書状を取りだすと、ギャビーにさしだした。

ギャビーは書状を受けとり、封を切って、折りたたまれた紙をひろげてみた。ただの一枚の紙に、しっかりした黒の筆跡で数行の走り書きがあった。そこにもう一枚、封印した紙がはさまれていた。それはかたわらに置き、手紙から読みはじめた。

親愛なるギャビー

私の知るところとわれらが父上の話から推察するに、きみたちは約《つづま》やかな暮らしを余儀なくされていることだろう。この件についてすみやかに手を打たなかったことを許してほしい。正直に打ちあければ、私は迂闊《うかつ》にも妹たちの幸せへの配慮を怠っていたのだ。そういうわけで、遅くなったが、われわれの妹クレアをロンドン社交界にデビューさせることを認めよう。最新流行の高級スタイルを取りそろえるように。金は私の財産から必要なだけ好きに引きだせばいい。それを有効にする書面を同封したから、弁護士のチャロウ、マザー、ヤトン諸氏に提出すれば、万事取り計らってくれるだろう。私からも彼らによろしくと伝えてくれ。ところで、私自身も状況が状況なので、イングランドへ旅するのも悪くないと思いはじめている。ことによると、そう遠くない日に、ロンドンできみたちと落ちあえるかもしれない。われわれの親睦《しんぼく》が深まることを期待している。クレアと末っ子のベスに会うのも楽しみだ。

敬具

ウィッカム

その肉太の文字を見つめながら、ギャビーは喉《のど》にこみあげてくるものを感じた。兄の口調は好ましいと同時に、妹たちの面倒を見たがっているようにさえ思える。そして、この紙一枚と、ギャビーが十一歳のときにホーソーン・ホールで会ったときのかすかな記憶だけが、兄のことを知るよすがなのだ。

あまりにもむごい。とはいうものの、人生とはそういうものであることも、とうに心得ていた。

もう一枚の封印された紙を取りあげてみると、たしかにチャロウ、マザー、ヤトンの弁護士諸氏に宛てられていた。ギャビーはジェムに視線をもどした。

「ギャビー、ギャビー、そこにいるのはジェムなの?」書斎のドアがさっとあき、いきなりレディ・エリザベス・バニングが飛びこんできた。豊かな赤い髪をした、幼な太りのいくらか残る十五歳の少女で、父親の喪《も》はとっくに明けているのに、姉とおなじように単調な黒のドレスをまとっているのは、姉妹のだれもがほかに新しいドレスを持っていないというただそれだけの理由だ。父の死後、ミスター・チャロウは喪服を購《あがな》うために財産に手をつけることをしぶしぶ承知し、こう言った。本来なら、財産は新しい伯爵のものなのだから、彼の許可なしにはいかなる出費も認めるわけにはいかないところだ。さらに、ギャビーにあたえているわずかな家計費についても、当事務所内ではこのまま認めつづけるのはどうかという議論があったが、新しい伯爵からなにも通知がないため、別の指示を受けとるまでは、従来どおりにしておくのが無難だろうという結論に落ちついたのだ、と。

「あら、やっぱり、ジェムね！　お兄さまはなんと言ってて？」ベスは子犬のような青い目でジェムをとらえるなり、自分で発した問いかけにギャビーが答える手間をはぶいた。ふたりに近づいてきながら、矢継ぎばやにたずねる。「お兄さまには会えたの？　ギャビーの手紙を渡した？　お兄さまの返事は？　ロンドンへ行けるの？　ねえ、行けるの？」

「ごめんなさい、ギャビー。とめようとしたんだけど、この子ときたらいつもの調子で」レディ・クレア・バニングがため息まじりに言いながら、妹のあとからはいってきた。地味な黒いドレス姿でも、目もくらむような美しさは減じていない。細い肩のあたりで優雅に波打つつややかな漆黒《しっこく》の髪、長いまつげに縁どられた琥珀《こはく》色のぱっちりした目、透きとおるように白い肌、非の打ちどころのない顔立ち。おまけに、出るべきところは出て、ひっこむべきところはひっこむという完璧な体つきをしている。「ちょっとでも自分を抑えることができないのよ」

クレアが社交界にデビューすることさえできたら、とギャビーはやるせない思いで妹を見つめた。ふさわしい殿方がどっと寄ってきて求婚するだろうに。悲しいのは、いまこの手に、クレアがこの世に生まれた瞬間から当然手にしていいはずの未来に必要な手段があるということだ。

マーカスはクレアが社交界入りする許可をあたえてくれた。その費用はすべて、ギャビーの一存にまかせてくれたようなものだ。

けれど、マーカスは死んでしまった。ことづけてくれた手紙は、もはやただの紙切れにすぎない。またいとこのトーマスが爵位を継いだことを通知されたら、即座にホーソーン・ホールから追いだされなければ幸運というものだろう。

失意のあまり、胃が締めつけられるようだ。こんな残酷な事実を妹たちに伝えなくてはならないとは。喉の痛みをおぼえながら、ギャビーは思った。マーカスがあとほんの三カ月だけ生きていてくれたら、クレアが社交界にデビューするまででいいから……

「どうしたのよ、ジェム。口がきけないの？　お兄さまは見つかったの、見つからなかったの？」ベスはしつこく問いつめ、興奮した子犬のようにジェムのそばで跳ねまわっている。

ジェムは姉妹たちに乗馬や狩りや釣りをはじめ、考えうるかぎりのあらゆる戸外の楽しみを教えた男である。長年のあいだに、姉妹たちは彼を使用人というより共謀者か友達だとみなすようになっており、褒《ほ》められた話ではないが、馬丁《ばてい》にすぎない男と親密な間柄を築いていたのだ。

ジェムはいっそう悲しげな面持ちになった。「はい、見つかりましたが、ミス・ベス……」

すがるような目を向けられたが、ギャビーは手紙から顔をあげずに、おぞましい知らせを冷静に切りだすようにと自分に言い聞かせていた。

そのとき、ベスが手紙を盗み見るなり、はしゃいだ声をあげてすばやく姉から奪いとった。「ベス、待って……」ギャビーはうめき、手紙を取りかえそうとしたが、まともな声にならず、妹を思いとどまらせることはできなかった。ベスはからかうような笑みを浮かべ、踊りながら手の届かないところまで逃げていった。あと一歩で望みがかなうところだったのを知ったら、現実を受けとめるのがいっそうつらくなるのに……

「もう、ベスったら。お行儀よくしなさい」クレアは妹を叱り、暖炉のそばの椅子に腰を沈めると、ベスが熱心に読んでいる手紙の内容にはまるで興味がないというふりをしようとした。「断言するけど、あなたみたいなおてんば娘にはお目にかかったことがないわ」

「あら、だれかさんとちがって、鏡さえあれば自分の姿を見ようとして首の骨が折れるほどのばしたりはしないわ」ベスは言いかえし、顔をあげて姉をにらんだが、すぐにまた手紙に目をもどすと、満面を輝かせ、クレアをふたたび見た。「クレア、社交界に出られるのよ！お兄さまが行ってもいいっておっしゃってる」

クレアは目をみはり、頰《ほお》を紅潮させ、椅子にきちんとすわりなおした。「ベス、ほんとなの？」視線をさっと姉に移動する。「ギャビー？」

そんなすばらしい運命が訪れるのが信じられないような、こわごわした口調だった。

無理もないわね、とギャビーは思い、クレアを見つめながら、無念としか言いようのない刺すような痛みを感じた。妹にこんな思いをさせないためならなんでも犠牲にするのに……

そのとき暖炉で、パンと手を打ったような鋭い音がして火勢が強まり、だれもが一瞬そちらに注意を奪われた。ギャビーは自分の青白い手が炎の色を受けて不気味に赤くなるのを見つめ、その下にまだある弁護士宛ての書状に目をやった。顔もおなじように、おのれにふさわしく邪悪な赤に染まっていることだろう。

なぜなら、恐ろしく罪深い考えが浮かんだから……

「自分で読んでみたら」ベスは手紙をクレアにさしだすと、姉のすわっている椅子の肘かけに腰をおろし、わくわくしながらクレアの顔を見守っている。文末まで読み終えたクレアが、小さく興奮の悲鳴をあげた。真っ赤な髪と真っ黒な髪のふたりは額《ひたい》を寄せあい、喜びをつのらせながら、声に出して文面を読みあげてゆく。

妹たちが手紙を読み、暖炉の火が弱まってゆくかたわらで、ギャビーは心を決めた。自分でもいささか意外だが、やはりわたしもバニング家の人間なのだ。賭け事好きの血が濃く流れている。ここはのるかそるかの大勝負に出るときだ。ギャビーは立ちあがった。黒ずくめの服につつんだ中くらいの背丈しかない痩せぎすの体。そこそこ見られるシニョンにまとめた言うことを聞かない栗色の髪。小さくてまっすぐな鼻、きっぱりした口もと。ふだんはおだやかなグレーの目は並々ならぬ決意に燃え、角ばった青白い顔に生気をみなぎらせ、足の障害を隠すために身につけた慎重な足どりで机をまわり、ジェムのそばまで行った。

「この件をだれかに話した？　たとえば、船のなかとか、イングランドに到着してからとか」手紙に夢中な妹たちを眺めながら、ギャビーはジェムにだけ聞こえる声でたずねた。打ちひしがれた顔つきのジェムを尻目に、妹たちはもう十回以上は読みかえしたであろうあとで、顔を見あわせ、楽しげにおしゃべりをはじめている。ギャビーは小声でせっついた。

「わたしがきいているのは、兄の死を知っている者がほかにいるのかってことよ」

ふたりの背丈はおなじくらいで、目の高さもおなじ位置にあった。ジェムは眉を曇《くも》らせ、こちらを見つめた。

「イングランドにはいません、ミス・ギャビー、おれたちふたりのほかには。見ず知らずの者に家庭の事情をしゃべったりするわけないじゃないですか、船のなかだろうと、どこだろうと。セイロンには知ってる者が何人かいると思うけど、たいがいが現地の人間です」

「だったら、あなたに大事なお願いがあります」ギャビーは気が変わらないうちにと、急いで言った。「あなたは手紙をことづかるとすぐに、兄のもとを去ったことにしてちょうだい。あなたにお願いしたいのは、兄の死など目撃していないということ。あなたが知るかぎり、伯爵はまだセイロンで生きていて、都合のよいときにイングランドに来るおつもりだということにしておいてほしいの」

ジェムは目を丸くしたが、女主人のたじろぎもしない視線にあうと、口笛を吹くように唇をすぼめた。

「ミス・ギャビー、まかせてください。お嬢さんのためなら、喜んでやりますとも。でも、いつかほんとうのことはわかってしまいますよ。そういうもんだから。そのときはどうします？」ジェムの低い声には、不安と警告の響きがあった。

「いまの状態より悪くなることはないわ。もしかすると、ずっとよくなっているかも」ギャビーは力強く言った。「わたしたちに必要なのは、少しの時間と少しの運だけよ」

「ギャビー、うれしくないの？　わたしたち、ロンドンへ行くのよ」ベスが有頂天の声をあげた。椅子の肘から飛びあがり、踊りながらやってくると、長姉をぎゅっと抱きしめた。

「クレアは社交界にデビューして、わたしたちはロンドンを見物するの。ああ、ギャビー、ヨークシャーから出るなんて、はじめてよ」

「わたしたち、みんなそうよ」クレアが口をはさんだ。期待に目を輝かせ、足どりも軽やかに近づいてくる。もっとも、成熟した女性としてのたしなみは忘れておらず、ベスのようなりふりかまわぬ態度はさしひかえた。

「ロンドンは楽しいでしょうね」ギャビーはベスを抱きしめかえし、不審がられない笑みをなんとか浮かべた。横目で見ると、ジェムがびっくりしてこちらを見ていた。まるでギャビーに、いきなり角《つの》と尻尾《しっぽ》が生えたかのように。

「これは新しいドレスを買ってもいいって意味かしら」クレアがものほしそうにきいた。この妹はきれいな服が大好きで、父親から禁じられていたにもかかわらず、なんとか入手していた《レディーズ・マガジン》などの雑誌のファッション図版《プレート》を飽かずによく眺めていた。

鼻にかけることはないが、クレアは自分の美しさを意識しているし、流行の髪型やドレスのデザインといったことにはとても興味がある。だから社交界にはたまらないあこがれをいだいていたが、わが家の現状を見るにつけ、自分には手の届かないものだと悟ったのだ。健気《けなげ》にも、クレアはおとなしくその運命を受けいれていた。それがいま——いま、ようやく夢がかなうことになった。危険はあるものの、ギャビーはクレアにその機会をあたえてやれたことに、大きな喜びをおぼえた。

「もちろん、買うことになるでしょう」ますます大胆になりながら、ギャビーはジェムと目を合わせられなかった。「わたしたち全員、必要なドレスを全部新調するの」

ふたたび、暖炉でパンという音がして炎が燃えあがり、ぎくりとした。妹たちはかつてない幸運に、はしゃいだ声をあげている。ギャビーは暖炉におびえた視線を向けずにはいられなかった。

どうして、やましい気持ちになるのだろう。動機は純粋なのに、悪魔と契約してしまったような気になるのはなぜ？

2

それから二週間ほどのち、ウィッカム伯爵の古びた四輪馬車がロンドンをめざし、雨に穿《うが》たれたでこぼこだらけの道をのろのろ進んでいた。執事のスタイヴァーズと家政婦のミセス・バックネルは、下男とメイドを連れてひと足先に向かった。グローヴナー・スクエアにある一家のタウンハウスは、十年以上も閉めきっていたため、つかえるようにするにはなにかと準備がいるのである。いまだギャビーが近づくたびに不吉な警告をつぶやいているジェムは御者の隣にすわり、帽子を目深にかぶって霧雨をよけていた。馬車のなかでは、楽しそうにおしゃべりする妹たちを、家庭教師のトゥインドルが見守っている。彼女はクレアの母親が出現したときから一家に加わり、そのかたの死後も留まりつづけている高齢の女性だ。いくらきれいにしてもカビ臭さが消えない擦り切れたビロードの座席で、ギャビーはクレアの隣にすわり、必要なときにはほほえみを浮かべ、窓の外の遠ざかりゆく沼沢地《しょうたくち》を眺めていた。そぼ濡れたヒース、鉛色の空、ひっきりなしの雨は、ホーソーン・ホールの内部とおなじくらい見慣れたものだ。そして、意外にも愛着さえおぼえていたことに、いま気づいた。この土地しか知らずに生きてきたけれど、この勝負の結果がどうなろうと、今後は自分も妹たちもどこか別の場所で暮らしてゆくのだろうと思うと、胸がせつなくなった。

せめていまを楽しもうと決めてはいたものの、良心の呵責《かしゃく》をおぼえ、眠れぬ夜を過ごしてきた。よくないことをしているという事実に、心が落ちつかないのだ。とはいえ、決断できずに妹たちにつらい思いをさせるほうが、もっとよくないように思える。だから良心を静めようと、自分にこう言い聞かせた。たとえ計画がつまずくような出来事が起こらなくても、この芝居をずっとつづけるわけではない。クレアが無事に結婚できしだい、マーカス死亡の知らせを受けとったことにする。そのときにはインチキも終わるのだ。自分たちの地歩を固めるために、ほんのちょっと時間稼ぎするくらい、それほど悪いことではないだろう。

「脚が痛むの、ギャビー？」クレアが姉のほうを見て、たずねた。ベスはトゥインドルと活発な議論の最中で、ロンドンに滞在するあいだ若い娘が訪れるにふさわしい場所について意見を闘わせている。トゥインドルの判断では、アストリー劇場と商品取引所の動物園はなんとか許せるらしいが、にぎわしいコヴェント・ガーデンは――「……どうしてまた、そんな場所をお知りになったのでしょう、ミス・ベス。わたくしには考えられませんが……」絶対だめのようだ。長年のあいだに、ギャビーの脚のことには慣れていたので、クレアの声はさほど心配そうではなかった。クレアもベスも、ギャビーの脚が悪いとは考えたこともなかった。馬の尻尾のようにまっすぐな髪同様、甘受できないことではないと思っているのだ。

「そんな顔をしていた?」ギャビーは笑顔を取りつくろい、やさしくきいた。「脚はだいじょうぶよ。ロンドンに着いたらしなくてはいけないことを、おさらいしていただけ」

「サルコムの叔母《おば》さまはクレアの保証人になってくださると思う、ギャビー?」ベスがトゥインドルとの会話を中断して、不安そうにたずねた。〈オールマックス〉のような一流社交場の舞踏会や夜会に参加するには年が若すぎるけれど、ベスはクレアの社交界進出の準備をわがことのように楽しんでいた。

「もちろん断言はできないけど、そうしてくださるはずよ。だって、わたしが十八歳になったとき、社交界入りを応援すると声をかけてくださったんですもの。ご自分にはお子さんがいないから、姪《めい》を披露するのが楽しみでならないとおっしゃって。クレアも叔母さまの姪であることは変わらないんだし、わたしよりずっと注目の的になるでしょうからね」そう言って、目を輝かせてクレアを見た。言わずに我慢したのは、オーガスタ・サルコムから招待状が届いたときの経緯《いきさつ》だ。ギャビーはロンドンの社交界のことを想像して天にも昇る気持ちだったが、父親に一笑に付されたのだった。父はこう言った。妹のオーガスタは年頭《としがしら》の姪の脚に欠陥があることを知らないようだな。舞踏会になど連れていけば面目が丸つぶれになるだろうし、来られたほうもいい迷惑だ、と。父親が叔母になんと返事したのかは教えてもらえなかったが、招待は辞退され、以後二度と来ることはなかった。最初は悲しみに押しつぶされたけれど、そのうち、それでよかったのだと思えるようになった。当時十一歳と八歳だったクレアとベスを置いていくことはできない。横暴な父親の盾になってくれるのがトゥインドルとジェムしかいない状態では、たとえ一年のうちの数カ月であっても家をあけるのは無理だ。まして、結婚――それがロンドンのお祭りさわぎの最終目標だ――なんて、永遠に妹たちを見捨てることになるのだから、とうていありえない。父親はギャビーが家を出るとしても、妹たちを連れていかせなかっただろう。ロンドンであろうと、新郎の家であろうと。マシュー・バニングは自分のものなら、価値があろうがなかろうが、手放す男ではなかったのだ。

「レディ・サルコムは相当おやかましいかたです、ミス・ギャビー」トゥインドルは面長の顔を心なしか曇らせて言った。ホーソーン・ホールに来るまえに数年ロンドンで暮らした経験から、トゥインドルは上流社会の有名な紳士淑女について多少は知っていた。

「叔母さまにそのおつもりがないときは、自分たちでなんとかするまでよ」ギャビーはつとめて明るく言った。ロンドンの事情には不案内なものの、クレアの社交界デビューを成功させるには、叔母の後ろ盾がなににもまして重要であることがわからないほど未熟ではなかった。すっかり婚期を過ぎてしまった年なのだから、妹の監督者《シャペロン》をつとめる資格はじゅうぶんある。いくら奇矯《ききょう》で孤立した伯爵だったとはいえ、その娘であるからには、自分も妹たちも社交界でそれなりの位置を占めることはできるだろう。しかし、ロンドンの街やしきたりについて知っていることといえば、本で読んだりトゥインドルから聞いたりしたか、大方が上流階級とは言いかねる父の客人を観察して得た知識くらいしかない。そのうえ、知りあいと呼べる人は皆無に等しい。さっきも言ったように、レディ・サルコムに協力をこばまれたら、自分たちでなんとかするしかないのだ——どうにかして。だが、そううまくはいかないだろう。レディ・サルコムがいるのといないのとでは大違いだ。

頭の片隅にはずっと、運命の瀬戸際で奪いとったこの時間を最大限に活用しなくてはいけないという思いが潜《ひそ》んでいる。クレアがこのシーズンを逃したら、つぎの機会はもう訪れないだろう。

「サルコムの叔母さまに断わられたとして、ロンドンにはほかに助けてくれそうな親類はいないの？」ベスがきいた。

「トーマスとレディ・モードのほかにってこと？」ベスが顔をしかめるのを見て、ギャビーはほほえんだ。「親類はいろいろいるでしょうけど、まずはレディ・サルコムにお願いするのがいいと思うわ。いまはどうだか知らないけど、叔母さまは社交界の大立者なんですものね」

ギャビーは話題を変えようとして、窓から見える村はウェスト・ハーチだろうかと、声に出してつぶやいた。マーカスの死や、悲壮な決意でこの旅に臨んだことは、妹たちはもちろんのこと、ジェム以外の人間にはだれにも知られないに越したことはない。そう思うと同時に、クレアやベスにはうちの複雑な家系についてあまり意識させないほうがいいとも思った。

父方の親類以外にも、ギャビーには上流社会の親類がいることは事実だが、クレアのデビューの助けとなるかどうかも、彼らにその気があるかどうかも疑わしい。ギャビーが知るかぎり、ホーソーン・ホールを訪れた者もいなければ、ギャビーや妹たちに関心を示した者もひとりとしていないのだ。問題は、伯爵の子供たちの母親がみんなちがい、その母親たちの階層がまたさまざまであることだ。マーカスの母親エリーズ・ド・メランコンは、ふさわしい伴侶とめぐりあう希望を胸に、セイロンからロンドン社交界へやってきた。エリーズはごくふつうの家柄に生まれた、まれに見る美人で、かなりの財産を相続することになっていた。ウィッカム伯爵家との縁組にはだれもが満足したが、二年足らずのうちに、美貌の若き伯爵夫人は結婚生活に夢を失い、赤ん坊の息子を連れてセイロンへもどってしまった。数年後に夫人が亡くなると、伯爵はふたたび花嫁をさがしにロンドンを訪れた。なにも知らずにその犠牲者となったのは、ギャビーの母親のレディ・ソフィア・ヘンドレッドで、夫に負けず家柄はよかったが、とりわけ美人でも裕福でもなかった。そして、ギャビーが生まれた三年後にお産で死んだ。クレアの母親マリア・ダイサート――美人で、まあまあの家柄で、財産はない――は、旅先のバースで伯爵の目にとまり、身分は下だが結婚の対象として考えられ、このやもめになったばかりの男の妻になった。マリアはクレアを産むと、消耗性疾患とやらの病で亡くなった。ベスの母親は名もない聖職者の娘だった。いまだ未婚の女性群にとってはうれしいことに、ミス・ボルトンは伯爵夫人となったが、ホーソーン・ホールの階段から転がり落ちて首の骨を折った。伯爵は乗馬事故にあい、残りの人生は車椅子生活を余儀なくされた。その後、ホーソーン・ホールに迎えられる光栄に浴した者はなく、女主人役と幼い妹たちの母親代わりはギャビーにまかされたのだが、これがうってつけの役割だった。

「考えてみて、クレア、来年のいまごろは奥さまになってるのよね」ベスが夢見るような口調で言い、座席で体をはずませた。馬車はずっと揺れつづけているのだから、わざわざそんな動作をするまでもないと思うのだが、ロンドンへ行くと決まったときから、ベスはじっとしていられないのだ。

「そのことは考えていたんだけど」クレアがちょっと困ったように言い、ギャビーと目を合わせた。「正直に言うと、自分が結婚したいのかどうかわからなくなっちゃったの。あなたたちふたりと別れたくないし、それに……相手のかたが、じっさいは……パパみたいな人だったらと思うと怖くて」

このあけすけな告白に、ほかの三人はしばらく返す言葉もなかった。最初に声を取りもどしたのはギャビーだった。

「その気になれないなら、結婚しなくてもいいのよ」ギャビーはきっぱりと言った。それはいつわざる気持ちでもある。一か八かの計画がだめになってしまうかもしれないと思うと、背筋がぞくっとしたのは事実だけれど。こういう展開は予想していなかった。感受性に富んだやさしい心と、引く手あまたの際立った美しさを持つクレアなら、結婚相手としてふさわしい、できることならハンサムで魅力的な男性だらけの世界に接したら、すぐさま恋に落ちるだろうと思っていたのだ。そうではないとなると――まあ、いまは取り越し苦労はやめておこう。「それから、相手のかたがパパみたいな人だったらと不安になるのはわかるけど――大半の紳士は、パパみたいに……けちでも、世捨て人でもないし……妻やわが子に愛情をいだけないなんてこともないから、それについてはあまり心配する必要はないわ」

「そのとおりですよ」トゥインドルがことさら力を入れて言った。「その点では、閣下はたいへん変わったおかたでした。まちがいありません」

「それに、結婚したって、ギャビーとわたしとトゥインドルも、そこで一緒に暮らせばいいのよ」ベスがにっこりした。「だから、わたしたちと別れることも心配する必要ないわ」

末の妹が無邪気に核心をずばりとついても、ギャビーは平静な顔を保ちつづけ、ふたたび無難なほうへ話題を変えた。

その夜はニューアークで過ごし、翌日も旅はつづいた。ようやくロンドンがおぼろに見えたときは、日暮れになっていた。馬車が丘の頂上に着くと、いきなり目の前に都市が宴《うたげ》の輪のようにひろがっていた。姉妹は窓際に額を寄せあい、その景色をぽかんと眺めた。尖塔、屋根、どこまでもつづくような建物群、銀色の帯となって蛇行するテムズ川、どれもが沈みゆく夕日に映えて宝石のようにきらきらしている。それでも、馬車が無事にロンドン市内にはいり、橋を渡って、あらゆる種類の乗り物で混みあう通りに出たころには、腹立たしい渋滞のせいですっかり夜の帳《とばり》がおりていて、ギャビーは昇る月の光の恵みに感謝した。進行はやむなく遅くなり、まもなく、疲れを忘れさせた光景への感動も薄れていった。姉妹はふたたび窓辺に寄り、はじめのうちは驚きながら、まわりにあふれかえる人波を見つめていた。街を毛布のようにつつむ煙のような霞《かすみ》に、最新式のガス灯が黄色の明かりを投げかける風景に、田舎育ちの娘たちは別の世界にまぎれこんだように目をうっとりさせた。やがて、通りを歩いている市民たちの大半が、薄汚れたみすぼらしい身なりをしていることに気づいた。いっぽう、馬に乗っている者や、行き交う乗り物のなかにちらりと姿が見える者たちは、よそよそしい感じで、大半が不機嫌な顔をしている。馬車のなかにさえ悪臭がはいりこんできて、姉妹は鼻にしわを寄せ、びっくりして顔を見あわせた。悪臭の原因はまもなく、道端に掘られたゴミだらけの狭いどぶだと判明した。道の両側には木骨造りの荒れ果てた家が軒を連ねていて、しばらく見ていたら、ひとつづきの建物のように思えてきた。この連なりはところどころで狭くて暗い路地に分断され、そこへ物騒な人たちが穴に帰るネズミのように消えてゆく。とりわけ危険な風貌の男を目にすると、クレアはみんなの気持ちを反映して、馬車がみすぼらしくて扉の紋章も色あせているおかげで、泥棒に狙われそうもないことに感謝を述べた。トゥインドルがうれしそうな声でメイフェアの高級住宅街にはいったことを告げると、乗り物の往来はまばらになり、人の姿もぐっと減った。石畳の通りにあるウィッカム邸のそばで馬車ががくんととまるころには、月は真上に昇っていて、あたりは閑散としていた。車内の者たちは、空腹と疲労といらだちをかかえ、クレアなどひどい乗り物酔いにまでかかっていた。ジェムが扉をあけにきたとき、いちばん近くにすわっていたギャビーはほっと胸をなでおろし、新鮮なかぐわしい空気を吸いこんだ。ジェムは踏み段をおろし、手をさしだした。

「ああ、よかった。もうちょっとなかにいたら、わたしたちみんな病気になっていたでしょう」しかめっ面の馬丁にほほえみかけ、風の強い夜道に降り立つと、ギャビーはマントをかきあわせ、体に巻きつけた。四月の夜にしては思ったより冷えこむが、ものすごくいやだというほどでもない。少なくとも——なにか前向きなことを考えようとした——雨はやんだもの。通りには水たまりができていて、月光を受けて黒く光っているけれど。

「無謀な計画から手を引くにはまだ遅くありませんよ、ミス・ギャビー」ジェムが気づかわしげな小声で言った。ギャビーはそちらを見やって意味ありげな視線を交わしてから、むっとしながら考えた。赤ん坊のころから知っていて、育ててくれたも同然の使用人の困るところは、思ったままを、それがどれほどこちらにとっては聞きづらいことであっても、いつでも自由に口にする点だ。

「いいえ、もう遅いのよ、ジェム。わたしは決心したんだから、つまらないことで悩ませないでちょうだい」負けずに小声で言いかえした。

「いいですか、お嬢さん、ろくなことにはなりませんよ」ジェムは怖い顔でつぶやいたが、ベスが扉口にあらわれたので黙りこんだ。ギャビーは馬丁に鋭い一瞥《いちべつ》を投げつけただけで目をそむけ、あたりを見まわしながら、妹たちとトゥインドルがおりてくるのを待った。

広場の四隅にはガス灯がともっている。その明かりが皓々《こうこう》たる月光とあいまって、見通しはかなりよい。通りをガタゴト行くのはパイ売りが引く手車で、「ミートパイ！　ミートパイはいかが」と呼び売りしているが、あまり期待していないような声だった。ウィッカム家のものよりずっと新しく、ずっと洒落《しやれ》た馬車が、車輪を鳴らしながら通り過ぎていった。明かりのおかげでカーテンをあけた車内が目にはいり、上品な紳士と淑女の姿がちらりと見えた。広場の真ん中の草地にはみすぼらしい身なりの少年がふたりいて、ランタンを手にした男と話をしている。どうか、その男が夜警でありますように。

「クレアったらもう、いい大人なんだから、馬車のなかで反吐《へど》をばらまくのはやめてよね」ベスが通りに降り立ちながら、馬車を見あげて文句を言った。

むかっ腹をたてているベスを見て、ギャビーは思わず笑みをもらしたものの、文句の内容についてはさして気にとめず、ウィッカム邸に目を向けて、ひとまずその外観に満足した。スタイヴァーズとミセス・バックネルは、じつに見事な働きをしてくれた。何年も閉めきったままだったというのに、ウィッカム邸はほかの屋敷に少しもひけをとらない。いえ、それどころか、ひときわ威容を保ちつづけてきたかのようだ。いかにも、手入れが行き届いているように見える。

「今度は先生の向かいにすわりなさいよ」ベスはしかめっ面をして、黒いドレスの裾《すそ》の汚れをいやそうに払いながら、ギャビーのそばに寄ってきた。扉口にあらわれたクレアは、真っ青な顔をして、嵐のあとの水仙のようにしおれたまま、申し訳なさそうに言った。「ほんとうにごめんなさい、ベス」

「これ、ミス・ベス、ミス・クレアは吐き気を我慢できなくなったのです。あなたもそれはわかっているでしょう。だから、もうおよしなさい。あなたのほうはといえば――はしたない言葉をつかうようでは、若い淑女にふさわしいとはいえません。何度も教えてきたはずですよ」トゥインドルのたしなめる声がして、ジェムの手をつかんで段をおりはじめたクレアの背後に姿をあらわした。

「妹に向かって吐くなんて、はしたない言葉をつかうより淑女らしくないと思うけど」ベスが言いかえす。いっぽうトゥインドルとジェムは、まだすまながっているクレアの世話を焼くのに忙しい。ギャビーは妹たちのつまらない喧嘩《けんか》にはとうに慣れているので、ウィッカム邸に注意をもどした。

なんと堂々とした眺めだろうと思い、誇らしくなった。レンガ造りの四階建ての邸宅、正面には優雅な石段と鉄の手すりがついている。わずか数日のあいだに、これだけの準備をするには、スタイヴァーズとミセス・バックネルは相当骨を折ったにちがいない。玄関の磨きたてた真鍮《しんちゅう》のノッカーから、掃き清めた石段や、ぴかぴか光る四列の窓ガラスまで、どこもかしこも美しい。けれどもなにより驚いたのは、ギャビーたちを迎えるように玄関の両脇であたたかくともっているランプで、そのうえ、家じゅうの部屋にも明かりがついているようなのだ。カーテンは引かれているものの、その奥は明るく、まるでこの豪壮な屋敷でパーティでもひらかれているかのようだ。

「スタイヴァーズはわたしたちが着く時間をちゃんと計ってたのね？」ベスが感心した声をあげ、想念に割りこんできた。背後では、御者が屋根から荷物をおろしはじめていた。紐をほどいてから地面に放り投げるだけという、いたって単純なやり方だ。下では、クレアの面倒をトゥインドルにまかせたジェムが、つぎつぎに降ってくる荷物を受けとり、一カ所に積みあげている。

「それはていねいに扱ってちょうだい。ミス・クレアの化粧鞄なんですよ」数歩離れたところで、トゥインドルがあわてて甲高い声をあげた。

御者はなにやらぼそぼそつぶやいただけで、またどさっという音がして、トゥインドルの口からはうめき声がもれた。

「スタイヴァーズの仕事ぶりは見事だったようね」ギャビーはベスの言葉にうなずきつつ、これからはもう少しロウソクを倹約するよう執事に指示することを心にとめた。状況を考えたら、必要以外の出費はできるだけ控えなければいけない。こんな無駄遣いはスタイヴァーズらしくもない、とかすかにとまどいながら、慎重に足を踏みだし、石段をのぼりはじめた。

段をのぼるのはいつも容易ではなく、ゆっくりとひと足ずつ進むことで、どうにかつまずく不安から逃れられるのだ。すぐ後ろにはベスがいて、しんがりにトゥインドルの腕につかまったクレアがつづいた。

石段のてっぺんに着くまえに扉がひらき、見たこともない従僕がこちらの様子をうかがっている。きっとスタイヴァーズが新たに雇い入れた者だろう。その背後に見える玄関ホールには煌々《こうこう》と明かりがともり、父が死ぬ数カ月前にクレアに付き添って二度ほど出かけたヨークの舞踏場のようだった。

「こんばんは」ギャビーは従僕に笑顔をつくろい、玄関にたどりついた。「もう承知していると思うけど、わたしはレディ・ガブリエラ・バニング、こちらは妹のレディ・クレアとレディ・エリザベスで、そちらはミス・トゥインドルシャムよ」

「はい、お嬢さま、午後からずっとお待ちしていました」男は言い、一礼しながらさがって、扉を大きくあけた。「下へ人をやって、お荷物を運ばせましょうか」

「ええ、お願いするわ」ギャビーは従僕のかたわらを通り、玄関ホールに足を踏みいれた。

そのとたん、あたたかい精気を感じた。十年以上、だれも住んでいなかったわりには、活気が満ちているように思える。大理石の床は輝き、シャンデリアはまばゆい光を放っている。右手の姿見に映る淡いクリームと緑の模様の壁紙は、驚くほど色あせていない。意匠をこらしたその鏡の縁も、壁にかかったさまざまな絵画の額縁も黄金色に輝き、まるでつい最近、金をかぶせたかのようだ。足もとの深い赤と青の東洋の敷物は、きのう敷いたかのように色鮮やかで、右手に急角度でのびている大きな階段の手すりは、つややかに磨きあげられている。鼻をひくつかせても、どんなたぐいのカビ臭さもにおってこないだろう。マイセンの鉢に生けた春の花々の香りに加えて、蜜蠟《みつろう》のにおいが漂ってくるし、それから——食事のにおい？　まさか。いくらスタイヴァーズでも、主人たちの到着をそれほど正確に計れるわけはない。

手袋を脱ぎながら、ギャビーは奥でかすかな話し声さえするのに気づき、さらに首をひねった。左手の部屋につづく両開きのドアの向こうから聞こえてくるようだ。食堂だろうか。

「ミス・ギャビー、ミス・ベス、ミス・クレア、お待ちしておりました！」スタイヴァーズがいつもの死人のように青ざめた顔を笑みで輝やかせ、奥から急ぎ足でやってきた。「ミス・ギャビー、申し訳ございません。ご到着をずっと見張っておりまして、わたくしの手で扉をあけるつもりだったのですが、ささいな揉め事を鎮めに厨房《ちゆうぼう》へ呼ばれていたものですから。閣下のシェフが——フランス人がどういう人間かはご存じでしょう——イギリスの正式な厨房でのやり方をなにもわかっていないのです。ですが、その難題もうまく解決できたと思います。あとは彼の異国料理がミス・クレアのお口に合えばいいのですが」最後のひとことには親心に似た思いがこめられていた。

「スタイヴァーズ、なにかとたいへんだったでしょう。よくやってくれたわ」ギャビーは言った。かたわらでは、クレアが悪名高き胃弱について聞きとれぬ声でなにやら答えている。なにかがおかしいという感覚がさらに強まり、ギャビーはスタイヴァーズを見すえた。「だけど、閣下のシェフというのはなんのことかしら。どなたかから料理人を盗んできたの？」

もちろん冗談めかしてきいたのだが、スタイヴァーズが破顔一笑するのを見て、危険を察知した。彼は昔から一家に仕えているが――ギャビーが生まれるまえからだ――顔がほころぶほど笑うところは見たことがない。

「いいえ、ミス・ギャビー、閣下のシェフです。異国からお連れになったのですよ。閣下が、あなたさまのお兄さまが、ウィッカム伯爵が、こちらに見えているのです、ミス・ギャビー」

つかのま、ギャビーは執事を呆然と見つめることしかできなかった。

「ウィッカムが？　ここに？　なにを言っているの、スタイヴァーズ」どうにか口がきけるようになると、ギャビーは強い口調で言った。そのとき、食堂とおぼしき部屋の扉がさっとひらき、まばゆいばかりの身なりをした人々が、笑ったりおしゃべりしたりしながら、ホールに出てきた。

「これじゃ笑劇に遅れてしまうわね」豊かな金髪の女性が文句を言った。どきりとするほど襟《えり》ぐりの深い黄色のドレス姿で、腕をからませた男性を見あげて笑っている。男性は黒い髪で背が高く、非の打ちようのない夜会服にがっしりした身をつつみ、近づいてくる人々の真ん中にいた。

「閣下」スタイヴァーズが声をかけ、とがめるように咳払いする。

黒い髪の男性は、もの問いたげにあたりに視線をさまよわせた。そして新来の客たちに気づくと、彼も取り巻き連中も、ぴたりと足をとめた。ギャビーはふいに、衆目の的になっていることを意識し、自分たちのみじめな姿が気になりだした。旅の垢のついた流行遅れの喪服、そこに染みついた吐物のかすかな異臭も漂っているかもしれないと思うといたたまれず、身が縮む思いだった。つぎにこんな考えが浮かんだ。こちらがこんな思いをさせられているというのに、この人たちはどういうわけで、わが家にいるかのようにくつろいでいるのか。ここはわたしの家なのに。ギャビーは背筋をのばし、胸を張り、顔をあげ、いくらか尊大に眉をあげて闖入《ちんにゅう》者たちを見た。

一瞬だけ、黒い髪の男と目が合った。黒く太い眉の下で、深くくぼんだ目は真っ青だった。年のころは三十代前半で、肌はイギリスではない太陽のもとに長くいたかのようによく焼けている。広い肩幅と引き締まった胴回りに、フリルのシャツと黒の燕尾《えんび》服と銀色の胴衣《ウエストコート》がよく似合っている。黒いズボンは膝丈で、絹のストッキングをはいていた。

「ああ、やっと着いたか」男は愛想よく言った。まるでギャビーたちのことをよく知っていて、ここに来ることも知っていたといわんばかりに。そして、隣の淑女の腕を振りほどいた。

「諸君、ちょっと失礼して、妹たちにあいさつさせてもらうよ」

ギャビーは自分の口がぽかんとあいているのを感じながら、近づいてくる男を見ていた。

「ガブリエラだね」目を丸くしているギャビーにほほえみかけ、力の抜けた手を取って、口もとへ運ぶ。「ウィッカム邸へようこそ。道中は退屈しなかっただろうね?」

3

この女性は尊大なまなざしを別にすれば、さほど目立つところはない。彼はあの気位の高さにむっとした。伯爵の娘だかなんだか知らないが、娘盛りはとうに過ぎているし、体つきは棒のように丸みがなく、黒ずくめの服装は流行遅れで似合っていないうえ、やや乱れている。それに、かたわらにいる娼婦まがいの女とちがって、彼のような女性を見る目が肥えた者から振りかえって見られるほどの美人ですらない。その高慢の鼻をへしおってやろうと考え、最初のひとことでそれがうまくいったことに、われながら満足した。それどころか、手を取って口もとへ運んだころには、不意打ちを食らったかのようにびっくりしていた。唇を震わせながらなにか言おうとしていたが、言葉は出てこなかった。狐につままれたように、目を丸くしてこちらを見ているだけだ。唇で触れた華奢《きやしや》な手は冷たく、氷のよう――いや、死体のようだった。死体といえば、ただでさえ血色の悪い顔からさっと血の気が引き、死人のように青白くなった。

兄の予期せぬ訪英にいくら驚いたからといって、これは驚きすぎだろう。ふいに疑念が生まれ、頭から消すことができなくなった。彼女の反応は大げさすぎないか。ほんとうは、知知っているのか。

まさか千里眼でもないかぎり、それは無理だ。だったら、どうしてわかった？　自分がここまでたどってきた道筋は、一部の——ごく一部の——信頼できる仲間以外、だれにも知られていない。彼はマーカスの殺人者を追ってコロンボまで行き、そこで見失った。直感が働いて、その港湾都市のごったがえす波止場で獲物の痕跡を嗅ぎつけ、そのあとを追ってまっすぐロンドンまでやってきて、ようやく安宿の部屋にいるところを見つけたのだ。だが、獲物はすでに死後三日は経過している腐臭を放っていた。何者かに先を越されたことはまちがいない。その何者かこそが、真の獲物だ。そいつが、マーカス殺しを命じたのだ。マーカスからセイロンへ呼び寄せられた急信には、こう書かれていた——「ただちに来てくれ。信じられないかもしれないが、きみが追っている男を見つけた」頭から信じたわけではないが、それでもとりあえず向かった。だが、遅きに失した——マーカスは自分の目の前で殺され、皮肉にも手紙の内容が正しかったことを証明したのだ。こうなれば、せめてこの俺にできるのは、マーカス殺害を命じた男の正体を暴《あば》きだすことだ。そのためには、マーカスになりすまし、黒幕に手下が失敗したと思いこませて、もう一度狙わせるのがいちばんだろう。しかし、これまでのところ、その作戦はうまくいっていなかった。ロンドンのあちこちでことさら派手にふるまっても、敵は食いついてこなかった。くやしいが、相手は思ったより頭が切れる男で、しばらく鳴りをひそめているつもりらしい。

そうしていま、マーカスの妹があらわれ、岩の下から這いでてきた男でも見るように、こちらを見つめている。だが、目の前の男がマーカスではないことを、彼女が知っているはずがない。セイロンに密偵でも送りこんでいたなら別だが。

彼はなおも気をゆるめずにガブリエラを眺めながら、さげかげんのまぶたの陰から、相手を鋭く観察した。身内の死にふさわしく黒い喪服を着ているし、自分を見たときの驚きようは兄と対面した状況とそぐわない。しかしいっぽうで、じっさいに亡くなったばかりの身内の死を悼《いた》んでいるのだとしたら、そんなときに妹の社交界入りを果たすためにロンドンに来るわけはないだろう。そのへんの事情は、話好きなミセス・バックネルと、口数は少ないものの話を裏づけてくれるスタイヴァーズから聞いていた。こちらの作戦にとっては、はなはだ時機が悪いとしか言いようがない。よくよく見ると、ドレスは流行遅れなだけではなく、だいぶ着古されているのがわかる。となると肉親との死別は、かなりまえの出来事だったのだろう。

だったら、兄の出現をあれほど驚いた理由はなんだろう。少しでも非日常的なことが起きると気が動顚《どうてん》してしまうという、女性特有の性質のあらわれだろうか。

角ばった顎《あご》を見つめながら、それはちがうなと思った。

「マ、マーカス？」ガブリエラは言った。そのためらいがちな声は低く、意外なほどかすれていた。

「そんなに驚かせてしまったかな」さりげなくたずね、彼女の手を放して、見開かれた目に向かってほほえみかけた。用心したまま、目の奥をのぞきこむ。瞳はグレーで、降りやまぬイギリスの雨のように、冷たく澄んでいた。その清澄《せいちょう》さに、安心した。この女性――この正真正銘の英国レディ――は、秘密を保てるような人間ではない。その瞳に映っているのは、表面的なことだけだ。目の前にいるのは、彼女の兄であり、バニング家の長であり、ろくに顔も知らなかった男だ。そういえば忘れていたけれど、彼女の将来をその手に握っている男でもある。そいつがだしぬけにあらわれて、自分と妹たちの生活を邪魔するかもしれない、と思っているのだ。そう考えれば、大げさな驚きようも、その裏には不安があるからだと言えるし、理解もできる。だれの喪に服しているにしろ、相手は第七代ウィッカム伯爵マーカス・バニングではない。裏を返せば、この俺ではない。

いくらかほっとして、ガブリエラの背後に視線をやった。女性が三人かたまって、ごくあたりまえの驚きと好奇の入りまじった目を向けている。探るように目を細めてこちらを値踏みしているのは、年配の痩せた女で、ひと目で上級使用人だとわかる。むろん、若い淑女たちを保護しているのだ。年配の女の腕にすがっている美しい娘――そのあまりの美しさに思わず目を丸くし、あわてて平静な顔をよそおったほどだ――は、次女のクレアだろう。そして、にこにこしている赤毛で丸ぽちゃの少女はエリザベスだ。

そうに決まっている。

「ほんとうにマーカスなの？」末娘のエリザベスが両手をさしのべながら、近づいてきた。歩き方は軽やかで、声には喜びがあふれている。直前まで来たところで、つと立ちどまった。完全に落ちつきを取りもどしたとまではいかなくても、驚きからは立ちなおったらしいガブリエラに、腕をぐいとひっぱられたのだ。姉に制されたものの、恐れをなしていない少女は、臆せずこちらを見あげて笑った。

「ほんとうだよ」彼はさしだされた手を取り、ほほえみかえした。ガブリエラは妹の肘から手を放すのをしぶしぶ認めたようだ。そちらに視線をやりたい気持ちをぐっとこらえ、末娘を見つめつづけた。「きみは、エリザベスじゃないかな」

「そうよ、でもね、ベスって呼ばれてるの」

「じゃあ、ベスだ」ほほえみをたやさずにベスの手を放し、もうひとりの妹に視線を投げた。長女のほうを見てはいないが、それでもガブリエラがますます渋い顔をし、小鳥を狙う蛇のような目でこちらを凝視しているのはひしひしと感じた。「きみはクレアだね」

美しい娘は恥ずかしそうにほほえんだ。なんと愛らしい。自分の妹なのだと頭にしっかりたたきこむのは、ひと苦労だろう。

「はい」

その返事に慈愛をこめた笑みで応えながら、使用人のほうへ視線を移す。ガブリエラの鋭いまなざしはいっこうに弱まらず、居心地が悪くなってきた。なにがあったのか知らないが、この女が尋常ではない態度を取っていることには、気づかないふりをするのがいちばんだろう。ガブリエラは兄の視線の先をたどってそちらを向き、使用人を紹介した。その声は先ほどと同様にかすれていたが、ためらいは薄れていた。「こちらはミス・トゥインドルシャム、昔からわたしたちの面倒を見てくれている人です」

彼は会釈して、あいさつした。「ミス・トゥインドルシャム、ウィッカム邸へようこそ」

「ありがとうございます、閣下」ミス・トゥインドルシャムは表情をやわらげた。その取り澄ました微笑を見て、彼女の試験のようなものに通ったことがわかった。クレアもほほえんだままで、年若いベスはうれしそうな笑顔を向けている。新たな知己《ちき》を得たなかで、それを少しも喜んでいないようなのはただひとり、ガブリエラだけだった。相も変わらず、眉根を寄せてこちらをにらんでいる。

兄らしい愛情に満ちた表情になっていることを願いながら、ガブリエラに笑いかけてみた。「妹さんたちを紹介してくださらない、マーカス？」ベリンダがかたわらに来て、腕をからませてきた。貴族のウェア卿の妻で、夫が高齢で体が弱く、一年じゅうデヴォンシャーの邸宅にひきこもっているため、毎年ロンドンへやってきては、賭け事や男遊びに余念がないのだが、そのわりにはどこでも歓迎されている。彼女とはロンドンに来てまもなく、さるカード・パーティで知りあい、その日からずっと恋人のようなつきあいをしている。だが、彼女の独占欲のようなものが、だんだん鼻についてきた。容色は衰えていないものの、その成熟しきった美しさは、いま知りあったばかりの次女の美しさにはとてもおよばない。

しかし、妹たちを引きあわせながら、そんな考えはおくびにも出さなかった。

「レディ・ウエア、紹介しよう。こちらからレディ・ガブリエラ、レディ・エリザベス、レディ・クレア、そしてミス・トゥインドルシャム」

ガブリエラはもともと人を見る目があるらしく、ベリンダに指を二本さしだしただけで、なにかその場にふさわしいことをつぶやいたが、紹介されて光栄だとは思っていないようだった。下の妹たちはにこやかに手をさしだし、ミス・トゥインドルシャムは膝を折ってお辞儀した。彼は紹介の締めくくりに、仲間たちのほうへ軽く手を振った。「そちらは、レディ・アリシア・モンテーニュ、ミセス・アーミティッジ、デンビー卿、ミスター・プール」

あらたまったやりとりの途中で、スタイヴァーズがやってきた。従僕と手短に言葉を交わしてから、主人のそばまで来てためらっている。

「どうした、スタイヴァーズ」

「閣下、馬車のご用意ができております」

「うん、ご苦労」四羽のカラスを包囲する物見高いクジャクの群れそっくりの仲間に向かって、彼は声を張りあげた。「今夜の芝居を見逃したくないなら、そろそろ出かけるぞ。ガブリエラ、クレア、ベス、話のつづきは明日だ。ひとまずは、スタイヴァーズが行き届いた世話をしてくれるだろう」

観劇の一行はふたたびにぎやかになって別れのあいさつをすると、帽子やら厚手の外套《がいとう》やらステッキやらマントやらを手にした。玄関の扉がひらき、四月だというのに歯の根が合わないほど冷える夜のなかへくりだしてゆく。彼は去り際に振りかえって妹たちの様子をうかがった。ホールの真ん中につったったままのガブリエラを、ほかの者が取り囲んでいる。ガブリエラはすっかりこちらを向いて、一同が出てゆくのを見守っていた。ほんの一瞬、ふたりの目が合ったが、扉が閉まってそれきりになった。だが、待っていた馬車に乗りこみ、ぬくもりと甘い香りを漂わせたベリンダの隣に腰を落ちつけても、ガブリエラの表情が脳裏を去らなかった。しばらくして、それとおなじ表情を以前にも見たことを思いだし、彼は不安をおぼえた。あれは半島戦争中のこと、若き兵士の腹に弾が命中するのを目撃した。倒れて死ぬ直前に兵士の目に浮かんでいたのは、想像できるような苦痛や恐怖ではなく、まったく信じられないという表情だった。

夜のもとへ出てゆく自分を見つめていたガブリエラの目にも、おなじ色が浮かんでいた。まったく信じられないものを見る目だった。

4

「ねえねえ」一行が出ていって扉が閉まるなり、ベスが興奮した声をあげ、姉たちのほうを向いた。「わたしたちのお兄さまって、たいしたやつね！　あれよりちょっぴりでもハンサムな男性や、完璧な男性を見たことがある？」

「どっちにしても、ここにいるなんてびっくりしたわ。もちろんお手紙には、そう遠くない日にロンドンで合流できるかもしれないって書いてあったけれど。でも、ほんとうにすばらしいかたのようね。独特の雰囲気を持っているのはたしかだわ」クレアはギャビーを見つめ、物思わしげな口調できいた。「急いでドレスを一着か二着新調できるかしら。レディ・ウェアやお仲間は、わたしたちをどうしようもない田舎者だと思っていたわ。それにしても、レディ・ウェアの着ていらしたあのドレス！　あれほど素敵なドレスを目にしたことがある？　ああいうのは、わたしには似合わないでしょうね」

「ヘイマーケット市場で自分を売りに出したいなら別だけど」ギャビーは鼻先で笑った。死んだはずの兄が目の前から消えてくれたおかげで、いくらか気持ちが落ちついてきたのだ。

「ああいったドレスは社交界にデビューする令嬢にはふさわしくありません」トゥインドルがあいづちを打つ。「それから、ミス・ベス、言葉づかいについては、さんざん教えてきたでしょう。はしたない言葉を口にしているのを人様に聞かれたら、そういう人間だと思われてしまいますよ」

「ミス・ギャビー、ミス・クレア、ミス・ベス、たったいまスタイヴァーズからの伝言で、お着きになったのを知りました」だんごのように小柄で丸いミセス・バックネルが、小走りでホールにはいってきた。血色のよい十人並みの顔をほころばせながらも、あきれたような声で言った。「閣下がここにいらっしゃるなんて、これほどびっくりさせられたことがあるでしょうか。最初はわたしとスタイヴァーズをそのまま帰してしまうおつもりではなかったかと思うんです。ここはすでに独身所帯向きにととのえられていましたし。ところが、スタイヴァーズがミス・クレアの社交界入りのためにみなさんがいらっしゃることを告げたとたん、ここにいて屋敷の管理をしてくれとおっしゃって。おわかりかと思いますが、そういたしましたんですよ。まあ、まあ、すっかりお疲れのご様子で、みなさん。とくにミス・クレアのひどいこと。すぐに階上《うえ》へおあがりになりたいでしょうね、スタイヴァーズのような唐《とう》変木《へんぼく》でもないかぎり、だれにでもわかりますよ。お湯を持たせますから、さっぱりなさってください。お食事は居間でなさるほうがいいかもしれませんね、ミス・ギャビー、閣下のディナーパーティのあとの食堂の散らかりようをごらんになったら、そう思われますよ。それとも、きれいなお盆にのせてお部屋に運びましょうか」

ギャビーは気力を奮いおこして、家政婦の出迎えにあたたかく応じ、質問に答えた。

「ミス・クレアだけは、もう寝室にさがりたいでしょう」ミス・トゥインドルがきっぱり言い、クレアを階段のほうへうながす。ミセス・バックネルはか弱い者にあたえられた旅のきびしい試練に不平を鳴らしながら、姉妹を部屋に連れていく役を引きうけた。トゥインドルは若いほうの生徒を振りかえった。「ミス・ベス、あなたも寝室に引きあげるかどうかは、あなた自身の判断とミス・ギャビーのご指示にまかせます。ですが、これだけは言っておきますよ。ロンドンはどこへも行きません。明日もちゃんとそこにあります」

ベスは訴えるようにギャビーを見た。「このままベッドにはいっても、一瞬だって眠れそうにないわ。ねえクレア、ロンドンの最初の夜だっていうのに、部屋にこもるような意気地なしだなんて信じられない」

「わたしだっていやよ。でも、頭痛がするし、胃もはしたない振る舞いをするんですもの」クレアは言い訳がましくつぶやき、階段をのぼりはじめた。

「もちろん、やすまなければだめよ、クレア。ベス、あなたも階上へ行って、せめて顔と手を洗いなさい。わたしもスタイヴァーズとのお話がすんだら行くわ。四十五分後くらいに、あなたがよければ、居間で軽い食事をとりましょう。ミセス・バックネル、料理は冷たいものでいいわ。そのあとは、わたしはベッドでやすみます。どうしても行きたいなら、明日ロンドンを見物しましょう。そうしないと、あなたはとても不機嫌になるから」

ベスはふくれっ面をしたが、おとなしくクレアとトゥインドルのあとについていった。みんなが声の聞こえないところまで階段をのぼると、ギャビーは執事のほうを向いた。

「スタイヴァーズ、あなたが着いたときには、あの人はここにいたの？」抑えた声で言う。

スタイヴァーズは眉をひそめた。「閣下のことをおっしゃっているのですか、ミス・ギャビー」

「ええ。そ、その、閣下よ。あなたが着いたとき、彼はもうこのウィッカム邸で生活していたの？」何気なくきこうとしたが、静かながらもせきたてるような口調になっていた。

「そのとおりです、ミス・ギャビー。閣下の使用人から――バーネットという名です――聞いた話では、イングランドには二週間ほどまえにお越しになり、まっすぐロンドンに来られたとか。ホーソーン・ホールへはそのうち行かれるおつもりだったそうです」

胸の内が顔に出ていたらしく、スタイヴァーズは不安そうにつけくわえた。「なにか不都合でもございますか、ミス・ギャビー」

頭のなかをいろいろな思いが駆けめぐる。策謀や心労も、ジェムとのいさかいも、眠れぬ日々も、すべて無駄だったようだ。マーカスはぴんぴんしているばかりか、このウィッカム邸にいるではないか。そのうえ、妹たちに会えたことを心から喜んでいるように見える。

信じられない。ジェムはどうしてそんな思いちがいをしたのだろう。たぶん、兄は負傷しただけで、もうよくなったのだ。でも、マーカスはつい最近まで臥《ふ》せっていたようには見えない――それどころか、一日だって寝こんだことがあるようには見えない。

なにかがおかしい。

「いいえ、不都合などないわ、スタイヴァーズ」心をいつわり、どうにか弱々しい笑みを浮かべた。「ただ、ここで兄と出会ったことに驚いただけ」

「まったくです、ミス・ギャビー。ミセス・バックネルとわたくしも仰天《ぎょうてん》いたしました。ですが、伯爵が正当な地位を引き継ぐためにもどられたのは、どなたさまにとってもまことに喜ばしいことでございますね」

「ええ、ほんとうにそうだわ」ギャビーはぎこちない笑顔で答え、階段へ向かった。手すりに片手を置いて立ちどまり、スタイヴァーズを振りかえる。

「ジェムは御者と厩舎《きゅうしゃ》に行ったのよね。至急話があるからと、だれかに伝言させてくれないかしら。ふたりきりになれるところで待たせておいて。わたしもすぐに行きますから」

「かしこまりました」

スタイヴァーズは若き女主人たちと馬丁との昔からの絆《きずな》をよく知っているから、意外な顔はしなかった。執事が一礼して去ってゆくと、ギャビーはめまぐるしく頭を回転させながら階段をのぼりはじめた。その昔、一度だけ兄に会ったときのことを懸命に思いだそうとした。父がどういうわけか、自分の後継者をホーソーン・ホールに呼び寄せたのだ。マーカスはのっぽとまではいかないが、ひょろっとした十七歳の青年で、髪は黒く、肌は青白くて、目は——目は何色だっただろう。

もちろん、青に決まっている。濃い青だ。だって、ほんの十五分ほどまえに見たばかりじゃないの。目の色はけっして変わらない。

けれど、それ以外は記憶のなかの兄と大きく変わっていた。あのうろ覚えの青年が、背が高く筋肉質で、すばらしく端整な顔立ちの男性に成長したのだろうか。

ありえないと思うが、どうやらそのようだ。

たしか青年は無口で、恥ずかしがり屋だった。それに本の虫で、ホームシックにかかっていた。ちょっぴり話もしたけれど、その内容は彼の大好きなおじいさまのこと、早く家にもどっておじいさまに会いたいということだけだった。ギャビーは青年がうらやましくなったことをおぼえている。愛する祖父がいて、帰りたくなる家があるのだ。たとえそこが、父の呼ぶような異教徒の島だとしても。

それから、だれかが迎えにきて、青年はホーソーン・ホールを去っていった。それでおしまい。青年がなぜ、どこへ行ったのかをたずねたとしても、その答えはおぼえていない。たぶん、そんなことはきかなかっただろう。父はつまらない質問に答えるような人間ではなかったから。

いいえ、どんな質問にも答えるような人間ではなかった。

「ミス・ギャビー、お部屋は伯爵夫人の居室にしておきました、おさしつかえなければ。このメアリが、身のまわりのお世話をいたします。メアリや、こちらがレディ・ガブリエラですよ。粗相のないよう精いっぱいつとめなさい」

ミセス・バックネルに話しかけられ、ギャビーははっと物思いからさめて顔をあげた。部屋の扉をあけて待っている家政婦、その隣には伏し目がちの若いメイドがいて、ひょいと膝を折って新たな女主人にあいさつした。体は細く、そばかすだらけの顔と薄茶色の髪をした少女で、どうすればいいのかわからず不安そうだ。ギャビーは少女にほほえみかけ、家政婦とメイドを従えて、割り当てられた部屋に足を踏みいれた。

伯爵夫人の居室は続き部屋になっていた。はいってすぐは広い寝室で、やや色あせた淡いバラ色とクリーム色で優雅に統一されている。壁にはクリーム色のダマスク織りが掛かり、大きな四柱式寝台のカーテンや上掛けはバラ色の絹織りで、糸を縒《よ》りあわせた縁飾りがついている。表側にふたつある長窓にさがったカーテンも、おなじ生地だった。暖炉ではぬくぬくと火が燃えている——ホーソーン・ホールで寝室の暖炉をつかうのは、父の死後はじめて許された贅沢《ぜいたく》だった。その奥の部屋は、ミセス・バックネルによれば化粧室と呼ぶらしく、大小の鏡と、とりどりのかわいらしい瓶《びん》や小箱が並んだ化粧台と、大きな衣装ダンスが何本かあった。まだ荷を解いていないトランクが、その前に置かれている。化粧室の奥の壁には、水晶のノブがついたクリーム色の六枚パネルの扉が取りつけられていた。扉は閉まっていた。

不審そうに眺めているのに気づいたのだろう、ミセス・バックネルが言った。「その扉は伯爵の居室につづいています。女性にふさわしい部屋のなかではここがいちばん広かったですし、手を入れるところもほとんどなかったものですから、わたしの一存で決めました。お嬢さまはお兄さまと部屋が隣どうしでも、気になさらないと思ったんです。よろしゅうございますか」

ギャビーは本心を告げている自信はなかったが、適切な判断だったと言ってミセス・バックネルを安心させてやった。お湯が届いたので家政婦の前から脱けだし、メアリの助けを借りて、顔と手を洗い、髪を直してから部屋を出た。ベスより先に下へおり、ジェムとふたりだけで話す時間をつくるつもりだ。そして、どこでまちがいが生じたのかを突きとめなくては。

階下ではスタイヴァーズが待ちうけていた。一階に着くなり地下の使用人区域から姿をあらわして、報告した。

「書斎で待たせてあります、ミス・ギャビー、こちらへどうぞ」

ギャビーはうなずいて手間をねぎらい、言われたとおりについていき、高い書架に囲まれた部屋に案内された。執事がさがり、扉がしっかり閉まるまで口をひらくのを待った。ジェムは暖炉の前で、手を後ろに組んで立っていたが、心配そうな顔をして近づいてきた。

「兄がここで暮らしていることは、もう聞いたわね？」ギャビーは小声で言った。腕組みをしていても落ちつかずに、思わず二の腕をさすっていた。ジェムと目が合った。「できるなら教えてちょうだい。どうしてそんなことがありえるの？」

ジェムは首を振った。ギャビーに負けず動顛しているようだ。

「そんなことはありえません、ミス・ギャビー。絶対にありえない。お嬢さんのお兄さんである伯爵は、自分の島で撃たれて亡くなった。おれはこのふたつの目で見たんです」

ギャビーはかすかに震える息を吸いこんだ。「負傷したけど、死んではいなかったんじゃないの」

「ミス・ギャビー、閣下は死にました。申し訳ないが、心臓をきれいに撃ち抜かれて穴があいてたんです。見てすぐに、死んだのがわかりました。おれはそんなことも見まちがえるほど未熟じゃない」

ギャビーはジェムをじっと見つめた。「ジェム、あなたは見まちがえたのよ。そうじゃないなら――だったら、わたしの兄だと言っているあの男は、幽霊かペテン師だということになるわ」

ジェムは笑ったようだ。「おれは幽霊なんか信じちゃいませんよ、ミス・ギャビー」

「わたしだって信じていないわ」部屋はあたたかいのに、もうひとつの可能性を考えると背筋が寒くなる。「でも、ペテン師だなんて――そんなばかばかしい話があるわけないでしょ。みんなの名前も知っていたし。わたしとクレアとベスの」そこで、ちょっと眉をひそめた。

彼はベスのことをエリザベスと呼んで、本人に訂正されたのではなかったか。その昔、ホーソーン・ホールに来たときには、赤ん坊だったベスをあやし、その愛称で呼んでいたのに。手紙のなかでも、末の妹のことはベスと書いていた。それに、わたしのこともガブリエラと呼んだ。昔はギャビーとして知っていたはずなのに……

　けれども、妹たちをほんとうの名前で呼んだからといって、それだけではなんとも言えない。あれから何年も経っているのだし、彼はもう立派な大人で、妹たちのことはかすかにしかおぼえていないのかもしれない。

　ギャビーが兄をかすかにしかおぼえていないように。

「その伯爵っていうのは、どんなやつです？」ジェムがおそるおそるきいた。

そうよ、ギャビーはそれに気づいて、不安が少し軽くなった。ジェムはつい最近、兄に会っているのだから、きっと見分けられるはずだ。

「背が高くて、がっしりしている。髪は黒で、目は青。端整な顔立ち」

　ジェムは心もとない顔をした。「まあ、端整かどうかっていうのはわかりませんが。そういうのは、ご婦人がたが決める問題だと思うから。だけどそれ以外は、あい、それらしい感じですね」

「じゃあ、やっぱりマーカスなんだわ」ギャビーは心底ほっとするのを感じた。兄はすばらしいことに奇跡的に生きていて、このロンドンにいる。あらゆる点から考えて、クレアの社交界デビューに喜んで協力してくれるだろう。悩みの種は去った。恐ろしい計画を実行する必要はない。マーカスの私信を同封してミスター・チャロウに送った書状は、インチキでもなんでもないのだ。もうだれもだまさずにすむ。クレアも結婚を急ぐことはない……

「ミス・ギャビー、その紳士が何者にしろ、閣下のはずがありません。死体がむっくり起きあがって、地上を歩きまわってるというんでもないかぎり」

ジェムの薄気味悪い言葉で、ふくらみつつある幸せの泡がはじけた。しょぼんとして、ジェムの目を見る。そんなに物事がうまくいくなんて、どうして思ってしまったのだろう。これまでの人生だって甘いものじゃなかったのに。

「じゃあ、彼を見てもらわないと。それしか確かめる方法はないわ」

「あい。おれもそう思ってたところです」

「いまは出かけているの。帰りは遅くなると思うわ」

「お許しがいただければ、ここで待ってます。帰ってきた気配がしたら、こっそりホールへ出ていって、気づかれないようにじっくりその顔を見てやりますよ」

「わたしも一緒に待つわ」

ジェムは首を振った。「そんな必要はありませんよ、ミス・ギャビー。ゆっくりおやすみください。朝になったら、真実をお知らせしますから」

ギャビーは首を振った。「はっきりするまでは、目を閉じることもできない」

ねているのだ。

そのとき、ホールで話し声がした。下におりてきたベスが、姉の姿を見なかったかとたずねているのだ。

ギャビーはため息をついた。「しばらく、妹といなければならないの。スタイヴァーズになにか食べるものを運ばせるわ。ベスが部屋にひっこんだら、またもどってきます」

「逆らっても無駄なんでしょうね」ジェムが渋い顔で言った。

「ええ」ギャビーはおだやかにうなずいた。「そのとおりよ」

そう言うなり書斎を出て、ベスのもとへ行った。ふたりで冷たい夕食をとってから、邸内を探索してみた。ベスは優美な応接間から、精緻《せいち》な庭や、裏手にある厩舎まで、あらゆるものに夢中になった。ギャビーも口にこそあまり出さなかったものの、うっとり見とれた。ベスがようやく部屋にもどり、ギャビーも寝るふりをして、スタイヴァーズやメアリをはじめ、あたりをうろつく使用人たちから解放されたころには、真夜中を過ぎていた。ひとりで着替えるのは慣れていたので――三姉妹はやむなくひとりのメイドを共有しており、その娘はホーソーン・ホールに置いてきた――メアリがやさしく着せてくれたナイトドレスを脱ぎ、苦もなく別のドレスを身につけた。このあいだ捨てたばかりのものと似ていなくもないが、なにはともあれ清潔だという長所はある。それから髪をとかし、いつものようにうなじでまとめると、そっと階段をおりてジェムのいる書斎へ向かった。

意外ではなかったが、ジェムはいい顔をしなかった。十五分かそこら、ギャビーがいることが妥当かどうかについて、小声ではあるが活発な議論が展開された。言い負かされ、ジェムはとうとうあきらめた。その後、ふたりは暖炉の両側に分かれ、待機の姿勢を取った。そして、ひたすら待った。一時間が経過し、さらに一時間、さらにもう一時間経った。マントルピースの置時計が四時を告げたとき、ギャビーは背もたれの高い革椅子の上で、なんとか眠りこまないように苦戦していたが、だれかが屋敷にはいってくるまぎれもない音が聞こえ、はっと目がさめた。

向かい側では、ジェムも椅子にすわったまま背筋をのばした。目で言葉を交わしていると、遠くで扉が閉まるかすかな音がして、くぐもった重い足音が近づいてきた。ふたりはほぼ同時に立ちあがり、ギャビーが先になって、書斎の扉のほうへ忍び足で進んだ。

5

長身のウィッカム伯爵の――あるいは、そうではないかもしれない男の――人影が、薄暗いホールを横切り、彼のためにつけてあったロウソクをテーブルから取りあげた。外套の裾をひるがえして歩く姿は、肩マントのせいで背中がよけい広く見える。ふいにそこへ、伯爵よりやや背が高く、さらにがっしりした体格の人影が右手の広間からあらわれた。彼もロウソクを持っていて、炎が消えないように片手を丸めて保護している。ウィッカムは驚いたかのように足をとめたが、すぐにその人影と低い声で話しはじめた。ギャビーが耳をすましたとしても、聞きとれないほど小さな声だった。

「あいつはバーネットでしょう。伯爵の家来です。たまたま厨房で見かけました」耳もとでささやくジェムとともに、ギャビーは階段が落とす濃い影のなかをこっそり進んだ。冷たい漆喰《しっくい》壁に身を寄せながら、脈拍が急に速くなるのがわかった。ふたりの大男が夜更けにひそひそ話している光景は、不吉なものを感じる。ここへきてようやく、自分の兄だと名のる男がじつはペテン師かもしれないと思えてきた。本物のよこしまな陰謀をくわだてているのかもしれない、と。

「彼はウィッカムなの?」ギャビーは嚙みつくようにささやいた。その人物が悪者かもしれないと思うだけで、ぞくぞくする不安が背筋をゆっくりと伝わる。いましきりに願うのは、ジェムが自分の落ち度を素直に認めることだ。とんでもないまちがいをしでかしました、と打ちあけること。マーカスはじっさいは生きていて、いまこの瞬間、この玄関ホールで、雲つくばかりの大男と話しこんでいる。だからもう心配はいらないから、よくがんばったご褒美にベッドでやすみましょう、と言ってくれることだ。

「ずっと言ってるじゃないですか、ミス・ギャビー、閣下のはずがありません」ジェムは首を振ってみせた。「まだじっくり見たわけじゃないけど、事実は事実です。閣下は亡くなりました」

ふたりはじりじりと前進していた。階段の陰になっているのと、こちらが暗いために、向こうから姿は見えない。唯一の明かりは二本のロウソクのゆらゆら揺れる火だけだ。頼りない光のおかげで、男たちの体は黒々とした頑丈な物体と化し、顔面は絶え間なく変わる光と影のシンフォニーを奏でている。これではどんな顔でも見分けるのはむずかしいだろう。この試みが不毛なことに早く気づかなかったのが悔やまれる。こういう確認作業は、明るい昼の光に頼るのがいちばんだ。気まぐれな夜のロウソクの火ではなく。

そうすればいまごろは、あたたかなベッドでぐっすりと……

あまりにいきなりだったので、転倒は防ぎようがなかった。さっきまで、壁にぴたりと手をつけ、目はしっかりと敵にすえたまま、そろりそろりと進んでいたと思ったら、つぎの瞬間、つま先がなにか——絨毯《じゅうたん》の縁か、たったいま通り過ぎた壁に取りつけられたテーブルの脚か——にひっかかった。そして前につんのめった拍子に、弱い脚に衝撃が走り、ぐにゃりとなって、いやおうなしに頭から前へ投げだされたのだ。

「そこにいるのはだれだ」吼《ほ》えるような声がしたとき、ギャビーはちょうど冷たい大理石の床に、ぴしゃりと顔をつけたところだった。さいわいにも、ばったり倒れるのはわかっていたので、両手をつかって最悪の事態を避けることはできた。ジェムはしわがれた叫び声をあげ、いまとなってはむなしい隠密行動をやめて駆け寄ってきた。主人のかたわらにしゃがみこみ、馬乗り特有の節くれだった両手をやさしく肩に置いて、のっぴきならぬ声で怪我《けが》はないかとたずねた。

ギャビーは相手にしなかった。恐怖に目を見開き、冷たく堅い床の上でびくびくと指を曲げ、首をめぐらせた。案じたとおり、男たちはまだこちらを凝視している。

このいままでにない眺めのいい場所から、彼らの足首くらいの高さから見あげると、ふたりはとてつもなく巨大で、空恐ろしい姿をしていた。

ふたりともロウソクを高くかかげている。ジェムの隣で、ギャビーは長くのびるロウソクの光にさらされていた。まばたきをして、ふたつの炎の向こうにある顔をなんとか見ようとした。しかし、彼らの目に映る光しか見ることはできなかった。しかたなく視線をさげていき、はっと息をのんだ。銀色の銃口がぴたりとこちらに向けられているのがわかった。銃を握っているのは、兄と思われている男のじつに有能そうな手だ。

「なんだ、ガブリエラじゃないか」男は驚いたように言った。先ほど誰何《すいか》したときの鋭い咆《ほう》哮《こう》とはかけ離れた声だった。さっさと銃を外套のポケットにしまうと、ウィッカムは——とりあえず、ウィッカムだということにして——ロウソクをテーブルに置き、ギャビーたちのほうへ急いで寄ってきた。家来もついてきたが、その場がよく見えるようにロウソクはかざしたままだった。

ギャビーはごくりと唾を飲みこみ、体じゅうのあちこちの痛みやうずきは無視して、起きあがってすわりこんだ。この状態で品位を保とうとしても、それが精いっぱいだと観念し、急いでドレスの裾をつまんで脚を隠した。すぐに立ちあがるなんて問題外だ。頭のなかですばやく被害状況を確認する。ピンからはずれて垂れさがっている髪があり、栗色の長い直毛が顔にかかっている。はからずも床と接触したせいで、てのひらが刺すように痛む。膝がしくしくずきずきする。左の腰骨と、もともと弱い左の脚がものすごく痛い。

それでも実害があったわけではないことだけは安心できる。

顔をあげると、ウィッカム——彼のことをそう考えずにいられない、そのほうが都合がいいことは別にしても——と家来がそばにぬっと立っていた。ふいに、体の不調などどうでもよくなった。ウィッカムは眉をひそめて、ギャビーとジェムを眺めている。その推《お》しはかるように細めた目が気に入らない。家来のほうはウィッカムの背後から、あからさまにこちらをにらみつけている。家来は図体が大きく、ボクサーのようにつぶれた顔をしていた。その顔でにらんでくるものだから、言葉で脅されたのとおなじくらい恐ろしかった。

「いったいどうして、こんな夜中に家のなかをこそこそ歩きまわっているんだい？」ウィッカムの口調はとても静かだったが、逆にどなられたよりも怖かった。目が合うと、口が乾いてくるのがわかった。

こんな夜中にどうして家のなかをこそこそ歩きまわっているのかですって？

まことしやかな嘘を思いつくまえに、ウィッカムの目が険しさをおびた。

「兄さんを偵察していたのかな」うわべだけの気さくな声に、ギャビーはうなじの毛が逆立った。目をじっとこちらにすえたまま、ウィッカムはやさしくたずねるふりをして、眉を持ちあげた。

ギャビーは気づかれないことを願いながら、深く息を吸いこんだ。

「まさか」そっけなく言い、この行動はあなたとはなんの関係もないという、たぶん信じてもらえそうもない真っ赤な嘘をつかないよう心の準備をした。その先をつづけようとしたとき、ジェムがさっと立ちあがり、ギャビーと男たちとのあいだに割ってはいった。その様子はまるで、小柄で老いてはいるけれどあっぱれなほど勇気のある愛犬が、きわめて獰猛《どうもう》な二四の狼の襲撃から主人を守ろうとしているかのようだった。

その愛犬の試みがうまくいきそうにないのは明白で、ギャビーの気持ちは沈んだ。

「ミス・ギャビーがおまえの妹じゃないのは、おれがおまえの妹じゃないのとおなじぐらいはっきりしてる。おまえはウィッカム伯爵なんかじゃない。少なくともおれは、それを知ってる。閣下は亡くなったんだ！」ジェムの声は怒りのあまり甲高くなっていた。

その無闇な発言に、ギャビーはぽかんとなった。そしてふたたびあらわれたピストルを見て、身をすくめた。奇術でも用いたかのような早業《はやわざ》だった。今度はその銃口は、まぎれもない脅しをこめてジェムに向けられている。

「だめよ、だめよ！」殺人を目撃しようとしている恐ろしさに、ギャビーはあえいだ。こんな状況で手の内をさらけだすのは、救いがたいミスだろう。おばかさん、なにを考えていたの、と心のなかで文句を言う。ジェムの腕につかまりながら――彼はとっさに主人の肘をつかんで助け起こしたが、その間もピストルから目を離さなかった――ギャビーはやっとの思いでまっすぐ立った。両足を踏んばると、脚や腰の痛みのことは考えず、ジェムの肩に手を置いてバランスを取りながら、いたずらっぽい笑みを浮かべて――ちゃんと浮かんでいますように――ピストルを持った男を見た。「もちろん、ジェムは冗談を言っているのよ。ねえ、マーカス、あなたにはユーモアが通じないの？」

ほんの短い間があいた。かたわらではジェムがそわそわしているが、賢明にも口は閉じている。きっといまごろになって、夜の夜中のほかにだれもいないところで、ペテン師とその家来に挑むのは、あまり賢いやり方ではないかもしれないと気づいたのだろう。ピストルはなおもぴたりとジェムを狙っている。そのとき、ジェムの主張が事実なら、重大な危険にさらされているのかもしれないと思いあたった。死の危険に。

もう遅いけれど。取りかえしはつかないのだろうか。口に出してしまった言葉が消せないなら、なんとかしてその作用をやわらげるしかない。ここには助けに飛んできてくれるような人はいないから。妹たちとトゥインドルは三階でぐっすり眠っているし、使用人たちの部屋は最上階にある。ジェムとわたしの運命はこの男の手中にあり、なすすべもないのだ。

「その言い分は通らないよ、お嬢さん」ウィッカムのなめらかでゆったりした話しぶりに、ギャビーはぞっとした。「だから、無駄なことはよしたほうがいい。きみはどうしようもない嘘つきだと言わせてくれ。きみは最初からずっと、幽霊でも見るような目で僕を見ていた」こちらに視線を注いだまま、短く作り笑いを漏らした。「問題は、これからどうするかということだ」

ロウソクの明かりのもとで、ウィッカムの黒い目がきらりと光った。ギャビーは心臓がどくんとするのを感じた。このまま生かしてはおけないとでも言うように、ピストルはジェムに狙いを定めている。ジェムの腕がさっとのびて、ギャビーを背後に隠した。ギャビーは馬丁の背中にしがみつきながら、褐色の長い親指が撃鉄にかかるのを見つめ……

息づまるような静寂のなかで銃の撃鉄が起こされる音は、爆発音のように響いた。

ギャビーは銃口を見つめながらも考えをめぐらせ、引ききった弓弦《ゆづる》のような緊張がいくらかやわらぐのを感じた。

「いいわ、あなたがだれであろうと、もうけっこうよ」つっけんどんに言うと、痛めた脚が体重を支えられるかどうかをもう一度試してみた。だいじょうぶそうだ。自分の足だけで立っていられると信じ、おそるおそるジェムの肩から手を放し、隣に出ていった。いかめしい顔で、ペテン師と目を合わせる。「そのピストルを振りまわすのはよしたほうがいいわ。そんなものでわたしたちを怖がらせようとしても、もう無駄よ。ジェムとわたしが撃たれるおそれがないことは、はっきりしているんですから」

隣ではジェムが震えている。おどおどとこちらの顔色をうかがっているが、相手にしなかった。偽ウィッカム伯爵は思案にくれた表情になった。

「ほんとうに？」ぴかぴかの銃身を撫でさする様子は、愛しくてならないものに接するかのようだ。撃鉄は完全に起こしてあり、銃口はまだジェムに向けられている。それでも、ギャビーは自分がまちがっていない自信があった。「なぜだ？」

「発砲したら、家じゅうの者が目をさますわ」ギャビーはおだやかに核心をついた。「それはあなたも、よくおわかりよね。それに、玄関ホールに血まみれの死体がふたつあったら、それだけでやっかいよ。まず死体を始末しなければならないし、血痕もきれいに拭きとらなければならない。だれかが起きてくるまえにね。それから、ジェムとわたしの姿が見えない理由も説明しないといけない。大騒ぎになって、あなたはきっといろいろ詮索されることになるでしょう。ご自分の状況を考えたら、それはどうしても避けたいことなんじゃないかしら」

ペテン師はさっとギャビーの目を見た。

「きみはきわめて冷静な人だね、お嬢さん。それは認めよう」唇をかすかにゆがめて言う。背後では、彼の広い肩越しにこちらをにらみつけている家来が小声で抗議したが、ペテン師は耳を貸さず、慎重に撃鉄を安全な位置までもどすと、ポケットにしまった。「さて、どっちだと思う、ガブリエラ？ きみたちを撃つのをやめたのは、家じゅうの者が起きてくるのを恐れたからか、それとも——きみはなんと言っていたっけ、血まみれの死体だったかな？ それを始末するのが僕の手にあまるからか」

「わからないわ」ギャビーは落ちついた声で言った。「べつにどちらでもかまわないし」

「この悪党どもめ、明日のいまごろにはボウ・ストリートの捕り手に追われてるぞ」ジェムはうれしそうに言った。目の前からピストルが消え、ペテン師がギャビーの作戦にあっさりひっかかるのを見て、敵は敗北を認めつつあると思いこんだのだろう。「おれだったら一目散に逃げだすな。たぶん、帯剣伯爵になりすましたぐらいじゃ、絞首刑にはならんだろう」

いまの挑発はよけいだった、とギャビーは思わずにいられなかった。偽ウィッカムはジェムにさっと視線を移すと、上はごま塩の頭から下は頑丈な靴までじっくり眺めまわし、なにひとつ見逃さないという体《てい》だった。

「きみたちはどんどん面倒な人間になっていくな。だが、そのたわごとをロンドンじゅうに触れまわらせるわけにはいかないんだ」偽ウィッカムは考えこむように言った。腕を組み、どうしたものかと目を細めてこちらを見ている。

「この邪魔者たちのことは、おれにまかせてください、キャプン（キャプテンの短縮形）」これまで静かにしていた大男が、うなり声で申しでた。「やっかいな死体をふたつ片づけるぐらい、なんてことないですよ」

「となると、もう遠慮はいらないな」ペテン師は冷酷な笑みを浮かべて、ギャビーを見た。

ジェムがすかさず主人をもう一度自分の背後に押しこむ——勢いがよすぎてひっくりかえりそうになった——と、上着に手をのばし、内ポケットからピストルを取りだした。そんなものを持っているとは知らなかった。ギャビーはぎょっとして、ジェムが敵に向かってピストルを振りまわすのを見ていた。ジェムはその場を完全に支配したような得意げな顔で、敵と向きあっている。もっとも、向こうのほうが背が高いから、首を傾けて見あげる格好になっているけれど。

「ミス・ギャビーから離れてたほうが身のためだぜ、この悪漢ども」ジェムは食いしばった歯のあいだから言った。「ミス・ギャビー、さっきの書斎にもどって、鍵をかけておいてください。おれはこいつらを――」

ペテン師はいつ動いたのかもわからないほどのすばやさで拳《こぶし》をくりだし、ジェムの顎にたたきこんで、ぐしゃっというやな音をさせた。ジェムはごま塩頭をのけぞらせ、言葉もなくへなへなとなり、おぞましい音をたてて床に倒れた。ピストルは何事もなく床をすべっていき、家来のバーネットがにやりとしながら拾いあげた。

ギャビーは慄然《りつぜん》としながら、足もとで意識もなくのびている闘士を見つめていた。やがて、偽の兄にとがめるような目を向けた。相手は癪《しやく》にさわるほど落ちついており、片方の手の親指で拳の関節をこすっている。その後ろでは、家来がピストルをポケットにしまいながら、けらけら笑っている。その声に、ギャビーは背中をこわばらせ、いらだちをつのらせた。

「さあ、もうじゅうぶんでしょう」ギャビーは偽の兄に冷ややかに言った。ぎこちなくジェムのそばにしゃがみこみ、体に触れてまだ生きていることを確かめると、そびえるように立っている男をにらみつけた。「あなたが何者で、なにをたくらんでいるにしろ、この茶番劇はおしまいよ。いますぐ背を向けて、その、けらけら笑っている人も連れて、わたしの家から出ていかないと、大声で叫ぶわよ」

「できもしないことを言って脅すのは、賢明じゃないね、ガブリエラ」その声にはからかうような響きがあった。

「わたしにできないですって?」ギャビーは言いかえし、口をあけて叫ぼうとした。

そのとたん、ペテン師はすぐそばにいた。獲物を狙う鳥のように舞いおりてきて、片手でギャビーの口をふさぎ、片腕を腰にまわした。悲鳴をあげる暇もなかった。ありったけの力であらがったが、手もなくあしらわれた。あっという間に、足は床から離れ、後ろ向きに抱きあげられていた。両腕を抑えつけられた窮屈な格好で、口はなおもふさがれたままだ。

「そいつはいいや、キャプン」ギャビーがそれこそ死に物狂いで闘っていると、バーネットが寄ってきて、うなずいた。「どれだけ叫べるか、見せてもらいましょう」

「放して」と叫んでみたが、意味をなさないくぐもった声しか出せなかった。ペテン師のてのひらに、すっぽりと口をおおわれていたから。その長い指が、やわらかな頬に痛いほど食いこむ。叫ぶこともできないばかりか、息をするのもやっとだ。それでも、蹴ることはできる。ギャビーは脚の痛みもかえりみず、思いきり蹴りつづけ、踵を——なんでやわらかなスリッパを履いていたのだろうと、猛烈に後悔した——自分でも信じられないほどの力強さで、敵の向こうずねにたたきこんだ。激しく身をくねらせながら、ペテン師の手を嚙む。相手のてのひらに歯が深く食いこみ、しょっぱい味が口にひろがると、強烈な達成感をおぼえた。

「くそう、やったな」ペテン師は悲鳴をあげ、手を放した。口が自由になると、ギャビーは大量に息を吸いこみ、声をかぎりに叫ぼうとした。その瞬間、ペテン師は革製のなにかを丸めて口のなかに押しこみ、ほとばしりそうな叫びを抑えこんだ。

不意をつかれたギャビーは、吐き気と息苦しさをこらえながら、油臭い代物を口から吐きだそうとした。このままでは息ができなくなってしまう……

「当然の報いだよ、お嬢さん」ペテン師は冷たく言いはなち、敵意のある目でにらんで、ギャビーを胸の高さまで持ちあげた。ギャビーは全力で抵抗した。あえぎながら猿ぐつわを吐きだそうと試み、怒りと恐怖の汗にまみれ、頑丈な胸と腕のなかで、めちゃくちゃに身をよじらせた。だが、ますます息が苦しくなって、抵抗する力が弱まっていった。むなしく空を切る踵がだんだん静かになり、身もだえも少なくなり、ついには動けなくなった。男の両腕は解くことのできない拘束具となって、両腕と両脚を締めつけてくる。落胆をつのらせながら、そこから逃れるのは無理だと悟った。

目下のところ、ギャビーにできるのは呼吸することだけだ。

「この男を連れていき、もういいと言うまで見張っていろ」ペテン師はバーネットに命じ、まだ気を失って倒れているジェムに顎をしゃくった。「僕は差し迫った用がある……このかわいい妹と……ふたりきりで……話をしたい」

6

悪漢の肩にもたれかかるのは頑として拒んで、ギャビーは首を起こし、顎をあげたまま、洞窟のような廊下を運ばれていった。ペテン師はギャビーが羽根みたいに軽そうに楽々と進んでいる——まあ、軽いのはたしかだけれど。そう思うと、気がめいった。この男のほうがずっと体も大きく、腕っ節も強いから、力勝負などてんで話にならない。敵がなにをしようとしているにしろ、それをやめさせるためにできることはほとんどない。自分の無力さに猛烈に腹が立ったが、かえってそのほうがよかった。恐れるより、怒っているほうがましだから。はるかにましだから。恐怖は人を弱くする……

暗すぎて男の表情ははっきり読めなかったが、彼の目を見ることはできた。その目をにらみつけながら、いやな味のする猿ぐつわが邪魔して口に出せない、この苦々しい感情が相手に伝わればいいと思った。

ペテン師がなにをたくらんでいるにしても、それを回避するには冷静な頭を維持するしかない、と自分に言い聞かせた。

「きみたちは書斎で待ち伏せていたようだね」書斎の扉の下から細い明かりがもれているのを見て、そう判断したらしい。

その声は息切れさえしていない。こちらは猿ぐつわのおかげで、肺に空気を入れるのもたいへんだというのに。そのせいなのか、激しく動いたせいか、それとも——考えるのもいやだけれど——恐怖のせいか、心臓が痛いほどどきどきしている。

ペテン師は扉の前で立ちどまり、曲芸のような巧みなわざをつかって、腕の力をゆるめずにノブをまわした。扉があくと、ギャビーをなかに運びこみ、足で扉を閉めた。

「僕を待ち伏せしていたんだろ？　召使と一緒に。状況を考えたら、無分別だったと思わないか」ギャビーを抱えて書斎のなかを歩きながら、男はたずねた。

答えられないのは相手にもわかっているので、本気できいているのではないだろう。暖炉の火は弱まっていたが、まだかすかなオレンジ色の光を放って、そのまわりを照らしていた。男はそばの椅子——待機していたときに腰かけていた背もたれの高い椅子だ——にギャビーをおろした。大きな手でギャビーの両手首をつかむと、目の前にしゃがみこみ、顔をまじまじと見つめてきた。その広い肩幅に阻まれて、部屋の様子はほとんど見えなくなった。精悍《せいかん》な浅黒い顔があまりにも近くにあって、落ちつかない気分だ。藍色の目は、こちらを穴のあくほど見つめている。口もとはきりりと結ばれている。どんなにがんばっても、この男が息もとまるほどハンサムであることを認めないわけにはいかなかった。だからといって、憎む気持ちが少しでも変わるわけではない。背筋をぴんとのばし、顎をつんとあげて、ギャビーは敵意もあらわに男を見つめかえした。

ペテン師はたしなめるようにつづけた。「とりあえず疑惑は自分の胸におさめておいて、あとでミスター・チャロウやその仲間に訴えればよかったんだ。小柄な馬丁だけを護衛に、こっそりと僕に立ちむかうなんて、知恵が足りないとしか言いようがない」

ギャビーもちょうどおなじことを考えていたので、その言葉は激しい怒りの火に石炭をくべただけだった。もちろん、立ちむかうつもりなどまるでなかったことを思うと、いくらか気が晴れたのはたしかだ。立ちむかう羽目になったのは転んでしまったからで、あれはまったく偶然の出来事だった。それでも今夜、兄とおぼしき人物がロンドンに出現した事情をはっきりさせようとするまえに、もっとよく考えていたら、正体を暴露する成り行きももっとちがったものになっていただろう。

「さてと」その責めたてるような口調に、この冷血漢の目に唾を吐きかけてやりたくなった。

「完全にわが身の愚かさゆえに、きみは窮地に追いこまれてしまった」

男はほほえみかけた。ゆったりとした、会心の笑みで、まちがいなく人を小ばかにしていた。相手を蹴飛ばさないようにするために——蹴るのはわけもないことだった。男の向こうずねはギャビーの足の真ん前にあったから——ギャビーは自分に言い聞かせた。やわらかなスリッパで蹴っても、自分のつま先を痛めるのがおちだ。自由を手に入れることは絶対に無理だ、と。

誘惑に負けないために、しばらくは精神よりも肉体に意識を集中させた。暖炉の熱気がむっとするほど強く感じられる。たぶん、ペテン師との闘いでかっかしたせいだろう。ハイネックで長袖のカージミアのドレスは、事態を改善させる役には立っていない。おまけに、気まぐれな髪が鼻をくすぐって、不快さにとどめを刺している。首を振って奔放《ほんぽう》な髪を顔から払ってみたが、またもとの場所にもどってしまった。

そうでしょうよ。これがわたしの運命だもの。

鼻にしわを寄せて静かな抵抗を試み、相手をにらみつけた。残念ながら、男の視線は強制的にひらかされたままの唇に向けられていた。ギャビーの息づかいはあやしくなっている。ことによると、恐れなくてはならないのは殺されることだけではなく……

「叫ばないでいてくれるなら、それをはずしてあげよう」ペテン師はそう言いふくめると、心からほっとしたことに、猿ぐつわをひっぱりだしにかかった。ギャビーは咳きこみ、ぶるっと身を震わせた。それから深呼吸して、肺に空気を満たした。

乾ききった喉と唇に、正常な感覚めいたものを取りもどそうとしながら、猿ぐつわの正体を確かめる。それは乗馬用の手袋で、口腔にあったためすっかり濡れていた。ペテン師はさもいやそうに見てから、近くのテーブルへぽいと放り、またギャビーに目をもどした。すぐそばにいるので、太く黒い眉と眉のあいだにうっすらと横じわが寄っているのも、目尻にしわがあるのもわかった。ひげのおかげで、頬と顎は翳《かげ》りを増している。暖炉のオレンジ色の火明かりが、黒く短い髪の上で舞い、藍色の目のなかで燃えている。

「わたしをじわじわ窒息させるつもりだったの？」舌は腫《は》れあがったように感じるけれど、精いっぱい強がりを言ってみた。

ペテン師は作り笑いをした。

「そそのかすのはよくないな、お嬢さん。きみの立場は非常にやっかいなんだ。これから、いくつか質問をするから答えてくれ。正直に、だよ」

そう言うと、警告するようにつかんだままの手首を揺さぶった。ギャビーはペテン師の顔に目をすえた。強い酒のにおいと、その陰に隠れたかすかな煙草の香りが漂ってくる。最初のにおいのもとが判明したのと、しげしげと見ているうちにそわそわとした目の輝きに気づいたことから、自分をとらえている男はちょっぴりご機嫌なのかもしれないと思った。酩酊《めいてい》しているとまではいかないが、あきらかにかなり聞こし召した気配が感じられる。苦い経験から、酔った男は見ただけでわかる。目の前の男も、その様相を呈していた。

ギャビーはうんざりして、唇をゆがめた。

「あなたの言わずと知れた性分を考えたら信じるのはむずかしいかもしれないけど、世の中には正直を信条にしている人間もいるんです」唇と舌は意外になめらかに動いた。

ペテン師は冷たくほほえみかけた。

「自分は正直な人間だと言っているんじゃなければいいが」

「もちろん、わたしは——どういう意味よ？」ギャビーは気色《けしき》ばんだ。

「きみがここで不正を働いているのは、どんなおつむの足りない人間にだってわかる」

あっけにとられて、目を丸くした。「わたしが不正を働いているですって？　まあ、おもしろい。哀れな死んだ兄のふりをしている人から聞くとなおさらだわ」

「なるほど」ペテン師はにっこりした。「だが、その件について興味深い疑問がある。ウィッカムが死んだことをきみが知っているなら、なあ、どうしてきみはロンドンにやってきた？　どうして召使を送りこんでウィッカム邸の準備をさせ、妹を社交界入りさせようとしているんだ？　本来なら、ヨークシャーで深く哀悼《あいとう》しているべきときに。それが気になってしかたないいんだ」

ギャビーは険しい目でにらんだ。悪漢にしろ、そうでないにしろ、この男は恐ろしく頭が切れる。それは認めなければ。

「兄のことはほとんど知らないから、その死を憂える必要を感じなくてもおかしくないし——」自分でも弁解がましくなっているのがわかり、つんと顎をあげた。「いずれにしても、あなたに釈明する義務はないわ」

「ほら、そこがまちがっているんだよ。いいかい、どの点から見ても、いまは僕がウィッカムだ。そしてきみは——むろん、あの召使もだが——そうではないことを知っている唯一の人間だろう。じつにやっかいな立場にいるんだよ、きみは」

ギャビーは押し黙ったまま、自分の置かれた状況を頭に入れた。敵はまだ目の前にしゃがみこんでいる。両手首を抑えつけていた手は、いまは軽くかかっているだけだ。力は弱まっているものの、その指はやわらかな枷《かせ》のように手首をつつみこんでいる。やはり、逃げだせる見込みはない。自分のか弱さを考えたら、男の手は鉄製の枷も同然だ。その体にふさがれたら、どんな方法をつかっても椅子から逃げだすのは無理だし、まして部屋から逃げだすのはもちろん、彼から逃げだすなんてできるわけがない。

視線が合った。ペテン師はもうほほえんでいなかった。暗く翳る青い目は険しく真剣で、揺れる火明かりを受けてぎらぎら輝いている。口もとはきっと結ばれていた。

どこから見ても冷酷で、ギャビーを殺すこともふくめ、なんでもできそうだった。あらゆる自分の弱さが襲いかかり、魔がさして、一瞬、激しい恐怖にとらわれた。心底震え、肌に鳥肌が立った。過去にこれほど絶望的な気分になったのは、あれはたしか……

いえいえ、思いだしてはいけない。思いだすものか。わたしはもうあの日のわたしとはちがうのだから。

これからはけっしてどんな男であろうと恐れないと、あのとき心に誓ったのだ。

少し背筋をのばして、両手首に置かれた強い手も、行く手を阻む大きな体も、いまここにある重大な危機も頭から追い払い、ギャビーは男の目をまともに見すえた。

「ただちにこの家を去り、兄になりすますのをやめるなら、捕り手に追わせることも、だれかにあなたのペテンを話すこともしないと約束しましょう」

つかのま、ふたりはにらみあった。やがて、ペテン師は鼻で笑うようなあざけりの音を漏らすと、いきなり立ちあがった。そのとたん、ギャビーは両手が自由になった。その事実を頭に染みこませることしかできないうちに——そのほうが好都合だったわ、と自嘲まじりに思った。たとえ殴ってやったとしても、向こうは蚊に刺されたくらいにしか感じないだろう——男は前かがみになり、ギャビーの喉もとに両手をまわした。絞めつけることはしなかったが、親指をゆっくり動かし、いとも簡単に顎を持ちあげて、おのれの手の力強さをギャビーに感じさせた。

ペテン師の手はとても大きくて指も長く、そしてあたたかかった。伸張性のある幅広の襟のように首をつつむその手には、無言の脅しがこめられていた。ギャビーは目を見開いた。心臓が高鳴りだし、顔から血の気が引くのがわかる。男の手首をつかまないように——それが相手の望むことだと思うと、絶対にそうしたくなかった——椅子の肘かけを握りしめ、深く息を吸って呼吸を鎮めた。相手が絞め殺すつもりなら、それを阻止する力はない。頼みの綱は機転だけだ。

「僕たちのあいだで、ひとつだけはっきりさせておこう。きみは——完全に——僕の意のままだ」男は憎たらしい笑みを浮かべた。

偽ウィッカムはさらに身を近づけて、愛撫するようにギャビーの喉をさすり、目をのぞきこんだ。その目を見つめかえし、恐れていないふりをしながら、なんでもいいから、この状況を打開する方法を必死にさがしていた。ペテン師のどっしりとした外套の裾が、脚の上でたぐまるのを感じる。そして、なにか堅いものが膝に触れた。

ピストルだ、と気づくと、猛烈に胸が高鳴った。それをこの手に握ることさえできたら、この男の口ぶりもだいぶ変わってくるだろう……

「女性を脅すような男性は——」冷静なきっぱりした口調で言いだし、そっと外套のポケットに手をすべりこませた。ポケットはあたたかく、たっぷりしていて、絹の手ざわりがした。指が堅くなめらかなピストルに触れ、持ちあげた。手に伝わるずっしりとした重みが、なんともありがたい。「——軽蔑にも値しないわ」

「それでも……」偽ウィッカムは話しはじめたが、言葉をとぎらせた。ピストルはまだポケットのなかにあるものの、しっかり握りしめたギャビーが撃鉄を引いたのだ。その音は鋭く響いた。少なくとも、男には聞き逃しようがなかったのはたしかだ。その意味を悟ったときの驚愕に満ちた顔は、滑稽《こっけい》とさえ言える。ギャビーは残酷な笑みを浮かべながらピストルを取りだし、相手の胸に強く押しつけた。

ふたりは視線を合わせた。ほんの一時、どちらも動かず、黙ったままにらみあった。

「さあ、手を離してくれるわね」ギャビーの声はとても冷ややかで、断固としていた。

　ややあって、ペテン師は視線をさげた。自分を脅しているものが、ほんとうにピストルであることを確認するかのように。それから、目をぎらつかせ、唇を引き結び、ゆっくりと、いかにもしぶしぶというふうに、ギャビーの喉にかけた手を放した。

「たいへんよろしい。今度はさがって、ゆっくりとよ。両手は見えるようにしておいて」

　ペテン師は言われたとおりにした。体を起こし、一歩、また一歩と慎重に動いて、三歩さがった。その目は、ピストルをちらりと見たあとからはずっと、ギャビーにすえられている。気まぐれな髪がうっとうしくて、ギャビーは思いきってピストルから片手を放し、邪魔な髪を耳にかけた。

「断わっておいたほうがいいんだろうが、そのピストルは引き金がとても敏感なんだ」気軽でさりげない調子だった。

　ギャビーは意地悪くほほえんだ。「だったら、わたしの指が動く理由をつくらないように、くれぐれも気をつけることね。悪いけど、もう少しさがってくれない。そう、そこでいいわ」

　腰をすべらせて革椅子の端まで移動し、絨毯に両足をしっかりとつけると、ギャビーは両手でピストルを握って、ペテン師の腹にぴたりと狙いを定めた。相手は三フィートほど離れたところから、こちらを見ていた。両手を肩の高さまであげ、てのひらを見せて、歯を食いしばっている。外套の前はあいていて、真っ白なシャツと、黒い膝丈《ブリーチズ》のズボンと、淡い銀色のウェストコートが見える。ペテン師は顎を引き締め、怒りに目をぎらつかせていた。ちょうど、女性に負かされただけでなく、それがくやしくてならないという男のように。

「さてと、あなたのような悪者をどうしたものかしら」ギャビーはひとりごとのようにつぶやき、形勢を逆転させた快感をとことんまで味わった。「すぐさま撃ってしまうべきか、それとも、当局に突きだすにとどめたほうがいいか」

「もちろん、それはきみの自由だ。しかし、どうするか考えているなら、これも考慮に入れておいたほうがいいな。ウィッカムでないことを世間にひろめられたら、僕はウィッカムがじつは死んでいることをばらして、きみの邪魔をせざるをえなくなるだろう」

これを聞いて——言った本人が思っているより効果的な脅し文句だった——ギャビーは眉をひそめ、声をとがらせた。「ふん、死んでしまえば、あなたにはなにもばらすことはできないでしょ」

「そのとおりだが、きみが殺人犯になりたがっているとは思えない。絞首刑が待っているからね」

「銃を向けただけでなく、絞め殺そうとした男を撃つのは、殺人とは考えられないわ」むっとして、言いかえした。

ペテン師は肩をすくめた。「手をさげてもいいかな？　ぴりぴりしてきた……」そう言うと、返事も待たずに両腕をおろし、血のめぐりをもどすかのように両手を振った。それから腕組みをして、からかうような目を向けた。「当然、殺人かどうかを決めるのは法廷だが、判決がくだるまでには、きみが無実かどうかなんてどうでもよくなっているだろう。問題は醜聞《しゅうぶん》だ。きみも家名を傷つけたいとは思わないはずだ」

ギャビーは唇をきっと結んだ。自分の胸のなかだけとはいえ、核心をつかれたことを認めるのは容易ではなかった。けれども、この男の言っていることは、恐ろしいばかりに、いやになるくらい正しいのだ。クレアに最上級の花婿を見つけてあげたいと願うなら、相手には醜聞の気配さえ伝えてはならないだろう。

ギャビーは暗然とほほえんだ。「あなたの警告が、たいへん役に立つことは認めないとね。あなたを撃ったら、その事実を隠すことにします」

ペテン師は眉をあげた。「そうなるときみは、さっき僕に指摘した苦境に立たされる。えーと、血まみれの死体の始末のことだ。きみの力では僕を運べないだろ？　僕の体重はきみより、ざっと見積もって六ストーン（一ストーンは約六・三五キログラム）は多い」そこでギャビーの背後に目をやり、顔を輝かせた。「いいところへ来たな、バーネット。すまないが……」

その先をどうつづけるつもりだったのかは、わからない。とっさに振りかえると、バーネットなどどこにもおらず、書斎の扉は閉まったままだった。そういった事実を確認し――それには一秒もかからなかった――だまされたことに気づいたところで、にわかな音と動きがして、はっと前に視線をもどした。しかし、もう遅かった。一瞬目を離した隙に、敵は飛びかかってきて、痛いほどの強い力でギャビーの手首をつかみ、ピストルを横へ向けさせながら、もぎとろうとして……

ほんとうに引き金をひくつもりだったのかどうかは、あとから考えてもわからなかった。どちらにしても、ラバに蹴飛ばされたように弾が飛びだし、とてつもなく大きな音が響いた。ペテン師は鋭い叫び声をあげ、体の脇に手を当ててよろよろとあとずさった。時がとまったかのような一瞬、ギャビーの恐怖に満ちた目と、男の驚いたような目が合った。

「ほんとうに僕を撃つとは」偽ウィッカムは言った。

7

彼女は相手がいまにも倒れて死ぬのではないかというような目で、偽ウィッカムを見つめている。彼は弾がめりこんだ箇所に手をあてがいながらも、その恐怖におののいた顔を見て、口もとにゆがんだ笑みを浮かべた。彼女がどう思っているにしろ、傷の位置から考えて、死ぬことはないのはわかっていた。撃たれたのは骨盤のすぐ上で、そこには生命維持に不可欠な器官はない。

しかし、出血はしていた。大量に。噴きだす生あたたかい血が、てのひらに感じられる。奇妙なことに、痛みは少しもなかった。とりあえず、いまのところは。もっとも、最初の衝撃が去れば、痛みだすことはわかっていたけれど。

この〝妹〟には驚かされた。この手の危ない橋はこれまで何度も渡ってきたが、いまではもう、めったにないことだ。根は用心深い男だから、無事に生き延びてこられたのだ。だが、行き遅れた痩せっぽちの英国レディに、この俺に刃向かうほどの度胸があるなんて、ましてや、相手のピストルを取りあげて引き金をひけるなんて、だれにわかっただろう。

俺にはわからなかった。

それに関してはおもしろい話がある。劇場を出てベリンダを家まで送ったあと、一緒に行くという申し出を断わり、ひとりで夜の街をさまよった。危険ではあるが必要な作戦のため、獲物がおいしそうな餌につられて姿をあらわすことを期待して、それらしき賭博場をはしごしたのだ。その手の任務では撃たれることを予測して心の準備ができるし、今夜もずっとしっかり警戒していた。それが、安全でしかるべきはずのわが家にもどったとたん、ロンドンの物騒な通りをうろつくどんな暴漢よりも危険なやつに出くわしたのだから、こんな皮肉な話があるだろうか。

そいつは、まだこちらを見つめている。グレーの目を見開き、口をひらきぎみにして。そのほっそりした体——運んでいるときにたまたま発見したのだが、人並みの女らしい魅力はそなえていた——は、どうにもばかげているが、助けに飛んでくる態勢のようだ。

そいつは、こんなことにならずにすんだ理由はすべてさておき、この俺におおいに興味を持ちはじめたのだろうか。

「僕を撃つとは」彼はガブリエラの視線を受けとめ、かすかな驚きをにじませて、もう一度言った。そのとき衝撃が去っていき、傷がうずきだした。急激な鋭い痛みに、彼は動揺しないでいるのが精いっぱいだった。

8

「自分が悪いのよ。ピストルを奪いかえそうなんて考えるから。まあ、どうしましょう、血が出ているわ」最後にそうつけくわえたのは、偽ウィッカムが脇腹の傷を見ようと手をどかしたときに、てのひらに鮮血がついているのが見えたからだ。ギャビーはまだ大きな革椅子の端に腰かけたまま、片手を頬に当て、恐怖に目を見開いていた。ピストルは弾が発射されるなり、力の抜けた手からすべり落ちて、いまは足もとの絨毯に転がっている。あたりには火薬のつんとするにおいが濃く漂っていた。

「僕の血まみれ死体を始末しなきゃいけないかもしれないと、まだ心配しているのか」そう言いながら、はかない笑みを浮かべる。だが、ギャビーの不安は少しも薄らぐことはなく、男がブリーチズからシャツの裾をひっぱりだして持ちあげるのを、呆然と見守っていた。筋肉質な上半身の大部分があらわになり、黒っぽい毛の塊がある褐色の肌が見えた。ブリーチズを少し押しさげたので、左の腰骨の真上のギザギザした傷口から血が流れているのがわかった。ペテン師はそれをちらっと見やると、シャツをもとの位置におろし、片手を傷口にあてがった。

「傷は深いの？」ギャビーは吐き気をおぼえた。

「たいしたことはない。ほんの浅手だよ」

浅手にしろなんにしろ、彼が外傷の影響を受けているのははた目にもあきらかだ。傷口を押さえていないほうの手を背後にのばし、よく磨きこまれた紫檀《したん》のデスクチェアを探りあてると、椅子の背をつかむ。ゆがんだ表情をして後ろにさがり、ぐったりとそこに腰をおろした。そのわずかなあいだに、顔はますます蒼白になっていた。ギャビーもますます恐怖心をつのらせながら、その様子を見つめていた。

「お医者さまを呼ばなければいけないわ」心を落ちつけながら立ちあがり、脚の痛みなど気にもとめず、ペテン師のかたわらに寄った。極限状況に置かれ、相手を撃つことになったそもそもの原因は頭から抜け落ちていた。目の前の男はいまや唇まで白く、おそらくは苦痛のせいで、目を細めている。男の二の腕にそっと手をかけ、傷口のほうへ視線をさげた。外套を上着の裾と一緒に後ろへ押しやり、片手をウェストコートとシャツの境目に当てている。そこから血がにじみでて、男の指を伝って赤い涙のようにこぼれ落ちていた。ギャビーは身をすくめた。

「出血をとめるものをさがさなくちゃ……」

ペテン師は嘲笑まじりに言った。「まさか、あやうく僕を殺そうとしておきながら、看護婦代わりをつとめる気じゃないだろうな。なにか力になりたいなら、外套を脱ぐのを手伝ってくれ。こいつめが邪魔でしょうがない」

ペテン師はもう肩であえいでいる。言われるままに、ずっしりした外套の襟もとをつかむと、男は傷口があるほうの肩をすくめて腕を抜きだした。後ろにまわってもういっぽうの腕も自由にしてやったとき、絨毯敷きの廊下を駆けてくる足音が聞こえ、ギャビーは思わず扉のほうへ目をやった。ペテン師もおなじ音を耳にしたようだ。歯を食いしばり、額に汗を浮かべながら、ギャビーを見た。

「きみが言ったとおり、銃声を聞きつけて、家じゅうの者が起きてきたらしい。さあ、ガブリエラ、決心してくれ。たがいの秘密を守りあうか——どうするか」

そのとき、書斎の扉が勢いよくあけられた。ジェム——片方の手首に結びつけられたロープの先を体の前に垂らしている——が最初に飛びこんできて、あとからバーネットとやらいう巨漢が、ジェムから取りあげたピストルを握りしめてはいってきた。ジェムはどうやら武器の脅しにはおびえていないらしく、それがバーネットを面食らわせているようだ。ふたりとも乱れた格好で、頬を紅潮させ、見るからにあわてた顔つきをしている。バーネットのほうは片目を腫らして、まぶたが半分おおいかぶさっていた。

「ミス・ギャビー！　ミス・ギャビー！　ありがたい、生きてたんですね。その野郎がなにか危害を加えやがったら……」声が尻切れトンボになった。ジェムは足をすべらせて急停止し、目を丸くしてふたりを見て——かたやペテン師は、蒼白な顔に汗を浮かべて椅子の背にもたれ、片手を出血している傷口に当てている。かたやギャビーは、かすり傷も負わず、そばに立って、ペテン師の重い外套を両手でつかんでいる——事情を理解した。

「まさか、その娘っ子に撃たれたんじゃないでしょね、キャプン」バーネットがあきれた声で言った。彼もジェムと同様、立ちすくむように足をとめてから状況を把握し、こちらにピストルを向けてきた。ギャビーはとっさにペテン師のほうに身を寄せた。

「それをどかせ、バーネット」偽ウィッカムは叱りつけた。

「へへっ、どっちにしても、弾はこめてないよ」ジェムが勝ち誇った声をあげ、ギャビーのほうへ駆け寄ってきた。

「なんだと、こいつ……」バーネットはジェムに薄気味悪い目を向けたが、あとの言葉をのみこみ、武器をポケットにしまうと、ギャビーに非難めいた視線をちらっとやり、傷ついた主人のかたわらへ飛んでいった。「おい、娘さん、こんなことしなくてもよかったのに。言いたいのはそれだけだ」

「ミス・ギャビーがこのならず者を撃ったとしても、安心しろ、当然のことをしたまでだ」ジェムがいきりたって主人の肩を持ちながら、手首のロープをほどいて脇へ放った。「それに、そっちの彼女には骨の折れる仕事だろう。そのごろつきが女ならな」

「ジェム、黙りなさい」ギャビーはこのふたりが目の前で交戦を再開するのではないかと、はらはらした。

ところがバーネットは、ジェムに憎々しげな一瞥をくれただけだった。しゃがみこんで血まみれのシャツをめくり、傷口をじっくり眺める。彼の気持ちは全部、主人に向いていた。

「キャプン、キャプン、傷の程度はどうですか。ちぇっ、思ったより飲んでるにちがいない。この娘さんみたいな小物に穴をあけられちまうなんて」

「ミス・ギャビーのことは、おまえみたいな下々の者はレディ・ガブリエラと呼ぶんだ」ジェムは大男にけんつくを食わし、女主人の手首を握ると、連れていこうとした。

「ジェム、放して。ここを離れるわけにいかないのはわかるでしょ……」ギャビーは馬丁に心ここにあらずのまなざしを投げた。

「ところが僕のほうは、きみにここから出ていってもらいたいんだ」ペテン師は荒い息で言った。苦痛を味わいながら、バーネットがシャツの裾を丸めて出血をとめようとしているのを我慢している。その苦しみも、身から出た錆《さび》だ。「必要なことはなんでもバーネットにできるからだいじょうぶ。あとは合意に達するだけだ――さあ、お嬢さん、僕たちは敵か味方か――決心したら、きみは僕の善意とともに去ってよい」

「あなたをこんな状態でほうっておくなんて、ずいぶん褒められた行為だこと」ギャビーは憤慨して言った。

ペテン師の表情はわかりにくかった。「それを言うなら、僕を撃つのもあまり褒められた行為じゃない。だから僕がきみなら、いまは品性についてあれこれ頭を悩ますことはしないだろう」

ギャビーはあきれかえった。「あなたはわたしを絞め殺そうとしていたのよ！」

「しかし、僕が本気じゃなかったのは、きみもわかっていたはずだ」

ペテン師は顔をしかめた。バーネットがとびきり痛いところを押しているにちがいない。一瞬、その子分を褒めてやりたくなった。

「本気じゃなかったですってえ……」ギャビーは二の句が継げずにかぶりを振ったが、相手が蒼白な顔で椅子に沈みこみ、血を流しているのを見て、まずなにが大事かを思いだした。

「とりあえずそれはいいとして、お医者さまを呼ばないと」

ペテン師は首を振った。「バーネットにできるからいいと言っただろう。さあ、決心してくれ」

「キャプン、娘さんの言うとおりですよ。医者を呼んだほうがいい」

「医者なんかいらない――それに、気をつけろよ、バーネット。さもないと、おまえの〝キャプン〟とやらが、われわれを破滅させるぞ」ペテン師は歯を食いしばって言った。鮮血がかつては真っ白だったシャツの塊から染みでて、じわじわと、だが仮借なく、銀色のウエストコートにひろがりはじめている。椅子の支えがなければ、手負いの男が起きていられないことはあきらかだった。

「呼ばなきゃいけないのは、医者じゃなく捕り手だよ」ジェムが言い、凄惨《せいさん》な笑みを浮かべてバーネットを見た。「この底抜けのあほんだら、今夜の所業は重大な報いを受けると警告してやっただろ」

バーネットがさっと立ちあがった。拳を握りしめ、主人の血まみれのシャツの裾を赤い旗のように垂れさがらせたまま。

「よく聞け、この寸足らずの妖精じじい。おれにはまだ、おまえとこちらのお嬢さんをやっつける力があまってるんだ。おぼえておいたほうが身のためだぞ」

「そのくらいにしろ、バーネット」ペテン師が鋭く言った。バーネットは主人をちらりと見ると、おとなしく引きさがり、ぶつぶつ言いながら手当てにもどった。

「いまにとっちめられるぞ、この悪党ども」ジェムが満足げに言ったとき、どやどやと階段をおりてくる足音が書斎を満たした。困惑したような大声が飛び交っているが、まだ遠いので内容まではっきり聞きとれなかった。「おまえたちも、今日じゅうにオールド・ベイリー行きだ。見てろよ」

「なんだと、そこまで言うなら、まずおまえの瘦せっこけた首をひねって、その場面を目撃する楽しみを奪ってやろうか」バーネットが吼えた。

「ここよ！　書斎にいるわ。早く来て」ギャビーはホールにまで届くように声を張りあげた。

それに応えて、心配そうなざわめきが起こり、大群衆が押しよせてくるような足音が聞こえてきた。

「ご心配なく。あいつらに、キャプンをやすやすと連れていかせたりしません」目をぎろりと剝《む》いて、バーネットはまたもや立ちあがった。

「いや、待て、バーネット」ペテン師はバーネットの腕に手を置いて制し、こちらを見た。

「時間はもうないようだ。秘密を守りあうか、ガブリエラ、どっちなんだ?」

　唇をすぼめ、ギャビーは相手を見つめかえした。目は険しく細められ、額には汗が浮かび、苦痛のしわが寄っている。ウエストコートには血痕がひろがり、その下から出ているシャツの裾は深紅に染まり、そこから血が滴《したた》って、足もとにできた染みは確実に大きくなってゆく。かたわらでは、主人に抑えられたバーネットが、追いつめられた獣さながら、あけはなした扉に向かってうなっている。

「そんなことするもんですか」ギャビーは首を振った。考えただけでぞっとする。この男が偽者であることを黙っているなんて、とうていできない。それが悪いことだというだけでなく、危険でもあるから。相手がいつ襲ってくるかもしれない。彼には攻撃できないほどの外傷をあたえてあるとしても、バーネットに指図して、ペテンの唯一の生き証人であるわたしとジェムを始末させることはできる。この見も知らぬ不気味な男が兄のマーカス、すなわちウィッカム伯爵だという芝居に乗るのとくらべたら、妹たちと自分を救うためにたくらんだつたない計画が、まるで無邪気なものに思える。いっぽうのこちらは、危険をともなう大がかりな詐欺で、そんなものにかかわる気はない。

答えを聞いて、ペテン師は口もとをゆがめた。まだなにか言いたそうにも見えたが、ちょうどそのとき、ひらいた扉越しにスタイヴァーズの姿が目に飛びこんできた。ナイトシャツの上からブリーチズとズボン吊りを身につけ、どうやったのか知らないが素足を紐なし靴に押しこんでいた。執事は室内をちらりとうかがってから、勢いよく足を踏みだしたが、戸口でつと立ちどまった。仰天した顔で、ことの次第を見渡している。スタイヴァーズの後ろには、クレア、ベス、トゥインドル、ミセス・バックネル、その他おおぜいの召使たちがいて、いずれも寝間着の上にさまざまなものをひっかけ、ぶつかって立ちどまったらしく押しあいへしあいしながら、われ先に執事の向こう側の様子を見ようとしていた。

「さあ、キャプテン、おれがここから連れだしてやりますよ」バーネットがささやいた。

逃げだす気になったらしいバーネットは、抵抗する主人の腕を自分の肩にまわそうとして、保護本能の発達した怒れる巨人のようにのしかかっている。ペテン師はいらだちまじりの仕草で手下をはねつけると、ギャビーをじっと見すえた。

「残念だね、きみも妹たちも、社交生活を控えなければならないなんて」ペテン師はおだやかな遺憾の気配を漂わせ、室内の者にしか聞こえないほどの小声で言った。「一般的には、兄が死んだ場合の服喪期間は一年じゃなかったかな？　そのあとからでは、きみの環境はまちがいなく一変しているだろう」

ギャビーは男に瞳をこらした。自分が知っていることを話すだけで、この男がペテン師だということは暴露される。怪我を負ったこの状態では、たとえバーネットの助けを借りても、逃げきる望みは薄い。どんな罰を受けるにしても、それは自業自得だろう……

いっぽう、わたしや妹たちまでいわれのない報いを受けて苦しむことにもなる。ひとたびマーカスの死がひろまれば、またいとこのトーマスはつぎの伯爵としての正当な地位に就き、わたしたち三姉妹は、よくて〝終身、伯爵の貧しい親戚として暮らす刑〟に処せられるだろう。

事実をくつがえせないのは完全にわかっていながら、こんな考えが浮かんだ。トーマスに継がせるくらいなら、素姓や魂胆はどうあれ、この男に伯爵のふりをさせるほうが、自分や妹たちにとっては益になる。

もちろん、未来を手に入れる計画が実現するまえに、ジェムもろとも殺されなかったとしての話だけれど。

すべては、ギャビーの出方にかかっている。ペテン師と目が合った。正しい道を行くなら、もう決心しなければ。名誉と真実の道、身の安全のための道……

それはまた、自分やクレアやベスにとっては、貧困と敗北の道でもある。

「あなたはどうしようもない悪党ね」ギャビーは歯噛みし、男の目を見つめた。マーカスの死を隠しとおすという邪悪な取引を結ぶとしたら、この男は悪魔にちがいないのだから、なにかとんでもない要求をふっかけてくるだろう。そこで自分の選択がまちがっていたことに気づいたら、そのときにはみんなに聞こえるように大きな声を出せばいい。

「お医者さまに診《み》ていただくのがいちばんだわ、ウィッカム」相手の目を見つめたまま、はっきりと言った。ペテン師はギャビーの心の変化に応え、うっすらとほほえみ、首を少し傾けた。その隣では、バーネットがうさん臭い目つきでこちらをにらんでいる。ギャビーの隣では、ジェムが息をのんだが、すぐに怒りがこみあげてきたようだ。

「ミス・ギャビー……なんと……ミス・ギャビー！……」

視線をペテン師――いえ、いえ、この男はもうウィッカムなのだ――から使用人に移し、ギャビーはジェムと目を合わせると、異論をまくしたてようとする相手に首を振った。

「黙ってなさい」鋭く耳打ちした。いまなにが起こったのかを理解しようと表情をくるくる変えながらも、ジェムは言いつけを守り、ほんの一瞬、たまらなくまずい薬をのまされたかのような顔をした。つづいて口をぴしゃりと閉じると、視線をバーネットに転じ、馬泥棒を働こうとしている者にくれてやるたぐいの、汚らわしい者を見るような目つきでにらんだ。

そこで、内輪の話をする機会はなくなった。

「お邪魔して申し訳ありません、閣下。邸内で銃声のような音が響き、眠りを破られたものですから」後ろから来る者たちの団結した力に、押されるようにはいってきたにもかかわらず、スタイヴァーズは体の均衡だけでなく、品位も失わなかった。

「ギャビー、なにがあったの？」クレアはひしめく人々を突破して姉のそばまで駆け寄り、スタイヴァーズとほぼ同時に声を発した。絹のようになめらかなカールを乱さないためにレースの縁どりのついたナイトキャップをかぶり、その紐を顎の下で結んでいても愛らしく、ふわりとしたナイトドレスの上からややくたびれた藤色のショールをはおっただけの姿でも慎み深く見える。ベス――長い髪をおさげにして、青いダマスク織りの上掛けを体に巻きつけている――は室内にはいったとたん足をとめ、ウィッカムを見つめた。

「マーカスが血を流してる」

あとからやってきた者たちはいっせいに息をのみ、ウィッカムに目を向けた。つかのま、全員が立ちすくみ、それから口々に叫んだりさえずったりしながら、一挙に前進してきた。気がつくと、ギャビーはもみくちゃにされ、まわりを取り囲まれていた。

「まあ、マーカス」クレアがため息をつき、姉の腕にしがみつきながら怪我人の様子をよく見ようとした。血は絨毯にぽたぽたと垂れている。シャツの裾はぐっしょりとなっており、それ以上吸いこむことはできなかった。

「閣下！」トゥインドルは惨状を見定めながら、恐ろしさに両手を握りしめた。「なんと、おいたわしい。お顔の色が真っ青ですよ。さあ、さあ、これを傷口にお当てになって」三つ編みにした灰色の頭にかぶっていたナイトキャップをむしりとり、バーネットに手渡す。バーネットはいやそうに受けとったものの、その純白の布を丸め、ふたたび膝をついて主人の傷口にあてがった。

「青くなってあたりまえだよ。ほら、こっぴどい穴があいちまってるんだから」新たに雇い入れた従僕のひとりが、ばかにしたように言いきったが、トゥインドルの辛辣《しんらつ》なまなざしにあい、顔を赤らめた。

「すぐに門番を呼びつけませんと、閣下。何者がこんな狼藉《ろうぜき》を働いたのか教えてくれるでしょう」ミセス・バックネルが叫び、暗がりに賊が隠れてでもいるかのように、あたりをきょろきょろ見まわした。

「おそらく、みんな僕のせいだと思う。ピストルの扱いが悪かったんだ」ウィッカムが驚くほどしっかりした声で、一同に告げた。「恥ずかしい話だが、弾がはいっていないと思いこんで、外套のポケットに入れておいた。ポケットから取りだそうとしたとき、暴発したんだ」

「スタイヴァーズ、見てのとおり、伯爵は負傷しています。ジェムにあなたを呼びにいかせようとしていたところなの」ギャビーは稽古《けいこ》を積んだかのように、自然にあとを引きとった。みなに建設的な行動をとらせるなら、それを指揮するのはどう見ても自分だ。「ただちに、お医者さまの手配をして。あなたなら、どこをさがせばいいか知っているでしょう」

「かしこまりました、ミス・ギャビー」出血している主人を見て動揺しているのはあきらかだが、難局をりりしく乗りきる気配を漂わせ、指令に一礼して応える。去り際に、まだ赤面している従僕に威圧的な合図を送り、自分のあとに従わせた。

「さっきも言っただろう。医者はいらない。必要なことはバーネットにできる」ウィッカムは椅子にだらりともたれかかり、有無を言わせぬ目でギャビーを見た。

「ばかを言わないで」ギャビーはにべもなく答えると、伯爵の外套を召使に渡した。ウィッカムが自分では彼女に命令したつもりだったのは明瞭で、それをあっさり無視されて口もとを引き締めたが、言いかえしてはこなかった。たぶん、血の気のない顔色から判断して、反論する力もないほど弱っているのだろう。「バーネット」——主人のかたわらにしゃがみこんでいる不機嫌そうな大男は、警戒しながらギャビーの目を見つめかえした——「おまえなら手当てできるでしょうけど、やはりその傷はお医者さまに診てもらわなければいけないわ」

ウィッカムは黙ったままだ。バーネットはためらったが、すぐにそっけなく言った。「そのとおりだろうね、お嬢さん」

「おまえのようなやつは、レディ・ガブリエラと呼べ」ジェムがどなりつけた。ギャビーはジェムを鋭くにらみつけ、口に気をつけるよう目で警告した。

その場に残っていた使用人と家族は、さらなる指示を求めてギャビーのほうを見た。ウィッカムに目をやると、おびただしい汗をかき、さらに深く椅子に沈みこんでいる。足もとに垂れている血の量もはなはだしく、血だまりをつくりはじめている。

「バーネット、閣下をお部屋まで運んでもらえないかしら。そこでお医者さまを待つのがいちばんだと思うの。フランシス――」ギャビーはホーソーン・ホールから連れてきた従僕に呼びかけた。「おまえはバーネットを手伝って。ミセス・バックネル、すまないけど、リント布と清潔なタオルとお湯を上に運んでちょうだい。お医者さまがみえるまで、なんとか出血をとめられないかやってみるわ」

家政を取りしきることにはすっかり慣れていたので、ギャビーは凛《りん》とした態度で告げた。命じられた者たちはみな、すみやかに動きだした。

「ミス・クレア、ミス・ベス、われわれは部屋に引きあげたほうがいいでしょう。ここにいても、邪魔になるだけですから」トゥインドルはふたりに交互に視線を向けた。

「眠れるわけないじゃ……」ベスはひとにらみされて、語尾をのみこんだ。

「ギャビー、どうしてここにいたの？　ジェムまで……」まだ隣に立っていたクレアが、ひっぱっていこうとするトゥインドルを尻目に、眉をひそめてきいた。

なにか答えようとしたところで、使用人たちがはっと息をのむ音が聞こえた。

「気を失ってしまった」バーネットがかすれた声で言った。首をめぐらし、ギャビーは愕然とした。ウィッカムはほんとうに意識を失っていた。顔は土気色で、目を閉じ、ぐったりとバーネットにもたれている。バーネットは主人の腰に両腕をまわして支えていたが、手の位置を変えて、赤ん坊を抱くように抱きあげた。

バーネットは目に恐怖の色を浮かべ、腕のなかで大きな体をだらりとさせている主人から、ギャビーに視線を移した。

「お嬢さん、ど……どうしたら……」バーネットはうめいた。

「閣下を上に運びなさい」ギャビーはおだやかに命じた。バーネットはうなずいた。なにをすればいいのか教えてもらってほっとしたような顔になり、死んだようにずっしりと重いウイッカムを抱いたまま、扉のほうへ向かった。ギャビーもあとにつづきながら、振りかえってつけくわえた。「ミセス・バックネル、頼んだものを急いで取ってきてね。ジェム、あなたにも来てもらったほうがいいかもしれない。残りのみんなは、ベッドにもどってくれるのがいちばんよ」

9

医師が到着するまでには、夜が明けかかっていた。伯爵の寝室では、最初のほのかな光の指が、きっちり引かれたカーテンの端のあたりを探りはじめ、下の通りからは、マフィン売りの車輪やベルの音が聞こえてくる。未明にベッドにもどされた使用人たちは、ふたたび目覚めつつある。ウィッカムは寝室の中央にある深紅のカーテンつきの大きな四柱式ベッドの真ん中で、あおむけに寝ていた。上半身裸でブリーチズのウェストをゆるめ、傷の具合がよく見えるように片側をおろし、靴を脱いだ格好で、ふたつ重ねたやわらかな羽毛枕に黒い髪の頭を預けている。顔には青白い影がさしているものの、上掛けがベッドの足もとまで引きさげられていて、白いシーツに褐色の肌が映えていた。

凝《こ》った彫刻をほどこされた紫檀のベッドのサイズを考えると、そこにどうにかおさまっているウィッカムの大きさは驚くほどだ。肩幅はマットレスの幅の半分近くあるし、靴下だけの足はベッドの下端のほうまで届いている。

怪我をしていようが、服を脱いでいようが、彼は恐ろしく見える。あの大きな手を首にまわされたときの絶望感を思いだし、ギャビーの心は震えた。

これは危険な賭けだという思いが、またしても強くなった。でもいまは、大切にしているものをみずから脅《おびや》かす気でもないかぎり、ほかに方法はないのだ。

とにかく、いましばらくは悪事を黙認することによる危険をかえりみてはいられない。淑女の慎みなどということはまた別の話だ。本音を言えば、自分が置かれた状況は想像した以上に居心地が悪い。父が危篤《きとく》状態のときに看護した経験もあるし、ホーソーンの借地人が怪我や病気で苦しんでいるときに呼ばれて介抱したこともあるから、男性の体に接するのがまったくはじめてというわけではない。それでも、いくらか薹《とう》の立った未婚女性の身としては、見知らぬ人の裸に近い男らしい体を間近にすることになるとは思いもよらなかった。

ギャビーは精いっぱい努力して、むきだしの大きな肩や、黒い毛が群生している広い胸や、筋肉質の腹部や、それに――きゃっ！――ほとんど丸出しになった局部などは、気にかけないようにした。とはいえ、意志の力を総動員しても、目の前の仕事に完全に集中することはできなかった。怪我人の手当てをしながら、その胸毛がちょっとごわごわしていることを知らずにいるのは不可能だし、肌の熱さとサテンのようななめらかさ、筋肉の硬さ、ほのかな麝香《じゃこう》のにおいに気づかずにいるのも無理だった。それでも、冷静にその裸と向きあおうと心に言い聞かせた。目下のところ、この男は自分の患者なのであって、それ以上でもそれ以下でもない。

そんなわけで、かなり警戒してベッドの端に腰かけているものの、ギャビーは冷静かつ手ぎわよく、彼の安否がかかっていると思われる止血に全力を注いだ。まだ血が流れている傷口にあてがったリント布とタオルを、重ねた両手で押しつづけながら、手もとより下には絶対に目をやらないように——少なくとも、必要以上には目をやらないように注意した。この一時間のあいだに、止血用の当て物は一度取り替えた。最初につかったものは、ぐしょ濡れになってしまったのだ。

なんと多いのだろう。いま頭を悩ませているのは、あとどのくらい血を失ってもだいじょうぶなのかという問題だ。

「僕を苦しめようとしているなら、見事に成功しているよ、お嬢さん」ベッドに運ばれた数分後に意識を取りもどしたウィッカムが、なかば閉じた目の端からこちらを見ている。声は弱々しいものの、皮肉っぽい響きは健在だ。顔をしかめて、もどかしそうに身じろぎし、ギャビーの看護から逃れようとむなしい努力をしている。「きみの手当ては弾を受けたときより痛みを感じる」

「じっとして」ギャビーはぴしゃりと言った。「動いたらよけい傷にさわるわよ」

「そもそも僕の体に穴をあけたのがきみだということを考えたら、心配そうな顔も嘘っぽく見えると言っても許してくれるよね」

「どう見ても、あなたは考えが足りないわね。あなたがウィッカムとして死んだら、わたしの状況は実の兄が死んだ場合とちっとも変わらないでしょ」

「はは」ウィッカムはかすかにほほえんでみせた。そのせいで、また苦しんだようだけれど。

「ならば、僕の命をきみにゆだねてもだいじょうぶそうだね」

「残念だけど、そのとおりよ」

「ううっ」

ウィッカムが叫んだのは、手を添える位置を変えて、ふたたび血が噴きだしはじめた箇所をまともに押さえたからだ。てのひらに、あたたかいものがにじみでてくるのを感じる……。

「そいつを巻きつけるだけにして、もう終わりにしてくれないか」容赦なく当て物を押さえつけると、ウィッカムはまた身じろぎした。「そんなふうに押されると、ものすごく痛むんだ」

「それは自業自得というものだと思うわ」冷静かつおだやかに言いながら、ギャビーは力をこめつづけた。

ウィッカムは表情をゆがめ、食いしばった歯のあいだからすうっと息を吸いこんだ。「ほう、そう思うのか。きっと嬉々として、僕の親指を締めつけたり手足をひっぱったりして拷問にかけるんだろうな」横目で、所在なげにつったっている手下のほうを見る。「なにか飲み物を持ってこい、バーネット。喉がからからだ」

「はい、キャプン——じゃなくて、閣下」

バーネットが命じられた仕事のために動きだしたとたん、寝室の扉をそっとたたく音がした。ギャビーがこのペテン師を兄だと称したときからおもしろくない顔をしていたジェムが、ますます不機嫌さをあらわにして応対に出た。小声のやりとりがあったあとで、ジェムは扉を大きくあけ、ぶっきらぼうに言った。

「医者が到着しました」

白髪頭の恰幅《かっぷく》のいい外科医がただごとではない様子ではいってくると同時に、扉の向こうの廊下に使用人が集まっているのが見え、心配そうな顔つきのスタイヴァーズとミセス・バックネルの姿がちらっと目に映った。この状況——偽の兄が夢うつつの状態で、あるいはあまりの苦痛から、うっかりしたことを口走らないともかぎらない——では、怪我人のそばについているのは、自分とジェムとバーネットだけのほうがいいだろう。

「水か？　水だと？」顔は外科医のほうを向いたままでも、ウィッカムの吐きだすような言い方に、怒りに満ちた抗議が聞きとれた。「葡萄酒がいい。さもなければ、酒だ。こんなものはさげろ。もっとまともな飲み物を持ってこい」

バーネットは主人の頭をやさしく持ちあげて支えていたが、間一髪のところで主人の手からグラスを奪い、床にたたきつけられるのをふせいだ。そのおかげで、怪我人の頭を枕におろすのが、持ちあげたときよりもいささか雑になった。

「なにをするんだ、バーネット。おまえまで僕を殺す気か」

「すみません、キャ――えっと、閣下」

外科医がベッドまでたどりつき、手をもみながらギャビーにお辞儀をした。「はじめまして、奥方、ドクター・オームズビーと申します。では、拝見いたしましょうか。銃創だとうかがいましたが。なるほど。ちょっと失礼いたしますよ、奥方、もう少しそばに寄らないと……」

ギャビーは不平ひとつ言わずに場所を明け渡し、立ちあがった。

「帰れ。おまえなんかに、いじりまわされる気はない」ウィッカムは外科医をにらみつけた。血まみれの当て物を取りあげ、傷口をのぞきこもうとしていたオームズビーは、びっくりして布を取り落とし、誇りを傷つけられたような顔であとずさりした。

「閣下……」

「そんな聞き分けのないことを言わないの」ギャビーは割ってはいり、晴ればれとした口調でウィッカムに話しかけた。「お医者さまにはもちろん診ていただかなくてはならないわ。痛い思いをするのが怖いんでしょうけど、そのくらいは我慢しないとね」

今度はギャビーをにらみつけて、ウィッカムは言った。「痛みなんか怖いもんか」

「あら、てっきり怖いのかと思っていたわ」

ウィッカムはなにか投げつけたいような顔で、ギャビーを見ている。

「いいだろう」食いしばった歯のあいだから、外科医に言った。「だったら、僕を診察しろ。

だが、くれぐれも慎重にな」

頬がゆるむのをこらえながら、ギャビーは外科医の様子を見守った。オームズビーはいくらか警戒した顔つきになって、もう一度当て物を取りあげると、唇をすぼめながら、患者の骨盤や腹部を手で探ったり確かめたりした。外科医がふたたび顔をあげるまでに、ウィッカムは顔色がずっと悪くなり、おびただしい汗をかいていた。その口からはどんな音も漏れてこないものの、診断が苦痛に満ちているのはまちがいなかった。

これまでの事情を考えたら——なんといっても、この男はほかの注目すべき罪に加えて、わたしとジェムの命を脅かしたのだ——とても同情できるものではない。

「弾丸はまだ傷口に残っています」オームズビーが断言し、かがめた身をようやく起こすと、ギャビーに告知した。「剔出《てきしゅつ》手術をおこなわねばなりません」

ウィッカムの顔に浮かんだ表情は、まぎれもない恐怖だった。

「僕はどんなやぶ医者にも体を切らせたりしないぞ」

「ブルー・ルーイン（庶民が飲む安物のジン）です、閣下」ちょうどよいところにバーネットがあらわれ、主人に銀色のフラスクをさしだした。ウィッカムはいかめしい顔つきで、手下にうなずいた。フラスクを手にし、頭を持ちあげてもらうと、口へ運んだ。

「酔っていたほうが、手術もやりやすいでしょう」オームズビーが上着を脱ぎかけながら、それでよいという顔で言った。

「言っただろう、そんなことはさせないと……」ウィッカムはうなった。枕に頭をもどし、糸のように細めた目をぎらぎらさせ、顎をぐいと引き結んだ。

ギャビーは口もとがゆるまぬよう、きっと結んだ。実の兄の体を気づかうように彼の体を気づかわなければならない、と自分を納得させるのはなかなかたいへんだった。

「そこに弾丸があるなら、傷を治すためには取りださないと」ギャビーは手短に言った。

「弾丸が残ったままだと、傷はまちがいなく化膿《かのう》するでしょう」外科医があいづちを打ち、ジェムに上着を手渡して、シャツの袖をまくりあげた。「お湯はありますか?」

ギャビーはピッチャーと洗面器に顎をしゃくってから、ウィッカムに向かって言った。

「ほかに方法はないのよ」

こちらをじっと見つめた顔は、こうなったのはおまえのせいだ、と言っている。しばらくして、彼はオームズビーを見て、そっけなくうなずいた。

「いいだろう。だが、くれぐれも慎重にな」

外科医は軽く頭をさげた。「ふだんどおり慎重にいたします、閣下」

バーネットがもう一度フラスクをさしだすかたわらで、外科医は非常にもったいぶった仕草で準備に取りかかり、ジェムにベッドのそばまで運ばせた小卓に器具を並べはじめた。ウィッカムはジンをさっきより多く飲み、それからギャビーに視線をもどした。

「きみにはそろそろ出ていってもらおう」

偽の伯爵に恨みを晴らしたいのはやまやまだが、手術を見物するつもりはこれっぽっちもなかったので、ギャビーはうなずいた。しかしそのとき、オームズビーがあたりを見まわして、首を振った。

「どなたか手伝ってくださるかたが必要です、奥方。もちろん、メイドをひとり寄こしていただいても……」

「バーネットが必要なことはなんでもできる」ウィッカムはうなった。さらにジンをあおったところだった。

外科医はなにか言いたげな目でギャビーを見た。

「おい、こら、陰でおかしな顔をするな。なにか、いぞ――異存があるなら、は――はっきり言え」ろれつが少々あやしいのは、フラスクの中身が効いてきた証拠だろう。

外科医は傷ついた顔をした。「その人の力も必要でしょう、閣下。彼のように大きくてたくましい男なら、閣下をしっかり、あーその、押さえつけてくれます。メスの手もとを狂わせたくありませんからね」

その場面を思い浮かべて、ウィッカムはぞっとしたようだ。

「おい、おまえ、そんなに手もとが狂いやすいようだと、不快きわまりない結果が待っているぞ」牙をむかれたも同然のオームズビーがとっさに一歩あとずさったところへ、バーネットがすかさず主人にフラスクをさしだした。

「肝《きも》に銘じておきましょう」オームズビーはまたもやジンをあおるウィッカムを尻目に、ギャビーにこっそり言った。「非常に、あーその、迫力のあるかたですな、奥方のご主人は」

「主人ではありません」

オームズビーは呆気にとられた目を向けてきた。彼の常識では、淑女は夫でもない男――しかも、裸に近い男――の寝室にいるところを絶対に見られてはならないのだろう。

「その人は兄です」嘘をつくやましさに、ギャビーは切り口上になっていた。しかし、それにももう慣れたほうがいい、とみずからを戒《いまし》める。ここ当分のあいだは、このベッドに寝ている恥知らずな悪党は、わたしの兄なのだから。

「か――かわいい妹よ、やはり出ていってくれないか」ウィッカムがギャビーの虚偽の申し立てを耳にし、それをおもしろがっていることは瞭然だ。ちょうど、なにがはいっているか知らないが、フラスクの中身が効験あらたかなのが瞭然なように――頰にほんのり赤みがさし、手足をだらしなく投げだしている。「きみの使用人――いや、ジェムが必要なら、手――手を貸してくれる。きみには目にしてほ――ほしくないんだ。僕が切――切り刻まれる場面を」

「滅相もない、閣下」オームズビーが仰天して答えた。「それどころかですね、閣下……」閣下のひとにらみで、オームズビーはつづきをのみこんだ。「まあ、どうでもいいことですが」声を落として、またもやギャビーを見る。「お嬢さま、あなたのお兄さまは大柄なかたですし、力もおありとお見受けしますので、ことによると――その最中にですね――使用人はひとりでは足りないかと、あーその、お兄さまを押さえつけるには」

ギャビーはウィッカムをちらっと見た。疑わしそうな目でこちらを見ているが、バーネットが勧《すす》める酒を飲むのに忙しく、口をはさんではこなかった。もちろん、代わりとなる使用人をひとり呼びつけるのはなんでもないが、この状況で、はたしてそれは賢い判断だろうか。

すべてが明るみに出たら、信用が失墜するのはウィッカムだけではない。

「さあ、行け」ウィッカムが口もとからフラスクをさげ、ギャビーをにらみつけた。

「わたしも残ったほうがいいわ」にべもなく答え、静かな決意をこめた目で、相手のまなざしを受けとめた。ウィッカムは暗黙のメッセージの意味を解したのか、もう言い争う気になれなかったのか、いずれにせよ、それ以上逆らわなかった。

準備がすむと、外科医はバーネットを見やってうなずいた。バーネットはいかめしい形《ぎょう》相《そう》でフラスクを脇に置き、ベッドの端にどすんと腰をおろした。

「これを噛んでてください、閣下」リネンのハンカチをきつくねじって輪にする。だいぶ酔いがまわっているわりには、ウィッカムにはその重要さが理解できたようだ。渋い顔ながらも口をあけた。バーネットはそこにねじったハンカチを押しこむと、大きな腕を主人の上半身に巻きつけた。

そこからの出来事はおぞましいことこのうえなかった。オームズビーが弾丸のありかを探ると——ウィッカムは身をよじり、ハンカチを食いしばった歯のあいだから、しわがれた音を発する。赤い血が、結婚式のクラレットのようにふんだんに出る。もはやバーネットひとりでは患者を押さえておくことはできず、ジェムが呼ばれ、むっとした顔でウィッカムの足もとにすわって、膝をしっかり押さえつける。

弾が剔出されるころには、ギャビーはウィッカムとおなじくらい汗をかいていた。

「それ！　取れましたよ」オームズビーは手柄顔で、形のくずれた血まみれの鉛玉を掲げてから、ギャビーがさしだした洗面器に入れた。正念場では、バーネットとジェムがふたりがかりで押さえつけていたにもかかわらずベッドから背中が離れるほどのけぞっていたウィッカムは、弾が抜きとられると、うめきながら身を震わせた。それから、虚脱したように、べッドにぐったりと背をもどした。オームズビーがほうっておいた穴から、水のように血が湧きでている。偉そうに舌打ちして、外科医は出血をとめにかかった。ウィッカムはバーネットの肩に頭をもたせ、あえぎながら、ねじったハンカチを口から吐きだした。

「どうやら吐きそうだ」喉にからんだ声で言う。ジェムが足もとからさっと逃げだし、バーネットがベッドの外に顔を出してやると、ウィッカムはほんとうに猛然とえずいた。ギャビーはかろうじて間にあい、洗面器で受けとめた。

10

伯爵の寝室をあとにするころには、ギャビーは疲れきって頭がふらふらだった。オームズビーは傷口を焼灼《しょうしゃく》し、バジルの粉を振りかけて包帯を巻き、さまざまな時と場合に投与する薬を山のように置き、翌日も来ることを約束して引きあげていった。ウィッカムはわが身におよぼされたあれこれでくたくたになり、ブルー・ルーインの酔いを残したまま、眠りについていた。バーネットはしばらく主人のそばについているつもりだと言った。ジェムを従えて廊下に出ると、さいわいなことに、そこにはだれもいなかった。先ほどまで廊下に集まっていた使用人たちは、どうやら一団となって外科医を送りだしにいったようだ。手術の結果を聞きたくてたまらないのだろう。

「なにか言いたいことがあるなら、まあまちがいなくあるでしょうけど、あとにしてくれないかしら。疲れすぎて、最後まで聞けそうもないから」ギャビーはジェムの目を見るなり考えていることを読んで、不機嫌に言った。その顎には紫色のあざができ、ごま塩の無精ひげのなかでひときわ目立っていた。そういえば、ウィッカムに殴られたのだ。小柄なわりには激しやすいジェムのことだから、そう簡単に忘れたり許したりはしないだろう。

「これは淑女が首をつっこむような、やわな騒ぎじゃありませんよ、ミス・ギャビー。わかるでしょう」ジェムは抑えた声で言ったものの、激しい敵意がこめられていた。「あいつらみたいな、絞首刑にされそうな極悪人には、これまでお目にかかったことがない。あの悪党を撃ったのは、抜群の考えでした。やつは――」

「考えるのは自由だけど、口には出さないでちょうだい」ギャビーは容赦なくさえぎった。

「彼が何者にしろ、またいとこのトーマスほどの害はおよぼさないでしょう」

「ミスター・トーマスは本物のばかかもしれないが、寝てるところを襲われる心配はありません」ジェムは言いかえした。「あの破廉恥《はれんち》な盗人どもは、すぐさま首を吊られないとしても、流罪《るざい》にはされるべきだ。おれをボウ・ストリートに行かせてさえくれれば――」

ジェムはふいに口をつぐんだ。メアリがお湯の桶を持って、廊下をやってきた。ギャビーの姿を見つけると、さっと膝を曲げてお辞儀をした。

「おはよう、メアリ」

「おはようございます、お嬢さま。ミセス・バックネルから、お嬢さまがこれをお望みだろうから、お部屋にお持ちしろと言われました」

「ええ、とてもうれしいわ。ありがとう、メアリ。部屋に運んでちょうだい。わたしも一緒に行きます」

メアリが命じられたとおり歩きだすと、ギャビーはもう一度ジェムを見た。

「もしあの男がウィッカムでないことを暴露したら、向こうもウィッカムが死んでいることを暴露するでしょう」ギャビーは淡々と言った。「ウィッカムが死ねば、トーマスが爵位を継ぐことになる。トーマスの人となりはあなたも知っているでしょう。トーマスが伯爵になれば、わたしたち——妹たちとわたし、あなた、ほかの使用人——はみんな、悲惨な状況におちいる。これがいいことだとは思わないけど、ほかにもっとましな方法はないのよ。わかってちょうだい」

ジェムは顔をしかめ、心もとなげに首を振った。「そこまで決意が固いというなら、ミス・ギャビー、おれもひるみませんよ。だけど、よしたほうがいいと思うな。あの盗人野郎どもときたら……」

小間使いが階段のてっぺんにあらわれ、両手で持っている石炭バケツの重みで背を丸めながら、こちらへ近づいてきた。ジェムはあとの言葉をのみこんだ。この機に乗じて、ギャビーは自室の扉のほうへ足を進めた。

「少し眠るわ」ジェムに言った。かたわらを小間使いがひょいと頭をさげて通り過ぎてゆく。

「あなたもそうしなさい」

「こんなごろつきや悪党だらけの家で、まえみたいにおだやかに目を閉じることができるだろうかねえ」ジェムが苦々しい口調で言った。「しかもこのおれは、馬屋で寝起きしながら、お嬢さんのためにあいつらを見張るんですから。ねえ、どう思います？」

「さいわい、目下のところ彼らを見張る必要はどこにもないわ。彼らは身動きがとれない。ひとりは怪我人だし、もうひとりはその世話をしなければならない。つまり、彼らにはわたしたちを悩ます暇はないってことよ」楽天的な意見を述べると、ギャビーは扉のノブに手をかけた。

「あい、そのとおり。怪我の養生より、おのが悪事の証人をこの世から消すのを急いだら別ですがね。その場合、おれたちは完全にやっつけられちまう。おれも気をつけるけど、お嬢さんも油断しないでくださいい。あいつらのことはこれっぱかりも信じちゃいけませんよ、ミス・ギャビー、わかりましたか」

その不気味な警告を耳に残したまま、ギャビーはようやく自室にはいり、メアリの世話に身をまかせた。まもなく、猛烈な疲労感に負けてベッドに横たわり、いくらも経たぬうちに眠りについた。


「なにしてるの、起こしちゃうわよ。さっさと行きましょう」

「だって、もうお昼よ」このうろたえた小声は、ベスのものだ。

「きっととても疲れているのよ」クレアも抑えた声で、冷静に話している。

「ギャビーはいつもこんなに寝坊しないもの」

「いつもは夜中に銃声で起こされたりしないでしょ」

「ふん。ギャビーはあんなことぐらいでお昼まで眠るような、だらしない人間じゃないわ。わたしたちも眠りを妨げられたけど、こうして起きてるじゃない。ギャビーにはロンドンの初日をふいにしたくないって言われてるの」

「あなたが街へ出かけて観光したいだけでしょ」と、クレアがやりかえしたとき、ギャビーは薄目をあけて、ベッドのそばでうろうろしている妹たちの姿をとらえた。クレアはベスの腕を取り、連れていこうとしている。ベスはクレアをにらみつけて抵抗している。当然ながら、ギャビーがひと晩じゅう起きていたことを、このふたりは知らない。クレアがなおも言う。「わたしをかっかさせようとして、時間を無駄にしないで」

「そういえば、トゥインドルははしたない言葉をつかうことでいつもわたしを叱るけど」ベスはかぶりを振った。「あなたは彼女のいるところでは絶対につかわないわね」

「いいから、行くわよ」ほんとうの気高さとはこういうものだと思うが、クレアは言い訳ひとつしなかった。「ギャビーは寝かせておきましょう。わたしたちは明日、お買い物に行けるわ」

「お買い物ですって?」ベスはわめいたも同然の大声をあげた。「それがあなたの思う有意義な一日の過ごし方なら、そんなのすごくつまらない。わたしは――」

「もういいわ。目がさめたわよ」ギャビーはうめきながら目をぱっちりあけ、あおむけになった。カーテンはきちんと引かれたままで、部屋は薄暗い。それでも、カーテンの縁が明るいのと、通りのにぎわいがはっきり聞こえるのとで、一日がかなり進行していることはわかった。つかのま、ギャビーは疲れを忘れるような、わくわくした気分になった——わたしたちはほんとうにロンドンにいるのだ……

「ほら、ごらんなさい」ふたりともギャビーのほうへ顔を向けながら、たしなめるようにクレアが言った。「ギャビーを寝かせておいたら困ることでもあるの?」

「いいのよ、やることがいっぱいあるから、一日じゅう寝ているわけにいかないわ。ところで、いま何時なの?」ギャビーは疲れた目を両手でこすった。

「十一時過ぎよ」ベスがあきれたかえった声で言った。まるで、こんな堕落《だらく》しきった話は聞いたことがないとでもいうように。じっさい、長年不眠症に悩んでいた父親が、家の者に夜明け過ぎまで寝ていることを許さなかったおかげで、父が死んで一年以上経っても体に染みついた習慣がなかなか抜けきれないことを、姉妹たちは身をもって知っていたのだ。

「そんなに遅いの」ギャビーは手ぶりでベスにカーテンをあけるよう指示した。ベスが言われたとおりにすると、まばゆい昼の光が部屋を満たした。ギャビーはまばたきをして、残っていた眠気を払うと、起きあがってヘッドボードに背を預けた。ピンなどなんの役にも立たないやっかいな髪が、肩のあたりに垂れさがる。急に体のあちこちが痛みだす。なかでも、腰と脚の鈍痛がひどかった。思わず顔をしかめたとき、そうなった原因がまざまざとよみがえった。あの転倒だ。そこから連想して、もっといやなことを思いだした——隣の部屋には、兄のふりをしている男がいる。それどころか、わたしをいじめ、脅し、撃たれてしごく当然のことをした男。その男は危険な罪人で、その暗い秘密をわたしは知っていて……

そこまで考えて、ギャビーは身震いした。妹たちに起こされたのはさいわいだと思わなければいけない。あの手下が殺しにきたのだったら、どうなっていたか。

だが、それを考えるのは別の機会にゆずろう。いまのところは、隣室の男のためにしなければならないことはない。彼を追い払ういちばん手っ取り早い方法は、クレアを立派な人に嫁がせるというそもそもの計画を実行することだろう。そうなれば、状況はまるでちがってくるし、あの悪党も身の安全をはかるほうが賢明というものだろう。

「ごらんなさい、ギャビーがどれほど疲れているか。たまには自分のことだけじゃなくて、まわりの人のことも考えるようにしないとね、ベス」

ベスはぷうっとふくれた。

「ベスの言うとおりなのよ、クレア。ロンドンの初日をふいにしたくないの」喧嘩がはじまらないうちに、あわてて口をはさんだ。

「ほらね」ベスがつんとして言った。

クレアはうら若き淑女という立場を忘れたらしく、舌を突きだしてこれに応えた。

「だれか呼び鈴の紐を引いてくれない？　起きる準備をしなきゃ。サルコムの叔母さまをお訪ねしないとね。今日がだめでも、できるだけ近いうちのほうがいいわ。そのうち、お客さまがいろいろおみえになるだろうし……」

ギャビーは妹たちをしみじみと眺めた。ふたりともかなり流行遅れの喪服を着ている。ギャビーだって、人のことは言えない。この嘆かわしい事態を、一刻も早くなんとかしなければ。クレアがまともな身なりをととのえ、人の目にとまり、求愛され、結婚するのが早ければ早いほど、心の負担は軽くなる。いくら頭のなかでこの状況を正当化させようとしても、いまにも爆発しそうな火薬庫の上にいるという感覚は、いっこうに去ってくれないのだ。

「クレア、あなたには着るものが必要ね。いえ、わたしたち三人ともだわ。手持ちの服を少し増やしましょう」

呼び鈴を鳴らしにいこうとしていたクレアが、力強くうなずいた。

ベスはうめいた。「お買い物に行くなんて言わないで」

ギャビーは上掛けをさっとはらいのけ、ベッドの片端から脚を投げだし、腰や膝の痛みはいっさい気にとめず、絨毯に足をおろした。「まさにそれをこれからするのよ」

着替えが終わるまでには、今日の予定についてぐずぐず言っていたベスもおとなしくなった。三姉妹が人前に出られる身なりになりしだい、ロンドンの観光名所めぐりをするからと約束してなだめたのだ。三人のいまの格好は、ベス——クレアの言葉を借りるなら「はしたないにもほどがある」態度で、道行くおしゃれな人たちを窓からじろじろ眺めている——でさえも、見られたものではないと認めたのだ。ギャビーはクレアの疑問に応えて、ウィッカムが怪我した現場にどうして自分とジェムが先に到着していたのかについて、ほとんど嘘の説明をする羽目になった。それから一緒に部屋を出て階段へ向かいかけたとき、三人はあいにく伯爵の部屋からあらわれたバーネットと出くわした。情けない顔をして、手つかずのブロス（薄いスープ）の器とエールのグラスがのった盆を両手で持っている。

「ウィッカムのご様子はどう？」そっけなくうなずくだけで通り過ぎようとしたのに、ベスがきいた。

「あまりよくないね」バーネットは心配そうに答えた。「まるで力がないし、見てのとおり、食べようとしない」

「僕がそんな水っぽい代物を食べると思うか」ウィッカムの声は弱々しかったものの喧嘩腰で、扉の向こうからでも聞こえてきた。

バーネットは途方にくれた顔でギャビーを見た。「お嬢さんもオームズビー先生の話を聞いてたでしょ。また診察に来るまでは、流動食しかとってはならんって」

「じゃあ、わたしたちが……」クレアが言いかけて、バーネットが手にしている盆に手をのばした。

「ガブリエラ！　そこにいるのか？　おいで」ウィッカムが有無を言わせぬ口調で命じた。

ギャビーはためらった。あの不作法な悪党なんか相手にしたくないが、そんな自分らしくもない不人情なことをしたら、いやでも妹たちの好奇心を刺激してしまうだろう。なんといっても、あの怪我人は兄なのだから。

「ガブリエラ！」

「それを貸して」ギャビーはそっけなく言い、クレアの手から盆を受けとった。その重さに驚きながら、妹と目を合わせた。「ウィッカムの病室には、あなたとベスがはいる余裕はないわ。先に階下へ行って、スタイヴァーズに昼食の給仕を頼んでおいて。わたしも二、三分で行きます」

「でも、ギャビー……」ベスが目をらんらんと光らせて、バーネットの巨体のおかげであいたままの扉の向こうを見ている。けれど、伯爵の居室の家具といえば、金襴《きんらん》の肘かけ椅子が二脚、暖炉の前に置いてあるだけだ。

「さあ、行って」ギャビーはきっぱり言うと、扉のほうを向いた。

「お嬢さん、お望みならそれをまた持ってってもいいけど、おれは厨房へ行ってたっぷりの牛肉と、あればプディングも取ってこいって言われたんです。言いつけを守らなかったら、キャ――じゃない、閣下に首をとられるな」

「でも、わたしの首まではとらないでしょ」心とは裏腹に自信に満ちた声で言った。バーネットは尊敬のまなざしを向けて扉を支え、ギャビーがなかにはいると外から閉めた。遠ざかっていく彼とクレアとベスの足音が、かすかに聞こえた。

ギャビーは恐れるに足る男とふたりきりで取り残された。そう思うと、足が重くなる。立ちどまり、ベッドのほうへちらりと目をやりながら、ライオンの穴に入れられたダニエル（旧約聖書の『ダニエル書』に登場するユダヤ人男性。陰謀によってライオンの洞窟に投げこまれた）のような気持ちになった。

11

彼女は細く華奢で、上官だらけの部屋にいる少尉のように気を張りつめていた。目を大きく見開き、こちらを見つめている。その顔は青白かった。よしよし、と彼はひとり悦に入った。この女を不安がらせたかったのだ。彼の秘密をばらすのをためらうくらいには、おびえさせておきたい。

傷が癒《い》えるまでベッドに縛りつけられたままでいろというのは、みすみす災いを招くようなものだ。そもそも、この女が密約を反故《ほご》にするのを防ぐ方法がない。相手が自己の利益のために口をつぐんでいるだろうと信じるほかないのだ。

だが、信用などというのは所詮、はかないものだ。マーカスの身代わりとなったときから渡りはじめた綱は、ガブリエラとその召使に欺瞞《ぎまん》を見破られたいまでは、絹糸のごとく細いものになってしまった。それまでは、マーカスか彼自身と面識のある者に出くわすことだけ心配していればよかった。マーカスは生涯をセイロンで暮らし、イングランドの土を踏んだのもかなり昔に一度あるきりで、それもほんのわずかな期間だった。彼自身は青年時代までをセイロンで過ごし、その後はインドに移り住んだ。もちろん、心配が現実になるおそれもないわけではないが、その確率はきわめて低いからこの作戦は実行可能だと判断したのだ。それでも、マーカスになりすました日からずっと、薄氷を踏む思いの日々がつづいていた。

そして、ゆうべの出来事があり、薄氷は割れて池があらわれた。彼は自分がそこにずぶずぶ沈んでゆくのではないかと気が気ではないのだ。

「こっちへ来い」配下の者に命ずるときとおなじ口調で言った。

ガブリエラは背筋をこわばらせ、顎をつんとあげ、高飛車に眉を吊りあげた。着ている黒いドレスときたら、年も体重も倍ある女のためにつくられたような代物なのに、その姿は突然、やんごとなき淑女に変わった。それにひきかえ俺は、相手の表情からすると、彼女の足に踏まれる塵《ちり》と変わらないようだ。

体も心もこれほどひどく弱っていなければ、にやりとしていたところだ。

「愛しいガブリエラ、お願いだからこっちへ来てくれ」ガブリエラが踵《きびす》を返して出ていかないうちに、言いなおした。ほんとうに出ていきそうな顔をしていたから。「きみに言っておきたいことがあるんだ」

「なんですの?」と、いやそうな声を出したものの、こっちへやってくる。しかしながら、おとなしく言われたとおりにしたのは、指図に従ったというより、持っている盆が重いからではないのだろうかと邪推したくなる。

「僕たちの約束のことを確認したいんだ」

またもや体をこわばらせたようで、一瞬、足をとめそうになった。答える声は冷ややかだった。「確認などいらないのはおわかりでしょう。わたしは約束を破るようなことはしません」

「だれにも言ってはいけないよ、いいね」

「まあ、わたしがだれにでもぺらぺらしゃべると思っているの？　言うわけないでしょ」かなり憤慨した声だった。「こんなことに同意したのが知れたら、わたしの信用は増すどころじゃないもの。信じていいわ」

「少しでも気休めになるなら、きみに対する僕の信用はまちがいなく増している」

「気休めにならない」ガブリエラは盆を必要以上に勢いよく小卓に置いた。スプーンがかたかた鳴り、スープがこぼれる。さっきそっぽを向けた盆とおなじだと気づき、しかめっ面になった。

「バーネットに言いつけたのに。それは厨房に返し、もっとまともな食い物を持ってこいと」また声が荒くなった。思ったより、刺々しい言い方になってしまった。

「バーネットがこれを持ってきたのは、オームズビー先生の指示に従っただけよ」

ガブリエラは険しい目でにらんでいる。裏庭に臨むカーテンをあけた縦長の窓から、まぶしい陽光がさしこみ、彼女の頬を照らしている。ついでに気づいたが、その目はほんとうは雨水のごとく透きとおった灰色で、横顔はカメオ細工のようにきめこまかい。それに、ゆうべ抱きかかえて運んだときはじめてわかったように、その体がずっと女らしい魅力をそなえていることは、ひと目でわかる。ガブリエラが世間に見せている姿と、自分が垣間《かいま》見た姿との落差に、いたく興味をかきたてられた。

「きみに負わされた傷より、その病人食のほうがよっぽど命にかかわる」不機嫌に言いはなちつつ、日の光に遊ばれているガブリエラの顔を、あきれるほど愉快な気分で眺めた。思ったとおり、彼女は負い目を感じているようだ。それでいい。彼女には偽ウィッカムを撃ったことを悔いてほしかった。その罪悪感はこちらの武器になるから。

「それでも、それを食べるかなにも食べないかのどちらかしかないわ。オームズビー先生がほかの指示を出されるまでは」ガブリエラは声をとがらせた。そのとき、ふいに気づいた。自分のありさまは、相手を恐れさせるどころの騒ぎではないのだ。重ねた枕に頭をのせてベッドにあおむけになり、ひげもそらず、まちがいなく青い顔で、ナイトシャツと腹のまわりにシーツ（バーネットが取り替えてくれたばかりのやつだ）を巻きつけただけの格好なのだから、どう考えても発した命令を遂行させるような立場にはない。ガブリエラがもうおびえていないのは、あきらかなようだ。というより、やんちゃな坊やに対する家庭教師のような目でこちらを見ている。「ひとりで食べられないの？」

「子供じゃないぞ」眉をひそめて、相手を見る。「もちろん、ひとりで食べられるさ。そうしようと思えばな。その気にならないだけだ」

「じゃあ、やってみせて」挑発しているのだ。ガブリエラは盆を持ちあげ、怪我人の膝の上に置くと、両手を腰に当て、目に司令官の光をたたえて彼を見おろした。「さあ、スプーンを手に取って」

ガブリエラをにらんで言った。「そんな気には——」

「できないのね。弱い者いじめばかりしている者が、スプーンを持ちあげることもできないなんて、さぞくやしいでしょ！」

彼は口をぎゅっと結び、完全に餌《えさ》に飛びついた。相手に乗せられたことはわかっていながら、そうしていた。おまけに、ブロスにスプーンをつっこみ、口へ運ぼうとしたら、腕の筋肉がぐにゃりとなった感覚がして、手が震えだし、ブロスを盆にこぼす始末だ。

「貸してごらんなさい」ガブリエラはあきらめたような声で言うと、裏切り者の腕を力なくベッドにおろす彼を尻目に、スプーンを奪ってブロスの器にもどした。それから、ベッドの端に腰かけ、スープをすくって彼の口もとへ運んだ。

こんな意気地のない幼児あつかいされて、おもしろがればいいのか、怒ればいいのか、感謝すればいいのか、自分でもわからなかった。彼女を見あげる顔には、その三つがまざった表情が浮かんでいただろう。

「口をあけなさい」ガブリエラは彼同様、命令することに慣れている口調で言った。おのれの従順さにわれながら驚くが、言われたとおりにすると、彼女は手際よくあたたかいブロスを彼の喉に流しこんだ。塩気のあるスープは意外にもおいしく、自分が空腹だったことに気づいた。つぎつぎと口に運ばれるブロスを、もう相手がどう思おうがかまわず、どんどん飲みこんでいった。

「教えてほしいことがあるの。どうやって兄の死を知ったの？」

おだやかにたずねてきたが、彼はびっくりして喉を詰まらせそうになった。咳きこみながらなんとか飲みくだし、身構えて彼女を見た。

「僕もおなじことをききたいね」どうにかしゃべれるようになると、そう言った。

「少なくともあなたには、心おきなく話せるわ。ジェムに手紙を持たせてマーカスのもとへやったの。ジェムがあちらにいるときに――その出来事が起こったそうよ」

「やつは現場にいたのか」どうしてあのとき、彼女の使用人がいたことに気づかなかったのか。しかし、たぶんジェムはその場に残っただろうが、自分は悲嘆と怒りにかられて殺人者を追いかけていた。マーカスからの急信には「きみが追っている男を見つけた」と書かれていた。その男を追うことにあまりにも躍起になっていたから、なによりも優先させてしまい、マーカスのそばにもどることまで頭がまわらなかったのだ。マーカスは死んでしまった――もうつぐなうことはできない。この俺にできるのは、犯人を見つけることだけだ。そいつは、マーカスの考えが正しかったなら、そして彼が殺されたことでその正しさが裏づけられたのなら、殺人など取るに足らないと思っている男らしい。マーカス殺害の軌跡をたどるのは、やつにつながる唯一の手がかりだ。それを薄れさせるわけにはいかない。

とはいうものの、その手がかりもまた、ここ数カ月で得てきたもの同様、無益に終わってしまうのではないかと危惧《きぐ》せずにいられなかった。マーカスの役割を演じることも、所詮、運任せの作戦だ。犯人が手落ちがあったと思いこんで事態の改善に乗りだしてくれなければ、気のすむまでがんばってもだめかもしれない。それは野原いっぱいの干し草のなかで、一本の藁《わら》をさがすようなものだ。

「どうしたの?」ガブリエラがいらいらした顔を向けて、金色のスープの最後のひとさじを口に流しこむ。彼はスープを飲みこみながら、体調がよくなってきたのを感じた。たとえ、こんな生ぬるくてまずい代物でも、食べ物が体にはいったおかげだ。もちろん、彼女の質問には答えられなかった。ここへやってくる原因となった探索のことは、なにひとつ明かすつもりはないし、明かしてはならない。

「きみは……まったく魅力的な唇をしているね」しかたないから、物思わしげにそう言うと、枕に背を預け、心もち目を伏せた。世話になっておきながらからかうなんて恩知らずのようだが、狙いどおりの効果があらわれた。ガブリエラは呆気にとられて、目を見開き、口をぽかんとあけている。彼は頰をゆるめて、先をつづけた。「食後のデザートに、味わってみたいな。どう?」

ガブリエラはいきなり立ちあがった。その反動で、食器がカタカタ鳴り、エールを浴びてしまうのではないかと、一瞬ひやっとした。彼はとっさにグラスをつかんで事なきを得た。グラスをつかめる力がもどっていたことを喜んで顔をあげると、ガブリエラがにらみつけている。その目は、池で泳ぐ銀色の魚のように光っていた。

「あなたって人は、どうしようもなく下劣な放蕩《ほうとう》者ね」歯を嚙みしめて言う。「気の毒に思うなんて、わたしもあさはかだったわ。あなたなんか、飢え死にさせてやればよかった」

捨て台詞《ぜりふ》を吐くと、ガブリエラは背を向け、威厳に満ちた足どりで部屋から出ていった。

彼はうっすらほほえみながら、だぶだぶのスカートの下で優雅に揺れる尻に見とれていた。やっぱりそうだ、彼女は第一印象よりずっと女らしい体つきをしている。

12

階下にいる妹たちのもとへもどっても、ギャビーの怒りはおさまらなかった。気の毒になって、ベッドに腰かけ、スープを飲ませてやり、彼の前で気持ちがほぐれはじめていたなんて。迂闊だった。それがわからないほどのばかじゃないのに。けれど、彼は亀も甲羅からおびきだされるほどの魅力があるし、わたしもその魔手にかかってしまったのだ。

もうけっして、そんなことはさせないから。

「マーカスのご用はなんだったの？」食卓につくなり、ベスがたずねた。不意を打たれて、ギャビーは目をぱちくりさせることしかできなかった。すぐに気を取りなおし、つい先ほどの場景を頭の片隅に追いやって、その場にふさわしいなごやかな表情と答えをどこからか見つけだした。

「わたしたちがどうしているかを知りたがっただけ。みんな元気だと言っておいたわ」

ベスはもっとききたそうな顔をし、クレアも会話に割りこみかけていたので、妹たちの注意をよそへ向けようとして、同席していたトゥインドルにあわてて意見を求めた。洒落た高級店はどこへ行けば見つかるか、と。この作戦は功を奏した。クレアとトゥインドルは目を輝かせてしゃべりはじめ、ベスがときどき口をはさむ。しまいにはスタイヴァーズの力が必要になった。執事が屋敷の者たちにきいてまわっているあいだ、淑女たちは軽い食事をとった。そうして信頼のおけそうな答えが得られると、三姉妹とトゥインドルは連れだって、はじめての昼のロンドン探訪へと出かけた。

　田舎育ちの娘たちの目には、行く先々で出会う光景はどれもまばゆいほどだった。こちらを見れば、堂々とした寺院や宮殿、記念碑、博物館、目をみはるばかりの高さと装飾の美しさを誇る建物群。あちらを見れば、招くような一面の緑。進取の気性に富んだベスが小型ハンドバッグ《レティキュール》から取りだした案内書によれば、ハイドパークとグリーンパークというそうだ。どこもかしこも人があふれている。馬車や馬の背に乗っている者、歩いている者。通りを埋めつくす乗り物。ボンドストリート——屋敷の者たちもポケット版案内書も、洗練された品々を手に入れるにはそこが最適だと請けあっていた——に着くころには、ギャビーでさえ、ほうっておいたら口があきっぱなしになってしまう気がした。ベスがまさしくその状態で、田舎者丸出しの一行に見られることを懸念《けねん》したクレアに、どうか口を閉じてちょうだい、と懇願されたのだ。

　はじめのうちは自分たちのさえない身なりを意識していたものの、姉妹はだんだん高級仕立ての店にはいるのをためらわなくなっていった。そういった洒落たブティックには、華やかなドレスをまとった上流社会の淑女たちが、最新流行の品々を求めてぶらついていた。ギャビーはいたたまれない気持ちになった――まるで、ジョージ王の法廷にあやまって迷いこんだ清教徒のようだ。とはいえ、店内に飾られた絹やサテンやモスリンやゴーズは、色も手ざわりも息をのむほどすばらしく、ドレスそのもののデザインも素敵で、惹《ひ》きつけられずにはいられなかった。気づけばみんな――ベスでさえも――その場にいるのを楽しんでいる。ロンドン一高級なドレスメーカーの呼び声が高いマダム・ルナールの店に足を踏みいれたときには、最新ファッションのあれこれについてのおしゃべりに夢中になり、まわりのことなどあまり気にならなくなっていた。なにかの拍子に、クレアがお高くとまった売り子に、この黒ずくめのやぼったい田舎者三人組はウィッカム伯爵の妹で、社交シーズンのためにロンドンに来たばかりであることを漏らすと、マダムみずからが目をらんらんとさせ、揉み手をせんばかりにして応対に出てきた。

そのあとは、布地と柄の大渦にのみこまれ、ギャビーでさえ判断力を失いそうになった。本日の用向きの中心人物がレディ・クレアであることを告げると、マダムは心得顔でうなずいた。鳥のように小粒な体に、ありえないほどうずたかく結いあげた黒髪と、はしっこそうな黒い目を持つマダムは、クレアの美しさを引きたたせれば、店の評判もさらに増すことをただちに見抜き、あとでこっそり、こんなふうに売り子に語っている――残りのふたりにはあまり腕の振るいようがないが、いくらか薹が立っているものの、長女がまぎれもない独特の雰囲気を身につけているのはたしかで、その雰囲気は美しさに匹敵するほど貴重で価値のあるものだ、と。そう、気品だわ、マダムはようやくぴったりの言葉を見つけて言った。レディ・ガブリエラには気品がある。末の妹のほうは、かわいそうにまだ幼な太りが残っているから、時が魔法をかけてくれるのを待つしかない。いずれにしても、マダムはこの高貴なお客さまがたに理を説いてさしあげる使命を感じた。レディ・ガブリエラは長女として、また監督者《シャペロン》としての立場から、レディ・クレアに負けず新しい服がたくさん必要になるのはまちがいないこと。レディ・エリザベスも例外ではない——社交パーティに出席するには年が若すぎるけれど、来客をもてなす席に出るのはまったくさしつかえないし、すぐに同年齢のお仲間と知りあって先方を訪問することになるから、若い娘にふさわしくシンプルではあるものの高級な服を取りそろえる必要があること。

狂瀾《きょうらん》怒濤《どとう》の買い物が終わると、レディたちはマダム推奨の店〈グンサーズ〉へアイスクリームを食べにいった。どの顔もへとへとだが幸せそうで、最新のおしゃれなドレスに身をつつんだ女らしい喜びにあふれている。注文の量と高貴な身分に心を動かされたマダムは、ほかの顧客の注文を受けて仕上がっているものを先に譲ってやったのだ。いらなくなった喪服は焼却処分を勧めたが、慈善施設に寄贈することになった。さらなるドレスは翌日に、その他必要な衣類ひとそろいは今週中に届ける段取りがついた。

「ひとたびあの美しいかたが社交界にデビューして、それでも顧客が劇的に増えなかったら、わたしには流行服仕立て人《モディスト》を自任する資格はないわね」レディたちが店をあとにすると、マダムは満足げに売り子に言った。売り子のほうも、かならずや売上がのびるだろうと請けあった。

それから四十五分も経たないころ、バニング三姉妹はアイスクリームを食べおえると、残りの買い物——リボンや扇といった、必要だけれどこまごましたもの——は日延べすることで合意した。

「ねえ」帰りの馬車に乗りこみながら、ベスがすなおに言った。「こういうのも悪くないわね。ロンドンで買い物するのは、ヨークで買い物するのとは段ちがいだわ」

「そうね、つかっていいお金があるんですもの。そんなことはこれまでなかったわ。それに、息をのむほどの品ぞろえのすばらしさ」クレアがあいづちを打ち、座席に腰を落ちつけてから、向かいにいるギャビーを心配そうに見た。「マーカスはお勘定書を見たら怒ると思う？　わたしたち、贅沢しすぎたかしら。あんなにドレスが必要になるなんて知らなかったのよ、そうでしょ？」

「それに、手袋に帽子にショール。もちろん、小さなボタンつきのおしゃれなハーフブーツも」ベスが割りこむ。新しい服を着た自分がいかによく見えるかを知ってから、ベスの買い物熱は急激に高まった。

「ほんとうに、わたくしにまで新しいドレスをあつらえていただく必要はありませんでしたのに、ミス・ギャビー」トゥインドルもクレアと同様、散財させてしまったことをいくらか心配している。「先ほども申しましたように、わたくしは持っているものでじゅうぶん事足ります。それに閣下も、当然のことながら、わたくしのために費用を負担したいとはお思いにならないでしょう。それもあんな公爵夫人のような立派なものを」

「とんでもない！」ベスが怒って鼻を鳴らした。「あなたが選んだものときたら、みんな焦げ茶かねずみ色だし、デザインも渋すぎる……そんな格好をした公爵夫人がいたら見てみたいわ」

「わたくしが選んだ色と服地は、どこから見てもわたくしの年齢と立場にふさわしいものですよ、ミス・ベス。仕立てあがったものは、わたくしがこれまでに所持したどのドレスよりずっと見事なことでしょう」

「悲しいけど、わたしたちもみんなそうよ、トゥインドル」クレアが哀れっぽい目をして言った。

「それはパパがしみったれだったからよ」ベスが声を張りあげた。唇を噛みしめて、ギャビーを見つめる。「お兄さまもそんなふうだとは思わないわよね？　全部返してこいなんて言われたら、どんなに評判がさがることか」

「わたしたちのお兄さまのウィッカムは」ギャビーは力強く言い、唾棄《だき》すべき人物の姿がほんの少しでも頭に浮かばないようにした。「きっと、わたしたちがきれいにしているのを見たら喜ぶわ」

ひょんなことから、あのペテン師が途方もない額の勘定書——そうなるに決まっている——を見たとして、彼がどう思うかなんてさっぱりわからないし、気にもしない。厳密に言えば、自分たちのお金ではないけれど、彼のものだというよりははるかにわたしたちのものだ。もちろん、あくまでも正直になるなら、一ファージングにいたるまで、正当な権利はまたいとこのトーマスにある。でも、このさいそれは考えないことにしよう。ことの善悪を悩んでみてもしようがない。もう決心したのだし、その心は変わらない。クレアはそうするにふさわしい装いで社交界に出ようとしている、それだけのことよ。この状況では、あのウィッカムには財布の紐を握る余裕はないだろう。ことによると、まだ監獄で時間をつぶしていない身を幸運だと思っているかもしれない。どちらにしても、ウィッカムが勘定書を見ることはまずありえない。弁護士のミスター・チャロウへまっすぐ送るよう、店には指示しておいたのだから。

ギャビーはほほえみながら、確信をもって言った。「その琥珀色のお散歩用ドレスを着たあなたには、みんな惚れぼれするでしょうね、クレア」

「そうよ、通りでふたりの紳士がじろじろ眺めてたの、気づかなかった？　数々の欠点はあるけれど、クレアはとてつもない美人だと言えるわ」ベスの口調は宇宙の不変の法則を説くようで、嫉妬《しっと》らしきものは微塵《みじん》もなかった。

「欠点？　わたしに？」クレアは鼻をつんと持ちあげてベスを見おろしてから、笑いだした。「あなたもきれいよ、ベス。とくにそのドレスの緑は、髪を銅《あかがね》色に見せるわ」

「まさか、ほんとに？」ベスは褒められたうれしさに顔を輝かせ、オリーブ模様のモスリンのひだを愛おしそうにのばした。「この髪、現実にももう少し暗い色になると思う？　にんじん色の髪で悩むほど腹立たしいことはないわ」

「お似合いのそばかすがないことを感謝しましょうね」クレアの意見にベスは心から同意したらしく、ふたりは帰りの道中もずっと仲良く会話を交わした。

屋敷に帰ったら、またいとこのトーマスが客間で待っていた。長身痩軀《そうく》にはげかかった頭のトーマスは、ギャビーたちがはいっていくと、面長の顔にいつもの不安そうな表情を浮かべ、金箔《きんぱく》張りの肘がついたソファからいきなり立ちあがった。このまえの対面はなごやかとは言いがたかったものの、ギャビーはほほえみながら手をさしだし、握手を交わした。姉の合図で、クレアとベスも真似をした。

儀礼的なあいさつがすむと、トーマスは直接本題にはいった。

「ちょっと耳にしたんだが――噂っていうのはすぐひろまるものだからね――ウィッカムがセイロンから家督を継ぎにもどっているそうだね。おまけに、どういうわけか、自分を撃ってしまったという。ほんとうのところはどうなっているのか、教えてくれないか」

嘘をつくのはもはや第二の天性のようなものだ、とギャビーは捨てばちな気持ちになったが、実際はそうではなかった。良心がちくりと痛むどころではない心地で、噂がほんとうであること――ウィッカムはまさにいま階上にいること、そのうえ、あやまって自分を撃ってしまい、怪我をしていること――を認めたものの、なにも知らないクレアとベスが裏づけてくれなかったら、トーマスはしどろもどろの説明のなかに真実があまり語られていないことを見抜けたかもしれない。そう思うと不安になり、つぎはもっとうまくやろうと心に誓った。なんといっても、すぐには這いあがれないほど、首までどっぷりつかっているのだから。

長女の婚家に滞在しているレディ・モードと娘たちが、街にもどりしだい訪ねさせることを約束してトーマスが去ってゆくと、ギャビーは最後の力を振りしぼり、レディ・サルコムに手紙を書いて、妹たちとともにロンドンに来ていることを伝え、時をおかず訪問する許可を求めた。それから、ここ二日間の出来事に疲れはて、ベスとクレアのおしゃべりから逃げだしたくてたまらなかったので、夕食を終えるとすぐに寝室へ引きあげた。ところが疲れきっているにもかかわらず、ベッドに横になってもなかなか眠れなかった。脚と腰は虫歯のようにうずく。ホールで転んだときに負った痛みが、今日歩きまわったことで悪化したにちがいない。そんなところへもってきて、隣室から聞こえるかすかな物音に、鍵のかかった扉一枚で隔てられているだけの不埒《ふらち》な人物のことを、いやでも考えてしまう。スタイヴァーズに聞いた話では、ドクター・オームズビーが来診して閣下は元気な状態とはほど遠いと言ったそうだから、身の危険はないだろう。少なくとも、〝閣下〟に襲われるおそれはない。とはいえ、ジェムの不吉な警告は耳に残っている。主人思いの使用人のおかげで、目を閉じるたびに、バーネットの巨体が寝室に忍びこんできて、顔に枕を押しつけられる恐ろしい光景が脳裏に浮かんでしまうのだ。とうとう我慢できずに起きだして鏡台まで行き、小さなガラス瓶を探りあて、中身を空にしてから、伯爵の寝室につづく扉のノブに釣りあいをとってのせた。最後の予防措置として、暖炉の火かき棒をベッドまで運んだ。こうしてしかるべき防衛手段が整うと、ギャビーはようやく眠りについた。

しかしその眠りは、おそらく真夜中だと思うが、ガラス瓶が床に落ちる音によって破られた。はじかれたように上体を起こし、まばたきしながら忍び足が聞こえるほうへ目をやると、化粧室の扉を照らす明かりを受けて、こちらへ向かってくる大男の姿が浮かびあがり、ギャビーは震えあがった。

息をのみ、目を皿のように丸くして、乱れた上掛けの下を必死にまさぐり、火かき棒をさがした。

13

これが勝負なら、なんとしても勝つつもりだ。心臓を高鳴らせ、火かき棒を握りしめたまま、ギャビーは上掛けを蹴飛ばし、ベッドの反対側まで這っていくと、その男——やっぱりバーネットだ——につかまるまえに、くるりと床に降り立った。両手で火かき棒を持ちあげ——信じられないほど重い——頭上に振りあげて、胸をどきどきさせながら、歯を剥いて侵入者と対峙《たいじ》した。

「さがって。こっちに来たら叫ぶわよ」声は震えていた。じっさいのところ、叫べるかどうかもあやしい。口は恐怖に乾ききり、言葉を発するのさえ容易ではないのだ。

「お嬢さん、お嬢さん、キャプンが」仮にさっきの脅しが聞こえていたとしても、バーネットはひるまなかったようだ。薄気味悪い相貌《そうぼう》をした大男は、頭への襲撃をよけようともせず、ずんずんとベッドをまわって近づいてくる。隅に追いつめられ、防衛に拍車をかけられたギャビーは、うなじの毛を逆立てながら、威嚇《いかく》するように火かき棒を振りまわした。

「出ていきなさい。殴るわよ……」

と、言ったときにはもう遅かった。バーネットはすでに接近しすぎていて、殴りようがなかった。火かき棒のひと振りで、その頭をまっぷたつにしてやることも、首から切り離してやることもできない。そうできたらと激しく願った。大男がやすやすと火かき棒の先をつかみ、ハムのような手で持っているから。

ギャビーは呆然として相手を見た。

「様子がおかしいんだよ、お嬢さん、手を貸してもらわないと」

冷たい漆喰壁に背中を押しつけ、首を傾けて、頭上にそびえる大男を見あげる。この男は、ギャビーの唯一の防衛手段を片手でこともなげに制御しているのだ。ギャビーは火かき棒の取っ手にしがみつきながら、うろたえた目で横を見やり、なにか武器になりそうなものをさがした。

「お嬢さん、頼むよ。様子が変なんだが、ほかのやつは呼びたくないんだ。なにを口走るかわからないから」そう言いながらもそわそわして、じっと立っていられないのか体を左右に揺すり、おびえた目で伯爵の寝室のほうを振りかえっている。ギャビーは筋肉の緊張がゆるむのを感じた。登場のしかたはだしぬけだったものの、バーネットは脅しにきたのではなく、頼みがあってきたのだ。「早く、一緒に来てくれよ、お嬢さん。いつまでもひとりきりにしておきたくないんだ」

「わたしの助けが必要なの?」ギャビーはまだ警戒を解かずにきいた。火を弱くしてある暖炉の仄《ほの》明かりをのぞけば、寝室は暗かった。バーネットの様子は大きな体の輪郭がわかるのがせいぜいで、表情までは見えない。あまりにもそばに立っているので、見あげると首の筋をちがえそうになる。火かき棒はバーネットの手の一部であるかのように、しっかり握られている。このまま持っていてもむなしいだけなのがわかり、ギャビーはようやく手を放した。ギャビーの問いに答えるように、伯爵の寝室からかすかなうめき声とくぐもった物音が聞こえてきた。

「ああ、無茶をして自分で命を縮めようとしてる」バーネットは悲愴な声で言い、火かき棒をベッドに放ると、背を向けて伯爵の寝室のほうへ静かに歩いていった。そのとき、その足がブーツを履いていないことに気づいた。靴下だけで割れたガラスの上を歩いたすえの不愉快な結果が、ギャビーの頭をさっとよぎった。化粧室に消えるまえに、バーネットはこちらを振りかえった。「来てくれ、お嬢さん」

　火かき棒を取りもどし——とりあえず用はなさそうだけれど、なにがあるかわからないから——ベッドの足もとにあった化粧着をつかむと、用心しながらバーネットのあとを追い、化粧室の床に散らばったガラスの破片を踏まないように、そろりそろりと進んだ。ウィッカムの部屋の扉に鍵がさしっぱなしになっているのを見て、ギャビーの部屋にはいってくるのがいかに簡単かわかった。

　この扉に罠を仕掛けておいたのは正解だったのだ。

戸口を抜けたとたん飛びこんできた光景に、ギャビーは目を丸くして足をとめた。ベッドのかたわらの小卓に置かれた三連のロウソクと、暖炉で燃えさかる火に照らされた室内はあたたかかった。ギャビーの部屋よりずっとあたたかく、鼻を刺す薬のにおいがかすかに漂っている。そこにはギャビーをからかったあの無礼な獣の姿はなかった。ウィッカムはベッドの真ん中にあおむけになり、ひろげた手足を布の切れ端で柱に結びつけられていた。着ているのはリネンのナイトシャツだけで、膝の上までずりあがっている。

見まいと思っても、黒い毛の生えた筋肉質の長い脛《すね》が、どうしても目にはいってしまう。

〝きみはまったく魅力的な唇をしているね〟ふと、彼のその言葉を思いだした。いやな男。そんなことをわたしに言うなんて、軽蔑に値するわ。だから、彼を軽蔑している。まちがいなく、軽蔑している。ただ、その言葉を忘れ去ることができないだけだ。

「マーカス！　なんてことだ、マーカス。くそう、遅すぎた……」ウィッカムはうなされているらしい。ベッドの柱に縛りつけられたまま、体をねじったりよじったりしている。

「彼は何者なの？」苦悶する姿を啞然《あぜん》と眺めながら、疑問がひとりでに口をついて出た。彼は兄を知っていた、それはまちがいない。兄を知っていて、その死も知っている。ギャビーはバーネットに視線をもどした。「あなたは何者？」きびしい声できいた。

「すんでしまったことだよ、キャプン。そんなに苦しまないで、わかったかい？」バーネットはギャビーには目もくれず、ベッドに身を乗りだして主人の肩を両手で押さえつけ、おとなしくさせようとむなしい努力をしている。

「彼を縛りつけたのね」返事はないだろうと感じつつ、ギャビーはそうつぶやいた。バーネットがくわしく説明してくれるかもしれないとは露《つゆ》ほども思わなかったけれど、意外にも答えが返ってきた。

「おれにはそれしか方法が思いつかなかった。彼は自分がどこにいるかもわからない。ああやって、ずっと起きあがろうとしてる」疲れきった声で言い、バーネットはこちらを見た。シャツとブリーチズだけの姿で、疲労から顔はむくみ、頬はたるみ、目はくたびれ、片方の目の下には丸い青あざができている。「あのろくでもない野郎——失礼、お嬢さん——あの外科医が来て、熱が出そうだって言ったけど、あいつにできるのは血を抜き取るのがせいぜいで、彼にのませるようにって薬を置いてっただけだ。薬はどうやら効かないみたいで、そのうえ……」バーネットは話しつづけていたが、その先はウィッカムの叫びにかき消された。

「ああ、マーカス。あのときもっと……いや、あれより早くは着けなかった……」ウィッカムの苦悶はますます激しくなった。縛《いまし》めがぴんと張りつめ、上半身がベッドから浮きあがるほど背をのけぞらせている。

「ほら、キャプン、だめだよ」バーネットは主人の体の上に身を投げだし、ベッドに押さえつけようとしながら、手に負えない馬か子供に言い聞かすように語りつづけた。「だいじょうぶだよ、さあ、がんばって」

バーネットが顔をあげたとき、ギャビーは火かき棒をおろし、化粧着を身につけて紐を結びながらベッドのそばまで来ていた。ひと目見て、ウィッカムが憔悴《しょうすい》しているのはわかった。顔は青白いというより土気色で、濃い無精ひげが頬と顎に影を宿している。黒い髪は逆立ち、濃いまつげは小刻みに震えて肌を打ち、唇は声もなく動いている。

この男にスープを飲ませてあげたのは、つい今朝のことではなかったか。

「これはかなり危険な状態ね」ギャビーは歯を嚙みしめて言った。

「あい、言いにくいけど、あなたがこうしたんだよ、お嬢さん」バーネットが文句を言うあいだも、ウィッカムの興奮状態は鎮まる様子もない。

ギャビーは良心がちくちく痛むのを感じた。この男を撃つ必要がほんとうにあったのだろうか。それから、彼の脅しを、首にまわされた手の感触を思いだし、心のなかで首肯《しゅこう》した――ええ、その必要はあった。

「もちろん、彼のこの状態は心から気の毒に思うわ。でも、あなたもよく知っているとおり、彼はこうなることをみずから招いたのよ」ギャビーの声はきっぱりしたものになっていた。自分を責めたところでなにもよくなりはしないし、この場を取りしきる者が必要なのもあきらかだ。

バーネットは非難がましい目を向けた。「彼は燃えあがってる。外科の先生は熱が出るって言ったが、これは熱どころの騒ぎじゃないだろう」

ギャビーはうなずいた。

「シーッ、だいじょうぶよ」ギャビーはベッドの上の男に声をかけた。つづいて、おそるおそる手をのばし、熱で乱れた黒い髪を顔から払いのけてやり、てのひらを額に置いた。その肌は乾いていて、竈《かまど》のように熱かった。てのひらの冷たさが、ウィッカムをつつんでいる霧を破ったらしく、動きがとまり、目をぱっとひらいた。つかのま、ギャビーは藍色の目の奥をのぞきこんでいた。

「コンスエラ」ウィッカムは喉を痛めているかのような、しわがれた声を出した。「僕のみだらな愛しい人、僕だってできるものならそうしたいよ。でも、いまはだめだ。僕は――僕はちょっと――気分がよくないんだ」

ギャビーは噛みつかれたかのように、さっと手を離した。彼のまぶたはふたたび、ぐったりと閉じられた。深いため息をつき、顔をそむけ、眠りについたように見えた。

「彼は自分がなにを言ってるのかわからないんだよ、お嬢さん」バーネットは耳をちょっぴり赤くして、弁解がましく言った。主人の様子をうかがいながら、体を起こす。「頭が変なんだ」

「熱をさげなければいけないわ」ギャビーはウィッカムのうわごとも、バーネットのばつが悪そうな弁解も、聞かなかったことにした。「あの外科医を呼ばなくては」

バーネットは首を振った。「お嬢さん、それはできない。彼が口走ることは――危険すぎる。彼だけの秘密じゃないんだよ。それだって、かなりまずいけど、でも——ほかのこともあるんだ。彼がやろうとしてることが」

ギャビーは腕を組み、立ちあがったバーネットの目を見すえた。「ほかのこととはなにかしら。彼は何者なの、バーネット？　わたしには知る権利があるわ」

バーネットは目を合わせたが、ためらっているようだ。

ギャビーはさらに食いさがった。「あなたは彼をキャプテンと呼んでいるのよね。ということは、軍人だと考えたくなるわね。それから、わたしの兄を知っていたようだわ。そして、あなたはいま秘密がどうとか言っている。真実を話してくれたら、わたしの心もずっと軽くなる気がするの。話してくれないと、恐ろしいことを想像してしまいそう——あなたたちふたりはニューゲート監獄からの脱獄囚、あるいはベスレム精神病院からの脱走者」

心配したまま固まったバーネットの顔に、ほほえみの亀裂が生じた。「そんな悪いことじゃない、約束するよ。だがその先を話すかどうかは、おれじゃなく、キャプンが決めることだ」

「ああ、暑いな。太陽のやつめ。暑くてたまらない……」ウィッカムがまた身もだえし、つぶやきはじめた。「水だ。だれか、水をくれ……」

「お水をあげましょうね」ギャビーは思わずやさしい声で言い、頬に手を当てて意識の靄《もや》を切り裂いてやろうとした。バーネットを見やる。「どうしても、あの先生に来てもらいましよう」

視線を受けとめたバーネットは、なおも逆らおうとするかに見えたが、うなずいて承諾した。ウィッカムの乾ききった口に、スプーンで水を流しこんでやるのに手を貸してから、ギャビーは自室にもどった。呼び鈴の紐を引き、眠そうなメアリに指示して従僕にドクター・オームズビーをたたき起こしにいかせた。そのあとで思いつき、厩舎にいるジェムも別の従僕に呼びにいかせた。ウィッカムを制御するには、バーネットひとりの馬鹿力では足りなくなるおそれが少なからずある。それから、着替えをすませた。夜明けはまだ、その光の触手を地平線上にのばしはじめたばかりだけれど。あくびまじりのメアリに、ヨークシャーから持参した喪服の残りは、病室で役立てるのにちょうどいいと教えておいた。

外科医より先にジェムがやってきた。バーネットは彼が伯爵の寝室にはいるのを承知した。ジェムが足を踏みいれるなり、ふたりはたがいに敵意をむきだし、つま先立った犬みたいな足どりで間合いをはかるという、ばかばかしいにらみあいがはじまった。ギャビーの鋭いひと声で、どちらもようやく我にかえり、ベッドまで行っておのおの両側に陣取った。ギャビーが声を落として状況を説明する間も、ジェムはしかめっ面のバーネットを険悪な目つきで見守りつづけている。そして小さいながらも心に響く声で、ギャビーのやっていることをいさめようとしたところへ、ドクター・オームズビーが到着した。

「傷が化膿していますな」オームズビーは手早く診察したあとで、そう告げた。「隠しだてしてもしかたないので申しますが、お兄さまの状態はかなり深刻です。だからと言って、望みがないわけではありません――」あわててそうつけくわえたのは、ギャビーの表情とバーネットのくぐもった声に気づいたからだ。「――わたしの指示に忠実に従ってさえくだされば。傷口には二時間ごとに温湿布を当て、この粉薬を浸透させてください。粉薬の予備は置いていきます。患者には内服薬も定められた用法どおりに投与すること。水分もじゅうぶんあたえ、あたたかくして、安静にさせておいてください」

「わたしが責任をもちます」ギャビーは指示を了解したことを伝えた。

このまま血を抜かずにすますことはないだろうと思っていたら、案の定オームズビーはウィッカムの血を抜き取った。外科医の説明によれば、熱の原因になっているにちがいない有害物を血と一緒に排出させるのだという。その後、オームズビーの監督のもと、最初の飲み薬がウィッカムの喉を通った。同様に、包帯がはずされ、患部に湿布薬があてがわれた。これはどうしても患者の肌をあらわにしなければならず、落ちついて目にできる光景ではないので、ギャビーは部屋の隅にさがり、自分用に葡萄酒を水で薄めたものを準備した。

「……あんなに血が。ああ、マーカス。マーカス」傷口に浸透させている薬は、猛烈な不快感をあたえているらしい。ウィッカムは夢うつつの状態で、苦悶のような叫びをあげ、手足の縛めから自由になろうともがいている。ジェムとバーネットはそばで外科医の助手をつとめている。ウィッカムが暴れて叫びだすと、バーネットの不安はいっそうつのったようだ。

ギャビー自身の危機感も、秘密を暴露するようなうわごとを聞いて、刻一刻と増してゆく。ウィッカムがあからさまに「小娘め、俺を撃ったな」と言ったときには、頬に熱さがこみあげてくるのを感じ、やましさで顔が真っ赤になっているにちがいないと確信した。さらに、またもや血とマーカスのことをうめきはじめたので、どうなることかと思ったが、外科医のほうをちらっと見ると、バニング家の事情はあまり知らないらしく、自分が耳にしていることの重要性にまるで気づいていないようなので、いくらか不安がやわらいだ。

ところが、これがただの思いこみにすぎないことがわかる。

「失礼ながら、レディ・ガブリエラ」オームズビーは所持品をまとめ、暇《いとま》を告げるまえに切りだした。「しかし、どうもこれは……いや、つまりですね、マーカスというのは、たしか閣下ご自身ののお名前であったような気がするのですが」

この意表をつく明敏さに、ギャビーは血も凍る思いだったが、顔には出さなかった。

「そのとおりですわ」澄ました声で答える。心のなかでは、そんなことをきいてどうするつもりなのだろうと思ったが、あまりに不躾《ぶしつけ》なので口には出さなかった。

「いっぽうですね――閣下がマーカスというかたの名前を呼んでいらっしゃるときのご様子では、どうもそのかたは重傷を負っておられるか、殺されたかのようで……」外科医は額を曇らせ、ギャビーの鋭い視線にあって語尾をのみこんだ。「それが問題だというわけではなく、まったくどうでもいいことなのですが。ただ、ちょっと気になりまして……いや、なんでもありません」

「たまたま、兄にはやはりマーカスという名の親友がいました。彼はあいにく、事故で亡くなりました。ほんの数カ月前のことです。兄はその事故を目撃したのです」この外科医がいだいているかもしれない疑念をやわらげたいと思わなかったら、そこまで説明しなかっただろう。いまベッドに寝ているのがほんとうに兄のマーカスだったら、オームズビーの好奇心を満たしてやる義務は感じなかったにちがいない。

「なるほど、そういうことでしたか」オームズビーはほっとしたように言った。ギャビーはいくらかぎこちない笑みを投げかけ、みずから寝室の扉まで見送った。

「ふう、危ないところだった」オームズビーが出てゆくと、バーネットは言った。ウィッカムは苦痛に満ちた治療を耐えるので力尽きたらしく、秘密を共有する内輪の人間しかいないいまごろになって静かになり、どうやら眠っているようだ。バーネットはとがめるような目でギャビーを見た。「キャプンの口はおれたちを破滅させる危険があると言っただろ？　べつに認めてもかまわないが、さっきはずっとひやひやしてたよ」

「おれたち、なんてものは存在しないんだよ、このとんま」ベッドの反対側で、ジェムが声をとがらせた。「ここにいるのは、罪人のおまえたちふたりだけだ。お気の毒なおれの女主人は、だまされて力を貸してやってるにすぎない」

「口のきき方に気をつけろよ、このちんちくりん」バーネットは拳を握りしめた。

「いいかげんにしなさい！」ギャビーはふたりの闘士をかわるがわるにらんだ。「喧嘩はもう終わりにしてもらいます。いやがおうでも、わたしたちは団結しなければならないの。大失態を演じたくないならね。バーネット、最後に眠ったのはいつ？」

ジェムに向けていた夜叉《やしゃ》のような形相をいくらかやわらげ、バーネットは眉間にしわを寄せて考えこんだ。「お嬢さんを起こしにいくまえに、椅子でちょっと居眠りしたな」

「だったら、どうかベッドへ引きあげてちょうだい。よければ、八時間後にもどってきて」

「だけど、お嬢さん……だけど……」バーネットは困った顔をして、ベッドを見やった。ウイッカムはすやすや眠っているようだ。

「あなたがもどってくるまでは、ジェムとわたしがついています。どう見ても、病人の看護はわたしたち三人が引きうけなくてはならないようだから。あなたの言うとおり、意識が朦朧としているときの彼は、いつとんでもないことを言いだすかわからないから、ほかの人間にまかせることはできないわ。この――こみいった経緯を知らない者には」

ジェムがむっとして体をこわばらせ、頭がどうかしちゃったんじゃないのか、と口に出したも同然のあからさまな目つきでこちらを見た。

バーネットも同時に体をこわばらせ、ジェムを鋭くにらみつけた。「さしつかえなければ、お嬢さん、おれはここを離れたくない。おれの体のことを考えてくれた心づかいには感謝するけど」

「さしつかえはありません」ギャビーはぴしゃりと言った。「あなたは言われたとおりにしてちょうだい。こう言うのは心苦しいけど、わたしがなにより重視しているのは、あなたの体じゃないの。あなたの主人の命が助かることよ」

バーネットはどきっとしたようだ。「でも、お嬢さん……」

「疲れすぎて居眠りでもしたら、彼の役に立たないでしょ。さあ、もう安心して、あとのことはジェムとわたしにまかせていいから」

「わかったよ、お嬢さん」情けない声で答える。

「じゃあ、行きなさい」

バーネットは名残惜しそうに主人を見やりながら歩きだした。扉の手前でくるっと振りむき、ジェムに凄《すご》んでみせる。「おれのいないあいだに、彼になにかあったら――」

「行きなさい」ギャビーはさえぎり、火花の散った目で任務を解かれた者を見た。バーネットは口を閉じ、ごくりと唾を飲むと、出ていった。

「あいつにはそういう態度がいちばんですよ、ミス・ギャビー」ジェムが大喜びで言った。

「わたしがヒステリーの発作を起こすところを見たくないなら、バーネットといがみあうのはやめてちょうだい。わたしたちが泥沼にはまりこんでいるのがわからないの？　彼からも、この男からも――」静かに寝ているウィッカムに顎をしゃくる。「逃れることはできない。向こうもわたしたちから逃げられないのよ」

14

その後二日間は、ウィッカムの容体にはさしたる変化は見られなかった。傷口のまわりには赤い肉が丸く盛りあがり、触れると気味の悪いほど熱く固かった。弾がめりこんだあとの黒っぽい穴からは、手当てのたびに膿《うみ》がにじみだし、新たな血が流れだす。そして、なおも熱のために意識は混濁《こんだく》していた。そのほうがむしろ好都合なのかもしれない。湯気の立つ湿布剤を患部に押しあてながら――この三時間で百回目くらいに思える――ギャビーはぼんやり考えていた。ウィッカムは自分がなにをされているのかほとんど気づいていないようだし、わたしも羞恥心《しゅうちしん》を、ある程度は、おぼえずにすんでいる。彼が目覚めていてこれを見られていたら――いいえ、その場合はきっとこんなことはできないだろう。

患者の肌をあまり露出しないで手当てするのは、かなりの技を要するし、ギャビーにはまだ習得できていない。彼は洗いたてのナイトシャツ――交代するまえに、バーネットが汗の染みこんだシャツを新しいのに取り替えてくれた――をいちおう着ているが、邪魔なのでおなかの上までめくりあげてある。局部は毛布で隠してあるものの、ひっきりなしに動くのでずれさがり、また毛布をかけるということをくりかえす。そうした間にあらわになった肌に、はしたないほど興味をかきたてられるのだが、尋常ではない欲求に屈することも、まともに見て好奇心を満たすことも、頑として拒みつづけている。

それでも、ふとした拍子に具体的な姿が目にはいると、恥ずかしさに顔がほてった。

ベッドの端に腰かけて湿布剤を当てながらも、目は絶対に患部周辺から下へやらないと決意した。ところが今度は、患部周辺から上にも、目を――あらゆる感覚を――刺激するものがあることに気づいてしまう。自分でもとまどいをおぼえるが、たくましい上半身を見つめているとおかしな気持ちになってくる。彼をぼうっと眺めるだけにして、心はどこかほかのところへさまよわせようともしてみたけれど、よく鍛えられた体の力強い美しさに手が触れると、その感覚がいつのまにか潜在意識にはいりこみ、脈が速まり、呼吸が荒くなっていた。そのたびに、さっと目をそらし、心の軌道を無理やり修正した。とはいえ、品位を疑われてもしかたないが、この狡猾《こうかつ》ならず者の肉体は魅力的で、どんなにそれに気づかないふりをしようとしても、その事実をごまかすことができないのを心の底ではわかっているのだ。

おまけに、看護のあいだ、彼に触れずにいられないのだからなおさら始末が悪い。あらゆる意志を総動員して自制しても、気づくと怪我人の世話とはなんの関係もなく肌に触れ、その感触を楽しんでいる。いけないと思いつつ、彼のおなかは固く弾力があるのを知った。浅黒い肌はなめらかで、上等なキッド革のようなすばらしい手ざわりだ。そこは黒い毛の筋で両断されていて、その筋は下へいくほどひろくなり、その先には見てはならない場所がある。たまたま知ったのだが、おなかの毛は意外にも――えーっと――胸毛よりなめらかだった。おへそはこっそりと楕円形にくぼんでいる。そこには湿布剤から垂れたしずくをぬぐってやるために、何度か布を巻いた指を入れた。腰は細く、固い骨に肉はあまりついていない。

黒い毛の筋を上にたどると――湿布剤を当てたあとに体を拭《ふ》いてやらなくてはならないから、必要な手順だ――胸は肩へ向かってV字型にひろがってゆくのがわかる。そこも、なめらかな肌の下は筋肉だらけだった。毛の筋もひろがってゆき、肋骨のあたりから毛の質が粗くなり、丸まりはじめる。ナイトシャツのおかげで、胸の上半分は肩や腕と同様に隠れているけれど、胸をおおう濃い毛が黒く縮れていて、ざらざらした手ざわりなのはじゅうぶんわかった。

そんなふうに手と目がさまよっている場所を頭でもたどっていたとき、だしぬけに、その濃い胸毛に指をからませたいというあらがいがたい欲求を感じた。

恥知らず、と自分を叱りつけ、とんでもないことをしないように、あわてて両手をひっこめタオルやらなんやらを膝にもどした。きっと不安や疲労のせいで、潜在意識が混乱しているのだろう――そうでなければ、本人の意思とは関係なく、これほどしつこくみだらなことを考えるはずがない。

〝きみはまったく魅力的な唇をしているね〟

そのとき、ウィッカムがぶつぶつつぶやいて、こちらに顔を向け、まぶたを震わせた。一瞬、知らぬまに考えを口に出していて、目覚めた彼に聞かれてしまったかもしれないと思い、ぞっとなった。だが、そうではなかった。ウィッカムのまつげがもとの位置に落ちつくのを見て、ギャビーは胸を撫でおろした。やましさのせいでそう思っただけだ。彼はなにも気づいていない。

「あなたはどうしようもない悪党ね」ギャビーは腹立ちまぎれに言った。「あなたを撃ったことは、これっぽっちも悪いと思っていないわ」

もちろん、ほんとうは悪いと思っている。もし彼が死んでしまったら——殺人者も同然なのだし——罪悪感がいや増すこともわかっていた。もし傷口の毒が体じゅうにまわってしまったり、熱がさがらなかったりしたら……

いいえ、そんなことは考えないようにしよう。

階下のどこかから、時を告げる音が聞こえてきた。午前一時だ。家の者は、使用人でさえ、とうに眠っている。日常の用務はしかたないとしても、彼らをウィッカムの寝室から遠ざけておくのは面倒だった。でも、女性たちには手を焼かされることはなかった——ウィッカムの看護には、清らかな目にはふさわしくない光景がともなうと言うだけでよかったのだ。使用人が看護に加わってはいけない理由を説明するのは、もっとやっかいだった。うまい言葉が見つからず、しまいには自分とジェムとウィッカムの従者のバーネット以外、まかせられそうな者がだれもいないからだと言ってしまった。

その結果、傷ついた顔にいやというほど出会う羽目になった。

ウィッカムをベッドの柱に縛りつけたままにしておくのは見るに忍びないので——そのままではちゃんと休めないだろうし、手足の血行のことも心配だった——ゆうべ、バーネットに言いつけて、縛めを解いてもらっておいた。それがよかったのか、ウィッカムはぐっすり眠っている。まえほど暴れなくなったのは、もう拘束されずにすむという気持ちも手伝って、すっかり寝心地がよくなったおかげだろう。

「暑い」ウィッカムがはっきりと言い、ふたたび身じろぎした。ギャビーは息を殺し、彼が目をさますのではないかとはらはらしながら様子を見守った。バーネットと交代してから、目覚めそうになっては、また眠りだすということが何度かあったのだ。しばらくは、おだやかな寝息と、薪《まき》のはぜる音しか聞こえなかった。

室内はじっさいにあたたかすぎる。ギャビーはあたりを見まわした。ずいぶんまえから暖炉の火が燃えたまま部屋を閉めきっているせいだろう。そういえば、ギャビーも暑さを感じていた。ハイネックで長袖の喪服が急に息苦しくなり、ほつれた気ままな髪をうなじでまとめた不格好なシニヨンにもどそうとして、生え際に汗がにじんでいるのに気づいた。額にしわを寄せ、ギャビーは手もとのタオルで顔をあおいだ。温度が高いのに加えて、この部屋には芳《かんば》しくないにおいが漂っている。湿布剤から染みだす強い刺激臭にまじって、それほど強くはないものの、発熱している男の体が発散するにおいがたしかに嗅ぎとれる。暖炉の明かりをのぞけば、部屋を照らしているのは小卓に置かれた枝つき燭台で、ロウソクの獣脂臭さが不快なにおいに輪をかけていた。

ちらっと目をやると、三連のロウソクは燃え尽きかけていて、ねじ曲がった黒い芯《しん》の根元では、溶けた獣脂がぎらりと光っていた。ギャビーは身を乗りだし、ロウソクを一本ずつ吹き消した。暖炉の火明かりだけでじゅうぶんだ。たとえ灼《や》けつくような暑さと鼻にしわが寄るほどの異臭にわずかしか加担していないとはいえ、ロウソクは微力ながらも役に立っているが、ギャビーはそれがなくてもいっこうに困らなかった。彼の傷の手当てはもう飽きるほどやっているので、必要なら、暗闇でもできる自信があった。

「……ブリエラ」ウィッカムがいきなり言いだし、ギャビーの目は反射的に引きもどされた。ほんとうにわたしの名を呼んだのだろうか。それとも、意味のない寝言をつぶやいただけだろうか。

「あら、目がさめたの?」いくらかぶっきらぼうに、きいてみた。

答えはなかった。まあ、期待していたわけではないけれど。ウィッカムの目は閉じられたままで、呼吸は深く落ちついている。たぶん、快方へ向かっているのだろう。そう思いながら、そっと指を入れて湿布剤の温度を確認する。顔はもう昨日までみたいに真っ赤ではないし、悶々《もんもん》とすることもないようだ。

あと一時間だわ、ギャビーはため息をつき、湿布剤の温度をもう一度確かめた。あと一時間すれば、ジェムと交代できる。ジェムは女主人がどうしても――彼の言葉を借りるなら――〝極悪人に加勢する〟のをやめないと知って仰天したものの、自分のつとめは渋々ながらもちゃんと果たしている。もちろん交代にあらわれたら、ギャビーが部屋を出るまで、しかめっ面でぷりぷりしながら、恐ろしい言葉をどんどん駆使して警告せずにはいられないだろう。それでも、ジェムが来るのが待ち遠しかった。もう、体の芯までくたくたで、それに、気分もよくないから。その理由はあまり突きつめたくないけれど……。わたしの手もとで裸に近い姿をしてなすすべもなく寝ているこの男は、見も知らぬ人間で、罪人で、そのうえ、わたしをからかい、脅し、暴力行為におよんだ。いっぽうでこの男は、心をかき乱されるような端整な容貌と、人をだますことに長《た》けている者にはありがちな魅力と、露骨なほどのたくましさを持っている。この男に魅力を感じるなどという不測の事態はあってはならないことだけれど、不覚にも感じてしまい、それが気に入らない――控えめに言っても、面食らっているのだ。

ウィッカムは枕にのせた頭を落ちつかなげに動かした。乱れた黒い髪が、白い枕カバーと鮮やかな対照をなしている。口をもぐもぐしだし、なにやらずっとつぶやいているが、声が低すぎてひとことも理解できない。ギャビーはなにを言っているのか聞きとろうとして、無意識のうちに口もとを見つめていた。熱のためにかさかさになってはいるが、きれいな口つきだった。唇は少し薄いかもしれないけれど、引き締まっていて、形がいい。ここ二日間で、何度もそこから飲み物を流しこんでやったから、それはよく知っている。

〝きみはまったく魅力的な唇をしているね〟

あなたもそうよ。この形のいい口に自分の口を重ねたら、どんな気持ちになるのかしら。

ウィッカムがまた身じろぎし、まつげを震わせるかたわらで、ギャビーは嵐雲がくるくるまわって竜巻になってゆくのとおなじで、みずからの意思とはまるで関係なく想像をふくらませていた。自分がなにを考えているかにはっと気づいたとき、いきなりウィッカムの目があいた。ギャビーは狙撃されたかのように愕然とした。どきどきしながら、藍色の目の奥をのぞきこむ。しかし、しげしげと眺めても、その目はまだどんよりしていて、意識は完全にはもどっていないようだ。すると、その問題にけりをつけるように、まぶたがぱたっと閉じられた。

ギャビーはほっとため息をついた。彼の口に唇を押しあてるなどということが発想できる自分が空恐ろしくなり、手もとの仕事に視線を落とした。湿った布をいらいらとつつき、手当てが完了したのを確認すると、じゅうぶん冷めた湿布剤を傷口からはずした。終わってよかったと思いながら、小卓に用意しておいた洗面器に使用済みの湿布剤を入れる。これで、暖炉のそばにゆっくりすわり、持参した本でも読みながらジェムの到着を待つことができる。

少なくとも『マーミオン』を読んでいれば、気がつくとウィッカムのほうを見ていた、なんてことにはならなくてすむ。

一刻も早く彼のそばを離れたくて、ギャビーは外科医が置いていったバジルの粉を傷口に振りかけ、おなかに包帯を巻く仕事に取りにかかった。体の下に腕をさしいれるのはたいへんだが、そうやってしっかり巻きつけておかないと、どうしても包帯がはずれてしまうのだ。

おそらく体の下に腕がもぐりこんできたのに反応して、ウィッカムはさっきよりも大きく動いた。脚をもぞもぞさせながら――もちろん、毛布はまたずり落ちた。そちらをちゃんと見て確かめたわけではないけれど――お願いだ、とはっきり言った。なにをお願いしたいのかわからないし、急いでそばを離れたかったので、ギャビーはそのつぶやきを無視し、傷の周辺から上へも下へも目を向けず、包帯を巻く作業をつづけた。

「お願いだ」ウィッカムはふたたび言った。声はかすれているものの、発音は明瞭だ。ギャビーは我慢できず、そちらを見た。まぶたはこまかく震えているが、目は閉じている。口もとには――見事な形をした唇には――あるかなしかの微笑のようなものが浮かんでいる。

どうせ、水がほしいのだろう。小卓には水が半分はいったグラスがのっている。一時間おきに、スプーンに何杯かずつ飲ませていたのだ。包帯を巻き終わったら、もう少し口にふくませてやり、それから暖炉のそばで本を読もう。

「まったく、手のかかる疫病神ね」ギャビーはそっとつぶやき、鋭いまなざしを投げた。もちろん、相手には見えないけれど。尋常ではないあたたかさの腹部を手でかすめながら、細長いリネンの残りをしっかりと巻きつけ、大げさな仕草で端を結んだ。

ウィッカムも頭のどこかでは、触れられていることに気づいていたにちがいない。自分の手をのばして、ギャビーの手を求め、探り当てるとつつみこんだから。体全体とおなじように、その手は焼けるように熱く、大きく、力強かった。なにかを伝えようとしているのだろうか。そうかもしれない。でも、それを確認するのはむずかしい。依然として、目は閉じたままだ。

少し警戒しつつも、ギャビーはされるがままに手を握らせ、持ちあげさせ――その手を男性のもっとも秘めやかな部分に置かせた。

ギャビーは息をのみ、さっと手をひっこめ、よく振ったジンジャービールの栓のごとく、勢いよくベッドから飛びあがった。火傷《やけど》したような感覚を手におぼえながら――それは、この手の下で動き、ふくらみはじめたのだ！――自分を抑えきれず、彼の脚のあいだにある男性の付属器官を慄然と見つめた。それはいまや大きくなり、九十度近い角度で体から突きでている――あれに、この手でさわってしまった。

ギャビーは身震いし、発作的にスカートに手をこすりつけていた。ああ、なんてことだろう、この手の下でうごめいた感覚がまだ残っている。

ウィッカムはまだ目を閉じていた。顔はおだやかな表情をたたえている。彼が衰弱していることなどまったくかえりみずに放りだした手は、体の脇に力なく置かれ、指先をやや内側に曲げている。

もちろん、彼は自分がなにをしたか気づいていない。熱に浮かされて、夢の世界を彷徨っているのだ、とギャビーは自分に言い聞かせた。

ああ、よかった。息が楽になり、鼓動も落ちついてきた。自分を納得させた言葉をしっかり胸に刻み、ギャビーは奮いおこした勇気を、ひとつひっかかっている点へ向けた。目をそむけながら、おそるおそる手をのばし、毛布をかけなおしてやろうと……

そのとたん、手首をつかまれ、ベッドのほうへひっぱられた。足が宙に浮き、まだ痛む腰からベッドに落ちて、小さな悲鳴をあげる。逃げだそうとするまもなく、背後から彼の大きな体がおおいかぶさってきて、ベッドに押し倒されていた。

15

体の下に組み敷いた彼女はあたたかく、心地よかった。そして——バニラの香りがした。首と肩がまじわる曲線に顔をうずめ、彼は存分にそのにおいを嗅いだ。

ガブリエラ。そこにいるのが、彼女だということはわかった。ずいぶんまえから、頭の片隅ではうっすらと気づいていた。

彼女はうっとりするような悩ましいにおいがする。体も悩ましく、細く華奢にできていて、いまは緊張でこちこちになっている。

彼女の上で腰を前後させて股間を押しつけ、うなじに鼻をすりよせながら、いまにも暴れて逃げだそうとするのではないか、放してと命じる声が聞こえるのではないかと思っていた。そうなるまでは、このひとときを楽しむつもりだ。静脈に沿って耳の裏まで唇をすべらせ、しばらくそこでじっとして、彼女の脈がどきどきと打つのを唇で感じているうちに、自分の動悸《どうき》も速くなった。

ガブリエラがどう思っているにしろ——それは考えたくなかった——その体が反応して、

ひとりでに力が抜けてゆくのがわかると、興奮をおぼえた。彼女の息づかいが荒くなり、息を吸いこむと胸が押しつけられるのを感じた。

耳たぶを口にふくみ、そのやわらかな肌を味わう。

彼女の手が肩をつかみ、爪が肌に食いこむ。彼の下で、彼女は震え、身じろぎし、小さくあえいだ。その反応が、彼の興奮に火をつけた。

うずくような激しい愛を交わしたい。彼女を裸にして、腕のなかで身もだえさせ、熱烈なくちづけに応えさせ、自分の腰に脚をからめさせたい。

彼女のなかにはいりたくてたまらなかった。

むろん、そんな望みはかなうはずがない。ぼんやりとした頭でも、それはわかった。

少なくとも、全部かなえるのは無理だ。要するに、彼はそれほど下劣な男ではないのだ。

だが、ある程度のことは許されるかもしれない。

彼女の胸に手をのせてみた。

「まあ」ガブリエラは驚いた声で言った。その口ぶりからすると、いやがっているのではなく、彼女もその感じを気に入ったようだ。

そういえば、地獄への道には善意が敷き詰められている、ということわざがなかったか。

16

彼の耳はギャビーの口もとにある。首筋の感じやすいところに、無精ひげだらけのほてった顔がうずめられている。彼に組み敷かれながら耳朶《じだ》の裏のとても敏感な場所に口を押しつけられていると、一人前の馬にのしかかられているように重い。

自分を抑えられない。彼の口から伝わる湿った熱っぽさに、呼吸がどんどん速くなる。その感覚は……その感覚は……

すばらしかった。

彼はギャビーが自分でもあることすら知らなかった琴線《きんせん》に触れている。生まれてこのかた二十五年、そんなふうに男性から愛撫されたことは一度もない。くちづけをされたこともないが、それをさびしいと感じたことはなかった。それどころか、ギャビー自身は――自分とおなじような階級の淑女もみんなそうだと思う――情欲というようなものとは無縁で、じかに目撃したから知っているけれど、そういうことは大半の男性に特有のさしてうらやましくもない性質だと思っていた。もっと若かったころ、まだ結婚も人生にかならずやってくるものだと信じていたころ、ときどき結婚生活のあれこれについて思いをめぐらしたことがあって、おおまかなところはわかっている。田舎育ちの目で考えたことではあるけれど。夫婦の寝室でのつとめは、控えめに言ってもなんとなく気が重く感じた。だけどそれはやさしく育てられた女性が、払わなくてはいけない代償だ。夫を手に入れるための、そして時が満ちたときに子供を授かるための代償だ、と考えていた。

男性から体に興味をもたれることに……うれしさを感じるなんて思いもよらなかった。いえ、ただうれしいだけじゃない。ギャビーは筋肉質の肩に爪を食いこませながら、救いがたいほど正直になって訂正した——これは、神の恩寵《おんちょう》よ。それしか、この肌のぞくぞくする震えを正当にあらわす言葉はない。愉悦を待ち望む感覚にだまされて動けなくなり、一瞬、ほんのひとときだけ、二度と訪れそうもないこの体験に身をゆだねた。

無精ひげの生えた顎が首筋のやわらかな皮膚をこすり、引き締まった熱い唇が肌をかすめてゆく。彼の口が耳を探り当て、耳たぶを火傷するほど熱く湿った穴のなかへひっぱり、吸いついたりかじったりする。ギャビーは息が苦しくなって口をあけた。なんともいえず不思議な、でも、うっとりするような感覚だった。神経の末端に沿ってこまかな震えが走る。彼の口がくりだす魔法は、足のつま先まで伝わった。体の大きさの差を考えたら、押しつぶされるのではないかと思ったが、そんなことはなかった。たとえ押しつぶされるほどの重さだとしても、それは悪い感じではなく、刺激される感じだ。むしろ——そう気づいたことが自分でも意外だけれど――ギャビーの体は、彼の体を受けいれられるようにできているみたいだった。生まれつき持っている感覚が働いて、しなやかな女性の体を彼のたくましい体に合わせて変形させようとしている気さえした。

ギャビーはあらたな衝撃をおぼえた。彼は自分の――自分の――充血したものを、女性のいちばん秘めやかな部分に押しつけている。

よかったわ。ギャビーは唇をひらき、目をみはってめくるめく感覚を味わいながら、きちんと服を着ていることに感謝した。そうでなければ――そうでなければ……

複雑なひだのある真紅の天蓋をうつろな目で見つめながら、股間を押しつけてくる律動的な動きに、体のなかでは途方もない反応が呼び起こされていた。秘めやかな部分の奥のほうで、なにもかもがきりっと巻かれてゆくような感じがした。あたたかく、甘美な――うずうずする感じ。奥深いところがぎゅっと締まり、彼の動きに応えてぴくぴく震えだす。

体がほてる。どんどん熱くなる。燃えあがるような高熱を発している彼よりも熱いくらいだった。

どこかから、かすかな音が生まれて喉を通過した。その音の正体に気づいて、うろたえた――あえぎとしか形容しようがない声だった。

びっくりしてまばたきし、口をしっかり結んで、そんな気ままな声が出てこないようにしながら、この空前絶後の官能の喜びが、急速に自分の手に負えなくなっていることを知った。

終わりにしなければ、と自分にきつく命じる。ただちに。逃れたいという気持ちより、完全に意志の力で、ギャビーは勢いよく顔をそむけ、耳たぶを引きぬいた。濡れた耳たぶに触れる空気の冷たさが、おのれをとがめているようだった。そうするあいだにも、彼の熱い唇は首をするするさがってゆく。

ギャビーは弱々しく息を吸いこんだ。まぶたが小刻みに震えて、目が勝手に閉じたがっているのがわかる。断固として目をあけていようとして、彼の肩に置いた両手に力がはいり、その固く弾力のある肩をつつむやわらかなリネンをくしゃくしゃにした。いいかげんにこの意想外の享楽の渦から脱けださないと、ますます深みにはまってしまう。

彼は体を少し横に向け、怪我をしていないほうで重みを支えた。痛みを感じて、本能的にそうしたのだろうか。いずれにしても、彼はもう真上にはのしかかっていない。逃げだすのはやさしくなったはずだ。

それがほんとうにギャビーの望むことなら。

いまの考え方はよろしくない。その言外の意味に愕然として、ギャビーは即座に撤回した。逃げだしたいに決まっているでしょ。とにかく、望もうが望むまいが、わたしは自由の身になるの。

さあ、行くわよ。

ギャビーは深く息を吸い、呼吸をととのえた。彼をもう少し横にずれさせることができれば……

固くあたたかいものが胸に置かれ、気がそれた。視線をさげると、それは彼の手だった。長い指をした浅黒い手が、地味な黒いカージミアのドレスの胸もとにひろげられているのを見て、息をのんだ。そんなみだらな光景は、これまで目にしたことがなかった。

そちらを見るだけで、口のなかが乾く。

「まあ」ギャビーは言った。

彼はギャビーの胸を撫でまわし、ぎゅっとつかみ、パン生地をこねるように揉み、親指をさげて乳首にさわった。

気持ちがよかった。ああ、なんていい気持ちなの！　彼の手の下で、乳房が引き締まり、盛りあがったような気がした。乳首をこすられ、ぞくぞくする感覚とともに固くなった。彼はつんと立った先端を親指と人さし指でつまんだ。ギャビーの秘めやかな部分が震え——潤《うる》んできた感じがした。

恐ろしいことに、体の奥のなにかが溶けだしたようだ。腿の付け根が濡れてきたのは、ごまかしようがなかった。

そう気づいたとたん、興奮と衝撃が同時にやってきた。

ギャビーの胸は彼の手のなかにすっぽりおさまっている。その手が胸の上にぴたりと貼りついているのを、魅入られたように見つめていると、今度はからかうように、胸のまわりに指で円を描きだした。

その同心円はだんだん小さくなってゆき、最終的には乳首をめざしているようだ。ついにそこへ到達し、固く直立した乳首を撫で、服の上からつまんでぐいとひっぱられると、全身に震えが走った。

甘美な心地だった。あまりの快感に、地味な羊毛のストッキングのなかでつま先を丸めた。あまりの快感に、息が荒くなって、ぜいぜいあえいでしまい、歯を食いしばってそんな恥ずかしい音が漏れないようにした。奥深いところの潤《うるお》いは、あたたかな痛みをともないはじめた。

彼はまたもや体重を移動し、ギャビーの脚のあいだに膝を割りこませてきた。スカートがねじれて、腿のあたりまでめくれあがった。彼が脚をからませてくる。むきだしの骨ばった膝がしらの固さや、筋肉質の腿の熱さが、ストッキング越しに感じられた。

彼の引き締まった腿が、まるでそこが住処《すみか》でもあるかのように、ギャビーの腿のあいだにおさまっている。ギャビーは急にそわそわとあわてだした。これはだめよ。これがどういうことかは知っている。彼の男性の部分をわたしの脚のあいだに入れて、それから……それから……

ああ、神さま、彼はこれからなにをするのですか。

胸に置かれたままの手が、ゆっくりと、刺激するように、行く手にあるものすべてを愛撫しながらさがってゆき、スカートの裾にたどりついた。

スカートは腿の途中までたくしあげられ、なおもじりじりと、容赦なく持ちあげられてゆく。ギャビーははっとして、夢中であらがった。

「そんなふうに身をくねらせる姿もいいね」彼は耳もとで、はっきりとささやいた。意識が朦朧としているのだろうと思っていた相手が、明晰《めいせき》な声で言うのを聞いて、ギャビーは仰天のあまり凍りついた。

そのうえ、彼は顔をあげた。ギャビーは気づくときれいな藍色の目をのぞきこんでいた。

「起きていたのね」怒りに声を震わせた。

「そう思わなかった？」彼はにっこりした。とろけるような笑みに、心臓がどくんと打つ。そして、なにか手を打つまもなく——相手を殴るとか、放しなさいと命じるとか、その他無数の方法が頭に浮かぶまもなく、彼は顔をもどし、ギャビーの胸に口を押しあてた。

ドレスとシュミーズを通しても、唇の熱さと湿りは伝わってきた。それはすでに上気している乳首に、灼熱と蒸気を加え、燃え立たせた。熱が身内を駆け抜けてゆく。ギャビーは全身をぶるぶる震わせた。またしても、あの恥ずべきかすかなあえぎが唇からこぼれる。無意識のうちに背を弓なりにし、彼の頭をかかえて胸に押しつけていた。

はっと我にかえり、自分の反応に恐ろしくなった。こんなことをこれ以上つづけることはできない、つづけるつもりはない、つづけさせてはいけない。理性がよみがえって、ギャビーは猛然と抵抗し、彼の両肩を押しのけた。それが効かないとわかると、頭を起こし、マムシのようにすばやく肩に嚙みついた。

17

「痛い！」彼は悲鳴をあげてあおむけに転がり、嚙まれた場所を手で押さえた。鈍いどさっという音と衣擦《きぬず》れの音につづいて、ふうっというため息が聞こえ、そちらへ視線を振りむけた。どうやら彼女はベッドからすべりおり、両手と両膝で着地したらしい。目をこらすと、栗色の乱れ髪のてっぺんが、水中のコルクのようにひょこひょこ揺れているのが見えた。

「口で言ってもよかったじゃないか。やめて、とか」

自分でも驚いたが、声が妙にしわがれていた。

「言ったら聞いてくれた？」ガブリエラはこちらの声の異状にまでは、気がまわらないようだ。マットレス越しに、黒い眉根を寄せ、グレーの目でにらみつけている。

おかしな話だが、あちこちの痛みやうずきに加えて、なぜだか眩暈がするふらふらの状態だというのに、愉快な気分になっていた。

「もちろん、聞いたさ。僕をどんなやつだと思ってるんだ？」

ガブリエラの表情は多くを語っていたので、なにも言う必要はなかった。いまは顔がすっかり見えている。質問への答えは、要するに、まったく好ましいものではないということだ。

「ミス・ギャビー？」扉がいきなりあいた。そちらを見やると、ジェムが失礼しますとも言わずはいってきたので、思わず顔をしかめた。やれやれ、この男が五分早く来なくて助かった。そうなっていたら、ガブリエラはきっと救いがたい屈辱を感じただろう。そう思うのは癪だが。


ジェムは扉を閉め、ベッドへ近づいてくる。その目は彼を通り越してガブリエラに向けられた。そうこうするあいだに、彼女はどうにか立ちあがり、人目を気にして髪に手をやった。ピンから抜けた髪が、なまめかしく垂れさがっている。

「だいじょうぶですか」ジェムが眉をひそめる。

「ええ。ちょっと――バランスをくずしただけよ」

ガブリエラはめんどくさそうにベッドの足もとの柱に寄りかかっている。声も息が切れているような感じだった。そういえば、彼自身も少し息が切れている。彼女に視線を走らせたら、ますます息がはずんできた。秘宝さがしは――あの真っ黒なひどいドレスに隠された体は、まさしく秘宝だ――想像していたよりずっとスリルに富んでいた。

「ノックの音も聞こえなかったし、はいれと命じたおぼえもないが」心もち居丈高《いたけだか》になって、ジェムに告げた。同時に目をさげ、毛布はからまっているものの、自分が見苦しくない格好であることをさっと確認した。

「起きてたのか」ジェムはきつい一瞥を投げた。

「そうなのよ」彼に答える暇もあたえず、ガブリエラが言った。その声は、この五分間、暖炉の前で刺繍《ししゅう》でもしていたかのように冷静で、彼のベッドでのたうちまわっていたとはとても思えない。使用人のほうを見るまえに、一瞬、視線が合った。その目は雨水さながらに冷たかった。そのとき皮肉な考えがよぎった。惜しいな、頬の赤みは簡単には抑えられなかったらしい。

ガブリエラはもう顔をそむけ、使用人のほうを向いていた。彼はあおむきに寝ていたが、唇をゆがめてこちらを見たジェムの顔つきが気に入らず、両肘をついた。ヘッドボードにもたれてすわろうと思ったのだ。

途中まで体を起こしたところで、白熱の火かき棒で突かれたような鋭い激痛が走った。なんだ、これは……？　動作をとめ、歯を食いしばってうめき声を押し殺し、マットレスに身をもどして息をついた。ナイフでえぐられるような痛みが身内をジグザグに進むのを、目を閉じてぐっとこらえる。額に汗がにじみだすのがわかった。ずいぶん経ったと思えるころ、ようやく緊張を解いて目をあけると、ガブリエラとその子分がベッドのそばに並んで、こちらを見おろしていた。ジェムは腕組みをし、反感丸だしでにらみつけている。ガブリエラは警戒のまなざしを注いでいた。

「動いちゃだめじゃないの。また出血してしまうわよ」心配そうな口ぶりだが、たとえそれが本心だとしても、いやいやながらのようだ。

「きみが撃ったんだ」痛みがまた襲ってくるといけないから、背中をマットレスにじっと預けたまま彼女を見あげていると、記憶がどっとよみがえってきた。

「当然の報いよ」ガブリエラの言葉に、隣のジェムが激しくうなずく。

「くそう、郵便馬車に轢《ひ》かれたような感じだ」彼はうめいた。見物人ふたりの思いやりのなさを考えると、弱音など吐かないほうがいいと気づいたのは、もう言ってしまったあとだった。痛みがあまりにも強く、頭が混乱していて、いつもの平静を保てなかったのだ。

「ずっと重体だったのよ」

その声の妙によそよそしい響きを聞きつけて、ジェムが女主人にいぶかしげな目を向けた。それを見たガブリエラは、このままでは痛くもない腹を探られてしまうと気づいたにちがいなく、ジェムの手前を取りつくろうためだけに、どうにか眉間のしわをのばした。

「どのくらい?」

深呼吸が効いたのか、激烈な痛みは遠ざかりつつある。

「今日で三日目」

まちがいない。その口調が物語っている。ご令嬢はおかんむりだ。彼の愛撫に体が反応してしまったからなのか、体が反応したことを彼に知られてしまったからなのかはわからない。どちらかを選べと言われれば、あとのほうに賭ける。

「それで、きみが世話を焼いてくれていたのか」言葉の裏の意味をにおわせるように薄くほほえんではみたが、ただ会話をつづけるだけでも億劫《おっくう》になってきた。舌は腫れぼったいし、しわがれた声も気になりだした。おまけに、頭を持ちあげるだけで眩暈が襲ってくる。気絶するのではないかというほどの焼けつくような苦痛はなくなったものの、脇腹は依然として痛む。これほど活力を感じられなくなった経験は、過去に一度だけある。セイロン島にいたころ、撃たれた馬の下敷きになって、脚の骨が三つに折れた。怪我の状態があまりにひどかったので、外科医から脚を切断したほうがいいと言われ、彼は断固として拒んだ。その後意識を失っているあいだ、バーネットが番犬のようにそばについていてくれたおかげで、さいわい脚は切り落とされずにすんだのだ。その一件を思いだし、彼はそばに立っているふたりを不審の目で見た。

「バーネットをどうしたんだ？　やつが僕をほうっておくはずがない」

必要以上に体を動かさないよう気をつけながら、彼は傷口に手を当てた。押すと、やはり痛む。

「彼は寝室に引きとらせました。くたびれきっていたので。あなたはよけいな口を出さないで」ガブリエラは彼をにらみつけた。さっきの薄笑いへの仕返しだろう。

「すると、やつの信頼を取りつけたわけだな。それはすごい。この状況で、たいしたものだ」

腹部に巻かれている包帯に触れるのはやめて、静かに寝たまま、もう一度起きあがってみる気になるのを待ちながら、ガブリエラを眺めまわす。胸のあたりに湿ったあとがかすかに残っているのを目ざとく見つけた。黒い布地の上に、それよりやや黒い小さな円が描かれている。なにも知らない者が見たら、きっと気づかない程度の染みだ。だが、彼は知っている。そして、彼のまなざしが向けられている場所と理由に気づいたガブリエラが、目を丸くし、さっと腕を組んで隠すのをおもしろがって見ていた。

「ことわざにあるとおり、背に腹は代えられないからよ」目は険しく細められ、声はひんやりとしていた。

ジェムがうなずいた。愉快なことに、いまはこの使用人のほうが、女主人よりまだ友好的な顔をしている。まあ、クサリヘビとコブラをくらべるようなもので、どちらも猛毒性があることには変わらない。

「おまえの世話は交代でやってるんだ。おまえのおかげで、みんなくったくたにくたびれてるからな、とくにこちらのミス・ギャビーはそうだ。おれとしては、おまえにそこまでしてやる価値はないと思うが」

「どうしてきみが？　どうして使用人じゃないんだ？」ジェムには取りあわず、ガブリエラにきいた。

「熱のせいで頭が変で、おしゃべりになっていたから。そんな状態だから、せめて使用人にはあなたの秘密を知らせないほうがいいと思ったの」

　今度はガブリエラが笑みを浮かべる番だった。それも、ひどく意地の悪い笑みを。つまり、彼女は俺の秘密を知ってしまったということか。

　彼はガブリエラにほほえみかえした。かなりの努力が必要だった。

「それは賢明だったね。彼らに、いや、だれかに」意味ありげな目を向けた。「秘密を知られてしまったら、その相手を殺さなくてはならない」

　それを聞いて、意図したとおり、ガブリエラの顔から笑みが消えた。彼女もジェムも、こちらをじっとにらみつけている。

「この恥知らずのならず者、命の恩人を脅すような真似をしやがって。ミス・ギャビーがいなかったら……」

「もういいわ、ジェム。彼のようなたぐいの人間が、世話になった恩を感謝するわけないでしょ」

　その見下した口調に、彼女がいかに気位が高い人間であるかをあらためて思い知らされた。気位が高いことを思いだしたら、ついでにほかのことも思いだした——手や口で胸に触れたときは、品位もなにもなかったこととか。

　ふたりきりだったら、それを言ってやるのに。

　ガブリエラと目が合った。こちらの表情から、なにを考えているのか読みとったらしく、頰が夏のバラ色に染まった。

「水はあるかな」だしぬけに、彼はきいた。使用人の前でガブリエラに恥をかかせるのは本意ではない。これ以上いじめつづけたら、ぼろを出させてしまうだろうし、じっさいに喉も渇いていた。舌は厚切りの革みたいな感じで、喉は砂を飲みこんだかのようにひりひりしている。

「ええ、あるわ」いくら彼に腹を立てていても、怪我人を世話する気持ちはまた別だと知って、ほっとした。ガブリエラは小卓のほうへ向かいながら、使用人を振りかえった。

「枕を頭の下に入れてあげて。そのほうが飲ませやすいから」

彼はジェムと目を合わせた。しばし、たがいに相手の腹を読みあった。この男はどちらかといえば、彼のことなどそのままほうっておきたいだろう。それだけははっきりわかる。いっぽう彼自身は、ふつうなら人の手を借りるのは好きじゃない。おまけにその相手が、キジの首でもひねりそうな目つきで見ているのだからなおさらだ。しかし、あおむけにぐったり寝ていると、無力な感じがする。自分を無力だと感じることには慣れていないし、愉快でもない。それに、この姿勢で水を飲むのは無理がある。

どちらも歩み寄ったような格好で、ジェムがなにやらわけのわからない、しかし好ましくない内容であるのはあきらかなことをつぶやきながら枕に手をのばすと、彼はしかたなく頭をあげた。ジェムはふたつめの枕を最初の枕の下に押しこめ、体をまっすぐのばしてやった。

ふたりはたがいに、いやなやつを見る目でにらみあった。

「暖炉に石炭をもう少し足しておいて。火が弱くなっているから」そう命じて、ガブリエラはジェムと場所を代わった。居心地悪そうにベッドの端に腰かけ、スプーンを取って、手に持っているグラスに入れると、すくった水をこぼさないように彼の口へ運んだ。

「鮮やかな手並みだね」彼は挑発するようにつぶやいた。スープを飲ませてくれたときのことを思いだして、からかわずにいられなかった。ガブリエラは口もとを引き締めただけで――まえから気づいていたように、怒りまかせにぎゅっと結んでいないときの唇は、ほんとうになまめかしい――自分から買って出た仕事を黙々とこなしている。

水を飲ませてもらいながらガブリエラの手首をつかみ、空のスプーンを握った手を宙に浮かせた。絹のような手ざわりの肌、ガラス細工のように華奢な骨。

ガブリエラは身をすくませた。手首をこわばらせ、警戒するような目つきでこちらを見る。

「手厚い看護をありがとう」ジェムに聞こえないように、小声で言った。ふたりのあいだに、にわかに電気が走った。それに気づいた彼女の目には、当惑とわずかに狼狽の色も浮かんだ。手首の脈が速くなるのが、彼の手に伝わってきた。

彼の意思とは関係なく、目が勝手に唇を見た。いくぶんひらきかげんで、息をしている。彼女に告げた言葉がはっきりよみがえってきた――きみはまったく魅力的な唇をしているね。

それが本音だったとしたら、いまはその二倍もそう思う。

ただ見とれていると、その唇がぎゅっと結ばれた。視線を目に移し、相手もその言葉を思いだしているのを察した。ガブリエラはだしぬけに立ちあがり、つかまれた手を振りほどいた。

「どういたしまして」冷ややかなひとことを投げ、顔をそむける。グラスとスプーンを小卓にもどし、ジェムに話しかけた。「わたしは寝室にもどります。おやすみ」

そして、こちらには目もくれず、くるりと背を向け、隣室との扉の向こうへ消えていった。彼は渋面をさらに険しくして、扉がきっちり閉じられるのを見ていた。

その直後にカチッという音がして、彼女が鍵をかけたのがわかった。

ジェムとふたりきりになると、嫌悪もあらわに見やって命じた。「バーネットを呼んでこい」

18

その日の夕刻までにはウィッカムもまあまあ回復し、一日の大半を眠って過ごしたが、起きているときは意識もはっきりしてふつうにしゃべったという。あきらかに、峠は越えたようだ。バーネットのこの報告に、家じゅうの者はまたとない朗報だと喜んでいる様子だ。ギャビーはやっかいな〝兄〟のそばには二度と近づきたくないと思った。彼はどう見ても良心のかけらもない放蕩者で、かたやギャビーは、どう見ても簡単に相手の罠にひっかかってしまいそうだから。それを防ぐには、そばに近づかないのがいちばんだろう。もう怪我人の命に別条はないということなので、看護役を断わっても気がとがめることはない。ウィッカムが正気にもどったのなら、使用人たちを病室にやって手伝わせてもなんの心配もないと判断した。バーネットによれば——こちらがどう思うかにはおかまいなく、病状を逐一報告させずには気がすまないらしい——閣下はめったなことは口走らなくなったそうで、秘密をうっかり漏らしてしまうおそれもなくなった。

ウィッカムが寝室で臥せっているあいだも、来客は絶えなかった。ふつうなら相手の状況を配慮して、取り込み中であるはずの家を訪ねるのは控えるはずなのに、ロンドンの上流社会に野火のようにひろがった伯爵の災難の噂を聞きつけて、群れをなしてやってくるのだ。レディ・サルコムからは手紙が届き、三日後の適切な時間に訪ねてくるようにという指示があった。訪問カードは何十枚も置かれていた。ウィッカムが危機を脱し、ギャビーみずから応対できるようになると、訪問者がどっと押しかけた。デンビー卿——臥せっている伯爵の親友だと称している——は、いち早く家に迎えいれられた客のひとりで、ギャビーが看護を放棄した日の午後に訪ねてきた。儀礼的に友の容体をたずねたあと、礼にかなった十五分のあいだ、なんとかクレアの気をひこうとした。

まもなくミスター・プール、ヘンリー・レイヴンビー卿、サー・バーティ・クレインもやってきて、クレアの愛の追求に参加した。彼らは時ならぬ客だったが、ギャビーは思うところがあって、ウィッカム邸が供しうる最高のもてなしをした。なんといっても、クレアの結婚というういちばん大事な目的があったし、それに、階上の悪党に対するどんな義務からも逃れていたかったから。

歓待とまではいかなかったのは、レディ・ウェアだ。先ほどの紳士たちが退席するのでざわざわしている客間にふわふわとはいってくると、まるで親しい友ででもあるかのようにギャビーとクレアに頰を寄せてあいさつした。それから、伯爵の事故について嘆声をあげながら貴婦人たちの小さな輪に加わり、腰を落ちつけて巷《ちまた》の最新の噂話に花を咲かせた。定められた十五分以上はいなかったものの、彼女が席を立ったとき、ギャビーは無性にほっとするのを感じた。レディ・ウェアの衣装——シンプルな空色の絹のドレスだが、胸もとを強調するようにデザインされていて、ギャビーでさえも見事だと認めざるをえない胸をしていた——をクレアが小声で賛美するのにもいらいらしたが、暇を告げるレディ・ウェアから手渡されたものにくらべたらたいしたことはない。

「おかわいそうなウィッカムを元気づけるものよ」とレディ・ウェアは言い、淫靡《いんび》にほほえんだ。

不作法にならない断わり方を思いつかなかったので、ギャビーは封印された手紙を受けとり、お礼の笑みをなんとか浮かべながら、この恋文を握りつぶしたい衝動と闘った。

それよりさらに腹が立ったのは、本来の受取人に運ぶようスタイヴァーズに命じたあとも、手紙に染みこませたくどい香水のにおいが、なかなか消えてくれないことだ。手を何度洗ってもだめで、しまいには服まで着替えたのに、甘ったるい残り香《が》は鼻孔を去らなかった。

当然それはウィッカムの落ち度ではないのだろうけれど、そのせいで彼に腹が立ったのはまちがいない。

つぎの二日間にやってきた者のなかには、貴い身分の人もふくまれていた——叔母と旧知の間柄らしいレディ・ジャージーが、リーヴェン伯爵夫人をともなってあらわれ、訪問カードを置いていったのだ。この貴婦人たちが〈オールマックス〉のパトロネスであることを、トゥインドルが興奮の面持ちであかした。〈オールマックス〉はもっとも権威ある社交場で、したがってきびしい規律のもとに運営されているのだという。

「選りすぐられた者しか入場を認められていないのですよ」トゥインドルは言った。ギャビーとクレアは、かしこまった顔で訪問カードの山を眺めている。「庶民は結婚市場と呼んでいます。未婚女性にとって、ここの入場を断わられるほどの不幸はないでしょう。もしパトロネスたちがあなたに難色を示したら……いいえ、もちろんそんなことはありえない。だれが見ても非の打ちどころがないのですからね、ミス・クレア。それをいうなら、ミス・ギャビーやミス・ベスもそうです。貧しくも気高いという言葉とは、もう無縁なのですから」

「それはそうかもしれないけどね、トゥインドル、もし叔母さまがわたしたちに難色を示されたら、レディ・ジャージーもそのお仲間もそれほど親切にしてくださるかしら」ギャビーは言った。無関心をよそおう夜がつづいて疲れていた。少し頭痛もしている。けれどもそんなことは、叔母の信頼を取りつけることにくらべたら、たいした問題ではない。

したがって、指定された日の午後四時、ギャビーとクレアはバークリー・スクエアにあるレディ・サルコム邸の玄関口に立っていた。ベスはまだ外出していなかったが、この訪問は免除され、本人もそれを喜んでいた。とはいうものの、トゥインドルがベスのために考えた代案を示すと――ベスがうんざりしながら語ったところによれば、つまらなそうな博物館でギリシャ彫刻を見物するという案で、その彫刻は見る者を赤面させるようなものにちがいなく、おまけに壊れているのだとか――ベスはぜんぜん乗り気になれず、そんなお出かけを喜ぶのは新参者だけだというようなことをつぶやいた。これがトゥインドルの耳にはいり、若い淑女が純正英語ではなく庶民の言葉をつかうと、どんな災いを招くかについての講義を拝聴する羽目になった。そんなわけで、ベスは憂鬱《ゆううつ》そうな顔をしてトゥインドルと連れだって出かけた。

クレアのためにその話を聞かせおえたころには、ギャビーは自然な笑顔になっていて、そのまま、応対に出た従僕に叔母が在宅していることを告げられ、なかに請じ入れられた。

クレアもほほえみながら客間へ歩いていった。ベスとトゥインドルのやりあいを見聞きすると笑顔になるのは、いつものことだ。ギャビーはそれをあてこんでいた。そうすれば、はじめて叔母と対面しても、怖がって引きつった顔を見せずにすむと思ったのだ。その作戦はうまくいった。緊張からか、ちょっと弱々しい笑みではあったけれど。それでも、このクレアより美しい姿はとても想像できないだろうと思うと、誇らしくなった。清楚《せいそ》な淡い黄色のモスリンのドレスは胸もとを金色のリボンで絞ってあり、小さくて可憐《かれん》な麦わらのボンネットが、ドレスをいっそう引き立てている。まさに、どんな人も愛《め》でずにはいられない一幅の絵だ。

おそらく、この人をのぞいて。その堂々とした貴婦人は、ギャビーたちが客間に足を踏み入れると、手にした刺繍をかたわらに置いて立ちあがりながら、いかにも批判的な目でふたりを眺めだした。

「やっぱり」亡き父にそっくりのぶっきらぼうな低い声がして、ギャビーでさえぎくっとした。「ロンドンに来た理由を知らせる気になってくれたことを、歓迎すべきなんでしょうね」

19

クレアが目を丸くしているのを見て、ギャビーは顎をあげた。この訪問の結果がどうなろうと、妹や自分が虐《しいた》げられるのを許すわけにはいかない。そういうことは、長の年月にわたって父親から味わわされた経験だけでじゅうぶんだ。

「はじめまして、叔母さま」ギャビーは冷ややかにあいさつし、手をさしだした。濃いオレンジの綾織りのドレスに、白いレースのボンネットを頭にのせた姿は、自分でも見栄えがすると思っている。もちろん、クレアの美しさにはとてもおよばないけれど。

オーガスタ・サルコムは、姪たちに小さな青い目を凝らした。若いころでも、美しいとは言われなかっただろう。現在は六十を超えていると思われ、意地悪女という言葉はこの人のためにあるといった面相だ。背丈は六フィート近くあり、男のような体つきをしている。大きな鼻をした角ばった顔の上には、編んだ銀色の髪が冠のようにのっている。その色を強調するかのようにドレスはごく薄いグレーの絹織りで、デザインは数年前のものだった。

「ほう、おまえが気の抜けた娘じゃないとわかったことだけでもうれしいね。それに、年相応のものを着る感覚もある。女というのはたいがい往生際が悪いものですけど」ギャビーの手を握って遠まわしに褒めながら、クレアに鋭いまなざしを向ける。かわいそうに、クレアは震えそうになりながらも、とっさに小さく膝を折ってお辞儀をした。レディ・サルコムはわざとらしく咳払いをした。「おまえは母親の面影がある。きれいだが、大ばかだった。わざわざ言うまでもないことですけど。彼女はウィッカムと結婚したのかい」吼えるように笑う。「おまえが母親ほど愚かでないことを祈りますよ」ギャビーに視線をもどして、「おまえも母親にそっくりだが、ソフィアに気骨があったとしても、わたしには見えなかった。でも、おまえにはそれが見える。さあ、すわって。ふたりともすわりなさい」

腰をおろし、紅茶が運ばれてくる。小さな磁器のカップに口をつけると、レディ・サルコムがこちらを見つめた。

「ウィッカムが自分を撃ったとかなんだとか、ばかげた話を聞きましたが、ほんとうのところはどうなんです」

世間向けにこしらえた話を語ると、レディ・サルコムは不服そうに舌打ちした。

「なんて間の抜けたことをしでかしたんだか。何事にも、もう少しおつむの中身が詰まったやり方をしてもらいたいものですよ。なんといってもわが一族の長なんだし、ほんとうにそんなまぬけなら、一族の恥になりかねないからね。まあ、それはそれとして、噂によると、あの子は顔立ちのいい無法者のようですね。だけど、いくら顔がきれいだからといって、無法者であることには変わりません。もう二週間以上もこの街にいるというのに、叔母を訪ねようという礼儀さえ知らないんだから。なにか言いたいことはありますか、ええ？」とがめるような目を向ける。

「あら、兄の罪の責任まで問われたくありませんわ」ギャビーはおだやかに答え、紅茶を口にふくんだ。レディ・サルコムは笑った。

「気に入りましたよ、ガブリエラ、自分でも意外だけどね。おまえの父親とは——まあ、死んでしまったんだから、いまさら言ってもしょうがないが、でも知っておいておくれ。おまえの父親とはそりが合わなかった。わたしは葬式にさえ行きませんでしたよ。おまえもあれが書いた手紙を読んだでしょう、わたしがおまえを社交界に出してやろうとしたときの。あの内容ときたら、まったく」レディ・サルコムは首を振り、それからいぶかしげに眉をひそめて、ギャビーを頭のてっぺんから足のつま先まで眺めまわした。「おまえは足に欠陥があると書いてあったけれど」

「欠陥じゃありません」クレアがやや気色ばんで割りこんだ。ギャビーは妹が内心どれほど怖気《おじけ》づいているかわかるので——クレアは昔からずっと、横柄な相手に立ちむかうのが苦手だった——そっとほほえみかけてから、叔母に視線をもどして言った。

「足を引きずる程度です」

「気づきませんでしたよ」

「はた目にもわかるのは、姉が疲れているときか――具合が悪いときか、長く歩かなくてはいけないときだけです。欠陥というのとはまったくちがいます」姉をかばいながら、クレアの頬はピンクに染まっていった。

レディ・サルコムはクレアに目を凝らした。「おや、ちゃんと口がきけるじゃないか。心配しはじめていたところですよ。もうひとりはどうしたの。マシューには娘が三人いたはずですけど」

「ベスは家庭教師と出かけています。まだ十五歳なんです」

「ほう。会ってみたいね」

「ぜひグローヴナー・スクエアの家にもいらしてください。みんな喜びます」ギャビーはすんなりと言っていた。

「それもいいかもしれないね。知ってのとおり、サルコムが死んで十年になるし、わたしには子供がいません。おまえたちふたりと、おまえたちの兄と妹をのぞけば、近しい身内はトーマスとその子供たちだけになってしまう。彼らのことを知っているならわかるだろうが、あの一家とかかわりたいとは思わない。おまえたち四人とは、そうするつもりですけどね」

「光栄ですわ」ギャビーはにっこりほほえんだ。

レディ・サルコムはカップを置き、ギャビーに鋭い目を向けた。「持ってまわった言い方に意味があると思ったことはないから、ずばり答えておくれ。おまえたちはロンドンにひと旗揚げにきたのかい」

ギャビーもカップを置いた。「ええ、そのとおりですわ、叔母さま」

レディ・サルコムは、見るからに居心地悪そうなクレアをじろじろ眺めてから、ギャビーに視線をもどした。「まあ、この子を嫁にやるのはわけないね。いくらでも立派な相手のところへ行ける。わたしの目に狂いがなければですけどね。おまえの夫を見つけるのは、そう簡単にはいかないだろうが、まるで手がないわけではありませんよ。子連れのやもめがいるかもしれない。子供は好きだろう？」

クレアが目を見開き、くふっという音を漏らした。あわてて笑いを押し殺したとしか思えない。それでも、レディ・サルコムが眉をひそめてそちらを向くと、クレアは見あげたことに咳きこんだふりをしてごまかした。

「ええ、叔母さま」ギャビーはすかさず答えて、レディ・サルコムの注意をクレアのささいなしくじりからそらさせた。「子供は好きです。でも、いずれにしても、わたしは夫をさがしておりません。わたしたちがロンドンに来たのは、クレアを社交界にデビューさせるためです」

「ふうん。女はみんな夫を見つけようとするものだけどね。それがわれわれの性《さが》だから。だが、それはどうでもよろしい。おまえはわたしの力を借りたくて来たんだろう？　自分と妹が社交界に乗りだすために」

ギャビーはもっと如才なく説明するつもりでいた。けれども、レディ・サルコムは想像していた人物とはかけ離れていて、小細工を弄《ろう》するのを好まないようだ。そういうことなら、ここは率直に出るしか方法はないだろう。

「ええ、そのとおりです」

レディ・サルコムは心からほほえんだ。そのかもしだす雰囲気は、まるで荒涼たる原野に日が昇り、望外のぬくもりを授《さず》かったかのようだった。クレアがきょとんとして叔母を見つめているのが、目の端に映った。姉の視線に気づいたのだろう、クレアは即座に自分を取りもどして、叔母から目をそらした。

「おまえはじつに、もののわかる人間だね」レディ・サルコムは感心しつつ言った。クレアとちがって、ギャビーは落ちついた表情を保っていた。「そういう娘は好ましい。言わせてもらえば、最近の娘は婉曲《えんきよく》な表現をつかうから嫌いなんですよ」クレアに険しい一瞥を投げる。「よろしい。おまえたちが社交界に出る保証人になってあげよう。わたしの指示どおりにするという約束でね。サリー・ジャージーが〈オールマックス〉の資格証明書を用意してくれるでしょう。ちなみに、彼女はウィッカム邸を訪問すると言っていましたよ。そのまえにわたしのところへ来る良識があってよかった。いまならもう、わたしの監督下にあると彼女に言ってやれますからね。ウィッカムにはお披露目《ひろめ》の舞踏会をひらかせましょう。わたしも相当骨を折ることになるけれど――おまえたちにちゃんと感謝されるよう準備しないとね、お嬢さんがた――家名のためにもそうするのが筋だと思います。それに、気散じにもなるだろうし」目をいたずらっぽく光らせる。「モードが末の娘を社交界入りさせようとしているね、デズデモーナだかなんだか、そんなばかげた名前の子ですよ。それがこの子を見たら、嫉妬心を燃やすんじゃないかね」クレアに顎をしゃくるなり、愉快そうな顔になった。クレアは自分が褒められていると知って、頬を赤くした。

ギャビーはレディ・サルコムにほほえみかけた。「ありがとうございます。お申し出を謹《つつし》んでお受けいたします。よかったわね、クレア。ほんとうにご親切に感謝いたしますわ。でも、ウィッカムが舞踏会をひらくことについては……」

「わたしの指示どおりにすればいいと言っただろう」母親のようなまなざしをギャビーに向けた。「舞踏会があるとわたしが言えば、かならずあるんですよ。何事も申し分のない舞踏会を、さもなければ、なにひとつ手を貸しません。わたしが直接ウィッカムに話をつけよう」

レディ・サルコムが推定上の甥《おい》を脅して、迷惑な〝妹たち〟のために舞踏会をひらくことを承知させるというたまらなく魅力的な光景に、ギャビーは思わずほほえんだ。割り当てられた訪問時間をとうに過ぎ、望みどおりの成果をあげて腰をあげたときも、ほほえんだままだった。

「兄も叔母さまには逆らえませんわ。逆らえる人などどこにもいないでしょう」

クレアが姉につづいて腰をあげ、レディ・サルコムも立ちあがった。

「おぼえておいておくれ。わたしは媚《こ》びるような衣装には反対だからね」レディ・サルコムは厳《いか》めしい面持ちでギャビーを見すえた。「とはいえ、わたしほど説得しやすい人間はいないと思いますよ。さてと、さっそく取りかかったほうがいいね。シーズンはもうはじまっているんだから。今夜、馬車で迎えにいきます。オペラに行くのよ。なんなら、末の妹も連れてきなさい。これで、おまえたちがここにいて、わたしの庇護《ひご》のもとにあることを、ロンドンじゅうにひろめられる。明日になったら、玄関の扉にノッカーの穴があくでしょう。それから？　ガブリエラ、悪いけど、もう少し洒落た髪型にしておくれ。家に適当な者を行かせますよ。クレア、おまえは洗練された話術を身につけるよう努力しなさい。一度に三語以上の言葉を並べられないと、哀れな欠点だと思われかねないから。おまえたちに助言しても、押しつけがましいと思われないことは承知していますよ。それからふたりとも、わたしのことはオーガスタ叔母と呼んでよろしい」

「うれしく存じます」ギャビーは心から言った。ほかに思いついた返事の数々をのみこみ、さしだされたしわだらけの頬に、律儀に唇をつけた。クレアも姉の真似をしたが、なにも言わなかった。そんなわけでクレアは、無口なことについての辛辣な小言に背中を押され、そそくさと退出して姉と一緒に玄関の外へ出た。かくして姉妹は、今夜九時に迎えにくるという叔母の約束を耳に響かせたまま、バークリー・スクエアをあとにした。

「なんて恐ろしい人なの」無事、馬車に乗りこむなり、クレアが息をはずませて言った。

「あの人に連れまわされると思うだけで、気が遠くなりそう」

「気にすることないわよ」ギャビーはうわの空で言った。「それどころか、応援していただけるなんて、とても幸運だと思うわ。叔母さまがついていてくだされば、あなたはロンドンじゅうの賛嘆の的になるわよ、クレア」

「でもギャビー、わたし、あの人が怖いのよ。どうしてもパパのことを思いだしちゃって、そばにいられると、なにも考えられなくなるの」

　思いがけない言葉に、ギャビーは物思いからさめて、妹におだやかなまなざしを投げた。叔母が父とそっくりなのは空恐ろしくもあり、不幸でもある。さらに困ったことに、クレアは棘《とげ》のある扱いに耐えるには気立てがやさしすぎるし、レディ・サルコム――オーガスタ叔母――は思いやりがないとまではいかなくても厳格な人なのだ。

「わたしがいじめさせたりしないから、だいじょうぶよ。いいこと、彼女にはなんの権限もないのよ。わたしたちの後見人じゃないんだから」

「そうね、後見人はウィッカムよね」クレアがほっとした声を出した。ギャビーはそこまで簡単に考えていなかったので、ぎょっとなった。いまいましいが、クレアの言うとおりだ。世間の目から見れば、伯爵の服を着て隣の寝室で臥せっている鉄面皮《てつめんぴ》は、なるほど後見人にちがいなく、妹たちの人生を左右する権限を有しているのだ。

ちょうどそのとき、馬車がグローヴナー・スクエアに着いた。邸内にはいると、ギャビーとクレアは着替えのためそれぞれの部屋へ向かった。クレアに悟らされた事実に愕然としたまま、ギャビーは手袋を脱ぎ、不愉快な思いをめぐらせながら廊下を歩いていた。

自室の手前まで来たとき、ウィッカムの寝室からくぐもった金切り声が聞こえて、足がとまった。女性の声だ。ギャビーは凍りつき、耳をすました。もう音は聞こえてこない。声が消えるなり、秩序だった邸内は静寂につつまれた。

だが、金切り声が聞こえたことはたしかだ。

あの男は下劣にも、小間使いにちょっかいを出しているのだろうか。それとも、礼節もなにも忘れて、まさか――まさかレディ・ウェアのような女性を寝室でもてなしているのだろうか。

まだ明るいうちから？　このウィッカム邸で？

ギャビーは我慢できなかった。事実を突きとめるのが自分のつとめだ。もし、それが抵抗できない哀れな小間使いなら、助けにいかなくてはならない。もし、それがレディ・ウェアかその種の人間なら――もちろん、そんな不道徳な振る舞いは、この貴族の館ではあってはならないことだから、心構えができしだい教えてやりにいこう。とはいえ、伯爵の寝室にいる男は貴族でもなければ、ギャビーが身をもって知ったように紳士でもない。

そのいっぽうで、彼は事実上、伯爵なのだ。

この状況に対処すべき方法を——仮にそれがあるとして——考えつかないうちに、扉の向こうからまた声がして、ギャビーは目を丸くした。今度は押し殺した悲鳴？

ウィッカムがメイドの貞操を奪おうとするなんてことが、ほんとうにありうるのだろうか。うしろめたさとばかばかしさを感じながら、ギャビーは寝室の扉に忍び寄った。廊下をすばやく見渡し、だれにも見られていないことを確認すると、扉に耳を押しあてた。

寝室にふたりいるのはまちがいない。男と女だ。内容まではわからないものの、ひそひそ話している声がはっきり聞こえる。男のほうはウィッカムにちがいない。問題は、女のほうはだれかということと、ふたりがなにをしているのかということだ。

あれこれ想像していたら、頭がくらくらしてきた。

ウィッカムがなにか言って笑うのが聞こえたので、相手の返事に耳をそばだてた。相手というのがだれであれ、その声に異状がなく苦境に立っているわけでもなさそうだったら、こっそりこの場を離れ、こんな恥ずかしい立ち聞きなどしなかったようなふりをするのがいちばんだ。

堕落ぶりにいかに腹が立つからといって、ギャビーとジェム以外の者から見たら、ここはあの不作法者の家なのだから、身持ちの悪い女性に出ていけと命じることはどうせできないのだ。

そのことに気づくと、ギャビーは歯噛みするほどくやしかった。

ウィッカムの相手がなにか答えた。そのくすくす笑いながらしゃべる声を聞いて、背筋の毛が逆立った。

自分の声とおなじくらい聞き慣れた声。

ウィッカムの寝室にいる女性は、ベスだった。

20

さいわいにも、鍵はかかっていなかった。ノブをまわし、すばやく三歩進んで伯爵の寝室にはいると同時に、あの声の持ち主がやはりベスだとわかって心がどよめいた。ベス——ベスがなにかされたとしたら……

胸をどきどきさせ、目を大きく見開き、片手はノブを握りしめたまま、ギャビーはベッドにいるふたりに目を凝らした。

ベスは巨大なベッドの端に、こちらに背を向けて腰かけていた。赤い髪を頭のてっぺんでまとめて白いリボンを結び、少女らしいカールのついた毛先を肩のあたりに垂らしている。上品な黄色の小枝模様のモスリンは、無造作な姿勢のせいで——片脚だけですわり、前に身を乗りだしていた——膝のあたりまでめくりあがり、白いストッキングにつつまれたふくよかな脚があらわになっている。たとえ苦境に立っているとしても、少しもそんな気配は見せなかった。それどころか、真剣な面持ちで、目の前に並べられたカードを吟味《ぎんみ》するのに熱中しているようだった。

「ベス！」喉が締めつけられたような声が漏れた。

あきらかにほかのことに気をとられているベスは、その声にちらっと振りかえった。

「おかえり、ギャビー」軽く手を振り、気のなさそうな声で言うと、すばやくカードに注意をもどした。「叔母さまには会えた？」

ギャビーは震える息を深く吸いこんだ。動悸はおさまりつつあるが、足もとはおぼつかない。ベッドの上では、ウィッカムがこちらの視線をとらえ、どうしたのかという顔で、意地悪く目を光らせた。最後に顔を合わせたときの状況を思いだして、肌がほてってくる。このふとどきな獣は許しがたい暴挙におよび――ギャビーはそれを許してしまった。いえ、正直にいうなら、心を奪われてしまったのだ。

彼の前にいるだけでどれほど屈辱を感じるかは気取《けど》られないようにして、ギャビーは眉をあげ、冷ややかに彼のまなざしを受けとめた。

「ほんとうに僕たちの叔母に会ってきたの？」ウィッカムはあくまでも儀礼的な好奇心だというふうをよそおってきいた。だが、ギャビーはだまされなかった。からかわれれば、すぐにわかる。

「ええ、ほんとうよ」やさしく答えながら、声を意のままに操れることに気をよくした。「恐ろしく威圧感のあるかただったわ。ちなみに、明日あなたを訪ねてくるそうよ。まだ彼女を訪問していない罰として、礼儀知らずの甥になにか引き受けさせるおつもりですって」

「あいにくだが、僕は寝たきりだし、まだ来客をここに通すわけにはいかないんだ」ウィッカムは落ちつきはらって答えた。「お叱りはまたの機会にしてもらおう」

「わたしは通してくれたじゃない」ベスがカードを見つめたまま、うわの空で言った。「それをいうなら、ギャビーもそうよ」

「うん、だけどきみたちは妹だろう。ほかの親類とはぜんぜん意味がちがうよ。それに、僕がなかに通したわけじゃない。もちろん、歓迎だけどね。きみたちは、その――あらわれただけだ」

ギャビーは相手をひるませるような目を向けた。ウィッカムはまばたきしながら見かえしてきた。その瞬間、思いがけない魅力に、ほんの一瞬だけとまどった。この男がどれほどの悪党かを忘れ、その愉快そうな瞳に負けそうになってたじろいだ。彼はこんなにも美しいならず者で……

そこまで考えたとき、混乱した頭に冷水を浴びせられたようにはっと自分を取りもどし、悪意をむきだしにしてにらみつけた。ウィッカムは枕に背をもたれてすわり、扇形にひろげたカードを片手に持っている。ナイトシャツの上に優雅な栗色のガウンをはおり、紐をゆったりと結び、下半身は腰までベッドカバーでおおわれているのを見て、格好だけでもまともなことに安心した。ほんの数日前まで死の危機に瀕《ひん》していたにしては、驚くほど元気そうに見える。きっと浅黒い肌の強靭さのおかげだろう。寝こんでいるあいだに伸びすぎた黒い髪は、無頓着に後ろに撫でつけてあり、何日もほうっておいた黒い無精ひげが、笑顔に海賊のような不敵さを加えている。

「わたしになにか用があったの、ギャビー？」ベスが振りむきもせずにきいた。

「かわいいベス、きみはうぬぼれが強いのかな。ギャビーがいきなり僕の寝室に飛びこんできたのは、もちろん僕に用があるからさ」ウィッカムの目がからかうように光った。疑念を抱いて闖入したことは、この男には完全に見抜かれている。「ほら、なんなりと承《うけたまわ》るよ」

ギャビーはひとにらみしてから、ベスに注意を移した。

「ベス、もう、なにをしているの？」ギャビーの問いかけにうながされて、ベスは姿勢を変えた。たしなみも脚があらわになっていることもまったく意に介さず、ベスは片肘をついて寝転がり、目の前のカードの点数をかぞえているようだ。

「マーカスがピケットを教えてくれてるの」的はずれな答えが返ってきた。「ものすごくじれったいゲームよ。もう指輪とロケットを取られちゃって、こないだの買い物のときに取っておいたおこづかいまでなくなりそう。マーカスは紳士のくせに、負けてくれないのよ。憎らしいほど強くて、これまでのところ全部のトリック（ゲームの一巡）に勝ってるの」

滑稽なほど悲痛な手ぶりをたどってみると、上掛けのへこんだところにベスの持ち物の小山ができていた。

「最初に容赦はしないって言っただろう」ウィッカムはベスにちらりと視線を走らせ、かすかにほほえんだ。

「ええ、でも、本気だと思わなかったのよ。わたしは妹なんだし」

「まったくだ。はじまるまえに念を押してくれればよかったのに。そうしたら、教えてやれたかもしれない。そのクイーンの裏に7を隠し持っているから、ティアス（同一絵柄の順並び札が三枚あること）で、このトリックはきみの勝ちだ、と」

ベスは手もとを見て、目を凝らし、怒って金切り声をあげながら、問題のカードにパンチを食らわせた。「インチキ！　それならそうと言ってくれなきゃ。もう、わたしのロケットを返して！　あなたがずるをしなかったら、取られなかったもの」

ウィッカムがにこやかに見ている前で、ベスは小山からロケットをひったくり、首にかけなおした。ベスとふざけあうのを眺めながら、ギャビーはウィッカムが愛嬌《あいきよう》たっぷりなのに心を動かされた。真実を知らなかったら、破廉恥なペテン師だとは絶対思わなかっただろう。

それより、末の妹に甘いウィッカム伯爵だと思ったにちがいない。

「午後はトゥインドルとエルギンの大理石彫刻を見にいくんじゃなかったの？」それなのになぜここにいるのかという気持ちから、ギャビーはぶっきらぼうに言った。

「あら、行ったけど、もっと素敵なところがなかったのかしら。博物館は閉まってたの。だから、公園を散歩したんだけど、トゥインドルが足首をくじいちゃって、帰ってきたというわけ。着いたとたん、トゥインドルは足の手当てをしに自分の部屋に行っちゃった。なにもすることがなかったから、マーカスの様子を見に、ちょっと寄ってみようと思ったの。彼もとても喜んでくれたわ。退屈してたんですって、そうよね」確認するようにウィッカムを見つめる。「それから、セイロンでの暮らしをいろいろ教えてくれたの」

「ほんとうなの?」ギャビーは妹がウィッカムを困らせている場面を想像して楽しんだ。

「ああ、ほんとうだ」ウィッカムは顔色も変えずに言い、カードにふたたび集中しだしたベスの頭越しにこちらを見た。「きみたちとこれまで縁がなかったのは認めるけど、妹たちがせめて近況くらいきいてくれないかなと、ときおり思っていたんだ」

そのさびしそうな口調も――もちろん、作り物の声だけど――ギャビーにはまるで効果がなかったが、ベスは気の毒がって見つめている。

「それはわたしたちが兄を持つ立場にいなかっただけのことよ」ギャビーは教えてやった。「でも、すぐになじめるようになるわ」

「僕もすぐに、妹を持つことに、なじめるようになるだろう」ウィッカムはしかつめらしく答えた。ベスは自分の役割に納得したかのようにうなずいた。

いっぽうギャビーは、ベスの親愛の情をもてあそんでいるウィッカムを見ているうちに、怒りがむらむらとこみあげてきた。

「ベス、さっさと起きあがりなさい。いいこと、ウィッカムのベッドでそんなふうに寝転がるなんて、はしたないわよ」ウィッカムに腹が立つせいで、声が思ったより鋭くなっていた。手札を整理するのに夢中になっているベスは、気もそぞろな目を向けた。「もう、ギャビー、そんなに堅苦しくならないで。はっきり言って、たしなみについてお説教するときはトゥインドルよりひどいわよ。お願いだからおぼえておいて、マーカスはわたしたちのお兄さまなの」

ギャビーは妹を見つめ、ぽかんと口をあけ、ぱたんと閉じた。なにを言えるというのだろう。真実を告げれば、なにもかもだいなしになる。

ウィッカムがこちらを見ている。ベスがカードに目をもどすと、おだやかに言った。「べつに、さしさわりはないよ」

彼の視線を受けとめながら、意に反して、いくぶんほっとするのを感じた。

ベスが突然うれしそうな悲鳴を漏らし、顔をあげた。「マーカス、おなじ種類のカードが四枚ある」

ウィッカムは自分の手札に視線を落とした。「まずいな。初心者に負けを認めるのは癪だが、このトリックもきみの勝ちのようだ」

ベスは歓喜の声をあげた。ウィッカムはにこりとして手札をおろし、かたわらの山から硬貨を一枚つまみとると、ベスに手渡した。

ギャビーはふたりを眺めながら、考えこんでいた。ベスはいまや完全にベッドにあがって横ずわりになっている。ウィッカムのそばに寄りすぎて、どちらかが動くたびにベッドカバーで覆われた脚に体が触れる。肉親でない者どうしがこんな場面を見られたら、破滅を招くところだ。兄と妹でさえ――もちろん、じっさいはちがうけど――礼儀的に問題があるだろう。ベスは姉に注意されたにもかかわらず、なにか支障があるとはまったく思っていないようだ。ギャビー自身はウィッカムのことを恐ろしい体格をした無頼漢だと思っているものの、ベスに不埒な考えを抱いているという疑いは、取り消してやろうとしていた。とはいえ、だからといって、彼のベッドでベスにくつろがさせておくわけにはいかない。

「ベス、そろそろ正餐の準備をしないとね。念入りに着替えたほうがいいかもしれないわ。食事が終わったら、オペラに行くから」しぶとい馬の鼻面で、とうもろこしを盛ったパイ皿を揺さぶるような口調で言った。

「オペラ！　ほんとに？」ベスはオペラなど行ったこともないし、べつに好きなわけでもないけれど、無限のように思える都会の楽しみを味わえるならなんでもいいのだ。「なんて素敵なの」

それにひきかえ、ウィッカムはやや眉をひそめてギャビーを見た。「同伴の男性か、監督者《シャペロン》を連れずにオペラに行くことはむずかしいだろう。話によれば、ミス・トゥインドルシャムは歩くのもやっとのようだし」

ギャビーは目をきらきらさせてほほえんだ。心のなかで舌を出したも同然の笑みだった。このならず者の口から礼儀を説く言葉が出てくるなんて、お笑い草だわ。「それが必要なら、わたしはじゅうぶんシャペロンの年齢に達していると思うけど」

「ほんとうに？　じゃあ、いくつなんだ？」

「いやだ、二十五歳よ。わたしたちの年を知らないの、マーカス？」ベスがカードから顔をあげて、あきれたように言った。

「ときどき、嘆かわしいほど記憶があやふやになるんだ」ウィッカムは悠然と弁解した。

「ギャビーは二十五歳、クレアは六月で十九歳、わたしは十五歳になったばかりよ」

「しっかり頭に刻んでおくよ」ギャビーに目をもどして言う。「それはともかく、二十五歳だとしても、用をなさないだろう。きみたち三人だけでは出かけられない。同伴者のない若い淑女が行く場所ではないんだ」

その口調はオペラにくわしいことをにおわせているが、音楽を愛するから通じているわけではないだろう。長年のあいだ、父親やその客たちもホーソーン・ホールによく女性を連れてきたが、彼女たちの目的や素性について別段隠しだてするわけでもなかったので、オペラが紳士――あるいは、紳士と目されている人――にとって、愛人を拾うのに最適な場所であることは知っていた。

ギャビーは口もとに皮肉な笑みを浮かべた。「あら、よかったわ、叔母さまが一緒に行ってくださるの。それなら、あまり紳士らしくない人たちの関心をひかずにすむでしょ」にっこりほほえみかける。「すみませんけど、トゥインドルの様子を見てきますわ。ベス、ウィッカムはお疲れのようだし、少しおやすみになりたいでしょう。たいへんな怪我から回復しつつあるところなんですからね」

「わかってる、わかってる」

妹から気楽に手を振って追い払われ、ギャビーはもうウィッカムをにらむのはやめて、ふたりをほうっておくことにした。意外な展開に、心が落ちつかない。この茶番に協力すると決めたときには、真実を知らないとはいえ、妹たちがほんとうにこのならず者を実の兄のようにあつかうとは思っていなかった。ウィッカムがその役になりきろうとするとも思っていなかった。状況が複雑になることは予測できたが、それについてはなにも頭に浮かばなかった。

もちろん、不安が浮かんだのは言うまでもないけれど。

いったん自室に寄ると、メアリが待っていた。手早く着替えて、身だしなみをととのえ、鏡に映った姿を見て、顔をしかめた。叔母は髪型をなんとかしろと言っていなかっただろうか。たぶん、言っていたわ。

それから三十分経ったころ、トゥインドルを見舞って、いたわりの言葉と冷湿布をたっぷりあたえてから、自室への廊下をもどってきた。ウィッカムの寝室の扉は、ギャビーが細めにあけておいたままになっていた。もう正餐の時間なので、今度こそベスを叱ってやろうと思い、口もとを引き締めて部屋をのぞきこむと――そこにいたのはクレアで、ウィッカムにバラ色の絹のドレスを褒めてもらおうと、つま先で優雅にくるりとまわっていた。

またもや妹を守るために部屋に飛びこもうとしてまず気づいたのは、クレアを見つめるウィッカムの目が、ベスを見ていたときとはまるでちがうことだった。美しい妹を眺める彼を見ていたら、防衛本能が働いてすべての感覚が厳戒態勢にはいるのを感じた。

21

あの狼はベスの前では羊の皮をかぶっていたのかもしれないが、クレアが手の届くところに来たとたん、ふたたび獣の本性をあらわしたのだ。ギャビーはかりかりしながら、そう思った。

「クレア、もう、ここでなにをしているの」意志の力を総動員して、声がとがらないようにした。

ウィッカムは悪魔のような笑顔で迎えた。

「あら、ギャビー、ベスがすごくいいことを思いついたの。ウィッカムにひとりでお食事をさせないで、わたしたちもここで一緒に食べたらどうかしらって。ベスも着替えたら、すぐにもどってくるわ」

ギャビーは気勢をそがれた。これは意想外だった。そして、まちがいなく、いい考えではない。いちばん避けたいのは、妹たちのどちらかでも、やむをえない場合以外の時間をこの狡猾ならず者と過ごすことだから。おまけに、クレアの危機は深刻といえるだろう。入手できるかぎりの証拠が示すところによれば、この偽の兄は、自責の念のない犯罪人であるのみならず、好色な放蕩者でもあるのだ。

ギャビーは断固として首を振った。「いけません」女主人として権威を行使するときにつかう、きびきびした声で言った。「それは無理だと思うわ。わたしたちはふだんどおり食堂でいただきましょう。ウィッカムはきっと、わたしたちがいなくてもだいじょうぶです」クレアが驚いて目をみはるのを見て、柄にもなく独裁者のような口ぶりになっていたのに気づき、妹のためにこの場をやわらげる言い訳めいたものをさがした。「だってね、彼はすっかり回復したわけではないのよ。わたしたちがお体に負担をかけるのはよくないわ。それに、使用人たちの仕事もたいへんでしょ」

最後のひとことを決め手のようにつけくわえた。

ウィッカムがほほえみかけた。「だが、僕はもう承知してしまったんだよ」妙にやさしい声で言う。「それに、この部屋にテーブルの用意をさせるようスタイヴァーズに命じてある。僕のことなら心配はいらないよ。妹たちと家族そろって楽しく食事をとったら、体にさわるどころか、治療効果があるだろう」

ギャビーは相手を見すえた。ウィッカムはあたかも本物の伯爵のように、悠然たる態度で見つめかえしている。その瞬間、ギャビーは自分がとんでもないことをしてしまったのを悟った。このペテン師をウィッカムであると認めたことによって、この家の全権をあたえたことになる。それだけではない。ホーソーン・ホールの権利も、ウィッカム伯爵の財産の権利も。妹たちに対する権利も。彼は法定後見人なのだから。

わたし自身に対する権利も。

ギャビーは叫びだしたくなった。両手で髪をかきむしりたい気持ちだ。自分で仕かけた罠に完全にはまってしまった。ああ、わたしはいったいなにをしているの？

このならず者はなんでも好きなように命じられる。ギャビーに阻止できることは、ひとつも、ただのひとつもないのだ。

真実を告げれば別だけれど。だが、そうすれば破滅するのはこちらもおなじだ。

結果的には、ふたつの短い問答をのぞけば、食事は意外にもなごやかなうちに終わった。ひとつめの例外は、クレアがまだ傷はかなり痛むのかとたずねたときに起こった。ウィッカムはバーネットの助けを借りてベッドを離れ、ゆったりした袖椅子に移って四角いテーブルについた。従僕がふたりがかりで運んできたそのテーブルには、リネンのクロスがかけられ、陶磁器やグラス類や銀器が並んでいる。それらがシャンデリアの明かりにきらきら輝いて、趣《おもむき》のある食卓風景を醸しだしていた。クレアは気のおけない人たちといるときの常で、ひときわ美しく見える。頬をドレスとおなじバラ色に染めながら、ウィッカムのやさしい魅力のおかげで陽気になっている。彼の右側の席につき、よく笑い、彼の話をひとことも聞きもらすまいとしているかのように、熱心に耳を傾けた。ベスはウィッカムの左側の席で、白いモスリンのドレスで若さを発揮しながら、くすくす笑ったりしゃべったりした。彼のほうを見るたびに――要するに、食事のあいだじゅうずっと――英雄礼讃の度を越したような目を輝かせていた。ギャビーは青灰色のクレープのドレス姿で敵の正面にすわり、まぎれもないいらだちをおぼえながら、妹たちを魅了するウィッカムを色眼鏡で見ていた。彼の名誉のためにつけくわえておけば、妹たちには分け隔てなく心を配った。たとえ、クレアを見るまなざしにひときわ賛嘆の意がこめられていたとしても、なにか起こりはしないかと目を光らせているギャビー以外の者には気づかれなかっただろう。姉妹のうちで、あきらかにちがう扱いを受けたのはギャビーだけだ。食事中もほとんど話しかけられず、たまたま視線が合ったときには、クレアやベスにあたえるにこやかな目ではなく、こちらを値踏みするような冷ややかな目つきで見られた。しかし、ギャビーにとっても異存はない。つまりそれは、両者が敵対関係にあることを、向こうも了解しているということだから。彼はまとめ役として、汚らわしい嘘で妹たちを丸めこめるかもしれないが、ギャビーをなびかせることはできない。そして敵もばかではないから、試してみようとはしないのだ。

そんなわけで食事中、ギャビーはにぎやかな渦のなかの静かなオアシスだった。話を振られれば答え、妹たちがこちらを見ればほほえみ、黙々と料理を食べ、三人の会話に耳を傾けながら、いらだちをつのらせていた。妹たちがセイロンでの生活について質問を浴びせるのに、恥知らずな嘘つきは臆面もなく上機嫌で答えている。その笑った顔がとても魅力的なのに、気づかずにはいられなかった。栗色のガウンが浅黒い肌によく映えることも、袖椅子いっぱいにおさまっている肩幅の広さも、目にとまった。そのうち、ギャビーの静かなまなざしのなにかが、陽気な仮面をかぶったウィッカムの気にさわったらしく、食事が進むにつれてこちらを見る回数が増え、目つきもだんだん険しくなってきた。そして、クレアが傷の具合をたずねると、椅子の背にもたれ、葡萄酒のグラスをもてあそびながら、ギャビーにだけは真意が伝わる答え方をした。妹たちとちがって彼に甘えないギャビーへの、意趣返しのつもりなのだ。

「じつを言うとね」ウィッカムはギャビーには目もくれず、輝く笑顔をクレアに向けた。「肩を噛まれたあとのほうが痛むんだ。あつかましくも僕のベッドに、どこからかはいりこんできたやつがいるにちがいない」

その意味がぐさりと突き刺さるなり、ギャビーは身をこわばらせた。反応せずにいるには、それしか方法がなかった。肩に噛みついたときの出来事を思いだした波乱の瞬間、ウィッカムと目が合った。この恥知らず！　不作法者！　鉄面皮！　相手を見すえたまま、心のなかでののしる。そして、意志の力を余すところなく発揮して防ごうとしたのに、記憶が耐えきれないほど鮮やかによみがえると、頰が熱くなってくるのを感じてぞっとなった。動揺を隠すために、グラスを取りあげて口をつけた。果実の風味豊かな甘い葡萄酒は、なんの味もしなかった。

こちらを見るウィッカムの目が光った。口もとに、会心の笑みがかすかに浮かんだ。動揺も赤面もどうすることもできず、ギャビーは自分が意図的に当てこすられているのを知って、怒りに震えた。

「床虫《とこむし》のこと?」ベスが無邪気にきき、こちらを見た。暖炉の火の輝きが、なにも知らない目から頬の赤みをごまかしてくれることを願った。「この家にそんなのがいるなんて言わないで」

「床虫か。そうだ」屈辱の怒りに燃えた視線を受けて、ウィッカムはうっすらとほほえんでいるが、その目はギャビーを笑っていた。おまけに、哀れを誘うように噛まれた場所をさすってみせた。「そいつにちがいない。しかも、とびきり残忍なやつだ。貪欲な床虫のやつめ」

「ミセス・バックネルはシーツに風を通すように指導すべきだわ」クレアまで怖がって、こちらを見た。

ギャビーは癇癪《かんしゃく》をぐっと抑えていた。手綱をゆるめたら、とんでもないことまで暴露してしまいそうだ。「きっとウィッカムの思いちがいよ。家政のやり方に疑問を投げかけられたら、ミセス・バックネルは心外もはなはだしいでしょう。彼女が監督している家のなかでは、床虫の問題には触れないほうが無難だと思うわ」ウィッカムを見やる。「たぶん、別のものと混同しているんじゃないかしら。みずから招いた傷がほかにもあったとか」

「たぶんね」ウィッカムはしぶしぶ認め、いたずらっぽく笑いかけた。ギャビーは怒りと安堵がないまぜになりながらも、妹たちの前で恥をあばくのが彼の本意でないことはわかった。それよりも、自分の恥ずべき行為を――そして、それよりもっと恥ずべきギャビーの反応を――ふたりだけの秘密にしておきたいのだ。そうすれば、虫にピンを突き刺す少年のように、これからもわたしをいじめつづけることができるから、とギャビーは苦い顔で考えた。

ギャビーの巧みな誘導で、話題は害のない方向へ進んだ。クレアは嬉々としてファッションの話や、すでにたくさんの招待状が届いていることを語り、トーマスの娘のデズデモーナも社交界にデビューするという興味深い情報を伝えた。ベスのほうは、途中で帰らざるをえなくなったものの、トゥインドルと散歩した公園がおもしろかったので、さっそく探検しにいったほうがいいと姉たちに勧めた。

「流行の最先端を見たいなら、五時から六時のあいだだな」とウィッカムが言った。ギャビーは世間では女性しか興味を示さないと思われている妹たちの話に、彼が心底退屈するだろうと意地悪く期待していたのだが、ここへきて自分が仕返しされそうになっていることにうすうす感づきはじめた。ウィッカムは意味ありげな笑みを向けてから、いかにもわざとらしくクレアに視線を移した。「僕がそうできるようになったら、二、三日のうちにそうなることを心から願うが、馬車で公園へ連れていってあげよう。怪我をした日に、新しいカーリクル（二頭立て二輪馬車）が届いたんだが、まだ乗る機会がなくてね」

「楽しみだわ」クレアは輝くような笑顔で答えた。ギャビーが必死に落胆を押し隠すのをよそに、さらに妹のほうを見て言った。「ベスも一緒に行きましょうよ。あなたたちふたりが登ろうとして、トゥインドルが足をくじいた見晴らしのいい場所を教えて」

「それがね、ほんとうはわたしがひとりで登ろうとしてたの」ベスが小さくなって言った。

「トゥインドルはわたしをとめようとしたのよ。絶対に転ぶからって」

「そして、かわりに転んだ。かくて、善行はかならず罰せられる、というのはほんとうだと証明してみせた」ウィッカムがつぶやいた。彼の誘いにはベスも当然ふくまれる、と思いこんでいるクレアを見て、浮かない顔をしている。いい気味だわ、と言わんばかりのまなざしを投げ、ギャビーは椅子を引いて立ちあがった。

「家族だけのなごやかな食事は楽しかったわ。でも、ウィッカム、わたしたちはそろそろ失礼します」ギャビーはつとめて愛想よく言い、妹たちを見やった。「レディ・サルコム――オーガスタ叔母さま――がみえるのは九時ですよ。四十五分後に一階で会いましょう」

ベスが足をもつれさせながら立ちあがり、ウィッカムをひとりで残していくことになったのを心から詫《わ》びる声を背中に、ギャビーは歩きだした。扉の前まで行ったとき、ウィッカムが呼びとめた。

「ガブリエラ」

ギャビーは振りむき、眉をあげて彼を見た。

「脚を痛めたのかい。引きずっているようだが」

ギャビーは強い力で殴られたような衝撃を受けた。どうしてこれほど心にひっかかるのだろう。注意深い歩き方につまずきがあったのを気づかれたうえ指摘されたからだろうか。ギャビーにはわからなかったし、突きつめて考えたいとも思わなかった。ただ気になってしかたないのだ。完璧でないことを気に病むのは、空を飛びたいと願うくらい無駄なことなのはわかっているのに。ふつうに動こうとしても、ちょっと足がとまることはいつもあるけれど、それが現実なのだと納得している。

それでも、ウィッカムの問うような目を見ていると、霧につつまれた過去から響いてくる父の言葉が聞こえてしまう——まったく哀れで情けないやつめ、そんなおまえがだれの役に立つというんだ？　こんなことなら、生まれたときに溺れさせておけばよかった。

遠い昔のことなのに、父が死んで埋葬されてから十八カ月も経つというのに、その言葉はなおもギャビーを傷つけた。ウィッカムの視線にも、おなじ力がある。ギャビーのけっして優雅とはいえない歩き方の原因をさぐり、欠陥を指摘しようとしているようなまなざしは心を苦しめた。

けれども、父の嘲弄《ちょうろう》に屈するのを拒んだように、ウィッカムのひとことのせいで心がしぼんでしまったことは、断じて悟らせたくなかった。

顎をいちだんとあげて、ギャビーはウィッカムの目を見すえた。「これまでの半生のほとんどは、足を引きずっています。十二歳のときに脚を折り、完全には治らなかったので」

「ギャビーは脚が不自由だって知らなかったの、マーカス?」ベスが驚いたようにきいた。ベスは姉の脚が弱いのは体の一部だと思っているし、いまの言葉にしても、ギャビーにとっては目がグレーだと断定されるのとおなじで、傷つくようなことではない。それでも、自分の苦痛の種をずばり口に出されると、胸がちくりとした。ベスの魅力のひとつに、何事も飾らずありのままに言う性格があげられるが、それは長所でもあり短所でもある。

「ギャビーは脚が不自由なんじゃないわ」クレアが猛然と怒って、妹をにらみつけた。「ちょっと弱いだけよ。もし不自由なら、出かけるのに杖か車椅子が必要になるか、それとも――だれかの助けがずっと必要になるでしょ」ウィッカムに視線を移して言う。「ギャビーはたまに足を引きずるかもしれないけど、動くのにはほんとうにまったく問題ないの」

ギャビーは次女を見やり、こみあげる愛しさを抑えきれずにほほえんだ。その瞬間、クレアはうっとりするほど美しい女性から、もつれた髪をした五歳の幼女にもどっていた。あの事故のとき、最初に駆けつけてきたのはクレアだった。メイドが助けを呼びにいっているあいだ、そばにしゃがんで手を握ってくれていた。自分から進んで考えようとしたことはないけれど、あの事故がクレアの胸に深く刻まれていることは知っている。

「クレアったら、ばかみたい。ギャビーを侮辱してるんじゃないでしょ。わたしにとっても姉なんだから」

「あなたはどうしようもないまぬけね。そんなふうに言って、ギャビーが傷つかないとでも思っているの?」いきなり立ちあがったので、椅子がきしみをあげてすべった。

ベスも立ちあがった。「なによ、あなたこそ——」

「もういいだろう」ウィッカムがいつもの落ちつきはらった態度で、喧嘩に発展しそうなふたりのあいだに割ってはいった。こちらを見る目に憐れみはなかった。それがギャビーの呼吸を少し——ほんの少しだけ——楽にした。

ウィッカムは先をつづけた。「世の中には偶然が多いようだな。僕も脚に故障がある。馬が倒れてきて、三つに折れたんだ。治るのにずいぶんかかったし、いまでもまだ雨が降ると痛む」

「わたしの場合は、おおまかに言うと、体に負担がかかったときだけね。転んで怪我をしたり、重いものに乗りかかられたりすると、何日も痛むのよ」如才なくほほえむとともに、非難をこめたまなざしを投げる。さっき足を引きずった責任はあなたにあるというように。

ウィッカムはほほえみかえし、きみの勝ちだ、と目で告げた。

ギャビーは妹たちに目を転じた。「あなたたち、急がないと遅れてしまうわよ。叔母さまを待たせるわけにはいかないわ」

それを聞いたふたりは、ギャビーの脚のことなどすっかり忘れ——どちらにしても、いまさら問題にするようなことではないし——晴れやかな顔でウィッカムにおやすみを告げると、あわてて出ていった。ギャビーはテーブルを片づけさせるため、呼び鈴の紐を引いて従僕を呼んでから、隣室へと向かった。

「ガブリエラ」

扉を抜けたところで、呼びとめられた。振りかえると、ウィッカムはひとりで立ちあがり、それまですわっていた椅子の背をつかんで体を支えている。とっさに、無謀をたしなめようとした。すぐすわりなさい、体力をつかいすぎるのはよくない、と。でも、心配してやるような相手ではないと自分に言い聞かせ、出かかった言葉をのみこんで、問いかけるように眉をあげるだけにした。

「おそらくそのうち、たがいの傷痕を見せあえるようになるだろうね」ごくおだやかな声で、心地よい響きしかなかった。ややあって、その言葉の根底にあるみだらな意味に気づいた。背筋がこわばり、怒りに目が見開かれるのが自分でもわかる。

ウィッカムはわざとらしく、にやにやしている。それで、ギャビーの怒りが破裂した。

「あなたって人は、どこまで汚らわしいの」嚙みつくように言った。「近寄らないで。妹たちのそばにも寄らないで」

そう言うと、背を向け、細心さをもっておごそかに歩き去った。それがわかってきたのはずいぶんあとのこと、歌劇場で叔母の枡《ます》席につき、クレアとベスが平土間を見おろして魅惑的な光景に歓声をあげるのを聞いていたときだ。ウィッカムがこちらを激怒させるような下品なほのめかしをしたのはわざとだったのではないか、ギャビーにとって有益な効果をもたらしてくれたのではないか——そのおかげで、父に言われた哀れな情けないやつだという感じがしなくなり、威厳を取りもどしたのだから。

22

せっかくの周到な計画もめちゃくちゃだ。彼は苦笑しながら、体力を取りもどす努力の意味もあって、寝室をゆっくり歩きまわっていた。時間が大事なのは承知しているから、動きのとれない状態が腹立たしくてならない。そしてこの不手際のおおもとが、ガブリエラなのだ。ひと目見たときから、あのみすぼらしい喪服姿で鼻をつんとあげたのを見たときから、この女は面倒だとわかった。わからなかったのは、どのくらい面倒かということだ。

ガブリエラは彼の正体をばらすと脅し、挑みかかり、銃撃し、興奮させ、おまけに、うしろめたさまで感じさせた。

足を引きずるのが一時的な痛みではないと知っていたら、あんなふうに関心を向けたりしなかった。知らなかったことが少し悔やまれる。だが、この寝室を歩いているときにちょっと足の運びが鈍るのを見て、とっさに思ったのは、最初の夜に玄関ホールで手荒く抱きあげたときか、数日後に彼のベッドに倒れこんできたときに、怪我をさせてしまったのではないかということだった。それを考えると、不安でたまらなくなったのだ。なにがあったにしろ、彼はガブリエラを傷つけたくなかった。結果的には、ふだんは目立ちもしない瑕瑾《かきん》に気づいたことで傷つけてしまったのだが。ガブリエラの目には苦しみが浮かんでいた。だから、それを消し去ってやろうとして、思いつくかぎりの不埒な言葉を口にした。もくろみはうまくいったが、今度は怒らせてしまった。

だが、そのほうがましだろう。

「あの、キャプン、これはどうしましょうか」ベッドのシーツを取り替えているバーネットが、香水の染みこんだベリンダの手紙を掲げた。午後に届いたものを従僕が運んできたときには、ベッドに寝ていてその場でさっと目を通した。ベスがいきなり飛びこんできたので、その手紙を上掛けの下に隠し、そのまま忘れていたのだ。

「ほかの手紙と一緒に抽斗《ひきだし》に入れておけ」彼は肩をすくめた。ベリンダはじつに筆まめな女だ。それどころか、出鼻をくじくガブリエラの存在がなかったら、療養中の彼を個人的に見舞っていたにちがいない。病気の紳士を寝室に訪ね――しかも、その部屋で手厚くもてなすというたぐいの不品行は、ベリンダにしてみれば息をするようなものだ。相手を黙らせる物腰と、公爵夫人のような風格と、鷹のように鋭い目をもつ女主人――すなわち、彼のいちばん上の〝妹〟だ――にしか、ベリンダを遠ざけておくことはできないだろう。

「支度ができました、キャプン」バーネットが仕上げに上掛けのしわをひっぱり、体を起こすと、うながすようにこちらを見た。

彼は渋い顔をした。「ベッドに横になるのにはつくづく嫌気がさした。これ以上寝たら、生まれたばかりの子猫のように弱々しくなってしまう。あの高慢な魔女に、あやうくそうされそうになったよ、バーネット」

小卓の上のあいたグラスを片づけていたバーネットは、とがめるような目を向けた。「ミス・ギャビーのことをそんなふうに言うもんじゃありませんよ。キャプンが怖がらせたから撃ってしまったんで、べつにあの人の罪じゃない」

彼は足をとめて、従者を見つめた。「彼女にどんな魔法をかけられたんだ？」

「すみません、キャプン、だがおれは、思ったままを言ってるんで。ミス・ギャビーは本物の立派なレディです。キャプンだろうがだれだろうが、あの人への敬意に欠けるような話には耳を貸しませんよ」きまじめな声で言うと、バーネットはグラスを盆に積んだ。

「なら、高尚な言い方をしよう」腹が立つどころか愉快になって、彼はまた慎重に歩きだした。「あのおかたには、往生しているんだよ、バーネット」

バーネットはこちらを向き、盆を片手に持って扉のほうへ歩きながら、非難めいたまなざしを寄こした。「キャプンの困ったところは、粉をかけた相手を首ったけにさせるのに慣れすぎちまって、女をやさしい目で見ないことだ」

「俺を撃つような女はやさしい目で見ない」彼が言いかえすのをよそに、バーネットは廊下に盆を置いて、またもどってきた。ベッドに寝かせてやろうという魂胆が丸見えなので、邪険に手を振って追い払う。「その気になったら、自分で寝られるからいい。さがれ。朝になったら来い」

バーネットは足をとめ、顔をしかめた。「でも、キャプン……」

「いいから行け、この裏切り者」心外な顔をしているバーネットに、唇をゆがめて笑ってみせる。「いや、ただの冗談だよ。いろんなことを一緒に乗り越えてきたんだから、おまえの忠誠を疑うわけないだろう。それに免じて、ミス・ギャビーを擁護するのを許してやる」

バーネットはなおも異を唱えたが、最後には説得されて自分の部屋へもどっていった。ひとりきりになると、憎々しげにベッドを見やり、もう少し歩く練習をしてから、炉棚で見つけた本を手に、暖炉の前の椅子に腰をおろした。本の題名は『マーミオン』、見るからにつまらなそうだが、もっと趣味に合いそうなやつを階下の書斎まで取りにいくのは、いまの自分には無理な相談だ。どうしてこんなものがこの部屋にあるのかは見当もつかない。どう考えても、彼が読む本ではないのだ。好きなのは歴史物で、軍事関係は当然として、伝記も……

これはガブリエラの本だ。ページをぱらぱらめくっていると、口絵のページにその名前がいかにも彼女らしいていねいな筆跡で記されていた。もちろん、気づくべきだった。女が夢中になるたぐいの本だ。まあ全部とはいわなくても、たいがいの女はそういうのが好きだろう。なんとなく、ガブリエラはロマンティックな考えを抱くタイプではないと思いこんでいたが、この手の本が好きならそうでもないことになる。

おおいに興味を刺激されて、『マーミオン』を拾い読みし、ガブリエラが楽しんだにちがいない美辞麗句をちりばめた感傷的な文章をおもしろがっているとき、彼女が部屋にもどってきた音が聞こえた。オペラが終わったにちがいない。メイドに話しかける声がぼんやりと耳にはいってくる。彼女の声はやわらかく、耳に心地よい——怒っていないときはだが。怒りだすと、短剣のように鋭く冷たくなる。そこで、彼は思いだし笑いをした。彼に話しかけるときは、たいてい短剣のような声だ。

もちろん、悪いのはほとんどこっちなのは認める。非難されて当然だが、彼女をからかうのが楽しくてしかたないのだ。

ガブリエラはおもしろいように餌に食いつくから。

隣室の話し声がやんだ。ひとりきりになって、もうベッドでくつろいでいるだろう。そのとき、この本がなくてさびしがっているかもしれないという考えが浮かんだ。ゆるやかに顔に笑みが広がった。この本を届けてやったらどうだろうか。あの〝妹〟に必要以上に近づくのは愚行だとわかっているから、やめようと思ったが、結局は誘惑に負けてしまった。

本を手にしたままそっと立ちあがり、隣室へつづいている扉のほうへ歩きだす。あと数歩というところで、木製の扉をたたく音がし、鍵をまわす音もはっきり聞こえて、彼は足をとめた。

興味と楽しみが入りまじった心で、ノブがまわり扉がさっとひらくのを見守った。戸口に立っているガブリエラは、わかるかぎりではハイネックで長袖の白いナイトドレスに、ピンクの小枝模様の部屋着を重ね、青い上掛けを肩からはおっている。上掛けが寝間着の大部分を覆い、こちらの目を楽しませる体の線を完全に隠していた。髪はいつものように後ろでまとめてある。ぶざまなシニョンは容貌を損なっていないものの、ひそめた眉が渋面をつくっていた。彼の姿をみとめると、驚いたように目を見開いてから、その目を苦々しく細めた。なにを言ってくるだろうと浮き浮きする。久しく忘れていた気持ちだ。

まさか扉のそばにいるとは思わなかったので一瞬ぎょっとしたが、ギャビーは目を細くして彼を見すえ、闘う心構えをした。オペラ観劇のあいだに固めた決意は、彼が部屋の真ん中のベッドでおとなしく寝ていたのではなく、すぐそばに立っていたからといって、ぐらつかせてはならない、と自分に言い聞かせる。相手がどんな態勢にあろうと、この件はいますぐ片をつけるつもりでいる。

「こんばんは、ガブリエラ」

くしゃくしゃの髪に無精ひげ、まだあの栗色のガウン姿、そんなだらしない格好であるにもかかわらず、腹立たしいほどハンサムなウィッカムは、踵《かかと》のないトルコスリッパを履いていてもずっと背が高かった。肉体的な不利を感じて、不安をおぼえる。具合が悪く、あおむけに寝ている状態を、見慣れてしまったからだろう。ウィッカムは紳士らしく、片手を胸に当てて軽くお辞儀をしたが、浮き浮きした目に魂胆が見え透いている。ギャビーは彼をにらみつけた。どうしたわけか楽しそうな顔をしている。でも、その手には乗らない。どうせからかって笑おうというのだろう。向こうに最初の言葉をかけさせたのはまずかったかもしれないが、いまさら悔やんでもしかたがない。この嘆かわしい共同戦線を張ってから、彼はもうなんでも自分のしたい放題にしている。今夜こそは抜かりなく、決まりを定めるつもりだ。

「この茶番をまだつづけるのなら、おたがいにはっきりさせておかなくてはならないことがあります」ギャビーはずばりと言い、鋼鉄のように固い意志をたたえた目で相手を見た。

「ほんとうに？」ウィッカムは儀礼的にあいづちを打っただけなのだろうが、またからかわれているような猜疑《さいぎ》心にとらわれる。「どうしてそう思うんだ？」

「なによりもまず、ここをはっきりさせてください。妹たち、とりわけクレアに近づかないこと。それができないようなら、あなたがペテン師であることを告発します」これは議論を許さない、正真正銘の通告だった。

「ああ、クレアね」笑みのようなものが、かすかに唇に浮かんだ。「彼女はまれにみる美女だ。最高級のダイヤだよ、じっさい」

ギャビーは渋面をさらに曇らせた。「思いちがいをしないで。わたしは本気です」

「なんと、僕がきみの兄じゃないことを世間に公表するって？　それはちょっと具合が悪いんじゃないか。僕のことをもう兄だと認めてしまったんだから」

「具合の悪さなんて気にしないわ。クレアさえ無事なら」きびしい声で言った。

「ほんとうに気にしない？」ギャビーを眺めわたし、またもや口もとに皮肉な笑みを浮かべる。「この件について話しあいたいなら、すわらないか。きみのそそっかしい銃さばきのおかげで、どうも疲れやすくなっていてね」

ギャビーは少しためらってから、うなずいた。「いいでしょう」

「それはそうと、本を忘れているよ」ウィッカムはその本をさしだし、暖炉の前まで歩いていって、二脚ある椅子のいっぽうに腰をおろした。

「『マーミオン』？」ギャビーは本を受けとり、彼のあとについていった。足もとまでさがっている上掛けが、動きを邪魔する。淑女のたしなみとして体に巻きつけてきたのだ。寝間着姿を見られるのは気づまりだから、とりわけ、あんなことがあったあとでは……でも、そのことは思いださないでおこう。思いだしたら、恥ずかしさがどっと襲ってくる。羞恥心は敵の有利になるだけだ。相手に弱みを見せてはならない。彼の向かいにすわって、本を膝にのせた。「ありがとう。どこに置き忘れたのかと思っていたの。それはともかく、この件は了解していただけたかしら。わたしに妨害されずにペテンをつづけたいなら、クレアに少しでも近づかないこと、同様にベスもそっとしておくこと」

「きみは考慮に入れていないことがある」妙に思慮深げな声で言い、ビロード地の椅子の背に頭を預け、なんだか気に入らない光を宿した目でこちらを見た。「僕がウィッカム伯爵ではないことを実証するのがどれほどむずかしいか。いまではもう、僕がウィッカムであることは世間に通っているからね。それに、これをきみに指摘しないのは怠慢のそしりを免れないだろうが、仮に僕が偽者であることを実証できたとしても、きみは共犯だとみなされるよ。僕と共謀して、正当な権利をもつ伯爵をだましてから一週間近く経つんだから」

怒りがこみあげてきた。「そんなことはしていません。あなたと共謀するだなんて、とんでもない！」

「そうかい？」ウィッカムはおだやかにほほえんだ。「きみを責めているわけじゃないことは、わかってほしいな。クレアとベスから聞いた話――まあ、大部分はベスが無邪気に打ちあけてくれたんだが――と、バーネットが使用人たちから仕入れた噂話から察するに、きみは父親が死んだことによって、困難な立場に置かれたようだ。財産はすべてきみの兄に遺された。きみや妹たちには備えのようなものは用意されていなかった。遠慮なくいえば、兄の恩情がなければきみたちは文無しになってしまうということだ。そして、兄の死によってそのあとを継ぐのは遠縁の男で、きみたちのだれもそいつを好いていない。ここまでは合っているかな？」

「合っていたらどうなの？」ギャビーは背筋をこわばらせ、嫌悪もあらわに見すえた。

「そういうことなら、どうして僕のささいなごまかしに協力しているのかという謎も解けるし、愛しいきみが、僕よりもさらに相手を必要としていることもわかる」持っている本を、その真っ白な歯に投げつけたくなるほど魅力的な笑顔を見せた。

「さあ、それはどうかしら」

「僕は確信している。だから、そのことで僕を脅そうと考えるのはやめたほうがいい。やっても無駄だ。きみの気分が少しでも楽になるなら知っておいてくれ。クレアとベスには、兄のような気持ちしか抱いていない」ふいに、目が愉快そうに光った。「まあ、どっちにしても、ベスに対してはね」

ギャビーはいきなり立ちあがった。上掛けがすべり落ちそうになり、とっさに片手でつかんで両端を前で合わせた。もういっぽうの手には、すっかり忘れていたが『マーミオン』を握りしめていた。怒りにぎらつく目で、彼をにらむ。

「あなたは何者なの？　あなたにも本名があるんでしょ？　わたしには知る権利があるわ。わたしの兄になりすましている目的も。それから、他人の分際で贅沢な暮らしを送っている理由も」

しばらくのあいだ、ふたりは押し黙ったまま見つめあった。ようやく、彼が何気なさそうな口ぶりで言った。

「僕について、きみが知っておく必要は見当たらないなあ」

そのなげやりな言い方に、ギャビーの瞳はめらめらと燃えあがった。

「あなたは、紳士の風上にも置けないわ」

「ああ、それは自分でも認める」

ぬけぬけと言う態度に、ギャビーは怒りで体が震えた。

「クレアをそっとしておきなさい」

笑いながら、あきれたようにかぶりを振ってみせる。「そんなに怒って、ガブリエラ。僕を怖がらせても、かわいい妹から遠ざけておくことはできないよ。でも、ことによると――あくまで仮定だけど――僕に袖の下をつかませたら、そうできるかもしれない」

ギャビーは疑い深く目を細めてきいた。「袖の下？」

彼はうなずいた。目は笑いかけているが、話しだしたときの声は真剣だった。

「妹たちに手を出さないかわりに――きみのキスがほしい」

23

だろう。

「いいえ」顔はおそらく、怒りと羞恥が入り乱れて、ベスの髪のように真っ赤になっている
「聞こえただろう」

「なんですって？」

ギャビーの否定などどこ吹く風で、彼は肩をすくめた。「それでもいいかもしれない。クレアともっと深く知りあえるのを楽しみにしているんだ。兄という立場だと、そういう機会はいくらでもあるからね。ありがたいことに彼女はなにも知らないから、寝室で僕とふたりきりになっても、気にもとめないだろう。あるいは……」

「こ、この破廉恥漢」ギャビーは息がつかえそうになりながら、ののしった。

「ほら、ほら。悪口を言うなんて、子供じみたことをするからだよ」

「あなたはクレアに近づけないわ。わたしが警告して――」

「自分の兄のことを？　納得させられるかな。クレアは疑うことを知らない性質のようだし

——姉とはちがってね」

「もちろん、あなたがどういう人間か言い聞かせるわ」

「それでも、秘密が保てると期待するのか。おいおい、ガブリエラ。きみはもっと利口だろう。彼女はきっと口をすべらす。僕たちはおしまいだ」

「だったら、妹に近づかないと約束してよ」

「するよ——キスしてくれたら。唇にだよ。頬に軽く触れるなんて、ずるいやつは認めない」

肩のあたりの上掛けをつかんだまま、ギャビーは彼をむなしくにらみつけていた。議論はまたふりだしにもどった。暖炉の明かりを受けて、彼の青い目が黒っぽく見える。その顔は、心から楽しんでいるようだった。

「僕にキスするのが、そんなにたいへんなの？　妹たちの身に迫っている危険を考えたら、このくらいのこと、なんでもないだろう」

「まさか」

「ともあれ、決めるのはきみだから」

ギャビーは言葉もなく立ちつくしていた。〝きみはまったく魅力的な唇をしているね〟望んだわけでもないのに、ひとりでにその言葉が脳裏で渦を巻いた。顔をそむけ、下唇を嚙みしめる。キス。キスひとつで、クレアの身を守ることができる。彼の口に唇を触れれば、それで終わり。たしかに、なんでもないことだ。なにをこれほどためらっているのかというと、癪だけれど、彼にキスしたいとずっと思っていたから。その唇に触れたらどんな感じだろう、と彼にあの言葉を投げかけられてから、ずっと想像していたから。

こうなったら、この悪魔ともう一度取引するしかない。そうすれば、じっさいはどんな感じかもわかるだろう。

誘惑は抗しがたいほどだった。イヴがリンゴを見つめていたときも、きっとこんな感じだったのではないだろうか。気持ちをかきたてられるけれど怖い。

ギャビーはごくりと唾を飲み、目を合わせた。「キスを一回したら、クレアに近づかないと誓ってくれるわね？」

「クレアとは実の妹のように清らかに接すると誓うよ」いったん言葉を切ってから、つづけた。「でも、そばに寄らないとは約束できないな。しばらくはおなじ屋根の下で暮らすわけだから」

ギャビーは考えてみた。そこは折りあってもいいように思える。ただし……「あなたが約束を守るって、どうやったら信じられるの？　犯罪者というのは一般に、嘘つきなことで有名でしょ」

彼はゆったりとほほえみかけた。その心安い笑顔に、思わず脈が速くなる。「共犯者としては、僕を信じるしかないね」

「わたしはそんな……」語尾がしぼんでいった。相手のからかうような目は言うまでもなく、この状況では否定しても無駄な気がする。いくら彼のペテンに故意に加担したのではないといえ、いまの自分の立場はどう見ても彼の言うとおり、共犯者だ。

それを思うと、屈辱をおぼえる。

「どうかな？」眉をあげた。「心は決まったかい？　こうしてすわったまま、きみと言いあいをつづけたくはない。もっと楽しくときを過ごす方法はいろいろある――たとえば、きみの麗《うるわ》しい妹の純潔を奪う作戦を練るとか」

ギャビーは身をこわばらせた。「あなたは最低の人間ね」

彼はくすくす笑った。「そうかもな。だが、問題はそこじゃない。僕にキスしてくれるのか。妹を救うために」

相手をひたと見すえながらも、にらみつけたところで紳士にあるまじき行為を恥じ入らせることはできないと悟り、ギャビーは唇を嚙み――身をかがめて彼にキスした。

唇にほんの軽く。あっという間の出来事だった。これまでの人生を振りかえっても、これほど簡単なことは――というより、これほどがっかりしたことはなかった。

あたたかく湿った彼の唇を、感じたか感じないかのうちに終わってしまった。気持ちの激変は起こらなかった。呼吸にも脈にも、乱れはない。なんのことはない、想像をふくらませた結果がこれだ。男性とのくちづけは、人生のいろいろな出来事とおなじように、たいしたことではなかった。

悪魔にまともに立ちむかう勇気があったことを喜び、難関を突破したことにほっとしたあげく、自己満足にひたっていたので、ギャビーはうっすらとほほえみながら彼を見おろした。

「さあ、これでいいでしょ」

彼は笑いながら手をのばし、なにをされるのか気づかないうちに手首をつかまれた。それは上掛けを握りしめているほうの手で、驚いた拍子に指の力が抜けた。重ねていた端が左右に分かれ、上掛けは肩をすべり、音もなく床に落ちた。

それがないと、部屋着とナイトドレスの二重防備でも、裸身をさらしているような気になる。服の下に隠れているものを知られているという思いを、どうしても消すことができない。腕を振り払おうとしながら、もういっぽうの腕で胸を押さえた。

その仕草を見て、彼の目が意味ありげにきらめいた。

ギャビーは腕をひっぱった。「なにするの？　放してよ」

「だめだね」彼は首を振った。「まだだめだ。きみが支払いをすませるまでは。あんな軽いのじゃ、パンくずが食事と呼べないのと一緒で、キスとは呼べない」

「約束したじゃない」ギャビーはきっとにらみつけ、身じろぎもせずに立っていた。手首を振りほどこうとしても無理なのは、自分の名前とおなじくらいよく知っていたので、威厳を失う真似はしたくなかったのだ。「あなたが約束を守るだろうなんて思うんじゃなかった」

「きみも約束しただろう。僕が約束を果たすのは、もらうべきものをまず支払ってもらってからだよ、お嬢さん」

そう言うなり、いきなり手首をひっぱられ、ギャビーは彼の胸に倒れこんだ。罠にかかったように抱きすくめられ、気づくと膝の上にすわっていて、ぎくりとした。

「放してちょうだい」手にしていた本は一緒に投げだされ、太腿と彼の腹部のあいだにはさまっている。動顚しながらも、ギャビーは届くところにある唯一の武器に手をのばした。こうなったら、それで敵の脇腹を殴ってでも立ちあがろうと思った。

「やれやれ」彼は一撃を肘でかわし、とがめるように言った。「きみはせっかくの看護をだいなしにして、僕にもう一度傷を負わせるつもりかな。なんて残酷なやつなんだ、まったく」

そう言いながら、ばかばかしいほど簡単にギャビーの手から本を取りあげる。本が床に当たるかすかな音がしたが、ギャビーの決意は逆に強まっただけだった。武器を奪われたギャビーは、敵の胸を思いきり肘で突き、相手がうめき声をあげた隙に逃げだそうとした。しかし、背後から抱きかかえて腕も押さえつけられ、またもや彼の膝に乗っていた。自分がなすすべもなく憤慨するだけの囚われ人だと気づくと、かろうじて残っている威厳を減らさないよう、それ以上あらがうのはやめた。そのかわり、閉じこめられた腕のなかでしゃちこばり、怒りに身を震わせた。

「あなたを撃ったとき、もっとちゃんと狙えばよかったわ！」

「うーん、それが現実の悲しいところで、僕たちはみんな、おのれのあやまちを背負って生きていかなくてはならないんだ」

「ろくでなし」人生で一度もつかったことのない言葉が出てきて、自分でもぎくりとしたが、心情をありのままにあらわしていた。

「なんと言われようが平気だよ、ガブリエラ」彼はおだやかに言った。

相手の目をのぞきこむには、顔をあおむけなければならなかった。なのでそうしたら、彼の二の腕に頭が触れた。頭を支える腕はたくましく、しかも筋肉が発達していることに、どうしても気づかずにはいられない。

気づいたことで、かえって怒りが焚《た》きつけられた。

「あなたが信用できないことはわかっていたわ」苦々しい思いに、声は氷のように冷たくなった。

「とんでもない。約束を果たしていないのは、むしろきみのほうだよ」彼はやさしさが漂うような笑みを浮かべた。その笑顔に、ギャビーは怒っているにもかかわらず、息がとまりそうになった。

彼はほんとうに呪わしいほど――いまの状況を思えば、それがぴったりの言葉だ――ハンサムだった。

「キスはしたでしょ。あなただってわかっているくせに」腕に頭をのせているので、彼の顔はすぐそばにあり、顎を暗くしているひげの一本一本まで見えた。ほほえむ顔に刻まれた目尻の小さなしわも、肌のきめも、耳の形も、青い目の奥にひそむ愉快そうなきらめきも、みんな見えた。

そのきらめきはギャビーをからかっていることを物語っており、そして、彼の腕のなかにひっぱられたとき、とっさに感じた強引な男への恐怖が、あとかたもなく消えていった。だからといって、彼への怒りまで消えたわけではなく、ギャビーはまだ怒っていた。いやおうなしに倒れこまされたことに、腕のなかで身動きがとれないことに、腿の上にすわっている居心地の悪さに、憤慨していた。それに、だまされるのもあまり好きではない。

「さっきのは、死の床にいる未婚の叔母さんにしてやるようなものだ。キスのうちにははいらない」

「さっきのは、だれにでもしてあげるキスよ。だからあれも、キスのうちにはいるの」

彼はますますおもしろがって、目を輝かせた。

「だったら、キスについてどれだけ知っているのかな。まだ男とキスしたことがないほうに、僕の全財産を賭けてもいい」

からかうような目を見ていたら、驚くべき効果があらわれた。怒りがするりと抜けだすような感じがしたのだ。それに気づくと、やりかえす元気が出てきた。「その賭けはあなたに分《ぶ》がよさそうね。あなたには財産と呼べるものなんてないでしょう。ここにあるのはすべてウィッカム伯爵のものだし、あなたは偽者なんだから」

核心を突かれたことにはそしらぬ顔をして、彼はそのまえの話題にこだわった。

「さあ、ほんとうのことを言えよ、ガブリエラ。これまで男とキスしたことはないんだろう?」

ギャビーはむっとして、彼の腕を枕にしたまま答えた。「どうしてそう思うの?」

「きみのキスは、女が男にあたえるキスじゃなかった。僕が求めていたのは、そうじゃない本物のやつだ」

「取引でそこまで明確に定められていたとは思えないけど」ギャビーは彼の胸にもたれ、鼻を宙高く突きあげる気持ちで言った。腰に手をまわされ、あいかわらず両腕は押さえつけられたままだけれど、拘束する力は弱くなっている。その気になれば腕を振りほどくことはできるだろうが、そうしたいとはあまり思わなくなっていた。それどころか、この恥ずかしい姿勢が心地よく感じられ、おなじくらいいけないことだが、からかいあうのも楽しくなってきていた。「あなたはわたしが唇にキスしたら——わたしはそのとおりにしたけど——クレアとは実の妹のように接すると言ったのよ。わたしは約束を果たしたんだから、今度はあなたの番よ」

「ガブリエラ」

ふたたび目にやさしい色をたたえて、ほほえみかけてくる。そのあたたかなまなざしに、甘美な気だるさをおぼえた。「なあに?」

「僕に約束を果たしてもらいたかったら、僕が望むやり方でキスしてくれ。それができないなら、この取引は中止だ」

視線がからみあう。ギャビーは動悸が異様に速くなっているのに気づいた。息づかいも荒い。体から力が抜け、体の内側もゼリーのようにぷるぷる震えている。のどかな気分と困惑がないまぜになっているのもわかった。

この男は危険だ。犯罪計画に従事しているし、人の命をおびやかす真似をした。育ちのよい娘が一生恥じるような仕打ちをした。

それなのに――ギャビーがしたことといえば、息を吸いこみ、彼の香りにくらくらするだけだった。彼の腕に頭をのせ、筋肉の固さにほっと力を抜く。彼の胸にもたれ、弾力のあるあたたかさに身をゆだねた。

男性の膝に乗るなど、あきらかにとんでもない行為だ。娼婦がやるようなことかもしれない。淑女に許されている行為でないことはたしかだろう。いずれにしても、艶《つや》めいた想像を精いっぱい大胆にふくらませても、こんな状態を思い描いたことはなかった。でも――悪くない感じ。いいえ、悪くないどころではない。このまま何時間でもこうしていたいくらいだ。

彼の望むやり方でキスをしたら、どんな感じになるのかしら。〝女が男にあたえるキス〟

とはどんな感じなのかしら。

二十五年の人生のあいだに、男性とそんなキスをしたことがないなら、これから先もそんな経験はできなさそうだ。婚期がとうに過ぎていることはわかっている。ロマンスは素通りしていってしまった。白馬の騎士があらわれて、さらってくれることもなかった。男性とのキスについて知りたいなら、これは絶好の機会だ。

そしてたぶん、最後の機会だろう。

まだ困惑する余地が残っていたのに驚くけれど、知りたくてたまらない自分にちょっぴりとまどった。

「わかったわ」心の震えとは裏腹に、ギャビーはあっさりした声を出した。「正確にはどうすればいいの?」

24

「まず、僕の首に腕をまわして」ギャビーは楽しそうな目の底をのぞきこんだ。それから唾を飲みこみ、両腕をあげて、おずおずと首にまわした。ガウンの錦織の手ざわりがなめらかなぶん、その下の大きな肩のたくましさがはっとするほど際立つ。冷えきったうなじの髪が、さらりと手に触れ、思わず指に巻きつけていた。

「それでいい」その声がさっきより少しかすれていたとしても、ギャビーはろくに気づかなかった。

「つぎは？」彼の声の変化に気づかなかったのは、ギャビーのほうも息苦しくなっていたからだ。

「顔を寄せて、唇をつけ、口をあけてごらん」

ギャビーは顔をしかめた。「なぜ？」

「なにがなぜなんだ？」

「なぜ口をあけるの？」

「僕の舌を入れるから」

「なんですって？」ギャビーはびくっとした。彼の腕がのびてきて、身動きできないようにされた。

「いまさら、あともどりするな」彼はきっぱり言った。

「わたしの口に、あなたの――舌を入れるの？」信じられない声でささやく。

「うーん。そして、きみの舌を僕の口に入れる」

「そんな、まさか」彼の目を見つめ、からかっていることを教えてくれるきらめきをさがした。しげしげと眺めたあとで、相手が大まじめなのがわかった。「できっこないわ」

「できるとも。さあ、ガブリエラ、ぐずぐずしていたら朝になってしまうぞ。きみは取引に同意したんだ。言われたとおりにして、僕にキスしてくれ」

ギャビーはすぐ真上の、精悍な整った顔を見あげた。藍色の目はこのやりとりをしているあいだに影を増して黒っぽくなっている。見事な形をした唇はもう笑っていなかった。

胸がどきりとした。てのひらが湿っている。彼はわたしの口に……あまりに衝撃が強くて、最後まで考えられなかった。それはじっさいにはどんな感じなのだろう。

気力をかきあつめ、ギャビーは彼のガウンの襟もとをつかんで、身を乗りだした。胸と胸が触れあい、敏感な先端がぞくぞくして固くなってゆく。彼はギャビーの腕から両手をさげて、ウエストのくびれに軽く当てた。押さえつけたり強制したりすることもなく、ただ待っているようだった。取引に応じるには、自分から動くしかないということだ。

ギャビーはさらに強く胸を押しつけ、彼の唇に口を近づけた。

さっきとおなじように、軽くて遠慮っぽい触れ方をした。我慢できずに、そのままさっとすべらせ、彼の乾いた熱い唇と、肌に触れる無精ひげの感触を味わってから、口を離した。

彼の目を見ても、なにを考えているのかは読めなかった。

「まだじゅうぶんじゃないな。もう一度やってごらん。今度は目を閉じて、ガブリエラ、口をひらいて」

彼は喉の奥からしぼりだすようにつぶやいた。口もとにあたたかい息を感じた。もう少し近づけば、ほんのちょっぴり顔を前に出せば、彼の唇の動きを唇で感じることができるだろう。

そう思ったら、火傷しそうな熱が血管を流れた。

「だめよ――できないわ」そう言いつつも身を引かず、ガウンをつかむ指に力を入れた。なぜか、体がぐんにゃりしているように感じる。押しつけた胸はふくらみ、脚のあいだが締めつけられるように痛みだす。

〝彼はわたしの胸を撫でまわし、胸に唇を這わせ、下半身に手を走らせ、スカートをまくりあげ……〟そのときのことを思いだし、気を失いそうになった。体は燃えるように熱い。恥ずべきことに、そのすべてをもう一度してもらいたくてどうしようもないのだ。

彼の望むキスをすれば、そこへたどりつく。

「いや、できる。僕の唇に唇を重ねて、舌をそっとさしいれて」

ギャビーは深呼吸し、震える息を吸いこんだ。ほかに方法がないのはわかっている――引きかえしたくないのも、わかっていた。ガウンを必死に握りしめたまま、ギャビーは顔をあげ、唇を押しつけた。それから、彼の指示を思いだして、目を閉じ、おそるおそる舌をさしだした。

舌は閉じた唇に出会ったが、そこに触れるなり、唇がひらいた。勇気を奮い起こして舌をさしいれる。

口のなかは濡れていて、火傷するほど熱く、かすかにブランデーと葉巻の味がした。彼の舌に触れると、その舌はギャビーの舌を撫でまわし、息がとまるほどの大胆さで、口のなかに押し入ってきた。唇をぴったりと重ねられ、ギャビーは頭がくらくらした。全身に鳥肌が立ち、胃が締めつけられた。

男の人がこんなふうにキスするなんて想像もしなかった。信じられないほどの、たとえようのなさに、心を奪われていた。彼は片手でギャビーの頭を支え、体の位置をずらして自分の肩に寄りかからせた。ギャビーは知らぬまに彼の胸に両手をすべらせ、頑丈な首の後ろで組みあわせていた。彼の力強さを目《ま》の当たりにして、心もとなさをおぼえると同時に、その感触がたまらなく好きなことにも気づいた。

唇の上では、彼の唇が動き、反応をうながしている。彼の舌はギャビーの口のなかの隠れた隙間を探っている。膝の上で首に腕をからませたまま、ギャビーは美食家が珍味佳肴《ちんみかこう》を賞翫《しようがん》するように、その感覚を味わった。おずおずと舌を触れあわせてみたら、彼が鋭く息を吸いこんだ。

このキスに気持ちをかきたてられているのが自分だけではないと知って、ギャビーはほっとした。

彼の手が胸をつつむのを感じた。

今度はギャビーが息を吸いこんだ。二重の衣類——ナイトドレスと部屋着——に阻まれてはいるものの、彼の手の熱さと力強さが肌に感じられ、その鋭さにぎくりとした。てのひらの下で、乳首が注目されたがっているように盛りあがってゆく。まるで体が彼の手をおぼえていて、もっと触れてくれとせがんでいるかのように。それから腰のあたりがきゅっとなり、痛みと心地よさと、懐《なつ》かしいリズムに合わせてうずきだした。

彼が親指で乳首をなぞり、指の腹に力を加えると、ギャビーの体に火がついた。

あらゆる感覚を支配され、ギャビーはもう考えることもできず、ただ感じるだけだった。彼の首にしがみつき、放心したようにキスに応え、胸への愛撫に耐え——いえ、胸への愛撫を喜び、身を震わせていた。朦朧とする意識のなかで、たまらずに体を弓なりにそらしながら、腿のあいだがまたもや溶けはじめるのがわかり……

腿に彼の男性の部分が当たるのを感じる。それが欲望でずっしりと固くなっているのもわかった。こらえきれずに身をくねらすと、ずかずかと押しかえしてくる。

ギャビーの体の奥もそれを欲していた……そう気づいたとたん、小さなあえぎが漏れ、彼の口にのみこまれた。

彼の口はギャビーの唇を離れ、顎の線をたどってゆく。ギャビーははっと目をあけた。かすかに理性の残っている頭が、取引の条件はじゅうぶんすぎるほど満たしたことを告げている。けれど、もう取引のことなどどうでもよくなっていた。彼の頭もそんなことはこれっぽっちも考えていないようで、首に沿ってキスの雨を降らせていた。熱く濡れた唇を肌に押しつけ、あたたかく固い手を胸に当て……

ナイトドレスの前を引きおろされると、取引のことは完全に忘れた。ギャビーは目をあけたまま、ふくらんだ白い乳房と張りきったピンクの先端がむきだしになるのを、ときめくような気持ちで見つめていた。いまだかつて男性に裸身を見られたことはないけれど、この瞬間、どうしても彼に見てほしくなった。さわってほしくなった。そして彼は顔をあげ、ギャビーの胸を眺めて、重さを確かめるかのように下からそっと持ちあげた。

自然に口がひらいてくる。柔肌に添えられた手は、浅黒く大きかった。あたたかくて、少しごつごつしていて……

彼が頭をさげた。ギャビーは目を丸くした。裸の胸にキスしようとしているのだ。鼻をすりよせてきて、軽やかに触れる唇と、肌をこする無精ひげの感触が伝わったと思うまもなく、彼は乳首に吸いつき、火傷するほど熱い口のなかへひっぱりこんだ。

ギャビーの五感は極限に達した。これまでに見たことも感じたこともない官能的な体験だった。彼の舌が乳首を探り当てると、こらえきれずに息苦しい悲鳴をあげる。彼の肩に爪を食いこませながら、赤ん坊のように胸に吸いつく姿を見つめる。彼が口にはできないほどみだらで破廉恥なことをしているのは、頭ではわかっていたけれど、体は燃えあがっていた。男の人が自分にそんなことをするところは、これまで想像したこともなければ想像したいとも思わなかった。それはめくるめく甘美な世界で——淫靡《いんび》な感じがした。

彼の名前さえ知らないというのに。

どこからかふと、その思いが浮かんだ。おそらく脳のなかの自己本能を司《つかさど》る部分がまだ機能していて、危険を知らせたのだろう。ギャビーははっと現実に引きもどされた。

彼は手練の女たらしで、自分の欲望を満たすためにギャビーの体を利用しているにすぎない。それを許してしまったら、ただのふしだらな女になってしまう。父のベッドをあたためにきた娼婦となんら変わりはない。

「やめて！」と抵抗する声は、自分の耳には弱々しく響いた。ギャビーは身をよじり、彼の顔を押しのけて立ちあがろうとした。無事に脱出できる自信はなかったが、肌と彼の口のあいだに手をさしこんで胸から引きはがそうとすると、彼は顔をあげてこちらを見た。その目はぎらつき、頬は真っ赤になっていて、ただではすまないような気にさせられた。

「やめて!」さっきより切迫した声でくりかえす。しばらく、にらみあいがつづいた。

彼は顎を引き締め、眉をひそめて——解放してくれた。

ギャビーはすかさず立ちあがり、震える手でナイトドレスをひっぱりあげた。

彼は椅子に腰かけたまま、肘かけの両端を軽く握り、背もたれに頭を預けて、なにを考えているのかわからない顔でこちらを見あげている。その目を見つめていると、自分がやったことの恐ろしさが気になってしかたがない。ギャビーはこの見ず知らずの男の膝に乗り、唇を重ね、裸の胸を見せ、愛撫とキスをさせたのだ。今度ばかりは、相手に強制されたという言い訳すらできない——強制されていないのだから。しかたなくキスしたとも言えないだろう。心の奥底では、ギャビーもそれを望んでいたのだから。クレアのためでさえなかった。

服は乱れ、髪はあの最高潮に達した数分間にいつのまにかピンからはずれ、盛大に肩のあたりに垂れさがっている。こんな姿が彼の目にはどう映るだろうと思うと、恥ずかしさでいたたまれなくなる。顔が赤らむのを痛いほど感じる。きっと彼の目には、たしなみに欠けた軽々しい女だと映っているだろう。

ある意味では、そう思われてもしかたがないことをしたのだ。

でも、いまそれを考えるのはよそう。ここで深く恥じている姿を見せたら、恥の上塗りになるだろうから。

そういうわけで、ギャビーは深く息を吸いこみ、顎を少しあげた。

「取引の条件は満たしたということで、異存はないでしょうね」面目躍如たる冷静な口調で言った。

彼に背を向けて、堂々とした足どりで隣室への扉を通り抜け、扉を閉めて鍵をかけると、冷たい孤独にひたれるベッドへ逃げ帰った。

25

レディ・サルコムの予測どおり、翌日は来訪者が押し寄せた。オペラのときに見かけたという者もいれば、劇場にいたことを聞きつけただけという者もいる。そのなかには、ギャビーの母方のヘンドレッド一族や、クレアの母方のダイサート一族をはじめ、さまざまな親類もふくまれていた。最後のほうに、またいとこトーマスの妻のレディ・モード・バニングが、娘のデズデモーナとティズビーを連れてやってきた。ティズビーは去年めでたく嫁いで、いまやチャールズ・フォーリー令夫人だ。スタイヴァーズが新来の客の到着を告げると、客間でほかの客と談笑していたギャビーとクレアは、立ちあがって彼女たちを迎えた。

「レディ・モード・バニング、チャールズ・フォーリー令夫人、ミス・バニングがおみえになりました」

長年この一家とは冷えた関係にあるものの、ギャビーはレディ・モードと娘たちのお義理のキスを笑顔で受け、先客たちに引きあわせようとした。しかし、双方はすでに知りあいだった。他愛のない会話が一段落したところで、先客たちは腰をあげた。客間に残った者たちはふたつのグループに分かれ、ギャビーとレディ・モードは広場に臨む縦長の窓の前の椅子に、クレアと娘ふたりは暖炉の前のソファに腰をおろした。

若い三人を眺めながら、ギャビーはあさましくも妹たちを誇りに思わずにいられなかった。レディ・モード自身はほっそりしたブロンドで、かつては美しかったのだろうと思わせる容貌をしている。娘たちもふたりともブロンドで――ひとりは薄黄色に近く、もうひとりは亜麻色に近い――体つきもほっそりしているのだが、あいにく顔立ちは父親の特徴が前面に出てしまった。青い目は飛びだし気味だし、顎は気の毒なほどひっこんでいる。亜麻色の髪のほうのデズデモーナはまん丸な顔に加えて、嘆かわしいくらいそばかすが浮いており、かたやティズビーは馬面ときている。クレアはどんな人と一緒にいても美しさが目立つ。だが、ブロンドのふたりにはさまれた黒髪の美女は、嵐の夜を照らす灯台のように、ひときわ光り輝いて見えた。

「まあほんとうに、あなたがそれほど立派になっているなんて、思いもしなかったわ」レディ・モードは例によっておもしろくなさそうな口調で言い、こちらをじろじろ眺めた。ドレスはシンプルだけれどおしゃれな空色のクレープ、髪もオーガスタ叔母に命じられた美容師が来てくれたおかげで、矯正すべき致命的な欠陥もなく、自信をもって見せることができる。これまでさんざん手こずらされてきた髪は、美容師が鋏《はさみ》を入れて形をととのえ、かわいらしい巻き毛が少し垂れさがる格好になった。美容師によれば、ギャビーの顔の輪郭にいちばん似合うスタイルなのだそうだ。

「ありがとうございます」レディ・モードの口ぶりからは褒めているというより、しかめっ面をしたようにしか思えなかったが、ギャビーは冷静に応じた。相手は故ウィッカム伯爵の娘たちへの嫌悪を隠したことのない人なので、もっと無難な話題をさがそうとして、ソファにいる三人のほうへもう一度目をやった。「トーマスからうかがいましたけど、ティズビーのご主人のご実家へ行ってらしたんですって?」

「ええ、そうなの。とっても親切なかたたち! チャールズ――あの子の夫だけど――は年収が八千ポンドもあるのよ。肩書きがないのを別にすれば、結婚するのにふさわしい人だわ。でも、モナにはもっと家柄の立派なかたが見つかると思うの」

レディ・モードは悦に入って末娘のほうを眺めたが、クレアを見たとたん、その顔が曇った。

「ティズビーのご結婚、ほんとうにおめでとうございます。きっとすぐに、デズデモーナにもお祝いを言うことになりますわね」

「ええ、そうよ。あなたの妹はとてもきれいじゃないこと? 髪が黒くなくて――残念だけど、いまの流行じゃないわね――母方の家柄が一流なら、社交界に旋風を巻き起こすところだわ」

「まだ希望は捨てていませんわ」ギャビーはやんわりと答えた。相手の顔つきから嫉妬していることはすぐにわかったが、われながら気高いと思う心で、嫌味を言いかえすのは我慢した。「それはそうと、今日のデズデモーナはいちだんと素敵ですね」

それは心からの言葉ではなかったが、このあいだ見たときよりは、ましになっている。おそらく、レディ・モードは娘のそばかすに美白液でも塗ったのだろう。そう考えながらほんのちょっぴり悪意がめばえたのは慙愧《ざんき》に堪えないが、自己弁護するように、トゥインドルにもかつてそう勧められたことを思いだす。

レディ・モードは喜んだようだ。

「あらまあ、あたくしもね、そう思うの」ソファの三人に視線をもどす。「淡い色合いの落ちついたデザインのドレスを着た娘たちを見るのは、いいものよ。そのドレスが最新のものなら、なおけっこうね」

お得意の消え入りそうな微笑を浮かべてはいるものの、いまの言葉でまたしてもクレアを攻撃しているのはあきらかだった。クレアの細身でハイウエストの黄色のモスリンは、ふたりのパステル調のドレスと並ぶと、太陽のようにまばゆく活き活きして見える。短いパフスリーブと深い襟ぐりが、クレアのなめらかな肌を大胆なほどあらわにしている。だが、たしなみを忘れない範囲内なのはたしかだし——デズデモーナとティズビーをいくらか不健康に見せていることもたしかだった。

ギャビーがなにか耳に心地よい受け答えをしてから、ふたりはあたりさわりのない会話を交わした。しばらくして、レディ・モードがいわくありげにほほえみ、声を落とした。

「このまえ会ったときから、状況が華々しく変わったことにお祝いを言わなくてはね。ロンドン滞在とクレアの社交界デビューを許してくれるなんて、ウィッカムはすばらしいじゃない。不運からはまだ完全には立ち直っていないのよね？　うっかり自分を撃ってしまったと聞いたときは、みんなびっくりしたわ――ほんとうに。主人には、関係の深い者が――なんといっても、トーマスはウィッカムの後継者なんですから――そんなにあわててどうするのと叱ってやったのよ」気のきいた冗談を言ったとばかりに、くすりと笑う。「でも、快復しつつあるんでしょ？」

「ええ、ありがとうございます」ギャビーは快復への道がどれほど遠かったか考えないようにした。というより、ウィッカムのことは考えないようにした。「だいぶよくなっています」

「あなたは最大限の感謝をしなくてはね、あの子がマシューのような――これはほんとうに、あなたにしか言わない話よ――守銭奴じゃないことに。それどころか、あたくしの聞いた話がほんとうなら、ウィッカムはクレアのために舞踏会をひらくそうじゃないの。しかも、オーガスタ・サルコムが女主人役をつとめるんですって？」

「そうなんです」にこやかに答えながら、相手の信じられないような声の裏に、故ウィッカム伯爵に負けず劣らず――本人の表現を借りるなら――守銭奴なことで有名なレディ・モードの妬《ねた》みがこめられているのに気づいた。もうひとつ、予期せぬ訪問のほんとうの目的も見抜いた。自分たちが舞踏会に招かれることを確認したいのだ。「それに、とても盛大なものになりますわ。オーガスタ叔母がきっとご自分の思いどおりになさるでしょうから。ちなみに、招待状はちゃんと届くはずです」

「あら、そんなことはまったく心配していないわ。だって、あたくしたちは一族でしょ？」レディ・モードは小ばかにしたようにきいた。「身内の舞踏会に招かれないなんてことがあったら、とても妙ですもの」ややヒステリックに笑い、ソファのほうをまた見て、声を張りあげた。「さあ、まだお訪ねするところがあるのよ。ティズビー、モナ、親戚の人たちにお別れのキスをしなさい。行きましょう！」

彼女たちが帰ると、クレアは目を丸くしてみせた。

「親戚の人たちにキスしなさい、ですって」クレアがレディ・モードの口先だけの言い方を真似るので、ギャビーは笑いだした。「わたしたちがホーソーン・ホールにいたときは、黴《ばい》菌《きん》みたいに嫌っていたのにね。それを忘れたとでも思っているのかしら」

ギャビーはほほえんだまま首を振った。「なんだか親しくしたいみたいだったわね。まあ、仲たがいしていても、なにもいいことはないもの。過去にどんないやなことがあったにしろ、やっぱり身内なんだから。にこやかに折り目正しく接しても、損するわけじゃないでしょ」

「そばに寄られるたびに、言いたいことを我慢しなきゃならないわ」クレアは渋い顔で言うと、階上にいるベスのもとへ向かった。ベスはかつて育児室としてつかわれた部屋で、おなじ年頃の少女たちとおしゃべりを楽しんでいた。

ほんとうのところは、とギャビーはほほえましい気持ちで思った。クレアだって客間で大人の会話を交わすより、少女たちとゲームやおしゃべりに興じるほうが楽しいだろう。本人はけっしてそれを認めようとしないけれど。十八年間生きてきたものの、クレアはまだまだ幼いということだ。

ギャビーはこのあと、持っている衣装を確認して、今夜のドレスを選ばなければならない。オーガスタ叔母の知人の家でミュージカルの夕べが催されるから、クレアとともに出席するようにということづてのカードが、早いうちに届いていたのだ。一日に多いときは六回も着替えることにまだ慣れないから、そのことを思うだけで疲れる。それに出席者の大半が叔母の友人たちだろうから、年配の人たちとおしゃべりをして夜を過ごすのだと思うと、すでにぐったりしてきた。

もちろん、昨夜ほとんど寝ていないことはなんの助けにもならない。まぶたを閉じるたびに、ウィッカムの顔が脳裏に浮かんだ。そして、いくら眠ろうとしても体は起きたままで、痛いほどうずうずしていた。〝きみはまったく魅力的な唇をしているね〟くやしいけれど、あなたもそうよ。

あんなことはもう断じて許してはならない、とギャビーは自分をいましめた。安全を期するには、ウィッカムのそばに近づかないことだ。

クレアが去ったあと、ギャビーはしばらく客間に残り、ここ数日に届いた訪問カードに目を通していた。

そんなわけで、スタイヴァーズの後ろからつぎの客があらわれたときも、暖炉の脇に立っていたので、身を隠す場所はなかった。

「トレント公爵がおみえになりました、ミス・ギャビー」スタイヴァーズがしめやかな声で告げる。

二度と聞きたくないと思っていた——いいえ、心から願っていた——名を耳にするなり、ギャビーは身がすくむのを感じた。うろたえつつ顔をあげ、スタイヴァーズにいないと言ってくれと命じようとしたときには、トレントはすでに執事のあとから向かってきていた。

部屋がぐるぐるまわりだし、長年の悪夢だった薄灰色の痩せこけた顔を見たとたん、恐ろしさに、ほんとうに気を失いそうになった。

26

「ギャビー」こちらへ近づきながら、トレントは小首をかしげた。「それとも、そんなに立派になったんだから、レディ・ガブリエラと呼ぶべきかな」

トレントの手ぶりひとつで、引きとめることを考えつく暇もなく、スタイヴァーズが一礼してさがった。もちろん、スタイヴァーズも事情を知っていれば、ギャビーをひとりにしなかっただろう……だが、この執事が知っているのは、トレントが父の古い友人だった――スタイヴァーズがどうしても容認できなかったおおぜいのうちのひとりにすぎないということだけだ。この世でいちばん憎悪と恐怖を抱かされた男とふたりきりで客間に残され、ギャビーはなんとか落ちつこうとあがいた。

「あなたにはどんな名前でも呼ばれたくありませんわ、閣下」冷ややかに言いながら、自尊心がすごすごと引きさがらないように、その末端を両手で握りしめていた。ギャビーのなかの子供の部分は、逃げだして隠れたいと言っている。その子が成長して大人になった部分は、まばたきさえも拒んだ。この野獣の前で、弱みを見せてはならないから。「はっきり申しあげてもかまわないと思いますが、ここに顔を出せたあつかましさに驚いています」

トレントはくすくす笑って、さらに近寄ってくる。彼の勢力がおよばないいま、冷静な目で見てみれば、背はどちらかといえば低いほうで、ギャビーよりたいして高くない。体つきもほっそりしている。艶のあるブロンドだった髪は、灰色で薄くなりかけている。めったに日光を浴びてこなかったような顔は、しわだらけだ。鼻は鷲鼻で、目はまぶたがたるんでいるものの、眼光はなおも鋭い。片手には例の――まちがいなく、あのときとおなじものだ――銀の握りがついたステッキを持っている。

わざとおなじものを持ってきたのだろうか。

「ひどい言われようだな、ギャビー、じつに心外だ。われわれは古い知りあいじゃないか。てっきり喜んでくれるものと思っていた。ゆうべ、歌劇場できみとクレアを見かけたとき、ぜひとも麗しい友との旧交をあたためようという気になってね」

自信に満ちた態度を保とうと思いながらも、膝頭が震えてくるのを感じる。大事なときに弱いほうの脚に裏切られるのを恐れ、丈夫なほうの脚に体重を移動した。だしぬけに息をするのが困難になり、握りしめたてのひらも湿って冷たくなっていることに気づいた。でも、もう昔とは状況がちがう、と自分にしっかり言い聞かせる。父は死んだのだから、トレントにはわたしたちを支配する力はないのだ。

「あなたとの関係はどんなものであれ認めたくありません。どうぞお引きとりになって、二度と訪ねてこないでください」

トレントはほほえんだ。忘れもしない乾いた笑み。面白味のかけらもなく薄い唇をひねった顔は、気味の悪いデスマスクのようだった。彼は獲物を狙う鷹のように、貪欲な目をぎらぎらさせている。

「ところで、わたしから称賛の言葉を贈ろう。すっかり見ちがえたよ、たんに大人になったというだけじゃなくね。それに、クレアときたら——彼女は貴重な宝だ。手に入れた者は自慢できるだろう」

ギャビーは自分でもどうしようもなかった。過去の記憶が呼びさまされ、ぞっとする恐怖が背筋を伝わって、思わず半歩あとずさりした。彼の目が光った。

目の前にいる男が恐ろしくてその場に釘づけになっていると、その男の向こうのほうから玄関ホールを歩いてくる足音が、おぼろな意識にかろうじて届いた。そして、見逃しようのない大柄な姿がいきなり戸口にあらわれ、客間の様子をうかがうなり目を鋭くした。

「ウィッカム」ギャビーは彼が来てくれたことが、ひたすらありがたくて、手をさしのべた。トレントのほうは後ろを振りかえり、物憂げに片眼鏡を持ちあげて闖入者をじろじろ眺めている。ウィッカムはギャビーから客人にさっと視線を移した。室内に足を踏みいれたときには、いつもの無頓着な雰囲気はどこにもなかった。

「紹介してくれ」ぴしりと言うと、トレントなど存在しないかのように脇を通り過ぎ、ギャビーの手を取って折り曲げた腕にさしこんだ。冷たい手をつつみこむ彼の手のぬくもりが、心地よかった。腕のたくましさに、心が落ちつくのを感じる。つかのま、ウィッカムは眉を寄せてギャビーを見おろした。その藍色の瞳を見つめたら、安堵の波がどっと押し寄せてきた。深呼吸すると、息は乱れていなかった。ウィッカムがいるだけで、力が湧いてきたのだ。ならず者で、犯罪者で、汚らわしい女たらしかもしれないけれど、彼はきっとわたしを――みんなを――トレントから守ってくれるだろう。それだけは確信をもって言える。

ギャビーは背筋をぴんとのばし、トレントを見すえた。

「いや、その必要はない」トレントは近づいてきて、ウィッカムに手をさしだした。乾いた笑みも、掠奪者の目も消えうせていた。そこにいるのは、上等の服と、階級や富を感じさせる物腰を身につけた、ただの痩せた老人で、脅威のしるしは微塵もなかった。強靭な長身から活力がにじみでているウィッカムとくらべると、ほんとうに弱々しく、しなびて見えた。

「トレントだ。父君の旧友――とても古くからの友人だよ」

ウィッカムは握手するあいだもギャビーの手を腕にはさんだままで、にこりともせずに言った。「父のことはあまり知らないもので」

トレントはかすかにほほえんだ。「そうだろう。だが、われわれが事実上――親友として、人生の大半を過ごしたことは知っておいてくれ」

ウィッカムの腕にかけた手に力がはいり、彼は額にしわを寄せて、こちらをのぞきこんだ。

「閣下はちょうどお帰りになるところだったの」自分のものではないような、高く澄んだ声が出た。それでも、まじろぎもせずに公爵を見ていた。この状況ではなんの手出しもできないことを、相手にも悟らせるつもりだった。

「そうなんだ」トレントはまたもやほほえんだ。「さようなら《オールヴォア》、ギャビー。ごきげんよう、ウィッカム」

　そして優雅に右足を引き、お辞儀をしてから去っていった。

　トレントの足音が遠ざかると、ギャビーはウィッカムの腕から手を離し、ソファまで行って腰をおろした。そうするしかなかった。いまにも脚の力が抜けそうだったのだ。いくら考えないようにと自分に言い聞かせても、この忌まわしい積年の恐怖から解放されることはできなかった。

　ウィッカムがあとについてきて、腕組みをしてそばに立ち、なにか考える顔で見おろした。体の調子がもどるように気合いをこめている最中なのに、つい正装している彼に目を遊ばせてしまう。房つきの磨きこまれたヘッセン・ブーツ、たくましい腿に張りつくきび色のブリーチズ、体つきを際立たせる上等な仕立ての優雅な青い長上着《コート》。

「ここでなにをしているの？」なんとか口をひらくと、ふだんとあまり変わらない声が出たので安心した。

「あの男になぜ心底おびえるのか教えてくれ」ウィッカムはそんなことはどうでもいいとば

かりに、ギャビーの問いかけをあっさり無視してたずねた。

ギャビーはもう一度ゆっくりと深呼吸した。トレントが消えてほっとすると、気分も上向いてきて、あそこまで感情をあらわにしてしまったことがちょっと恥ずかしくなる。なんといっても、父親はもうこの世にいないのだし、トレントには帰ってくれと命じるだけでよかったのだ。

「なんで彼に心底おびえていると思うの?」

ウィッカムは苦笑したような声を漏らした。「まず、僕が部屋にはいってきたとき、きみは知りあってからはじめて、ほんとうにうれしそうな顔をした」

ギャビーは目を合わせた。「知りあってからはじめて、あなたを見てほんとうにうれしかったの」

唇をゆがめて薄笑いを浮かべながら、ギャビーを見つめる。「そんなふうに褒められたら、うぬぼれてしまいそうだ」

ギャビーは声をあげて笑った。いつのまにか完全に立ち直っているのがわかった。トレントのことは思いだしたくもない過去の一部にすぎない。このまま記憶の底に埋めておこう。自分さえしっかりしていれば、あの男に悩まされることはないのだ。無力な子供にもどったような反応を見せるのは、ばかげている。

「あんなちょうどいいときに、客間にあらわれたのはなぜ?」何気ない調子できいた。

「スタイヴァーズが教えてくれた。階段をおりてきたら、ホールの真ん中で両手を揉みあわせるようにして立っていた。僕の顔を見るなり、きみが客間にいるから助けてやってほしいと、泣きつかんばかりに頼むんだ。当然、なにが起こっているのか知りたいから、言われたとおりにした」

ギャビーは心から感謝してほほえんだ。「ありがとう」

「じゃあ、きみが父親の旧友におびえる理由を聞かせてくれるね」

きちんと答えようと思ったとき、戸口にスタイヴァーズがあらわれ、小さく咳払いしてそこにいることを知らせた。

「カーリクルが玄関で待っております、閣下」

「ご苦労、スタイヴァーズ」ギャビーにちらりと目をやってから、さがろうとするスタイヴァーズに言った。「レディ・ガブリエラの外出の用意も頼む」

ぽかんと見つめるギャビーを尻目に、スタイヴァーズは礼をして去っていった。

「僕より新鮮な空気が必要な顔をしているよ、お嬢さん」抗議する暇もなく、ウィッカムは言った。「ハイドパークへ連れていってあげよう。着飾ったきみが知りあいに鷹揚《おうよう》に手を振っているあいだ、僕はあらゆる人にまだ生きていることを見せつけてやるよ」

ギャビーはほほえみながら立ちあがったが、首を振ってみせた。

「待ってちょうだい。階下におりてくることさえまだ早いのに、馬車を走らせるなんて無理よ。銃弾で受けた傷を治しているところでしょ？」

「だから、馬車を走らせるんだよ、馬に乗るんじゃなくてね。全快はしていないが、もう少しのところなんだ。外に出たら、きっと治りも早くなる。このまま閉じこもっていたら、気が変になりそうだ」

「お持ちいたしました、閣下、ミス・ギャビー」スタイヴァーズがもどってきた。数分後、ボンネットのリボンを顎の下で結び、従僕のフランシスに手伝わせてペリースをまとい、手袋をはめると、ギャビーは雲ひとつないうららかな春の午後へと足を踏みだした。新鮮な外の空気は清々《すがすが》しかった。あたりには草木が萌《も》える香りが漂っている。胸いっぱいに息を吸いこんだら、外に出てほんとうによかったと思えた。わけもなくウィッカムにほほえみかけ、いつものように慎重に階段をおりた。

　歩道の縁では、釣りあいのとれた上等な葦毛《あしげ》が引く黒いカーリクルが輝きを放っていた。馬のかたわらにはジェムがいて、そばにいるほうの鼻づらを撫でながら、耳をひくひくさせて答える馬にささやきかけている。ギャビーを見るなり、ジェムは目を丸くし、後ろにウィッカムがいるのを見つけると、その目をいやそうに細めた。

「あら、ジェム」使用人のとがめるような視線を受けて、妙なうしろめたさを感じながらも、ギャビーはつとめてさりげない顔をした。

「ミス・ギャビー」さらに渋い顔で見ているジェムの前で、ギャビーはウィッカムに助けられて苦もなく馬車に乗りこみ、ウィッカムはそのあとから乗って手綱《たづな》をとった。

「馬のそばから離れていろ」ウィッカムは鞭《むち》を手に、ジェムに言った。ものすごい形相をしたまま、ジェムは言われたとおりにし、主人の命令で馬が走りだそうとすると、あわてて後ろについた。

「ついてこなくてもだいじょうぶだ」ウィッカムは肩越しに声を張りあげた。ジェムは両手を腰に当てて立ちつくし、走り去る馬車をにらんでいた。

「きみの馬丁は僕のことを認めていないらしい」ウィッカムはちらりと笑みを浮かべて言った。

ウィッカムは馬車を操るのがうまかった。カーリクルは荷を満載した馬車や道をふさぐような四輪馬車のあいだを縫うように進んでゆく。二頭の葦毛は血統のよい正常馬で、臆病で気まぐれだから、しっかりした手綱さばきが要求される。

ギャビーは笑って答えた。「それが意外なの？　わたしだって、あなたを認めていないじゃない。よかったら教えてほしいんだけど、馬の世話をさせるのにどうやってジェムを説得したの？　あなたと一緒に出かけるだけで、まるで敵と親しくしているのをとがめるような目で見るのに」

ウィッカムはこちらを見て、肩をすくめた。「なんて言ったらいいのかな。僕を嫌う気持ちより、馬を好きな気持ちのほうが大きいんだろう。バーネットの話によれば、タッターソール馬市場から届いた日から、やつは母親が双子の赤ん坊を見るような目でこの馬たちを見ているそうだ」

「馬もカーリクルも買ったばかりなのね」ギャビーは眉をひそめながら彼を眺め、この男が悪党だという思いをあらたにした。「あなたは人のお金をつかうことに驚くほど無頓着のようね」

ウィッカムの上機嫌はびくともしない。「きみほどじゃないよ、お嬢さん。きみの出費については承知しているんだ。弁護士のチャロウが忠実に知らせてよこすからね。その金は僕のものではないのと同様に、正式にはきみのものでもない」

たしかにそのとおりなので、ギャビーは返す言葉もなく、唇を噛んで目をそらした。やっぱり、チャロウは勘定書のことを彼に知らせていたのだ。不安な気持ちになったとき、はっと気づいた。ほかのみんなとおなじで、チャロウも彼を本物のウィッカム伯爵だと思っているにちがいない。もし隣にいる放蕩者がほんとうのマーカスなら、ギャビーだって、つかったお金を一シリングにいたるまで知られてもちっともかまわないのに。

馬車はメイフェアをさっそうと走りぬけ、ハイドパークの門が見えるところまでやってきた。心地よいそよ風がボンネットの青緑色の羽根を揺らし、頬をくすぐる。ギャビーはうわの空で羽根を払い、手袋をしたまま頬をこすった。

「だが、支払っただけの甲斐《かい》はある」ウィッカムはギャビーの努力の成果を眺め、軽くほほえんだ。「そのボンネットはきみを魅力的に見せる」

ギャビーは驚きとはにかみを感じて、ウィッカムを見かえした。彼になにを期待していたにしろ、それはそんな甘い――甘すぎる？――言葉ではない。

「わたしを懐柔しようとしているのね」ギャビーは気を取り直して言った。「なにか魂胆があるに決まっているわ」

それを聞いて、ウィッカムは微笑をひっこめた。「きみと取引をしようと思うんだが」と、切りだしたが、ギャビーの驚愕と狼狽を浮かべた表情を見て、口をつぐんだ。

「だめよ、それだけはやめて」思わずそう言って、首を振った。それから、いかに深く恥じているかを露呈してしまったことに気づき、もう取りかえしはつかないだろうけれど、たいして重大に受けとめていないことを伝えようとして、握りしめた手に目を落としながらも、ほほえもうとした。

しかし、いくらがんばっても、耳まで真っ赤になるのをとめることはできなかった。彼がおそらくは何気なく口にした言葉で、ゆうべの閨房《けいぼう》の戯れが微に入り細をうがった描写で、脳裏に押し寄せてきた。ギャビーはあのことがどうしても忘れられなかった。トレントがあらわれるまでは、頭から払いのけることはできないと思っていた。けれどトレントの姿を見たせいで気持ちが動顚し、ウィッカムをなによりもまず友や擁護者として見てしまったのだ。いまは記憶があらためてよみがえってきている。彼の膝に乗り、キスをしたこと。不敵な笑みを浮かべる唇が、ブランデーと葉巻の味がするのを知ったこと。口のなかが火傷するように熱かったこと。彼の前ではどこまで恥知らずでふしだらな女になれるかを知ったこと。恥知らずだから、胸をあらわにして吸わせることまで許してしまい……

「それ以上赤くなったら、髪に火がついてしまうぞ」その間延びした声に、ギャビーははっとして彼の目を見た。

「わたしは――あなたが……」ひとたび落ちつきを失うと、あたりさわりのない言葉をさがしながらも、どうしようもなく舌がもつれた。視線が合うと、悔しさがこみあげて、思わずつま先を曲げていた。

27

「うろたえるな、ガブリエラ」ウィッカムはきびきびした声で言った。「羞恥で赤くなっているなら、きみは愚かだ。僕たちのしたことを恥に思う必要はない。あれは要するに、たんなるキスだ」

そう言われても、どうにもできない気がする。どんなに自分を叱咤《しった》しても、胸に顔をうずめる彼の黒い髪が目に浮かんでくる。体が燃えあがりそうなほど熱い波が、打ち寄せる感覚を思いだしてしまう。ギャビーは手袋をはめた手を頬に当て、目を閉じた。

「その話はしないでもらえるかしら」自分のものではないような声だった。

笑い声が聞こえ、ギャビーは目をあけて彼をにらんだ。

「女性に気まずい思いをさせるのは僕の流儀じゃないけど、キスはまったくふつうのことなんだよ。それに、楽しいことなんだ」

「楽しいですって?」自分を抑えるまもなく、叫んでいた。

ウィッカムはいたずらっぽい目で問いかけた。「きみがそう思わなかったというなら、もう少し技を磨かないといけないな。さあ、ガブリエラ、正直に言えよ。きみは僕とのキスを気に入った。僕の唇がきみの――」

「それ以上ひとことでも言ったら、ほんとうにここから飛びおりるわよ」片手で馬車の端を握りしめ、怒りの目でにらみつける。

「わかった、もう言わない」意外にもすなおに従ったので不思議に思ったが、公園の正面に着いたときに、はたと気づいた。ウィッカムは知りあいに会うまえに落ちつきを取りもどす機会をあたえてくれたのだ。門をくぐりぬけると、目の前にひろがる緑に目を転じながら、かぐわしいそよ風が、頬の赤みを消してくれるのがまにあうようにと願った。

「きれいなバラ色になっているから、だいじょうぶだよ」

ギャビーは冷たいまなざしを投げた。「からかわないで」

ウィッカムは笑った。

ハイドパークにはたくさんの乗り物が集まっており、フェイトン（二頭立て四輪馬車）やギグ（一頭立て二輪馬車）の姿もちらほら見えた。馬に乗る者たちは、馬車道のかたわらの道をゆるやかに走らせている。ウィッカムはときおり帽子に手をやり、ギャビーも手を振って顔見知りにあいさつした。なかには、手で合図したり声をかけたりして呼びとめようとする者もいたが、ウィッカムは馬車をとめなかった。そして馬の速度をあげさせて混雑から脱すると、ようやくギャビーに注意をもどした。

「まだトレントを恐れる理由を聞かせてもらってないね」

てっきり忘れているものと思ったのに。そう考えるのは甘かった。ウィッカムは忘れるということを知らないのではないか。ギャビーはしばし、どう言おうかと考えた。あまりにもひどすぎる内容だし、気持ちも乱れてしまうから、きちんと話せるとは思えない。

「彼は不愉快きわまりない人間よ」ギャビーは締めつけられたような声で語りだした。「子供のころはしょっちゅう父を訪ねてきたし、その後も定期的にやってきていたわ。父が死んでからは屋敷に立ちいるのを禁じたの。使用人が援護してくれたから、わたしたちの前には姿をあらわせなかった。今日までは」

「でもそれじゃ、彼を恐れる理由になってない」ウィッカムはなんなく手綱を操り、ゆっくり進むギグを追い越した。馬車がスピードをあげると、黄褐色の乗馬服の上にまとったケープが風にはためいた。

「あの男は、わたしがこの世で本物の悪魔と呼べる数少ない人間のひとりです」すでに背筋がぞっとしはじめている。トレントのことを考えるだけでいつもそうなるのだ。ギャビーはかぶりを振って、もうこの話はつづけたくないことを知らせた。話題を変えようとして、あてつけがましくウィッカムを見た。「身の上話をするなら、今度はあなたの番よ。まずはほんとうの名前から教えてちょうだい」

「いいけど、教えたら、きみは口をすべらすかもしれないな」じらすように、にやりとした。

「いまのところはウィッカムにしておこう。僕としても、この名前への愛着が増してきてね。帯剣伯爵の生活には利点がいっぱいある」

「欲深い人にはなおさらね」冷たくつぶやいた。

ウィッカムは顔を輝かせて、こちらを見た。「人のことを言えた義理かな。おっと怒らないで。きみみたいに運命に唾を吐きかける勇気のある女性は、僕の知りあいにもそうそういない。きみのそういうところが、とりわけすばらしいと思っているんだ」

なにか言いかえそうとしたとき、前方にとまっている旧式の馬車から、恐るべき女性が盛んに手を振っているのが目にとまった。

「あら、どうしましょう。オーガスタ叔母が手を振っているわ。馬車をとめないと」

ウィッカムは言われたとおり隣に寄って馬車をとめ、レディ・サルコムと友人のミセス・ダルリンプルを紹介すると、愛嬌たっぷりにあいさつした。ロンドンに着いてすぐに叔母を訪ねなかったことで容赦なく叱責されたあと、いくらかご機嫌をとるような調子でこう言った。「それにしても、説得力があるなあ」それから話題は来たるべき舞踏会のことに移り、後続の馬車が渋滞していることを理由に話を切りあげるまでつづいた。

その後も何度か馬車をとめる羽目になった。まずはミセス・ブルックをともなったレディ・ジャージーがふたりを呼びとめ、好奇の目でウィッカムを眺めながら、不運な出来事を本人の口から聞きたいとせがんだ。ウィッカムがいけしゃあしゃあと自嘲気味に話しおえると、彼女たちは声をあげて笑った。おかえしにレディ・ジャージーは、母方の伯父が似たような苦境におかれたときの話を披露し、別れぎわには〈オールマックス〉の資格証明書を用意すると約束してくれた。

その言葉を耳に残したまま馬車が走りだすと、レディ・ジャージーが連れに話しかける声が聞こえた。「ふたりともなんて素敵なんでしょう。それに彼らのあの妹——彼女は最高級のダイヤモンドよ。そのうえオーガスタ・サルコムの姪と甥なんですもの、反対する理由がないわ」

「クレアがきっと大喜びするわ」ギャビーは革張りの座席の背に体を預け、馬車が門をめざす長い列に加わっても笑顔のままでいた。

「きみはどうなんだ。結婚市場に参入するのに、わくわくしないの？」ウィッカムが興味津々《しんしん》できいてくる。

ギャビーは笑い声をあげた。ウィッカムの言うとおり、馬車遊びはいい気つけ薬になった。もうトレントがやってきたことなど記憶のかなたに飛び、いやな思い出を隔離する場所へ追いやられていた。それにウィッカムも——彼のよからぬ所業については一瞬たりとも忘れていないけれど——時間が経つにつれて、敵というより同志のような感じがしてきた。

「オーガスタ叔母によれば、わたしが結婚できるとしても、相手はせいぜい子持ちのやもめがいいところですって」おどけて顔をしかめ、ウィッカムを笑わせた。「その先は口に出さなかったけど、頭にあるのは子供が何人もいる年配者のことだわ。だから、結婚市場に参入するのがあまりうれしくないのはわかるでしょう。それに、適齢期をとっくに過ぎているのはわかっているもの。わたしはクレアのシャペロンとしてつきそうだけよ」

「きみとおなじ年配になるには」と、茶化すように言う。「八つ引けばいいんだな」

ギャビーは眉をあげて隣を見た。「ということは、三十三歳なの？　これでもうひとつ、あなたに関する情報が増えたわ。三十三歳のどこかの機関のキャプテンで、わたしの兄のことを知っている人。もう少し情報を漏らしてくれたら、ルンペルシュティルツヒェンの名前を言いあてたグリム童話の王妃みたいに、あなたの名前を言いあてられるかもしれない」

ウィッカムがどう答えようとしたにしろ、その機会は失われた。

門の近くまで来たところで、騎乗の男女がかたわらの道からあらわれ、こちらをじろじろ見てから、とまるように合図したのだ。最新スタイルの緑の乗馬服に身をつつんだ女性がレディ・ウェアだとわかったとたん、ギャビーの顔から笑みが消えた。知らぬまに眉をひそめ、彼女の連れのヘンダースン卿とこわばった声であいさつを交わしながら、ウィッカムが恋人の手を口へ持っていき、必要以上に長くキスするのを横目で眺める。ウィッカムはなおも彼女の手を放さず、低い声でなにやらしゃべっているが、どんなに耳をそばだてても内容は聞きとれなかった。それでも、ふたりがただの仲ではないことは、いやでもわかる。たとえウィッカムが公共の道の真ん中でレディ・ウェアと唇を重ねたとしても、ふたりの関係をこれ以上明白にはできないだろうと思うとうんざりした。

彼がキスは楽しいと言っていたのを思いだし、胸が悪くなった。この男が手練《てれん》の女たらしであることにあらためて気づかされてよかったのだ、と思いながら彼らに別れを告げると、馬車はようやく速度をあげて門を通り抜けた。愛嬌のある物腰と整った顔に惑わされていたとしても、それもここまでよ。もうウィッカムの手管《てくだ》にたぶらかされたりしないから。

「おとなしいね」ウィッカムは混雑を縫って進みながら、さっきからずっと景色に目を向けているギャビーに言った。

「あら、そう？　なんだか頭痛がしてきて」と、作り笑いを浮かべる。

ウィッカムはじっと顔をのぞきこんだ。「ずいぶん突然だな」

ギャビーは肩をすくめた。「頭痛ってそういうものでしょ」

「僕のうぬぼれでなければ、きみの頭痛はレディ・ウェアたちと別れた直後にやってきたようだ」

見抜かれたことにうろたえ、ギャビーは急に頭痛から立ち直って、高飛車に出た。「うぬぼれているに決まっているじゃない。そんな考えを起こせるなんて」

ウィッカムはそれではっきりしたと言わんばかりに、にやりとした。「白状しろよ、ガブリエラ。きみは妬《や》いているんだな」

「ばかじゃないの」

「ベリンダはただの友達だ」

ギャビーは見えすいた嘘にあきれて、ふんと鼻を鳴らした。「どうせ夜のお友達でしょ」

「おいおい、ガブリエラ、そんなことを言わないでくれよ。びっくりするじゃないか」からかうような視線を投げた。

「せめてわたしといるときは、恋人とたわむれるのを控えるくらいの節度をもってほしいわね。上品な挙措《きょそ》についてはよく知らないんでしょうけど、紳士だったら妹の前で恋人に色目をつかったりしないわ。わたしはいちおう妹なんだから」

「ベリンダに色目はつかっていないよ」ウィッカムはやんわりと否定した。

ギャビーは小さな笑い声をあげた。馬車がグローヴナー・スクエアにはいり、ウィッカムは馬の速度を落とした。

「なんて呼ぼうとあなたの勝手だけど、お願いだからあんなことはもう人前ではしないでね。クレアが無事に結婚するまでは、わが家を醜聞から守りたいの」

「気づいているかな、ガブリエラ、きみはものすごく口やかましい女性になっているよ」こちらに向けられた目は笑っていた。

彼の振る舞いにまったく筋の通った懸念を抱いているのに、それを笑いの種にされたことを知って、ギャビーはかっとなった。怒りに燃えた目を向けたとき、カーリクルが屋敷の正面にとまった。

「あなたこそ、傍若無人《ぼうじやくぶじん》で下卑《げび》た色男の典型よ。できるものなら、この手でたたきだしたいわ」

すぐさま飛びおりてこの男の前から立ち去りたいと、全身全霊で思った。けれども、脚が言うことを聞かないから、彼がこちらにまわっておろしてくれるのを待つしかない。ふつふつとたぎる静けさのなか、ウィッカムが馬をつないで馬車から飛びおりると、ギャビーは立ちあがり、カーリクルの扉のそばで待った。ところが、教育のないぼんくらでもどうすればいいかわかるだろうに、従僕のフランシスが玄関口から見ているというのに、ほかの使用人や隣人や通りすがりの人も目にする可能性があるというのに、ウィッカムは手をさしだすかわりに、ギャビーの腰に両手を当てて抱きおろしたのだ。

両足が地面に着くころには、ギャビーは怒りで震えていた。

「いいや、きみはそんなことはしない」おだやかに笑いかける。「きみは僕のことを気に入りすぎているから」

そう言って、手を放した。ギャビーは目をぎらつかせた。ほんとうなら思い知らせてやるところだが、人が見ているからそうもいかず、唇をぎゅっと引き結んだ。そして女王然とした身ごなしで背を向けると、威風堂々と——そうとしか言いようがない——階段をのぼり、邸内へはいっていった。

悪いことはつづくもので、そこにはジェムが待ちかまえていた。フランシスが玄関の扉を閉めるが早いか、地下からあらわれ、気づかわしげな目を向けて、非難してやろうと唇を震わせた。

ギャビーはひとにらみして出鼻をくじかせた。

「なにも言わないで」と、命じる。抑えた声だったから猛々しさは感じなかったはずだが、女主人の顔をひと目見るなり、ジェムは用心して黙ったままでいた。ギャビーはもう一度警告のまなざしを投げると、乱暴に手袋を脱ぎながら、今宵の支度のために階段をのぼりだした。


その夜遅く、隣室との境の扉にノックの音がしたとき、ギャビーにはまったく心の準備ができていなかった。というより、床についたばかりのところだったので、メイドをさがらせる声が聞こえたのだろうということしか思いつかなかった。ベッドに横になったまま、しかめっ面で扉のほうをにらみ、腕組みをして心に誓った。彼の生まれ故郷である地獄が凍りつくまで、絶対にあけてやるものか。

だが結局、そんな誓いの必要もなかった。鍵がまわる聞きちがえようのない音がして、ギャビーは目を丸くした。やがて扉をあける音につづき、床を踏むかすかな足音が聞こえてきた。礼儀もなにもあったものではなく、ウィッカムは寝室に忍びこみ、こちらに視線をすえた。さいわい、腋の下まで上掛けや毛布で覆っていたからよかったものの、ギャビーはその顔をにらみつけた。

28

「よくも人の寝室に勝手にはいってこられたものね」吐きすてるように言い、上掛けが胸からさがらないように注意しながら上半身を起こした。髪は美容師の指示で太い三つ編みにして背中に垂らしている。ピンを留めたまま寝るのは、繊細な髪を傷めるのだそうだ。ナイトドレスは白い長袖のローン生地で、襟ぐりにフリルがついている。怒りのために、目はめらめらと燃えているにちがいない。口もとは引き締めている。

ウィッカムはからかうように笑いかけた。栗色のガウンの下に脛まで届くナイトシャツ、足もとは素足という格好で、暖炉の火明かりに照らしだされた姿は、そびえるように大きく、不気味なほどハンサムだった。彼がそばにいるだけでおびえたのは、ほんの数日前のことだ。それがいまは、脅威は微塵《みじん》も感じなかった。そんなことより、猛烈に機嫌が悪く、揺り椅子だらけの部屋に入れられた猫のようにいらいらし、横面を殴りつけてやりたくてしかたがなかった。

「本をさがしているんじゃないかと思ってね」ウィッカムは『マーミオン』を掲げ、ベッドへ近づいてきた。

その本を置いてきてしまったときのことを思いだし、ギャビーは赤くなった。

「それを寄こしなさい。鍵もよ。そして、もう二度と断わりなく部屋にはいってこないで」

「ひどいな、ガブリエラ。本を返してあげたら、きっと感謝されると思ったのに」

野獣はぬけぬけと笑っている。ベッドのそばまで来ると、ギャビーはウィッカムをにらみつけ、彼が手にしている本をたしなみも忘れてひったくった。

「ほら、用がすんだんだから、鍵を返して、出ていって」

「そんな髪型だと十五歳くらいに見えるな。ベスとおない年だ」おかしそうに、目をきらきらさせている。

「わたしの部屋から出ていって」

「出ていかなかったら、叫ぶ？」

なんて腹立たしい男だろう。叫ばないことが完全にわかっているのだ。

「出ていかないなら、今後はメアリにもここで寝てもらいます」と、威厳たっぷりに言う。

ウィッカムは眉をあげた。「せめて本を返したお礼くらいはくれないかな」

「いやよ！」

「くれないなら、自分でもらっていこう」

その意味に気づく暇もなく、ウィッカムは身をかがめ、片手でギャビーのうなじを支えて、すばやく熱いくちづけをした。

ギャビーは息をのんだ。あっという間のことなのに、彼はしっかり舌をすべりこませてきた。一瞬、陶然となったが、レディ・ウェアの顔がありありとよみがえった。相手の思いどおりになってはたまらない。ギャビーは癇癪を破裂させ、唇を引きはがしながら右手をくりだし、彼の顎に強烈なパンチを食らわせた。

「痛っ！」ウィッカムは飛びすさったが、顎を押さえただけで、べつにまごついている様子もない。それどころか、にやにや笑っていた。

「乱暴な人だなあ、ガブリエラ」たしなめるように言う。

「出ていってよ」上掛けのことなど忘れ、ギャビーはベッドに膝をついて腕を振りまわした。

彼は笑いながら、あとずさってゆく。

「そんなに怒らないで」

ギャビーはうなり声をあげ、本を持っていたのを思いだして投げつけた。それが飛んでくるのを見て目を丸くしたウィッカムがかろうじてよけると、本は背後の壁にたたきつけられた。

ウィッカムが舌打ちをして言う。「良家の淑女の特徴は、おだやかで、しとやかな物腰で、思いやりがあることだと教えられてきたんだけどな」

怒り心頭に発し、ベッドの脇のテーブルに目をやって、手近なものをつかんだ。ロウソクの芯切りだった。それを投げつけ、ヘアブラシをひっつかんで、それも放った。この猛攻撃に、ウィッカムは片手をあげて顔をかばい、笑いながら退却をはじめる。

ベッドから飛びおり、小型の水晶時計を持ちあげて追いまわそうとしたが、化粧室に逃げこまれた。

「よい夢を、僕の凶暴な床虫ちゃん」

歯ぎしりしながら、礼儀知らずの田舎者の頭を殴ってやろうと足を速めると、隣室との境の扉が閉まる音がした。化粧室まで進んだとき、鍵がまわる音が聞こえた。

あの意気地なしの悪党は、鍵をかけてわたしを閉めだしたのね。

頭に湯気を立て、ノブの下に背もたれのまっすぐな椅子をしっかりとかませてから、ギャビーはようやくベッドにもどった。

その後の二週間はめまぐるしく過ぎていった。社交界はシーズンたけなわで、ギャビーたちもその熱狂の渦に巻きこまれた。来る日も来る日もさまざまなパーティ、ダンス・パーティ、正餐会、朝食会、観劇、公園の散歩、訪問されたりおかえしの訪問をしたりと、目がまわる忙しさだ。クレアとベスには、まもなく親しい仲間ができた。いずれも気の合いそうなおなじ年頃の娘ばかりだ。ギャビーも好感のもてる知りあいが増えたが、どの集まりに出かけても、自分が浮いているような気がした。未婚女性の仲間にはいるには年が上すぎるし、同年代の若い夫人たちに交じっても、当然、話題は夫や赤ん坊のことばかりで、なにを話せばいいのかわからない。だからといって、自分の身の上を嘆いているわけではない。品行方正な男友達もできた——子持ちのやもめで、どうやら思いを寄せられているらしい。でも、それよりうれしいのは、クレアの上首尾だ。午後になると、客間は結婚相手にふさわしい紳士であふれ、いちばんいい席——この屋敷の美女の隣——を勝ちとろうと躍起になる。受けとった花束や敬意のしるしとしての贈り物の数はおびただしく、その大半を捨てざるをえないと考えながらも、ギャビーはちょっぴり得意な気持ちになった。ウィッカムが五月十五日にひらく舞踏会の準備も、急速に進んでいる。さらに、約束どおり〈オールマックス〉の資格証明書が届いたので、クレアの初登場の準備もはじまった。クレアのダンスの心得には救いがたい欠落部分があるので、それを補う必要も出てきた。カントリーダンスなら、トゥインドルの指導よろしきを得たのと、ヨークの社交場での経験のおかげで見事に踊れるが、ワルツは教わったことがなかった。トゥインドルは流行の先端をいくロンドンでワルツの人気が出はじめるまえに、クレアの母親とともにホーソーン・ホールへ移ったため、ステップを習ったことがなく、したがって生徒たちに教えることもできないのだ。

「もちろん、パトロネスのお許しが出るまでは、ワルツは踊らないかもしれません」オーガスタ叔母はこの救いがたい欠落のことを聞くと釘を刺した。「でも、そのどなたかが——たとえば、レディ・ジャージーやミセス・ドラモンド-バレルが、ふさわしいお相手の紳士を引きあわせてくださったとき、ステップを知らないから踊れませんと言ったら、田舎者の烙印を押されてしまうでしょう。これほど破滅的なことはありませんよ。そうね、ただちにダンスの先生を手配しなければ」

そんなわけで、クレアが荘厳なサパークラブにデビューする前日の午後、ギャビー、クレア、ベス、トゥインドル、それに貧乏な若きダンス教師のミスター・グリフィン――すでに四度訪れ、クレアにのぼせあがるという危険なそぶりを見せている――の五人は、屋敷の奥にある広い舞踏室に集まり、ワルツの練習をしていた。

トゥインドルはピアノの前にすわり、ミスター・グリフィンが持参した楽譜の旋律をポロンポロンと奏でている。クレアはミスター・グリフィンの熱い視線のもと、ベスと踊っている。ベスはがっかりした顔で、紳士のパートをうけもった。ギャビーは扉のそばに立ち、妹たちに声援を送っていた。ふたりは優雅に室内をくるくるまわっていたが、ときおり、ベスがリードすることをクレアが忘れたり、ベスがクレアのスリッパを踏んづけたりすると足がとまった。ミスター・グリフィンは専門家らしい目でふたりを見守り、称賛に値する如才なさで、戦場の銃弾のように飛び交う姉妹の脅し文句など聞こえないふりをしながら、ふたりと一緒に動き、ここぞというときには批評を加えたり励ましたりしていた。

うっとりするような甘く魅惑的な調べに、ギャビーはいつのまにか音楽に合わせて体を揺らしていた。それに気づいたのは、だしぬけに耳もとで声がしたときだ。「どうした、ガブリエラ、パートナーがいないのか」

びっくりして振りむくと、背後にウィッカムが立っていた。知らないうちに、ひらいたままの扉からはいってきたらしい。寝室から追いだして以来、彼とはろくに顔を合わせていなかった。ギャビーはほとんど屋敷にいなかったし、ウィッカムも外出ばかりしていたようだ。それでも、ギャビーは寝る時間になるまえには帰宅していたけれど、彼のほうはどうだかわからない。いずれにしても、夜に隣の部屋から物音は聞こえてこなかった。癪だけれど、ベッドに横たわりながら、なにか聞こえないかと耳をすましたことは認める。ノブの下に椅子をかませるのはとうにやめていた。彼が侵入してくる気がないのはあきらかだったから。ふん、どうせ自分のベッドで寝るかわりに、レディ・ウェアとでも夜を過ごしていたのだろう。

ギャビーの心を読んだかのように、ウィッカムはいたずらっぽい目でほほえみかけている。ふたりの仲をあれこれ憶測するより、その笑顔のほうがずっと腹立たしい。

ならず者め、と思いながら、とげとげしい目を向けた。

黒い髪は洒落たスタイルに刈りそろえ、後ろに撫でつけてある。ひげもきれいに剃ってい て、鋭角的な顎の直線と、ゆがめた唇の曲線が見事な対照をなしている。がっしりした肩は、体にぴったりした暗緑色の長上着《コート》を映えさせる。真っ白なシャツ、腿を際立たせるきび色のブリーチズ、磨きあげられた房つきのブーツ。もし伯爵じゃないとしても——ほんとうに伯爵じゃないけれど——ギャビーが知っている貴族たちのだれよりも貴族らしく見える。

ひと目見ただけで、気づきたくもないのにそこまで気づいてしまった。ギャビーは冷たい態度でそちらを向き、顎をつんとあげて、彼のことなど意に介さぬふりをした。残念ながら、もちろん、そういうわけにはいかなかった。

「そんな意義あることに貢献できるなら、僕が喜んで立候補しよう」青い目が笑っている。

「それはどうも」そっけなく答え、冷ややかなまなざしを投げてから、目をそらした。「でも、ダンスは踊らないの」

29

「遠慮するな」そう言って、引き寄せる。ギャビーは前のめりになりながら、いやおうなしに腕に飛びこみ、気がつけば彼の胸に抱かれていた。にらみつけると、邪悪な笑顔が返ってきた。

「脚が悪いのよ」ギャビーは噛みつくように言った。腹が立つあまり、つい認めてしまったが、自分の弱みをさらけだしたのが恥ずかしくなって、両手で彼の胸を押しのけようとした。無駄だったけれど——しっかりした抱擁を解くことはできなかった。

「僕が転ばせたりしないから」力強く言うと、ウィッカムはたくましい腕をギャビーの華奢な腰にまわし、渋る手をしっかり握りしめて、音楽に調子を合わせてゆっくり動きはじめ、ギャビーのために小声で音のカウントをとりながらステップを踏んだ。醜態を演じることにはならないのなら——妹やみんなの前で、それだけはしたくなかった——彼のリードに従うしかない。ギャビーはきりっと顔をあげ、怒りの赤いしるしを両頬に散らし、ダンスの相手に身をゆだねた。無理じいされたことに憤慨して、目を燃えあがらせ、唇をぎゅっと結んだまま、精いっぱい脚の悪さを露呈しないよう心がけた。

それさえ避けられれば、彼の前で――みんなの前で、みっともない真似をしないですむだろう。

「また横っつらを殴りつけてやろうって顔をしているぞ」ウィッカムがそっとひやかす。「見物人がいることを忘れないで。ほら、笑って」

なるほどまわりに目をやると、それぞれ自分たちのやることをこなしながらも、興味津々でこちらを見ている。ウィッカムが兄であることを、その兄を当然慕《した》っていることを思いだし、ギャビーは唇にほほえみを浮かべ、目には殺意を浮かべた。

「よし、いい子だ」ウィッカムはうっすらほほえんでうなずき、殺意のまなざしは見なかったことにして、弧を描くようにターンした。彼の肩にすがり、力強い腕に背を預け、ステップに合わせながら、スカートがふわりとふくらむのを感じる。弱いほうの脚も親指の付け根で立つようにすれば、問題ないことがわかった。まあ、クレアのように優雅にとはいかないけれど、少なくとも顔から倒れることはないだろう。

「あなたはいつも相手の迷惑も考えず、好き勝手にふるまうの？」顔には笑みを張りつけたまま、食いしばった歯の隙間から言った。

ウィッカムは目をきらりとさせた。「自分の思いどおりにするために必要だと感じたときだけ」

ギャビーは息を吸いこんだ。「いばり屋」

「やかまし屋」ほほえみながら言いかえした。

「これまで殺されなかったのが不思議だわ。わたしがもう一度試してみたいくらい」

「ほら、ほら、笑顔を忘れているよ」

ウィッカムは華やかな楽節に応えて、またもや弧を描くターンをくりかえす。ギャビーは壁につらなる細長い鏡を見やり、そこに映るふたりの姿が絵になっているのを知って、びっくりしてまばたきした。ウィッカムは不作法な放蕩者かもしれないが、長身で髪が黒く、しかもがっしりした体つきをしている。見た目の美しさという点では、太陽のようにまばゆい彼の前では、ギャビーはロウソクの明かり程度だ。けれど、ほっそりした折れそうな体と白い肌は彼の腕によく映えるし、萌黄《もえぎ》色の細身のモスリンを着て、顔立ちに合う髪型をした姿は、美しいとさえ言える。

生まれてはじめて、ギャビーは驚異の念とともにそれを実感した。

それだけではない。ギャビーは踊っている。もちろん、やすやすとはいかないけれど、それでも、自分には縁がないと思っていたダンスを踊っているのだ。足の運びにはわずかにためらいがあるが——それは自分でもよくわかっている——彼が約束してくれたとおり、転ぶことがないのを知っているから、すべるようなステップを踏むごとに自信が増していった。

「ほら、踊れるじゃないか」ウィッカムがそう言うと同時に音楽が終わり、くるりとまわって静止した。「それに、とても上手だった」

クレアとベスが笑顔で拍手しながら近寄ってくる。ピアノの前にいるトゥインドルも手をたたき、こちらに笑いかけている。気の毒なミスター・グリフィンは、身内だけの感動の場面に立ちあっているとはつゆしらず、果敢にもみんなと一緒にほほえんでいる。妹やトゥインドルはもちろん、ギャビーがけっして踊らなかったこともその理由も知っている。だれもたずねるまでもないと思っていたし、じっさいに踊れるのかとか踊りたいのかと考えたこともなかった。それが現実なのだと感じていただけだ。それがいま、ウィッカムの腕に抱かれてくるくるまわり、顔を輝かせているのを見て、だれもが喜び、ギャビーの上首尾をほめたたえているのだ。

「楽しかったわ」抱擁を解くと、ギャビーははた目を意識して、ウィッカムにそう言った。

「兄の腕の見せどころだ」真顔で答えながらも、目だけは不敵に笑っていた。

その笑みに険しい目で応じていると、妹たちが割りこんできた。

「マーカスがいるなら、クレアと組んでもらえるわね」ベスがあてにするような目でウィッカムを見た。「ステップのたびにつま先を踏まれるのは、もううんざり」

「つま先なんか踏んでいません」クレアが憤慨して妹をにらんだ。それから、ウィッカムの腕に手をおき、魅力的な笑顔で見つめた。ギャビーは嫉妬のような感覚をおぼえて、びっくりした。クレアほどの美しさなら、男はたちまち恋に落ちるのではないだろうか。ウィッカムと並んだ姿は、だれもが息をのむほどすばらしい。

自分でもなぜかわからないが、クレアをうらやましいと感じたことはこれまで一度もなかったのに。

「一緒に踊ってくれないかしら」クレアが心を奪われるようなかそけき声でねだった。「ミスター・グリフィンはわたしのステップを見ていないといけないから踊れないし、つま先を踏むのはほんとうはベスのほうなのよ。それに、妹と踊らされるのは意欲が低下するの」

「兄と踊っても、意欲は向上しないと思うよ」ウィッカムは同情のかけらも見せずに答えた。「いずれにしても、僕はもう失礼しないと。先約があって、遅れるわけにはいかないんだ」

ギャビーがウィッカムの答えを息をとめて聞いていたことに自分で気づいたのは、彼が去ってからゆっくり息を吐きだしたときだ。

その夜はアシュリー卿夫妻の屋敷で夜会とダンスがあり、バニング姉妹が帰宅したのは午前二時近くだった。ウィッカムのおかげで踊れることはわかったけれども、ギャビーはシャペロンたちとすわっているか、尊い求愛者のミスター・ジャミソンと腕を組んで部屋をゆっくり歩きまわるだけで、ダンスには加わらなかった。クレアは踊りづめで、席についたのはワルツのときだけだった。そのときでさえ求愛者たちに囲まれ、みんな競ってアイスクリームやレモネードを運んできた。そのため、あまり人気のない淑女たち――と、その母親たち――のなかには、クレアを気に入らない目で見る者もいた。オーガスタ叔母の御者がウィッカム邸の前で姉妹をおろすと、クレアは口を押さえながら大あくびをして、ただちに階段をのぼってゆく。ワルツを踊ってから顔を合わせていないウィッカムが、まだもどっていないことに気づきつつ、ギャビーは玄関ホールの燭台を取りあげ、ロウソクがもう一本残っていることを確認してから、ゆっくりした足どりでクレアのあとにつづいた。メアリをやすませたあとも、ギャビーは暗闇のなかでしばらく起きていた。疲れてはいたが、眠れなかった。そのうちようやく、ウィッカムがはいってくる音に耳をすましていることに気づいた。その気配はなかった。音がしないのではなく、彼はやってこなかったのだ。それでも、やはり疲労には勝てず、いつしか眠りについていた。

翌朝、ぼんやり目がさめてわかったのは、いまいましい男が夢にあらわれたことだった。つぎに彼を見たのは、午後も遅くなってからだ。ベスとトゥインドルを連れてパンテオンへ行き、あやしげなものを買いこんで晴れやかな気分で帰ってくると、ホールにスタイヴァーズが待ちかまえていた。都合がつきしだい内々で話をしたいと言って、閣下が書斎で待っているという。ベスとトゥインドルはそのままグリーンパークへ散歩に出かけていた。このまえはトゥインドルが足首をくじいたために途中であきらめたので、足も完治したことだし、もう一度挑戦しようということになったのだ。ギャビーは眉をあげただけで、荷物をスタイヴァーズに渡し、手袋とペリースを脱ぐと、すぐに閣下の呼びだしに応じた。ウィッカムがこんなふうに話をしたがったことは一度もなかった。それだけでも、おおいに興味をそそられるし、多少の不安もおぼえる。

書斎の扉は閉まっていた。ノックをすると、はいれという返事があった。ウィッカムは窓辺の大きな机につき、葉巻をくゆらせていた。どうやら、目の前にひろげた書類を調べていたようだ。目をあげてこちらを見ると立ちあがったが、彼らしくもなく顔を曇らせている。ギャビーは危険を察知した。

「なにかまずいことでもあったの?」鋭い声をあげた。扉を閉めろという手ぶりが返ってきただけだった。言われたとおりにしながら、心臓が早鐘を打ちだす。

「すわってくれ」

向き直ってそちらを見る。上着なしのシャツと金色のウェストコートだけの姿は、ふつうに考えれば、どんな女性の目も楽しませるものだろうが、彼の表情に気をとられすぎてそれどころではなかった。

「あなたのペテンがばれてしまったのね」はっと息をのみ、その場から動けずに、最大の恐怖を口に出していた。

ウィッカムは苦笑した。「それを言うなら、僕たちのペテンだろう?」そして、首を振った。「僕の知るかぎり、それはない。すわってくれないか。いずれにしても、立ったままでいられると、僕もすわりづらい」

「じゃあ、なんなの?」恐怖から解放されるなり、ほかの原因を考えはじめていた。彼にうながされて机の前の椅子に落ちついたものの、ウィッカムはそのまま腰をおろさず、こちら側にまわってきて机の端に腰かけ、ブーツを履いた足をぶらぶらさせ、葉巻をくわえながら、思案にくれた顔でギャビーを見ている。

「吸ってもかまわないだろうか」慇懃《いんぎん》な口調だった。

「ええ、かまわないけど……それより、なにがあったのか教えてちょうだい」

ウィッカムはふたたび葉巻をくゆらせた。彼の頭上で、煙が渦を巻く。その香りに、ギャビーは思わず鼻にしわを寄せていた。

「今日、きみと結婚したいという申し入れがあった」

「なんですって?」

「ミスター・ジャミソンからだ。とても望ましい紳士のようだね。きみを絶対大切にすると言っている」

「からかっているのね」

「いや」葉巻を吹かす。「とりあえず、本人と一緒に財政状況を確認した。ごく健全なようだった。手まわしよく相手を見つけたことにお祝いを言おう」

「でも、彼とは結婚したくないわ。まちがいなく五十歳にはなっているし、子供が七人もいるのよ。まさか、承諾していないでしょうね」

ウィッカムはやや間をおいてから答えた。「していない」

「ああ、よかった」

そのときふいに、ほんとうはミスター・ジャミソンの申し出を喜ぶべきなのではないかという考えが浮かんだ。感じのよい人だし、年齢と子だくさんという二重苦があるとはいえ、だれもがこれ以上好ましい相手はいないと言うだろう。オーガスタ叔母ならきっと、ふさわしい縁組だと断言するにちがいない。ロンドンに来るまえだったら、マーカスの死というやむにやまれぬ事情がなくても、おだやかな暮らしとわが子を手に入れるためだけにでも、喜んで応じていただろう。なにが変わってしまったのかしら。

ウィッカムはまたもや葉巻を吸い、先端を赤く光らせ、黒い髪の上に細い渦巻をこしらえている。ギャビーは目をみはって、その顔をとくと眺めた。

禿げで太った気のいいやもめに、どうして目が向くだろう。目の前の男しか見えないのに。肉体の悪魔。

「どうしてそんなふうに見ているんだ?」かすかにいらいらした声で言い、ウィッカムは眉《み》間《けん》にしわを寄せた。

「やっぱり――ミスター・ジャミソンのお申し出を受けるべきだわ」気が抜けたように言った。「それですべてが解決する。わたしの問題も、クレアの問題も、ベスの問題も。クレアの結婚に頼るんじゃなくて、自分で解決すべきなのよ。その機会があたえられたんだから。そうすれば、なにが起ころうとわたしたちは安全よ」

しばらくのあいだ、ふたりはただ見つめあっていた。

「僕はなんとも答えていない。決めるのはきみだと言っておいた」突きはなすような言い方だった。

いきなり心臓が鉛になったような気がした。ほかにどうしようもない。いま住んでいる世界が砂上にあるのは、よくわかっている。そのうちだれかが、本物のウィッカム伯爵はすでに死んでいることを突きとめるだろう。そうなれば、このすばらしい新生活は崩壊する。思案顔でこちらを見ている男は、自分が這いあがってきた裏の世界にもどってゆくだろう。そして、わたしは——ギャビーと妹たちは——文無しで取り残されるのだ。

自分のためだけでなく、妹たちのためにも、そんな事態にならないように手を打たなければ。

「お受けするしかないわ」喉になにかはさまっているようで、こわばった声が出た。どういうわけか頼ることになってしまった男を眺め、彼との関係も砂上の楼閣《ろうかく》さながら、見かけだけのものであることを悟った。彼は本物ではないのだ。

「もっとましな方法があるだろう」

「いいえ」現実を見つめ、はっきり言った。「ないわ。ほかにも申し出があるかもしれないとしても、それに賭けることはできない」

「僕を信頼することもできる。きみの——きみたち全員の面倒を見ると」

ギャビーは笑いとばした。その声はいくらかヒステリー気味に甲高かった。「あなたを？ ほんとうの名前さえ知らないのに！　あなたはウィッカムじゃない。いつかそれがばれて、投獄されるか、首をくくられるか——そうじゃなければ、煙みたいに消えてしまうのよ。そして、わたしたちも終わり」

「この机にある書類は、きみの父親の遺言の不当性を正すもので、きみが結婚するさいにきみたち姉妹に分配金が支給されるか、結婚しない場合には生涯における所得が保証される。チャロウに頼んで作成してもらった。あとは僕が署名するだけになっている」

つかのま、胸のなかで希望が翼をひろげ、野鳥のようにはばたいた。結婚するしないにかかわらず、生涯の収入が保証される——これで、みんな安泰だ。ギャビーの悩みはすべて解消し、ミスター・ジャミソンと結婚しないですむ……

「それだって、本物とは言えないわ」その事実が殴打のように頭を直撃した。「自分がウィッカムじゃないことを忘れたの？　あなたが署名しても、それは偽造よ。それがばれたとたん、わたしたちの財産は没収されてしまう。状況はいまと少しも変わらないわ。マーカスは死んでしまったんですもの！」

「声を抑えて」

ホールからこちらへ急いでくる足音が聞こえたと思うと、扉をドンドンとたたく音がした。ギャビーは飛びあがり、猟師の気配を嗅ぎつけた鹿のように肩越しに振りかえった。ウィッカムは眉をひそめ、立ちあがって机の後ろにもどると、相手はわからないまま「はいれ」と命じた。

　ベスが飛びこんできて、駆け寄るなりギャビーの手をとった。「ああ、ギャビー、すごくおもしろいの！　いま帰ってきたところなんだけど、通りにクラリネット吹きがいて、悪賢そうな子猿を踊らせてる男がいるの。見にきてよ！　マーカスも」

　ギャビーは深いため息をつき、立ちあがった。どちらにしても、もう話すことはないのだから。ベスの屈託のない様子を見ていると胸が締めつけられる。この子の未来も、クレアの未来も、すべてギャビーの肩にかかっている。ミスター・ジャミソンと結婚すれば、みんなの安穏《あんのん》な生活が約束される。ほかの道を選ぶのは愚かだろう。ほかの道は月光や熱気と同様かりそめのものだろう。

「ガブリエラ」呼びかける声に、ギャビーは扉の手前で足をとめた。振りむいて彼を見たら、胸がぎゅっと痛んだ。ウィッカムは口から葉巻をはずし、じっとこちらを見つめている。その立ち姿はとても大きく、とても力強く、影のようにはかない存在だとは思えないほどだった。「僕を信じてくれ」

　ウィッカムはまえにもそう言ったことがある。記憶を掘り起こし、いつのことか思いだした。悪魔との二度目の取引を結ばされて、キスをしたときだ。

　そのときのことがよみがえって、脈が速まり、唇が震えた。つかのま、焦がれるような思いで彼を見つめた。彼はなにはともあれ約束を守って、クレアに紳士のように接している……

でも今回は、自分とクレアとベスのすべてがかかってくるのだから、それを彼に託すのは重すぎる。

「できないわ」そう言うと、ギャビーは彼に背を向け、ベスにつづいて部屋をあとにした。

30

〈オールマックス〉は残念ながら面白味がない。オーガスタ叔母の隣でレモネードを飲みながら、ギャビーはそう評価をくだした。叔母が紫のターバンを巻いたミセス・チャルモンドリーという夫人とのおしゃべりにいそしむあいだ、あたりの様子を観察していた。いまは混雑していてじっさいより狭く見えるが、部屋そのものは心地よい広さがある。けれども、意外にも古ぼけていた。ここで飲めるのはお茶かレモネードかアーモンドシロップで、食べ物はバターつきパンか少し堅くなったケーキ。最大の余興はダンス——もっとも、噂話を楽しんでいる人もかなり多いけれど。ほかには、カード・ルームが何部屋かあって、しかるべき貴族の未亡人たちや、ささやかな賭け金で満足する紳士たちが、人気の高いホイストに興じている。この部屋は音楽に加えて笑い声や話し声があふれかえり、隣にいる人の声がやっと聞こえるくらいだ。縦長の窓はきっちり閉まっているから、室内はむっとするほど暑く、香水とおおぜいの体臭が充満していた。

どうにか耐えていられるのは、クレアが楽しんでいるからだ。シンプルな白いモスリンのドレス姿で、胸の下には銀色のリボンを巻き、結いあげた髪にも同色のリボンを結んだクレアは、幸せいっぱいの表情で、まちがいなく部屋にいる娘のなかでいちばん美しかった。さほど人気のない淑女の母親たちの何人かは、クレアが息つく暇もなくパートナーを代えるのをひがんだ目で見ている。なかでも目立つのは、末の娘を連れてきたレディ・モードだ。デズデモーナもクレアのように白いドレスを着ている——というより、ほとんどの娘がそうだった——けれど、これはあいにく失敗だった。髪の色が淡いので、白を着るとひどくくたびれて見えるのだ。レディ・モードは娘にパートナーを見つけてやるのに四苦八苦していたが、見あげたことに、その試みはたいがい成功していた。見つからないときは、デズデモーナは壁際にすわってクレアをものすごい目つきでにらみつけ、それを見た母親に肘で脇腹をこづかれて笑みを浮かべるといったありさまだった。

さいわいにも、ギャビーは若い娘とはみなされないので、この場で幅をきかせている白は着ずにすみ、髪の色にも、成熟した女性としての立場にもよく合う、藤色のあっさりしたクレープのドレスを選んだ。

クレアはすでにパトロネスたちのお眼鏡にかなっていた。レディ・ジャージー——バニング姉妹を秘蔵っ子のように思っているらしく、到着したときには駆け寄ってきて出迎えてくれた——などは、気前よくほほえみかけ、彼女の舌鋒《ぜっぽう》を知っている者たちを驚かせた。それより気むずかしいことで有名なレディ・セフトンは、これ以上望ましい相手はいないというティンダル侯爵――ほっそりした体つきの笑顔がまぶしい若者――を最初のワルツのパートナーとして引きあわせ、クレアのことを愛くるしいお嬢さんだと太鼓判を押すほどだった。

「彼のほうが紹介してくれとせがんだようなものなのよ」オーガスタ叔母の隣に腰をおろすと、侯爵の腕のなかで踊るクレアを眺めながら、レディ・セフトンは言った。「彼なら相手として申し分ないわね、ガッシー、あなたがちょっと教育してやれば。なんといっても、侯爵の年収は二万ポンドですもの」

「バターつきパンを持ってきましょうか、レディ・ガブリエラ」ミスター・ジャミソンがたずねたので、叔母の返事は聞こえなかった。ギャビーは彼がそばに来たことにさえ気づかなかったけれど、精いっぱいほほえんでみせた。この人と結婚するつもりなら、せめて自分にできるのは礼儀をつくすことだ。

食べ物は断わったが、隣の席を軽くたたいて合図する。ミスター・ジャミソンが腰をおろすとあやしげなきしむ音がしたので、プリニー皇太子のように肥満傾向にあることを隠すためにコルセットを着用しているのではないかと思ったが、聞こえなかったことにして、自分の話をさせるよう仕向けた。まもなく彼の口はなめらかになり、デヴォンシャーの家のこと――きっと豪奢な屋敷にちがいない――や農場から最大の収穫を得るための革新的な方法について語りだした。話が子供たちのことにおよぶとはじめて、ギャビーを妻にしたいと思っていることをほのめかした。

「みんなとてもいい子ですよ」ミスター・ジャミソンは熱をこめて、ひとりずつ名前をあげ、どんな子かが目に浮かぶような逸話を披露した。「かわいそうに、あの子たちの幸せに足りないのは母親だけなんです。下の三人は女の子ですからね。父親だけでは、どうしてやればいいのかわからないときもあります」

そんな私事まで打ちあけられて気持ちが沈んだが、ギャビーは気を取り直して、かわいいお子さんたちのようですねと言った。

「やあ、あなたにそう思ってほしいと願っていたんです」ほのぼのとした目で、ギャビーの顔を見つめる。「というのも——その、今日、わたしが伺《うかが》った件はお兄さまから聞いていらっしゃるでしょう」

話が一足飛びに核心に迫り、ギャビーは自分がすっかり怖気づいているのに気づいた。やや唐突に顔をそむけると、踊りの輪のなかで見え隠れするクレアのほっそりした姿に目がとまった。まばゆい笑顔で陽気なカントリーダンスを踊っている妹を見たら、萎《な》えかかった心に勇気が湧いてきた。

クレアのためなら、ベスのためならできる。やがて月光が消えてゆき、ふたたびぎらぎら燃える太陽が照りつけるころには、自分のためにもそうしてよかったと思えるだろう。

「ええ、聞いております」ギャビーはもう一度ほほえみかけながら、答えるまでにためらいがあったのは、心遅れのせいではなく、慎みかはにかみのせいだと受けとってくれることを願った。

「あなたが妻になってくれることが、わたしの最大の望みです」ミスター・ジャミソンはささやき、ギャビーの手を取って、じっと見つめた。ギャビーは自分の手を握りしめている染みだらけのふっくらした手に目を落とし、その手を振りはらわないよう心に言い聞かせた。そして、鋼《はがね》のような意志で顔をあげ、彼のまなざしに笑みで応えた。彼は先をつづけた。

「知りあってからさほど間がないのに、こんな結論を出したことをいぶかしんでおられるかもしれませんが、わたしは自分のことはよくわかっている人間です。あなたこそ、子供たちの躾《しつけ》をおまかせしたい女性なんです。あなたはお若いから子供たちとも精力的に接することができるが、かといって、やれパーティだダンスだと遊びまわりたがるほどの年ではない。そのうえ、気だてもやさしいいし、わたしの見るところでは並はずれた観念の持ち主でもある。そのうえ、わたしとしても――まあ、あなたを憎からず思っておりまして」

まるですごく褒めているような口ぶりで言うものだから、おかしくて下唇が震え、作り笑顔が本物の笑顔になった。

だが初夜の場面を思い浮かべたら、きれいに笑みは消えた。

でも、いまはそんなことを考えている場合ではない。

「恐れ入ります」ギャビーは言い、意を決して笑みをもどした。

「あら、見て、ウィッカムよ。今夜来るようにと念を押しておいたのよ。でも、もうすぐ十一時だから、あきらめかけていたところ。まあまあ。やっぱり見栄えがするわねえ」

オーガスタ叔母の声に、ギャビーは顔をあげた。ほんとうに、ウィッカムがいた。扉をはいったところにたたずんでいる。仕立てのよい黒の夜会服を華麗に着こなし、連れらしき紳士と何気なく話をしている。

「彼はバニング家いちばんの器量よしじゃないかしら」叔母の向こう隣で、レディ・セフトンが値踏みする。「もちろん、レディ・クレアは別ですけど。ほんとうに惚れぼれする兄妹ね」そこで声を落とし、ざわめきにまぎれて叔母以外の耳にはいらないようにささやいた。

「末の子もそれほどきれいじゃないんでしょ？」

ギャビーは感覚を研ぎ澄ましていたおかげで陰口が聞こえ、その内容に自分もふくまれていることを察したが、まったく意に介さなかった。ウィッカムはクレアの男版と言える。彼が登場したのを知るなり、おおぜいの女性が振りむき、口もとを手で隠しながらささやきを交わした。それから、新来の客に向けるには長すぎるまなざしを注いだ。自分もおなじ不作法を犯していることに気づくと、ギャビーはおのれを律し、決然とミスター・ジャミソンに注意をもどした。

「お兄さまがこちらに来ますよ」決意を打ちくだくように、ミスター・ジャミソンが言った。ギャビーの手を放し、恐れをなすような表情で向こうを見ている。もちろん、いくらミスター・ジャミソンが人生経験を積んでいても、ウィッカムのほうがはるかに威厳があるし、体つきは——悪いけれど、くらべものにならない。ミスター・ジャミソンは早口でつづけた。

「お返事は明日伺いにいきます。折よく——わたしたちがふたりきりになれたら。こんな人の目があるところで言うべきことではありませんでした。しかし、うぬぼれていただいてかまいませんが、有頂天になってしまって言わずにいられなかったのです」

ウィッカムが近づいてくると思うだけでそわそわする気持ちを懸命に押し隠し、ギャビーはお義理の笑みを浮かべて求婚者にうなずいた。心のなかでは、刑の執行が延びたことにつくづくほっとしていた。

断固としてそちらを見ないようにしながらも、彼がそばに来たことは見なくてもわかった。ストーブの熱気を感じるのとおなじくらい強く、かたわらで足をとめた彼の気迫を感じる。そして声が聞こえると、たまらず顔をあげた。ウィッカムはそびえるように隣に立ち、オーガスタ叔母とレディ・セフトンににこやかにあいさつし、立ちあがったミスター・ジャミソンと握手してから、こちらに目を向けた。

「楽しんでいるかい、ガブリエラ」物憂げな笑みを浮かべてきく。

「ええ、とても」ギャビーは落ちつきはらって答えた。

ウィッカムは笑い声をあげ、ミスター・ジャミソンに向き直った。ふたりはギャビーのことなどそっちのけで話をはじめた。ギャビーはろくに聞いてもいないオーガスタ叔母の話にときおりあいづちを打ちながら、楽しそうな表情を保った。彼はわたしを責めさいなむためにきたのだ——彼がやっていることは、責め苦としか言いようがなかった。手をのばせば届くところにいるのは、そちらを見なくてもいやになるくらいわかる。

だしぬけに、彼はまたすぐかたわらにいて、こちらを見ているようだった。ギャビーはやむを得ず顔をあげた。その目に浮かぶもの——邪悪なきらめき、からかうような笑み——が警告を発していたが、ギャビーにはつぎに起こることを防ぐ気力がなかった。

「踊ろう、ガブリエラ」彼は言った。その顔を見ながら、ギャビーは目をみはった。音楽隊がワルツを演奏しだしたのだ。

「レディ・ガブリエラは踊りませんよ」答える隙もあたえず、ミスター・ジャミソンが割りこんだ。まるでギャビーの障害をウィッカムにほのめかすような、ただならぬ声だった。

「いや、相手によっては踊りますよ」ウィッカムはこともなげに言った。「僕たちの足並みはよくそろうんだ」

「あらまあ、踊れるなら、ぜひそうなさいな」オーガスタ叔母が耳もとでささやく。「わたしはまたてっきり——でも、踊れるとなれば話は別よ」

ギャビーは唇をすぼめたが、ここでも答える機会を失った。レディ・セフトンがほほえみながら口をはさんできた。

「急いだほうがいいわよ、レディ・ガブリエラ、機会を逸してしまうから。女性たちはウィッカムと踊りたくてしかたないんだから！　もちろん、お兄さまとじゃ、どきどきしないでしょうけど、それでもね。一緒に行ってらっしゃい」

「ガブリエラ、僕は待っているんだけどね」ウィッカムは笑顔で言うと、手をさしだした。おおぜいの前で、脚の弱さを言い訳にしたくはない。とりわけ、人の気持ちなどおかまいなしのならず者の前ではそうしたくなかったので、ギャビーもほほえんで彼のてのひらに手をのせ、ひっぱられるまま立ちあがった。オーガスタ叔母とレディ・セフトンが慈愛に満ちたまなざしで、ミスター・ジャミソンが心配そうな目で見守るなか、ギャビーはウィッカムと腕を組み、フロアへ向かった。

「ひどいわ。わたしは踊りたくないの。とくに人前では。どうしてそんなふうに、無理じいするの?」歩きながら、ギャビーは食ってかかった。

「きみはダンスにふさわしいからだ、ガブリエラ。ほんとうだよ、それがわからないような男とは結婚したくないだろう」

フロアまで行くと、ウィッカムはギャビーを抱き寄せた。

「あなたになにがわかるのよ」腰を抱かれ手を取られたまま、ギャビーはぎくりとして彼を見あげた。「ひょっとして、結婚しているの?」

ウィッカムは笑った。「ほら、また見当違いのやきもちを妬いている。僕は結婚していないよ。さあ、ガブリエラ、にらみつけるのはやめて。いがみあってると思われるぞ」と言って、ダンスに移ってゆく。

「いがみあってるのよ」歯を食いしばって言ったが、それでも、彼にほほえみかけながら踊り、ダンスを楽しみはじめた。腰にまわされた腕は力強く、手を置いている肩は広くてたくましい。彼の腕のなかなら安全だ。転ぶことはないとわかっている。なんの不安もなく、それどころかくつろいだ気分で、彼のリードに従える。うっとりするような音楽に合わせながら、意外にもいつのまにか心から楽しんでいた。

「きみはダンスを踊るために生まれてきたんだね、ガブリエラ」そう言って、巧みにターンさせる。「自分でも楽しいだろう？　目をきらきらさせているし、頬はピンクに染まっている。その笑顔はとても素敵だよ」

「あなたってほんとうにいまいましい人ね」けれど、声に怒りはなかったし、目もその言葉が嘘であることを明かしていた。

「きみは美しい人だね。ほら、赤くならないで。すぐ真っ赤になるんだな」ウィッカムは声をあげて笑った。

　自分でも頬が熱いのがわかり――すぐ赤くなるのは、白い肌の呪わしい弱点だ――人目を気にして、あたりを見まわす。さいわい、こちらをちょっとでも気にしている者はひとりもいないようだった。白状すれば、彼にぴったりくっついていると、理性もなにもあやしくなってくる。彼のことをいろいろ意識してしまって、いっそ気づかなければいいのにと思う。手の下にある肩は、頑丈で筋肉が発達している。夜会服の生地はなめらかな手ざわりがする。

ギャビーの手を握っている手は、男らしさそのものだし、自分の手よりずっと大きい。喉は茶色のびくともしない柱で、引き締まった顎にはうっすら剃りあとが残っている。美しい形をした唇にはほほえみが浮かんでいて……

「見えすいたお世辞はけっこうよ」ギャビーはつんと澄まして言い、足もとに気をつけながら、弧を描いてまわるカップルたちに交じって、彼のリードでするすると回転していた。親指の付け根で立つという方法はうまくいっている。よっぽど注意して見ないかぎり、ギャビーの脚が悪いことはだれにもわからないだろう。ふいに、これまで踊れることに気づかなかったのが不思議になった。とはいえ、踊りたいという理由もなかったのだから気づかなくて当然だ。

踊りたいと思わせた相手は、ほほえんでいる。魅力をたたえたほのかな笑顔に、息がとまりそうになる。

「嘘だと思っているの？　僕は本気で言ったんだよ。具体的に説明しようか。麗しのガブリエラ、きみの瞳は、きらきら輝く澄んだ池の底にある小石の色をしている。きみの髪は、錦《きん》秋《しゅう》の葉を思わせる。きみの唇は――おっと、また赤くなったね。このへんでやめておかないと、なにを話しているのだろうとみんなに疑われてしまいそうだ」

ギャビーはほんとうに顔が熱いのを感じて、脅すように目を細めた。

「あなたがからかわなければ、赤くならないわよ」

「どうしてからかわれていると思うんだい」

ウィッカムはもう笑っていなかった。視線がからみあい、いきなり、気持ちがとてもあたたかくなるのを感じた。その思いが表情に出ていたのだろう、ギャビーの顔を眺めながら、彼の目が青黒くなってゆき、嵐の夜の海のような色になった。

31

楽団は派手に盛りあげてから演奏を終えた。ギャビーはくるくるまわされ、ぴたりと静止した。そして、まだ眩暈がおさまらないうちに——ダンスのせいなのか彼のせいなのかは、よくわからない——ウィッカムは握ったままのギャビーの手を口もとへ運び、唇を押しつけて、やさしく言った。

「僕にとって、きみはこの部屋のなかでいちばん美しい女性だ」

ギャビーは言葉もなく彼を見あげ、唇をややひらいて、震える息を深く吸いこんだ。ふたりはしっかり見つめあった。彼の唇の熱さが、焼きごてのように肌を焦がす。

「きみにはジャミソンよりもっとふさわしい人がいるんだよ、ガブリエラ」声はやさしいままだった。

まわりのカップルたちはフロアから去りはじめている。スカートが触れあい、とっさに相手を見ると、不審そうな目をしていた。はっと現実にもどり、ギャビーは自分たちが見世物になっているのに気づいた。あわてて手をひっこめたけれど、すでに好奇の目が集まっているのがわかり、背筋をのばし、顎をあげて、心ならずも彼を押しのけた。

「叔母のところへもどったほうがいいわ」動揺もなく、驚くほど冷静な声だった。

必要以上に注目されていることにやはり気づいているらしく、ウィッカムはおとなしく従った。ウィッカムにエスコートされながら、どちらもいつになく押し黙っていた。たまらず横目で見ると、彼は苦い顔さえしていた。叔母の隣で、ミスター・ジャミソンが犬のように忠実に待っている。ミスター・ジャミソンに勝ち目がないのははっきりしていても、ふたりの男を見くらべずにはいられなかった。それでも、ウィッカムの腕を離れてミスター・ジャミソンのそばへ行きながら、自分を納得させていた。外見がそなわっている者もいれば、実質がそなわっている者もいる。ミスター・ジャミソンは実質のほうだ、と。

ウィッカムはふたことみこと愛想を述べると、お辞儀をして去っていった。入れ替わりにレディ・モードがあらわれ、さっきまでレディ・セフトンがすわっていた席に腰をおろした。

ギャビーも席につき、そっと顔をあおぎながら、ウィッカムがクレアと踊り、つづいて頬を染めたその友人をフロアへ連れだすのを見ても不満に思わないようにした。彼がなにをしようがだれと踊ろうがわたしには関係のないことだ、と強く自分に言い聞かせ、ミスター・ジャミソンが訥々《とつとつ》と語る子供の話に耳を傾けつづけた。しかし、その話し方にいつもの元気がなく、あやしむようにこちらを見ているのが一度ならず目の端に映ると、だんだん不安になってきた。その不安が的中したのは、つぎに音楽が中断するのを待って、レディ・モードが悪意に目を光らせ、声をはずませて言ったときだ。「いいお兄さまができてよかったじゃないの、ギャビー。あんなに――溺愛《できあい》してくれて」

ギャビーは自分を褒めてやりたくなった。動揺もしたし、とっさのことでもあったのに、顔色ひとつ変えなかったのだ。さりげない笑いを漏らして、こう切りかえした。「ええ、ベスもクレアも、このうえなく恵まれていると思っています。ウィッカムは最愛の家族です。セイロンで育ちましたから、イギリス人がいかに冷静沈着な人種かということを知らないんです。わたしたちみんなに、とてもやさしくしてくれますわ」

レディ・モードががっかりした顔をするのを見て、ひそかに溜飲《りゅういん》をさげた。ほっとしたことに、その話題はそれで終わりになった。ミスター・ジャミソンもきこうと思っていたことに納得のいく答えが得られたらしく、その後は元気を取りもどしたようだった。ウィッカムがレディ・ウェアと歩いてゆくのを見かけ、ギャビーは歯を食いしばった。今夜は長い夜になりそうだ。

しばらくして、ミスター・ジャミソンがようやく席を立ち、カード・ルームへ向かった。レディ・モードも知りあいにひっぱっていかれた。彼らが去って、ひとまずふたりきりになるや、オーガスタ叔母が身を寄せてきて、耳もとでささやいた。「おまえの手に接吻するなんて、ウィッカムはいったいなにを考えているんだろうね。わたしに言わせれば、兄としてあんな奇矯な振る舞いはありませんよ。ほんとうに、あの子を揺さぶって自分を見失うのもいいかげんにしろと言ってやりたいわよ。外国育ちにしろなんにしろ、関係ないわ。みんな見ていましたよ。無理もないけど。わたしもそうしましたからね」

ギャビーは叔母の非難するような目を見て、頭をすばやく回転させた。

「兄はあやまっていたんです」できるだけさりげない口調で言った。「喧嘩をしたから。ミスター・ジャミソンとの結婚にあまり乗り気ではないようで」

オーガスタ叔母はギャビーの顔を穴のあくほど見つめ、興奮に目を丸くし、口をすぼめて小文字の〝o〟の形にした。「まさか、ミスター・ジャミソンに結婚を申しこまれたのかい」

うなずいたとたん、意気消沈した。いまは承諾したくない気持ちがいっそう強まっている。だが、オーガスタ叔母に知られてしまったとなれば、もうあとへは引けない。「今日、ウィッカムを訪ねてきたんです」

「あらまあ、それこそ、あなたに彼を紹介したときに願っていたことよ。ウィッカムは賛成してないの？　ねえ、どうして？」見るからに、腹を立てている。

「少し年が離れすぎていると思っているんじゃないでしょうか。でも、いずれにしても、わたしはお受けするつもりです」

オーガスタ叔母はいきなり顔をしわくちゃにしてほほえみ、それでいいというようにギャビーの手を握りしめた。「おまえは賢い子だね。ウィッカムはなんにもわかっちゃいないのよ。手遅れにならないうちに、わたしが教えてやらないと。なにからなにまでね。あの子はイギリス風のやり方を知らなすぎるようだから。それはさておき。まだ正式に決まったわけじゃないから、それまではなにも言いませんよ！　でも、おまえは身のためになることをしたんだよ、ガブリエラ。わたしはうれしいよ」

叔母が正しいことはよくわかっている。ミスター・ジャミソンと一緒になるのは、当てにならないことを期待するより、ずっと身のためになるだろう。それでも、いまは彼と結婚すると思うだけで気がめいる。それは彼のあかぬけない容姿や年の多さのせいではなく、七人も子供がいるせいでさえもない。

その運命を選んだことを不満に思う原因は、六フィートを超える身長があり、においのきつい葉巻をくゆらす男で、惚れぼれするような青い目をしている。彼にさわられると体に火がつき、キスされると頭がくらくらする。彼の腕に抱かれて踊っていると――思いだしても誇らしくなるが、驚くほど上手に踊れた――この腕のなかこそが、地上でわたしがいたい場所なのだとあらためて感じた。

たとえ、月光や熱気であろうとなかろうと。

しかし、現実はきびしく冷たいものであり、ギャビーはその現実に立ちむかわなくてはいけない。ミスター・ジャミソンには未来がある。ウィッカム――ほんとうはなんという名前なのか知らないけれど。そして、それすらも知らないことが、恋する心に水を差すのだ――は、のぼせあがった娘の愚にもつかない夢でしかない。

その夢が、必死に得ようとしているものを脅かすのだ。彼とのダンスもキスも、もう望めない。今夜、この洗練された世界が、それらが奇異に映ることを悟る機会をあたえてくれた。ひとたび噂がひろまれば、立場を悪くするおそれがある。自分の振る舞いを、食事の席での話の種にされてはならない。自分とクレアとベスのすべてを危険にさらしてまですることではない。明日にはミスター・ジャミソンの申し出を承諾し、できるかぎり早く結婚して、自分と妹たちの未来を確実なものにしよう。

それから、ウィッカムとのいっさいの関係を断つ。

避けられない事態が起こって、彼のペテンが暴露されても、わたしとクレアとベスは安泰だ。

ウィッカムもゴシップの気配を察したにちがいない、あれから近寄ってこなかったから。彼はあのあとレディ・ウェアと二度踊り、如才なくデズデモーナと一度踊り、もう一度はギャビーの知らない女性と踊った。その後はいくら人ごみを見まわしても、彼の姿は見つからなかった。そのうち、きっと帰ったのだろうと思い、自分でもとまどうほど複雑な気持ちになった。そこへミスター・ジャミソンがもどってきて、ちょっと決まり悪そうに、ダンスを踊ってみたいかときいた。正直に踊りたくないと言ってやると、見るからにほっとした顔で腰を落ちつけてしゃべりだした。話がはてしなくつづいたあと、ついに、ようやく、家に帰る時間になった。

ミスター・ジャミソンはひと足先に家路につき、クレアとオーガスタ叔母とともに玄関に馬車がまわされるのを待っていたとき、この夜二度目の顔が青ざめる出来事が起こった。ギャビーは懸命にあくびを嚙み殺し、明日は結婚を約束するのだと思って憂鬱をつのらせながら、玄関ホールを飾る少し埃《ほこり》っぽい鉢植えの陰に立っていた。叔母たちは少し離れたところにいて、それぞれの乗り物を待つ友人たちと話をしていた。

手袋をはめた手が、肩にはおっていたスパンコールつきのスカーフの下の、むきだしの腕に触れた。ギャビーは問うようにほほえみを浮かべて顔をあげ、その場で凍りついた。いきなり、トレント公爵の黒光りする目と出会ったのだ。夜会服の上に外套をはおり、片手に帽子と例の銀の握りがついたステッキを持って、暗がりに立っていた。彼も帰るところのようだ。ということは、今夜は〈オールマックス〉にいたのだろうか。それにしては、姿を見かけなかったけれど。おそらく、カード・ルームにいたか、あるいは人目につかない片隅からダンスを眺めていたのだろう。知らないうちに、彼がそんな近くにずっといたと思うだけで、体が震えてくる。

「月夜にとんだところで鉢合わせしたね、ギャビー」トレントは低い声で言い、笑いかけた。

「それとも、わたしのほうからすれば、ちょうどよいところで、と言うべきかな」

あたりを見まわすと、ふたりの話を聞いている者はだれもいなかった。クレアはこちらに背を向けて友人と談笑している。オーガスタ叔母はミセス・ダルリンプルと腕を組んで少し遠ざかり、額を寄せあっている。

「いまは孤立無援のようだな」視線を走らせるギャビーを見て、トレントの笑みがひろがった。「結局、だれも助けてはくれないんだよ。あの面倒見がいい兄でさえね。わたしは自分のものを手に入れるつもりだ」

「あなたと話すことなどなにもありません」このうえなく冷ややかな声で言った。この状況で、声が出せただけでもたいしたものだ。ギャビーのなかの本能が、背を向けて立ち去れとうながしているが、そうしようとしても、恐ろしいことに動けないのだ。容赦ない恐怖に、足が釘づけになっていた。

「借用書のことは忘れていないだろうね、ギャビー。忘れるわけがないな。わたしはまだあれを持っている。そして、きみもわかるだろうが、弁済してもらおうと思っているんだ。すぐにでも」

「あなたにわたしを支配する権利はないわ」声を震わさないようにするのはひと苦労だった。脈は速まり、心臓は早鐘を打ち、息をするのも容易ではない。それもこれもみんな、この男がそばにいるせいだ。

トレントが一歩踏みだし、さらに距離がせばまり……

そのとき、オーガスタ叔母の馬車が玄関に横づけになった。

「近いうちにな、ギャビー」

ぞっとするささやきが宙に漂うなか、オーガスタ叔母がようやくこちらを見て手招きした。トレントはかすめるように通り過ぎ、石段をおりてゆく。外套の裾をたなびかせ、吸血鬼さながら夜の闇へ消えていった。

けれど、いくら消そうとしても、トレントとの出会いは頭から消し去ることができなかった。いくら心を強くもっても、彼の発散した悪意におびえた。

このことは叔母にも妹にも言わなかった。おびえすぎて、思いだすだけでもひどい苦痛をともなうから、トレントがいたことなど知らないクレアを動揺させたくなかったのだ。クレアのほうはというと、ひたすら長く感じる帰りの道中も、上機嫌で叔母のしつこい質問に答えていた——侯爵はすごく素敵な男性だったこと、明日訪ねてくると言っていたこと、今宵は二回も踊ったこと。

クレアのおしゃべりのおかげで、ギャビーは馬車のなかであまり口をきかずにすんだ。メアリに着替えを手伝ってもらい、ベッドにはいるまでも黙りこくったままだった。だが、夜も更けて暗闇にひとりでいたら——ほんとうにひとりぼっちだ。ウィッカムは例によってまだ帰宅していなかったから、だだっぴろいその棟にいるのはギャビーだけだった——ついに、交錯した感情に押しつぶされた。来たるべき婚約への気鬱と、痛いほどのウィッカムへの許されぬ思いと、長年つきまとわれてきた恐怖とが、いちどきに押し寄せてきた。情けないことに、ギャビーは泣きながら眠りについた。

32

ちょっと酔ったな、と苦笑しながら、彼はベッドのかたわらの小卓にロウソクを置き、上着を脱いだ。酩酊するほどではないが、安酒を飲みすぎた影響はまちがいなく感じている。いくら相手を見つけるため、あるいは向こうに見つけてもらうためだからといって、安酒場で何晩も過ごせるほどもう若くはない。到着したばかりのときは、ロンドンの裏側にもまだ目新しさがあったが、それももうない。いまや毎晩のように、賭博場や、売春宿や、闘鶏場や、薄汚い店に出入りしても、その努力に報いるものは、ポケットを重くする現金と頭痛しかなく、そのどちらも自分が求めているものではないのだ。しかも、作戦はますます危険をともなってきた。マーカスになりすます時間が長びくほど、こちらの正体を知っている者と出くわす可能性も高くなる。

ほんとうに獲物がそこにいるなら、こちらが警戒しすぎているということか。自分はいったいなにを待っているのだろう。

バーネット——最後に見かけたときは港をうろついていたが、午前四時になるというのにまだもどっていない――もおなじように努力を払い、深夜に路地をこっそり徘徊《はいかい》している男たちから、こつこつと情報を集めている。バーネットの狙いは最下層の者たちで、名士の姿や足音に気づいただけで散ってゆくようなごろつきどもだ。だが、バーネットの苦労もあまり報われていない。要するに、手がかりはつかんでいないということだ。

こんなことをいつまでもつづけることはできない。うんざりしながらベッドの端に腰かけ、ブーツをひっぱった。そもそも危険な試みだったのに、それがどんどんあらぬ方角へ向かっている。事態はすでに、想像もしなかった複雑さを呈している。ガブリエラと妹たちが登場したせいで、予測しえなかった危険を招いているとも言える。

なにが起ころうと、彼女たちを傷つけたくない。肉体的にも、経済的にも、精神的にも、傷つけたくなかった。そのつもりはないのに、彼女たちの行く末が気になってしかたがない。好むと好まざるとにかかわらず、彼女たちに責任を感じているのだ。

ブーツを脱ぎ、靴下だけの足で暖炉のそばのテーブルまで行った。そこには、指示したとおりブランデーの瓶と葉巻の箱が置かれていた。どうせ酔っているのだから、このさい徹底的に飲んだほうがぐっすり眠れるかもしれない。ブランデーグラスに酒を注ぎ、暖炉の火明かりが液体をオレンジ色に変えるさまをぼんやり眺める。葉巻の吸い口を切りとり、火をつけた。そして、ブランデーの瓶とグラスを持って暖炉の前の椅子に腰をおろし、葉巻とブランデーを交互に味わった。

このブランデーも上等だ。ウィッカム伯爵という身分にも取り柄《え》があることは、認めないわけにはいかない。

体は芯まで疲れているのに、頭は冴えたままだった。思いはまた、何日も葛藤《かっとう》しているジレンマへもどってゆく。マーカスのふりを永遠につづけることはできない、そこまではっきりしている。いつかそのうち自分かマーカスを知っている者に出くわす可能性はつねにつきまとうし、そのときにはこの悪ふざけもおしまいだ。たとえそうならなくても、遅かれ早かれ獲物は動きだし、事態はアスコットの勝ち馬のようなスピードで展開しはじめるだろう。そうなるまえに、きちんとしておかなくてはならないことがいくつかある。

正確には三つ——彼の〝妹たち〟のことだ。

ベスは子犬のように手放しで甘えてくるかわいい子だ。最初から自分のことを本物の兄として受けいれてくれたし、こちらもその役割を果たしているうちに、そうとは気づかずに、ほんの少しずつ兄のような気持ちになってゆき、いまはあの子のことを実の妹のように思っている。ベスが傷つくところは見たくない。

クレア、かの美しきクレアは、ひと目見たときから、かつて出会ったことのないほど魅惑的な女だとわかった。若きヴィーナス、目もくらむような華々しさ、強い男をも屈服させるような美貌。クレアを前にした男ならだれでも、ロウソクをともした寝室と冷たくなめらかなシーツを思い浮かべるだろう。だがそれでいて、心根がやさしく、ちょっと内気で、姉と妹に忠実であり、ふつうの十八歳の娘らしく若さにあふれ、世間を知らない。かなり意外だったのは、いくら美しくても、自分は清らかなつぼみには興味を引かれないのがわかったことだ。クレアの容貌はすばらしいと思うが――そう思わない者はいないだろう――いまではたんに美しいものとして愛でているにすぎない。じっさい、自分でも下劣な手をつかったと認めるが、妹を誘惑されるかもしれないというガブリエラの恐怖を利用してキスさせたときには、クレアに手出しする気はまったくなかった。彼女のことはとても好きだし、幸せになってもらいたいと思う。早い話が、クレアに対しても兄のような気持ちを抱き、守ってやりたいと思っているのだ。

そして、ガブリエラだ。ガブリエラは驚異であり、カードゲームの万能札《ワイルドカード》であり、笑い話のオチだ――からかったつもりが、逆にからかわれているのかもしれない。お高くとまっていて辛辣なことを言う婚期を過ぎた女で、若盛りのときにも美しかったことはないくせに、最初から気になってしかたがなかった。だが、彼女の姿を見ただけで股間がうずくまでになろうとは、だれに予想できただろう。

俺にはできなかった。考えたとしても、あまりのばかばかしさに自分を笑っていただろう。しかし困ったことに、ウェリントン軍の兵士のだれにも負けないほど高級娼婦を知っているこの自分が、ガブリエラのベッドにたどりつくためなら、熱い石炭の川も喜んで越えていこうというほど、彼女がほしくてたまらないのだ。いまも彼女が扉の向こうで寝ているのを知りながら、足がそちらへ向かわないよう歯を食いしばって耐えている。この話のいちばんの笑いどころは、向こうも俺をほしがっている点だ。それはまちがいない。触れたときの体の反応が、熱く激しいのはまぎれもなかった。それに、ときおりこちらを見つめる目にもあらわれている——鈍感でも、青臭い童貞でもないのだから、その目がなにを訴えているかぐらいはわかる。

だから、その気になれば愛を交わすことはできる。それはいやというほどわかっている。しかしながら、彼女は淑女だし、まちがいなく処女だ。自分は伯爵ではないにしても、そういうことを尊重するくらいの紳士ではある。誘惑しておいて、それきりというわけにはいかない。

だが、ここにとどまることもできない。

そこが、このジレンマのいちばんやっかいな点だ。ガブリエラが猛烈にほしくてたまらない。ブランデーをしこたま飲まなければ眠れないほどだ。扉ひとつ向こうに寝ているのを知っていて、その鍵まで持っているというのに、彼女を奪うことはできない。なぜなら、俺にはそれに見あう以上のものをなにもあたえられないから。

彼女にはもっと、ずっとふさわしい相手がいるだろう。

ジャミソン。ガブリエラのでぶで禿げた求婚者の姿が目に浮かび、彼は顔をしかめた。あの男に対する激しい嫌悪に、自分でも驚いた。やがて、なぜそこまで嫌うのかわかって苦笑した。

青年のころから女にちやほやされてきた人間が、七人も子がいる太った五十男に、嫉妬しているのだ。

ばかばかしい。とんだお笑い草だ。だが、ガブリエラがあの男と結婚する——寝床をともにする——と思うと、気が変になりそうになる。

本人にも言ったように、彼女にはジャミソンよりもっとふさわしい相手がいる。だがしかし、そうなると、こんな疑問が持ちあがる。どんな相手が——だれが——彼女にふさわしいのか。

明かせる名前もなく、申告できる身分もなく、ここまで来た目的の任務が終わりしだい彼女を置き去りにしてしまう男か。

それにくらべたら、ジャミソンの愚鈍なまでの安心感のほうが、まだましだろう。

さらにブランデーを注ぎ、椅子に沈みこんで長い脚をのばし、酒を飲み、葉巻を吸いながら、意識がおぼろになることを願った。それでも、ガブリエラのことを思うと心が騒いだ。そして理不尽ながら——自分が理性を失うほど酔っていないことはわかっていたが——すべてを彼女のせいにした。彼女はひと目見たときから悩みの種だった。そしていまだに、悩みの種なのだ。

今夜、告げたように——あんなことを言うべきではなかった。火遊びは火傷のもとだとわかっているのに——彼女はなぜか、自分の目にはだれよりも美しく見える。ほっそりした体つき、透きとおるような肌、涼やかなグレーの目が、ベッドをともにする女たちの官能的な魅力にも似て、心を引きつけてやまないのだ。そういう女たちとはもう寝ていない。ベリンダがいい例だ。彼女のところへはもう何週間も訪れていないし、これからも訪ねるとは思えない。向こうが来てほしがっているのはわかっているけれど。新しい関係も築いていない。これほど長い期間、女なしで過ごしたことがあっただろうか。

だが、こちらが望むただひとりの女は、道義上、求めてはいけないのだ。

ガブリエラのどこがそれほどいいのだろう。彼は頭を抱え、グラスに残っていたブランデーをひと息に飲んだ。ときおり見せる掃除夫でも眺めるような女王然とした目つきか。舌鋒の鋭さか。すぐに赤くなるところか。笑ったときの目の輝きか。

それとも、勇気だろうか。ガブリエラはいままで出会ったどんな男よりも度胸がすわっている。非運にあっても、敢然と立ちあがり、負けまいと向かってゆく。彼女を心底怖がらせようとしたときも、ためらわず向かってきた。ほかの女なら、兄の死を知らされたらヨークシャーに引きこもって嘆き悲しみ、自分の行く末をだれかが決めてくれるのを待つところだが、気丈にもロンドンへやってきた。自分と妹たちの安定した人生のためにはほかに方法がないから、失望させられることが明白な男と結婚する気になっている。脚の弱さをものともせず、きりっと顔をあげてダンスを踊る。

その半分の勇気もない者たちでも、ウェリントン軍の英雄になれるのを彼は見てきた。クレアのような若くきれいな女が自分の好みではないと気づいたとき、どういう女を好むのかもわかった。聡明さと勇気と情熱をそなえた女、つまりガブリエラだ。

ここのところ、これまでになく彼女がほしくてたまらない。それでいて、彼女を守りたい気持ちもある。今夜も、よからぬ噂がたちそうになったときにそう感じた。ダンスの終わりに手にキスしたのがいけないのだが――彼女の兄なのだと自分に言い聞かせるのも、どんどんむずかしくなっている――噂の火種が小さいうちに消してしまおうと、相手を取っかえ引っかえして踊る羽目になった。ほんとうに踊りたいのはガブリエラだけなのに。

なにが起ころうと、彼女を傷つけたくない。ほかの者にも傷つけさせたくない。だから、ジャミソンとは結婚させない。自分は一緒になれないけれど、あの男との結婚を妨害することはできる。ガブリエラの、そしてクレアとベスの平安を守るためなら、なんだってするつもりだ。去らなければならないときが来るまえに。

葉巻は吸い口近くまで燃えていた。ブランデーの瓶も空になりかけている。おぼつかない足で立ちあがり、葉巻を揉み消して、ブランデーの残りを飲み干すと、ウェストコートのボタンをはずしはじめた。

ベッドにはいろう。ベッドが望遠鏡の反対側からのぞいているように見えるほど酔っているのだから、いま眠れなかったら、今夜はもう眠れないだろう。

ウェストコートを脱ぎ、シャツのボタンをはずしにかかった。酔いのせいで指が思うように動かず、もたもたしていたとき、隣室からなにか聞こえてきた。

はっと顔をあげ、手の動きをとめる。眉をひそめて、境の扉のほうを見やった。

そのとき、ガブリエラの悲鳴が聞こえた。

33

暗闇にトレントがいる。ステッキで打ちすえ、言うことを聞かせようと……

ギャビーは悲鳴をあげた。取り乱した声で、悲痛な叫びをあげた。

「ガブリエラ！　ガブリエラ、目をさますんだ、頼むから！」

力強い手に腕をつかまれ、揺すぶられて、ギャビーはとらわれていた悪夢から目覚めた。目をあけてまばたきし、まだ恐怖から逃れようとして身をすくませたまま、ぬうっとそびえる黒い人影をぼんやり見あげた。胸がどきりとして、ぞっとなった。そばにいるのは男だ。消えゆく暖炉のほのかなオレンジ色の明かりが、黒っぽいおぼろな形を映しだしている。男の手が、自分の腕をつかんでいる。ブランデーの香りがするあたたかい息が顔にかかった。

その瞬間、ギャビーにはだれだかわかった。地獄の底の真っ暗な裂け目にいてもわかっただろう。わたしの悪魔が、心を盗みに来たのだ。

「あなただったの」ギャビーはほっとして、弱々しいため息をついた。張りつめていた体から力が抜けてゆく。奇妙なことに、夢からさめたいまになって、体の底から来る震えを抑えられなくなった。

「そう、僕だよ。心配するな、ガブリエラ、僕がついているから」

あたたかみのある深い声に、心がなごむ。その声と、彼がそばにいることと、さらには、かぐわしいブランデーの香りや、あまり好きではない葉巻の香りのおかげで、なにも恐れる必要はないのだと実感できた。ギャビーは深呼吸をくりかえし、手足の震えを鎮めようとした。けれども、心の奥深くで生じているようで、どんなにがんばってもとめることができない。

「震えているね」

「ええ。とめられないみたいなの」もう一度、深く息を吸いこんだ。いまは枕に頭をのせ、あおむけに寝ている。上掛けをしっかり体に巻きつけているが、歯が鳴るほどがくがく揺れていた。拳を握りしめて念じてみたが、どうしてもとまらなかった。

「寒いわけじゃないだろう？」彼の声はやさしかった。

ギャビーは首を振った。トレントの顔が脳裏に浮かびあがり……

「悪い夢を見たの？」

体ががたがた震える。「抱きしめて」恥ずかしさに、ささやくような声になった。

「ガブリエラ」彼は即座に応じた。上掛けをめくって隣にすべりこみ、自分も体をのばしてから抱き寄せ、たくましい腕を腰にまわした。ギャビーはその胸に顔をうずめながら、少し身じろぎして彼の顔を見つめ、やわらかなシャツをぎゅっとつかんだ。暗がりでも彼の目が光っているのがわかる。顔もかろうじて見分けられる。眉がくっつきそうなほど額にしわを寄せ、口もとを――あの美しい口もとを、気づかわしげにゆがめている。

「悲鳴をあげていたよ」

「わたしが?」

「ケルトの女妖精バンシーみたいに」

思いだしてまた震えると、腰にまわされた腕にさらに力がこめられた。

「あなたが聞きつけてくれて、ほんとうによかったわ」いつもの警戒心もどこかへ消えていた。夢のせいであまりにも動揺していたから、彼が荒れ狂う海に唯一見えた避難港であるかのように、しっかりしがみついていた。目を閉じて、もっと体をすり寄せた。彼の頑丈なあたたかさに、磁石のように引きつけられている。悪夢の名残で、凍えるような寒さと情けないほどの弱さを感じる。まるであの少女のころにもどったようだ。ひとりきりでおびえ、だれも守ってくれる人もなく……

シャツを握りしめていた手の力をゆるめ、布地につけたしわをのばしていたら、ボタンが腰のあたりまではずれていることに気づくとともに、あらわになった胸毛に指が触れた。素肌の熱さと、広い胸の弾力に心を惹かれ、渦巻状の縮れた毛の上にてのひらを置き、なんとなく指でいじった。

彼はなにも言わず、じっと横になっている。なにかが頭のてっぺんをかすめた。ひょっとしたら、いまのは彼の唇かしら。目をあけると、自分の青白く細い手が、黒く豊かな毛の上にのっているのが見えた。薄いローン地のナイトドレスを通して、彼の大きくて頑丈な体が感じられ、まだブリーチズとシャツとストッキングを身につけているのがわかった。絹のストッキング越しに彼のふくらはぎに素足の先をつけると、引き締まったぬくもりが心地よく、できるかぎり触れあっていたいという欲望にかられた。

「断わっておいたほうがいいだろうが、少し酔っているんだ」気をつかった言い方をしながら手を上にのばし、ほとんど無意識に胸毛をもてあそんでいたギャビーの指をつつんだ。

ギャビーは彼の顔を見つめた。「ほんと、お酒のにおいがするわ」

「きみは――バニラのにおいがする」唇の端にほのかな笑みが浮かんだ。見おろす目は細長くなっていて、暖炉の火明かりを受けて輝いている。胸の上で手を重ねたまま、ギャビーの動きはとめているけれど、そこからどかせようとはしていない。

「石鹸のにおいよ。寝るまえにバスをつかったから」

彼はなにも答えなかった。てのひらに、規則正しい鼓動がかすかに伝わってくる。腕のなかにしっかりくるまれていたら、ブランデーと葉巻の香りのほかに、ほんのかすかではあるけれど、皮膚のにおいと、それが男臭さなのだと知った麝香のようなにおいがした。体の震えは鎮まっていた。彼の体の熱と存在の心地よさがあいまって、安心できたのだろう。彼の脇腹に胸をぴったりと押しつけていると、おなかに腰骨が当たるのがわかる。冷えきったつま先は、絹のストッキングをつけたふくらはぎとマットレスのあいだにはさんでいて、熱がじんわりと染みこんでゆく。

体に触れるなにもかもが、肌をうずうずさせた。

「夢のことを話してくれないか」低く、ややかすれた声だったが、そのせいで有無を言わせぬ響きがあった。

ギャビーは深く息を吸いこんだ。体が密着していることにすっかり気をとられていたので、知らないうちに胸に触れている指先に力がこもって、爪で肌をひっかいていた。彼が顔をしかめたのを見てそれに気づくと、力をゆるめて、傷つけた肌をおずおずと撫でた。

「ガブリエラ」

ギャビーはただ悪夢が消えさってくれることを願って、かぶりを振った。これまで幾たびか、言葉に出そうとするだけで、いやでも恐怖が深まったから。

「もしかしたら、トレントにかかわりがあることか」

ギャビーは身震いし、目を丸くして彼を見た。体に押しつけられた固い腰骨の輪郭がわかるほどきつく抱き寄せられた。

「どうして――どうしてそう思うの？」

頭を撫でている手が、編んだ髪に触れると、三つ編みの部分をすべりおりて、青いリボンで結んだ端をもてあそんだ。

「使用人というのは情報の宝庫だ。きみがトレントを恐れているのを知って、バーネットに調べさせた。きみの脚が弱くなった原因は、トレントにあるようだね」

小さく息をのんだ。指がふたたび胸毛をつかんだが、彼はもう気づいていないようだ。彼の手は背骨の下までさがり、ゆるやかに臀部《でんぶ》がひろがりはじめるあたりにてのひらをのばし、自分のほうへ引き寄せている。

「話してくれ」今度はまちがいなく命令する声だった。

ギャビーはためらった。起こったことをちゃんと話せそうになかったし、これまで話したこともなかった。だれにも。妹たちにも、トゥインドルにも、ジェムにも話していない。あの夜のことは長いあいだずっと、胸の奥に閉じこめておいた――それは悪夢となって、あらわれていたのだ。それでも、歳月が過ぎるとともに、悪夢がやってくる回数は減ってゆき、ついにやんだかに思われた。父親の死後、この夢を見るのは今夜がはじめてだ。トレントとの身の毛のよだつような出会いのせいにちがいない。

そこで、ふと気づいた。それを知って怖がるわけでも、面倒な立場におかれるわけでもない人が、ここにいる。使用人や女性でないばかりか、富と階級が中世の君主ひとりの力で決められてしまう島国を訪れた部外者にすぎないのだ。

だから、ひとりごとを言うのと変わりなく、彼とこの重荷を分かちあえるだろう。

「彼は――わたしが――父は――わたしが十二歳のときのことよ」ギャビーはたどたどしく切りだし、胸毛をつかむ手をゆるめ、しいたげられた胸をやさしく撫でた。彼の顔は見ないで、自分の手をじっと見つめた。指先に黒く短い毛が巻きついていた。「父が――家でパーティをひらいたの。晩年は車椅子の生活だったから、ホーソーン・ホールから出ることはほとんどなかった。かわりに、友人のほうが会いにきていた。評判のよくない人たちばかり。大半は貴族やその愛人だったわ。お酒を飲んで、賭け事をして、それから――そのあとのことは、言わなくてもいいわよね」

「想像できるよ」乾いた声で言った。

「そうよね。それで、ある晩のこと、父はお金が足りなくなったらしいの。地所からあがる収入はすべて、賭け事につかっていた。地所が限定相続になっていなかったら、父はきっとそれも失っていたでしょう。午前四時を過ぎたころ、使用人が寝室まで呼びにきた。父が至急会いたがっているからと言って。着替える暇もないほどで、ナイトドレスの上に部屋着をはおっただけで、父のもとへ急いだわ。ひょっとしたら、死にそうなのかもしれないと思ったから。父は二階の部屋にいた。そのころはもう、階下におりてくることはめったになかったの。父の部屋にはいったら、差し迫ったことはなにもなくて、トレントとカードをしていただけだった。しばらくして、自分が賭けの対象になっていることがわかった」

彼は言葉にならない声を出し、ぎゅっとギャビーを抱きしめた。彼女は深呼吸してから話をつづけた。

「父は負けが込んでいるようだったわ。トレントの前には現金や小切手が積みあげられていた。しばらくほうっておかれてから、父に手招きされてそばにいくと、トレントのほうへ顔を向けさせられた。これでどうだ、と父はきいたわ。わたしはまだ子供で、なにが起こっているのかわからなかったけど、恥ずかしくなるような目で見られているのはわかった。わたしはトレントが少し怖かったけど、そのときは父のほうがもっと怖かった。だからその場に立ったままでいると、トレントがうなずいたの。父は紙になにか書きはじめ、〝二万ポンドと引き替えに処女の子をひとり〟と満足そうに言って、その紙をテーブル越しにトレントに渡した。それからふたりはゲームをつづけて、父が負けたわ。父はそのまま去っていった。車椅子をきしませて、部屋から出ていったの」ギャビーは目を閉じた。声が震えないようにするには、そうするしかなかった。「父が廊下から鍵をかけた音が、いまでも聞こえる。トレントとふたりきりで閉じこめられたの」

彼が低い声でなにかつぶやいた。ギャビーは言葉を切り、ふいにそれ以上つづけられなくなって、また胸毛をつかんでいた。彼の力強い鼓動が聞こえる。その音に耳をすましていないと、息もできないくらいだった。

34

「あの人でなしはきみを凌辱《りようじよく》しようとしたのか」たずねているのではなかった。彼の声は険しかった。ギャビーの背中でナイトドレスごと拳を握りしめ、薄い生地をくしゃくしゃにしていた。

「服を脱げと言われたわ」自分のものではないような声だった。「わたしがすなおに従うと思ったみたい。従わないでいると、腕をつかまれた。逃げだしたら、ステッキで——いまも持っているあのステッキで——打たれた。扉へ向かおうとしていたけど、引き倒されたの。彼はステッキをふるったわ、何度も何度も。それをなんとかもう一度逃れて、立ちあがった。追いかけてきたから——窓から飛びだした。地面に着くまでは長かった。わたしは落ちていった——夜空の星がきれいだったのをいまでもおぼえている。九月にしてはあたたかい日で、一瞬、空を飛んでいるような気がして——それから、石畳のテラスにたたきつけられた。わたしは意識を失い、脚を折っていた。気がついたら激しい痛みを感じて、恐怖も去っていなかった。おびえすぎて、助けも呼べないくらい。でも、しまいには助けを呼んだわ。明るくなるまではだれも来なかった。やがて、育児部屋の窓からクレアが顔を出し、わたしがテラスに倒れているのを見つけて、駆けおりてきたの」

記憶をよみがえらせ、ギャビーはどうにもできないほど震えていた。

「なんという父親なんだ」さらに険しい声で言った。

「怪物よ。父はわたしたちが嫌いだった。だれもかれも憎んでいた。父は——あとで、わたしを責めたわ。借金を払えなくて、まだトレントに借りたままだったから。わたしの怪我が治ったら、もう一度借金のかたにさしだすつもりだったみたいだけど、トレントのほうがわたしに興味をなくしていた。わたしの脚が——だめになったから」最後の言葉は喉にひっかかった。

彼はひそめた声で驚くほど流暢《りゅうちょう》に悪罵《あくば》すると、ギャビーをかき抱き、腕のなかで揺らしながら髪や背を撫でた。唇を額やこめかみや頬につけ……

けれども、彼になぐさめを求めるまえに、もうひとつ言っておかなくてはならないことがある。

ギャビーは深く息を吸い、冷静な声を出そうとした。「彼は——どういうわけか、わたしたちがロンドンにいるいまになって、どうもわたしに——また興味を示しはじめたらしいの。今夜〈オールマックス〉にいたのよ。声をかけてきて——借用書はまだ持っている、と言った。それから——また会いに来ると言った。弁済させるために。すぐにでも」懸命の努力にもかかわらず、声は震えていた。

ふいに彼の腕がぴんと張りつめ、鋼のたがが巻きついているように感じた。あたたかく弾力のある体はこわばり、動かなくなった。呼吸は、怒りをじっと抑えながら話すときのように、深くゆっくりしている。ギャビーは彼の第一印象を思いだした——とても危険な男だと感じたことを。

「トレントは今夜きみを脅したのか」とことん感情を抑制した声だった。

ギャビーはうなずいて、唾を飲みこんだ。喉がからからで、とても話せそうにない。

「心配するな。きみのためなら、僕があいつを殺してやる」意気込みはまるでなく、天気の話でもするような口調だ。

ギャビーは目を見開いた。まさか本気ではないだろう——とはいえ、直感的に本気だとわかった。その場面を想像し、彼が反対に殺されてしまうところが頭に浮かんで、ぞっとした。うろたえて彼の顔を見あげながら、思わずまた胸毛をいじっている。

「だめよ！　お願いだから、そんなことはやめて。トレントは権力者で、途方もないお金持ちだし、それに——危ない世界とのつながりもあるの。あなたに傷を負わせたくない。お願いよ」

ごくわずかな間があった。

「ガブリエラ」

動揺しているさなかでも、彼の声音ににじむ愉快な響きにはっと気づいた。彼はあのからかうような目で、こちらを見ている。唇の端にはうっすら笑みまで浮かんでいる。それでも、彼のことはよくわかっていたので、急にふまじめになっても、わたしのためにトレントを殺すと言った気持ちに変わりはないだろう。問題は、彼がトレントの脅しを真剣に受けとめていないことだ。胸毛をつかむ指に力がはいった。いつのまにか手が冷たくなっている。正面からぶつかれば、ウィッカムの勝利は必至だろう。でも、トレントは正々堂々と闘う男ではない。汚い手をつかうたちの悪い人間で、彼の力と人脈をもってすれば、ウィッカムを殺してくれと表明するだけで事足りるのだ。

「痛い！　傷を負わせているのはきみじゃないか」ぶつぶつ言いながらギャビーの手を押さえ、その手をそっとひろげて、つかんでいる胸毛を放させた。

「あなたに話すべきじゃなかったわ」むだ口は聞き流し、顔をあげて、必死に彼の目を見すえた。「トレントには近づかないで、いいわね？　殺されてしまうわ。彼のことだから、だれかに命じて――」

「ガブリエラ」ギャビーの手をさすりながら、さえぎった。「僕のことなら、心配しなくていい。ありがたいけど、自分の面倒は見られるからだいじょうぶだ。トレントが僕に危害を加えることはない。たとえ彼を生かしておくとしても、二度ときみのそばには近づけさせないよ。きみは安心して、僕にまかせておけばいいんだ」

「なんにもわかってないのね」じれて言いかえしながら、またしても胸の毛をつかむと、たちまち彼の手の動きがとまった。「トレントは自分ではやらないの。だれかに命じてあなたを殺させるのよ。報酬をたっぷりはずむから、みんな喜んで引きうけるわ。お願い、お願いだから、彼に近づかないと約束して」

「僕を信じていればだいじょうぶだよ」腹の立つほどのんきに言うと、ギャビーの指をもてあそんだ。

ため息まじりに言う。「あなたは無敵じゃないのよ、でくのぼうさん。わたしに撃たれるくらいなんだから」

その顔に笑みがひろがる。「まったくだ。でも、弁解させてもらうと、きみのような若く気品ある女性に、あんな残忍な性質がひそんでいるとは見抜けなかったんだ」

警告をまともに聞いてもらえず、ギャビーは歯ぎしりしそうになった。

「トレントは手段を選ばないわ」相手が理解しているかどうかが気になって、彼の顔をしげしげと見た。「あなたを殺させるのなんて、蠅《はえ》をたたくくらい簡単なの」

「ガブリエラ」目の光が強くなった。「僕がうぬぼれの強い男なら、それほど心配してくれるのは、僕のことを好きだからだと思うところだよ」

不意をつかれて、返す言葉もなく、フクロウのようにまばたきもせずに彼を見つめていた。彼のことを好きだから……

その推定に、心までゆさぶられた。なぜなら、それが救いがたいほどほんとうのことだとわかり、みぞおちがずしりと重くなったから。彼のことが好きなのだ。ただ好きなだけではない。知りあってから、ほんのわずかずつではあるけれど、意外にも彼を頼りにするようになり、いまでは彼のことを親しい友、いえ、それ以上のものだと思うようになっていた。もちろん現実を考えれば、あらわれたときと同様、いつかは彼が忽然《こつぜん》と消えてしまうことは、わかりすぎるほどわかっている。でも今夜、彼の腕につつまれていたら、月光や熱気には、抗しがたい魔力があることを発見した。

わたしはこの人に恋してるのだ。ギャビーはあらためて自分の気持ちを知り、目をみはって、彼の目を見つめた。

「名前さえ知らないのに」愕然としてささやきながら、理性ははやる心を抑えようと、頭のなかで叫んでいた。

「ニック」彼は目を離さずに言った。「僕の名前はニックだ」

彼は片手でギャビーの頭を支え、ゆっくりと、とてもゆっくりと、顔を引き寄せ、そうして、唇を重ねた。

35

彼の唇は厚く、あたたかく、やわらかだった。キスはやさしく、おだやかで、心がこめられていた。ギャビーの骨はとろけ、血は灼熱の溶岩となって血管を流れた。

ギャビーは目を閉じ、重ねた口をひらいて、あらがいもせず魂を盗ませた。ニック。それがわかったからといって、たいしたことではない。それに、本名でさえないかもしれない。なんといっても、疑うことを知らないおおぜいの人たちに、マーカスだと思わせられるくらいだから。でも、もうそんなことはどうでもいい。彼が何者であろうと、わたしは彼のものだ。ずっとまえから、彼はわたしを求めていた。そのことに、体はすぐに気づいていた。心はようやく気づくようになった。興奮のとりこになったとき、気持ちもそれを認めたのだ。ギャビーはもうことの善悪は考えていなかった。あれほど躍起になって守ろうとした近い将来のことも恐れていなかった。いま頭にあるのは彼のことだけ、彼に引き起こされる感覚だけだった。

ニック。それが不思議な言葉でもあるかのように、頭のなかでつぶやく。それから声に出して言い、彼の首に抱きついて唇を押しつけた。キスはいきなり変化した。もうやさしいキスではなくなった。彼はギャビーをあおむけにし、上にのしかかってきて両肘をついた。脚のあいだに強靭な太い腿を割りこませ、ナイトドレスをしわくちゃにして、ギャビーを興奮で身震いさせる。唇の味に飢えていたかのようなキスで、ギャビーの胸を高鳴らさせる。彼の舌はギャビーの舌を撫でたり攻めたりしながら、侵し、奪ってゆく。ギャビーはおずおずと応えていたが、だんだん大胆になり、息づかいもどんどん激しくなっていった。

彼はブランデーと葉巻の味がしたけれど、それを味わうゆとりはなかった。顎には無精ひげが生えはじめていて、ちくちくと肌に触れるその男らしさが好きだ。彼はギャビーの顔をそっとつつみ、てのひらで口もとを押さえ、頬やこめかみを指先で撫でながら、さらに濃密なキスをした。ギャビーもそれに応えて体を弓なりにし、少しでも彼にくっつきたくて、恥ずかしげもなく胸を押しつけた。腿には、彼の欲望がふくらんでいる証《あかし》の、固く突きあげるものが当たるのを感じた。

「ガブリエラ」やがて、彼は顔をあげた。声はかすかに震えていた。呼びかけに応えて目をあけ、まばたきをしてその顔を眺める。ニック。信じられないほどハンサムなわたしのニック。「ガブリエラ、僕は――」

「シーッ」ギャビーはささやき、彼の頭の後ろに手をのばして、口を引きもどした。もう話はいらない、彼の話も聞きたくない。このままキスをしていたい。この悦《よろこ》びで死んでしまうまで。彼のキスで、体は火がつき、頭はくらくらして……

「ガブリエラ、聞いてくれ」彼はギャビーの手の力にあらがった。彼の顔を引き寄せようとしても、自分の口を近づけようとしても、唇は離れたままだった。薄明かりのなかで、黒いダイヤのような目に揺らめく炎を浮かべ、ギャビーの顔を眺めまわしている。「さっきも言ったように、僕は今夜飲みすぎた。このあいだの晩のようにはできない。痛いほどきみがほしいけど、いまベッドから出ていかないと、あとからでは脱けだせなくなってしまう気がするんだ」

言葉とは裏腹に、彼の視線はギャビーの口もとに注がれ、指は唇のゆるやかな輪郭をなぞっている。そしてまた、持ち主の言葉にはまったく左右されず、腿にぶつかる固いふくらみが、静かに欲望を主張していた。

唇のあいだを親指がかすめると、口がひとりでにひらいた。ギャビーは彼を見つめた。あたたかくたくましい胸に押されて、鼓動が高鳴る。彼の重みを受けとめて、腿がわなわな震えている。彼が好きでたまらない、彼がほしい、狂おしいほど。

なにが起ころうと、結果がどうなろうと、このままですませるわけにはいかない。この先二度と、彼に対して感じたような気持ちをほかのだれかに対して感じることはないかもしれない。

「わたしのベッドから脱けだしてほしくない」驚くほど落ちついた声だった。

彼は目を鋭く細めた。「きみは自分がなにを言っているのかわかっていない。明日は……」その声はざらざらしていた。

ギャビーは彼のうなじのあたたかい肌を撫で、冷たくなった豊かな黒い髪に指をもぐりこませた。自分を戒めようという意思に反して、彼の顔は近づいてくる。

「明日なんて、どうでもいいわ」ギャビーはつぶやくと、顔を持ちあげて、彼の唇を求めた。

「ガブリエラ」唇が触れあうなり、しわがれたうめきが漏れる。ついに、彼は屈服した。彼の両手が襲いかかってきて、胸を撫でまわし、みぞおちをすべり、腿をさすってゆく。ギャビーはあえぎ、悲鳴をあげ、ナイトドレスを脱がせやすいように体をくねらせた。裸で震えながら、彼がシャツを引きあげて頭から脱ぎすて、すばやくブリーチズとストッキングをはぎとるのを見つめ、膝が割りこんでくるより先に脚をひらいて迎える。彼の男性の部分が当たり、そのまま敏感な場所に侵入しはじめると、焼けつくような、ひきつるような感覚に、思わずうめいていた。その声で、動きがやんだ。手の下で、彼の背中の筋肉が隆起したように感じる。彼は唇を離して、二、三度大きく息をつき、男性の部分をそうっと引き抜いた。

「急がなくていいんだ」彼が耳もとでささやく。のどかなそよ風のような息が顔にかかり、ギャビーはたまらずに唇を重ねていた。

腿のあいだで休んでいる彼の局部は、熱く、脈打ち、ふくらんでいたが、彼は欲望を満たすような動きはせず、かわりにキスをした。ギャビーは首に腕をまわし、脚のあいだにあるもののことなど忘れ、心ゆくまで熱いキスに応えた。

「きみは美しい」口を離し、少しおぼつかない手で、ギャビーの気ままな髪を顔から払う。

「あなたもよ」

彼はほほえみかけた。どきっとするような甘い笑顔で、顎の先にキスをする。その唇が喉を伝い、胸へ向かってゆく。乳房を撫でたり吸ったり、乳首をやさしく嚙んだりされ、その歓喜にギャビーの体は燃えあがった。心臓が高鳴り、脈が速くなる。息づかいが乱れ、何マイルも走ったあとのように、ぜいぜいとあえいでいる。両手を彼の髪にうずめ、恥じらいもなく胸を突きだすと、ついに彼の手が腿のあいだの秘所まですべりおりてきた。そこはすでに熱く濡れ、あふれだしていて、このまま溶けてしまってもいいというほどの情熱にかられていた。彼の手がやわらかな茂みを見つけて撫でまわすと、うめき声が漏れた。その手がさらにさがり、なぜそう願うのかわからないけれど、触れてほしくてたまらなくなっているところに触れると、なすすべもなく身を震わせた。彼の手が分け入り、ギャビーさえも知らなかった小さな突起を探り当ててこすりだす。炎の舌に全身を舐めまわされ、ギャビーは悲鳴をあげた。

それから彼の指が、ゆっくりとなかにはいってきた。

ギャビーは息をのみ、彼の肩に爪を食いこませた。最初は一本だった指が二本になり、腰のあたりに、ひきつるような熱い痛みが走る。あえぎ、体を弓なりにして指の侵入を耐えながら――なにかを求めていた。腰がひとりでに円を描きだすと、ふいに、彼の体が板のように硬直した。しばらくのあいだ、彼は微動だにしなかった。

「まいったな」彼はにごった声でつぶやいた。「このままだと死にそうだ」

ギャビーはまぶたをあげ、まばたきした。彼は欲望に目を黒光りさせて、じっと見おろしていた。

指はまだギャビーのなかに入れたままで、それをそっと引き抜いたり押しいれたりしながら、顔を見守っている。

「これは好き？」しわがれた声できいた。ひらきかげんの口から、ヒューという息が漏れる。

「ええ」ギャビーはあえぎ、恥ずかしさなどみんな忘れて、彼の肩にしがみついた。体は締めつけられ、震えながらすすり泣いている。「ええ、とても」

「こんなになにかをほしくなったのは、はじめてだ」うめくように言い、ギャビーの顔に視線を注いだ。「よし」

彼は手を離し、ギャビーの上に乗って、両肘で体重を支えた。ギャビーはなにも考えずに脚をひらいていた。腿と腿が触れあったと思うと、指が熱く濡らしておいた場所を、彼のものが探りはじめる。それが少しはいってくるのを感じただけで、あまりの痛みにおののいた。

腿は震え、体は焼けつくようで、それでも、もっと……もっと……

彼は腰を引き、それからまた前に押しだす。

叫び声をあげると、荒々しいキスに口をふさがれた。手が彼の肩から背中にすべり落ちた。彼の肌は汗で湿っている。筋肉をぴくりとさせて、さらに奥へ進んでくる。ギャビーのなかにある障壁を突き破ろうとするかのように。

純潔。わたしは彼に純潔を捧げようとしているのだ。かすかに残っていた理性のきらめきでそれがわかり、たとえできるとしても自分にはやめさせるつもりがないこともわかった。ここでやめられたら、死んでしまいそうだ。

彼はふたたび筋肉を動かし、覚悟を決めたかのように、ひと思いに突き進んで壁を破った。焼けつくような急激な痛みが襲ってきた。ギャビーは泣き声を出し、体をこわばらせ、驚きのあまり彼の背中に爪を立てた。

「すまない」黒い裂け目のように細めた目を光らせ、彼は見おろしている。唇の上で詫びごとをささやきながら、なおも奥にはいってくる。そのまま突き抜け、身が張り裂けそうになるほど。

「とても――痛いわ」いちばんひどい痛みが遠ざかりはじめ、うわずった声で言った。

「わかってる」口もとにそっと唇を押しつけた。「もう痛くしないよ。僕は――ああ、だめだ、ガブリエラ」

彼が自分でもどうにもできずにそうっと動きはじめると、あらがってはいないのに、ひとりでに筋肉が引き締まってくるのを抑えられなくなった。彼は灼熱の太陽のもとで長時間働いたかのように、びっしょり汗をかいている。体重をかけている両腕を震わせて、ゆっくりと腰を前後させる。

約束してくれたとおり、もう痛みはなくなったが、魔法にかけられたような感覚も少し弱くなっていた。

ところが、彼が胸にキスしようとして顔をさげると同時に、奥深くまではいってくると、思わずうめいていた。その小さな音で、彼の自制のたがが、すっかりはずれてしまったようだ。うめき声が返ってきて、しがみついている大きな背中に震えが走るのを感じた。突然、動きが変化し、やさしさが消えた。彼はギャビーのなかで猛りたち、これまでより荒々しく、すばやく、深く突き進んだ。しわがれた激しい息づかいで、ギャビーの体を容赦なくマットレスにたたきつけた。

貪欲な捕食者の前で、ギャビーはあらがわず餌食《えじき》になっている。彼の情熱のあまりの激しさに、奪われているような気がして面食らった。相手が彼じゃなかったら、必死に逃げだそうとしていただろう。けれども、おとなしく体の下に横たわり、汗でつるつるすべる背中にしがみつき、ギャビーを心ゆくまで抱くのに身をまかせた。

頭のなかで疑問が渦を巻いている。愛する人との営みがこうなら、愛していない人とはどんなふうになるのだろう。ミスター・ジャミソンがこういうことをするところを想像して、ギャビーはぞっと身震いした。

その震えのせいで、彼は限界を超えたようだった。ギャビーの名をつぶやき、肩の上に顔をうずめて、ふたつに割れてしまうのではないかというほど強く突きたてた。ギャビーに突き刺したまま、腰をつかんで柔肌に指を食いこませる。うなるような声とともに、体を痙攣《けいれん》させた。そうしてようやく、彼はぐったりとなった。

ギャビーは天井を見つめながら、全身で自分をマットレスにとめつけている男の背中に、感覚のない手を置いていた。その重さといったらない。彼は暑苦しくて、重くて、汗だらけで、まちがっても乙女が夢見るおとぎ話の王子さまとは呼べない。彼に愛されることを望んだのは自分だ。その願いがかなったのだ。

これからは、願い事をするときにはじゅうぶん気をつけよう。

やがて、彼は顔をあげて目を合わせた。ギャビーはほほえもうとしてみたが、うまくいかなかった。彼は渋い顔をして転がりおり、ギャビーをひっぱりあげて自分の隣に寝かせた。たくましい腕を腰にまわし、しっかり抱き寄せている。そうでもしないと、ギャビーがベッドから這いだしてしまうと思っているようだった。

彼の胸に力なくのっていた手を取り、口もとへ運んでてのひらに唇を押しつける。それから、手を握ったまま、こちらを見つめた。

「僕もまったく賛成だよ」ギャビーの手を無精ひげの生えた頬にこすりつけながら、かすかに目を光らせたように見えた。「僕の横面を殴りつけたいというなら」

その言葉が思いがけない効果をあげて、ギャビーはほほえんだ。弱々しいものにはちがいないけれど、心にも体にも苦痛をおぼえた数分間のあとでは、作り物じゃない笑みはありがたかった。そのとたん、ギャビーは彼に恋していることを思いだした。どれほど恋しているか、なぜ恋しているのかも。理由はいろいろあるなかで、その目に浮かぶからかうような光も、数に入れるべきだろう。

「そうは思っていないわ」澄まして答える。「いまはね」

彼は目を見すえた。「それで、はじめての体験はどうだった？」

ギャビーはもじもじして、頰が熱くなった。そんなことを口に出すなんて――みんな、ほんとうにそういう話をするのかしら。見当もつかない。それでも、彼がたずねるということは、そうするものなのだろう。それにこの状況では、品位がどうのこうのと心配してみても、ばからしい気もする。ふたりとも裸でベッドに寝ていて、自分は彼にすっぽりくるまれ、彼の汗やら体液やらにまみれているうえ、想像もしなかったようなことを彼にされたばかりなのだから。慎みなどという気どりは、とうにどこかへ消え去っているにちがいない。

「だいじょうぶだったわ」あの炎のような体のめざめと、そのあとの興ざめを思うと簡単すぎる言葉だけれど、ほかに言いようがなかった。

彼は笑い声とうなり声をあげてから、もう一度てのひらにキスした。そして、ベッドから出ると、ギャビーに考える暇もあたえず体を抱きあげて、自分の部屋へ向かいはじめた。

36

「なにをしてるの」ギャビーはとっさに首に腕をまわしながらも、憤慨して言った。裸で彼と寝ているだけでも決まりが悪いのに、裸のまま彼の腕に抱かれて運ばれるなんて、ひどすぎる。視線をさげれば、自分の全裸が見わたせる。小さく突きでた乳首をつつむオレンジほどの大きさの白い乳房――彼の愛撫のおかげでまだピンク色に染まっている。彼がさんざん探りまわし、奪いつくしたマホガニー色の三角形の茂み。彼の浅黒い筋肉質の腕にだらりとのっているなよやかな脚には、左側にだけ薄い傷痕がある。遠い昔のおぞましい夜に、骨が折れたときにできたふたつの傷が、いまもうっすらと白く残っているのだ。その傷痕がなければ、ただ見ただけでは脚に悪いところがあるなど、だれにもわからないだろう。

「葉巻とブランデーで頭をすっきりさせてから、かわいいきみと話をしよう」

それは悪くなさそうな提案だった。ベッドの端にギャビーをそっとおろしたあと、口もとに軽くキスをしてから、水さしと洗面器とタオルを手渡して、背中を向けてくれたときにはなおさらそう思った。濡らしたタオルで体を拭きながら、ギャビーはおおいに興味をそそられて、彼の後ろ姿を見つめた。生まれたままの姿でいるのを、少しも気にしていないようだ。もっとも、慎みばかりでなく――それについては、あまりそなわっていないようだけれど――何事も気にするような人ではないけれど。広い肩から、つややかな筋肉質の背中や、長く力強い脚にいたるまで、博物館に展示されているどんなギリシャ彫刻像にも負けない精悍な美しさがある。臀部をとりわけしみじみと眺めた。触れるとなめらかで引き締まっていることは、もう知っていたが、見るだけでもすばらしいことが、いまわかった。たいへんすばらしい。

「ニック」おずおずと呼びかけてみる。すでに体を拭きおわり、三つ編みがほどけた髪に手櫛を入れ、ちょうどよくベッドの足もとにほうってあった彼のドレッシングガウンをはおっていた。彼は片手にブランデーグラスを、もう片方の手に火のついた葉巻を持ち、自分の名に反応して振りかえり、問うような目を向けた。ギャビーはヘッドボードにもたれ、膝を曲げてすわっており、体がさっぱりしたのと、どうにか見られる格好になったのとで、気持ちが軽くなっていた。

それでも、その光景に息をのんだ。

肩幅が広いことも、腕の筋肉が盛りあがっていることも知っている。厚い胸板に群がる黒い毛のことも、その塊がだんだん細くなりながら洗濯板のように固い腹部までつづいていることも。彼の男性器のことも、それが欲望を満たしたあとで、黒い茂みのなかからどんなふうに垂れさがっているのかも。左腰の上に縮んだ赤い傷痕があることも知っていたし——自分で負わせた傷だ——右腿には、彼の肌より白い、稲妻形の傷痕が走っていることさえ知っていた。

知らなかったのは、こんなふうに彼を見たら、どんな反応を起こすかということだ。ギャビーは自分の目が丸くなり、口が渇くのを感じた。

「どうした?」黙っているので、彼がきいた。その目を見たとたんに気づいて、恥ずかしくなった。彼はギャビーがなにか言ったから振りむいたのだ。なにを言ったのかしら。そう、彼の名前を呼んだのだった。ニック、と。

「あなたが返事をするかどうか確かめただけよ」少しつっけんどんに言った。「自分の身分をおぼえておくのはむずかしいんじゃないかと思ったの。その日によって名前がちがうみたいだから」

彼はくすくす笑い、ブランデーをひと口ふくんで、グラスを置いた。それから葉巻を口にくわえて、すばらしい裸身をこちらへ近づけてきた。

「やかまし屋にもどったようだね。気分がよくなったんだろう」ベッドまで来ると、口から葉巻を抜きとり、小卓の上の容器に押しつけて消した。「ニックは本名だ、ほんとだよ」

「ニックのあとは?」警戒の色を浮かべて彼の目を見る。彼の様子は話しているあいだに、著《いちじる》しく変化していた。元気を取りもどし、なんだかすぐにでも……男性とは、ひと晩に二度もできるものなのかしら。どう見ても、できそうだ。でも、ギャビーには無理だった。というより、その気になれない。それをはっきり伝えてやろう。

彼は胸がどきっとする不敵な笑みを投げかけ、ベッドの端に腰かけた。「どうして女というのは満足を知らないのかな。名前がニックだと教えてやると、ニックのあとはときく。きみを愛すると、だいじょうぶだったわと言う。ガブリエラ、〝だいじょうぶ〟というのは、あの場面で男が聞きたい言葉じゃない。どうだろう、もう一度試してみたら、〝だいじょうぶ〟以上の感想が言えると思うけど」

「待って」彼が身を乗りだしてキスしそうになると、ギャビーは胸を押しやって制した。「わたしは……」

彼はギャビーの手首をつかんで、動かないようにした。縮れた毛の下の、あたたかく弾力のある筋肉質の肌から、規則正しい鼓動がてのひらに伝わってくる。

じっと視線を交わす。ここの火明かりの度合いもギャビーの部屋とさして変わらなかったが、それでも、整った顔の鋭い輪郭や一心に見つめるまなざしは見てとれた。

「どんなにていねいにしてみても、はじめてのときには、男とちがってよさはわからないものなんだ」おだやかに言った。「それに、僕は飲みすぎていた。最後のほうは自制がきかなかった。もっとやさしくすべきだったんだが、あまりにもきみがほしかったから、ペースを落とせなくなったんだよ。許してくれ」

「ニック」青い目にほだされ、さっきの決意も泡と消えていた。「あなたが悪いんじゃないわ。警告してくれたのに、わたしがどうぞと言ったんだから」

「後悔している？」ふたたび、ギャビーの手を口へ運び、関節に唇を押しつける。そのあたたかさに、背筋がぞくっとした。

「いいえ」ギャビーはつぶやいた。それが正直な気持ちだとわかっていた。「いいえ、後悔してないわ」

「きみほど美しいものを、僕はこれまで目にしたことがない」深々とした声で言い、ギャビーの手を握ったまま口もとからさげた。「きみにまた痛い思いをさせそうになったら、この右手を切り落とすよ」口の端をぴくりとさせた。それから、軽くきびきびした声音にもどった。「凍えそうだ。気がついていないかもしれないが、きみは僕のガウンを着ているんだよ。ベッドにはいって、話をつづけるのはどうかな。きみがその気になるまで、なにもしないと約束する。きみは知りたいことをなんでも質問していいよ」

ギャビーは猜疑の目を向けた。なんでもきいていいなんて、話がうますぎる。言うことを聞かない馬の前に、トウモロコシを詰めこんだ鍋をさしだすようなものだ。

結局、危惧したとおりになった。うまくだまされてベッドにはいり——それでも、ガウンを脱ぐことは断固として拒否した——上掛けを何枚も重ねて、たくましい腕にくるまれた。ぽかぽかとしたぬくもりのなかに心地よく横たわりながら、ギャビーの豊かすぎる髪をぽんやりと自分の手に巻きつけたりほどいたりしている彼をじっくり眺める。

「ニックのあとは？」まずはそこからきいた。

彼はいらだちと笑いが入りまじった目をちらりと向けた。「それを知ったら、なにか変わるの？」

「変わるかもしれない。言ってみて」

笑い声をあげ、ギャビーの鼻のてっぺんにキスした。「そのうちね」

「なんでも質問していいって言ったじゃない」ギャビーは食いさがった。胸に置いた手はひとりでに指をのばし、ふさふさした毛のなかにもぐりこんでいる。ギャビーは肩まで上掛けにくるまれているけれど、彼のほうはおなかまでしか届いていない。せっかくひっぱりあげてやったのに、自分でさげてしまったのだ。そのほうが都合がいいけれど。黒い毛に覆われた厚い胸や、広い肩や、筋肉の盛りあがった腕が、ものすごく魅力的なことが見てわかるから。

「そんなこと言ったかな」うっすらと笑みを浮かべて、こちらを見る。「だけど、答えるとは言っていない」

「もう、あなたって人は」そんなことだろうとは思っていたが、罰として胸毛をひっぱった。

「痛い！」指に巻きつけていた髪をほどき、ギャビーの手をつかんで胸に押し当てた。「ほら、きみの残忍な性質がまた顔を出した」

「そうされてもしかたないことをあなたがするからよ」きびしく叱って、つないだ手に目をもどす。彼のほかの部分には幻想を打ち砕かれたけれど、胸の手ざわりにはうっとりする。あたたかな肌、その下の引き締まった筋肉……そうっと指を動かしてみた。

彼は深く息をつき、ギャビーの手を放すと、上掛けをさらに押しさげ、かろうじて大事なところを覆っている状態になった。おへそも、腰骨も、ギャビーがつけた銃創のあとも、みんな見えている。

「寒いんじゃなかったの」眉をひそめてみせた。

口もとをかすかにほころばせる。「いまはちがう」

「あら」裏の意味を読みとった。

「そう、あらら、だ」

「そんなわけないわ――つまり、もう一度したいなんて思ってないでしょ？」あわて気味の声になっている。

「そういう考えがよぎったことは認めよう」

「でも、わたしは思わない」きっぱりと言った。

彼は笑った。

「ガブリエラ」口調が少し変化している。「僕に触れるのは好きだろう？」

彼をちらりと見あげた。いまも胸に触れている最中なのだから、否定してみてもはじまらない。「そうね――まあ、そうかもしれない」

「だったらいいじゃないか」

ギャビーは目を見開いた。「どういうこと?」

「そんなふうに胸をさすられると気持ちいい。きみの手でさわられるのが好きなんだ。ほかにも僕の好きなことがあるから教えてあげたいな。きみさえよければ」

うさんくさそうな目で見ていたらしく、彼はにやりとした。

「その目つきはまるで、蜘蛛《くも》に狙われた蠅みたいだな。ダーリン、きみが望まないことはしないよ。いやだったら、そう言ってくれればいい。そこでやめよう」

そんな猫撫で声で、ダーリンだなんて呼んで。おまけに目まで輝かせて。

「なにをしてほしいの?」べつに、いやがっているわけではなかった。さわってほしいだけなら、少しもかまわない。

「こんなふうに」彼はギャビーの手を胸に導いて、乳首に触れさせた。男性の平らな乳首は、意外にも触れると固くなった。手はみぞおちをさがって、おなかへ向かう。彼に触れているど、指先がぞくぞくする。肌はなめらかであたたかく、毛も生えている。自分のやわらかくつるつるした肌とは少しも似ていない。彼に触れるのは楽しかった。このまま朝までさわっていてもいいくらいだ。

ひとりでに指がおへそを探りはじめると、彼が手を放した。ここをさわってみたくなったときのことを思いだした。タオル越しではなく、じかにさわりたいと……ギャビーは指を入れたり出したりしてから、そのまわりを撫でた。自分のおなかとはまるでちがう筋肉質の固いおなか……

「そこでとめないで」自分の細く白い手と、それより濃い色合いの毛の生えた肌を見くらべて、手がとまっていた。いたずらっぽい言い方だったが、かすれた響きがあった。彼の目を見て、はっと気づいた。もっと下をさわってほしいのだ。ふたたび彼の手が重ねられ、さらに下へいざなわれても、ギャビーは抵抗しなかった。彼が上掛けを足もとまで蹴飛ばし、目的のものがあらわになった。

それを見るなり、背筋がぞくぞくっとなった。まあすごい、どうりであんなに痛かったわけだわ。どんなに教育のない者にでも、ギャビーのサイズと合わないことはわかるだろう。もっと大柄な女性向きのものにちがいない。

思ったことを口にすると、彼は大笑いした。

「いまの言葉は〝だいじょうぶ〟を埋めあわせてくれたな」

わけがわからず、顔をしかめた。「どういう意味?」

「なんでもないよ。ガブリエラ、ここがたまらないんだ。さわってくれ。お願いだ」

ギャビーは〝お願い〟という言葉に弱い。彼の手に導かれるまま、そっと握ってみる。手をひっこめずにいるのがやっとだった。その感触は——未知のものだ。このまえ、彼が療養中にさわったときは、もっと小さかったし、ほんの一瞬だったので、どんな感じだったかもおぼえていない。いまは大きくて、分厚くて、熱くて、ちょっぴり湿っていて、ベルベットのようになめらかだ。どんなことになるのか、試しに握りしめてみた。

息を吸いこむ音がして、彼のほうを見た。魅入られたように、その顔を眺める。顎を引き締め、額には汗を浮かべている。唇はひらきかげんで、食いしばった歯のあいだから息をしている。目は糸のように細く光り、視線を受けとめている。

「痛いの?」手を放そうとしながらきいた。

「いや」歯の隙間から声を絞りだした。「ぜんぜん。すごく――いい気持ちだ」

「そうなの?」興味をひかれて、上半身を起こし、もう一度握りしめた。うめき声ともうなり声ともつかぬ、低くしわがれた音が漏れてきた。

「こんなふうにしてみてもいい」

彼はまた手を取って、どうやったらいいか教えてくれた。かたわらに膝をつき、教わったとおりにしていると、いきなり手首をつかまれてどかされた。

問うように彼を見る。

「もうじゅうぶんだよ」荒い息をつき、ギャビーの手首を握ったまま、目を閉じてただ横になっている。やがて、ようやくまぶたをあげ、少しぎこちなくほほえみながら、視線を合わせた。それから、体を起こした。

「ガブリエラ」彼は目の前にいる。ギャビーは腰を落としてすわっていたので、頭のてっぺんが彼の顎にも届いていなかった。

「なあに？」

「僕を信じて、ほかのことも試してみないか」

いまでは不安より興味のほうが強くなっていた。「どんなこと？」

手首を握っていないほうの手をのばし、ギャビーの首筋をつつんだ。なにも言わず、やわらかなうなじを撫でていたが、しばらくすると、顔を近づけてきて唇を重ねた。

37

気がつくと、ふたたびベッドに横たわっていた。なぜかガウンまで脱がされ、脚のあいだには彼がいて、またもや攻撃しようとしている。ギャビーは情熱に酔いしれていて、彼にしがみつくことしかできなかった。経験したばかりのあの痛みを、殉教者《じゅんきょうしゃ》のように待つだけだ。

彼のキスに惑わされたのだった。最初は唇に、それから胸とおなかに、さらには腿の内側にも。そして、信じられないことに、彼は大事なところにも口をつけて愛撫した。ギャビーが興奮に打ち震え、あえぎ、身をくねらすまで。

そうやって、あまりの快感になにも考えられなくなったとき、脚のあいだにはいってきたのだ。ギャビーの浅はかで性懲《しょうこ》りもない体は、熱く濡れていた。彼につけられた火が燃えあがり、ひたすら——彼を求め、欲していた。

秘密の扉を探っている彼は、とてつもなく大きくて、思わず目を見開いた。だが、キスで口をふさがれていたので、やめてと命じることもできないうちに、彼はなかにずんずんはいってきて、ぎゅうぎゅう押しこみ——でも、少しも痛くなかった。

痛いというより――心地よい感じがした。

「だいじょうぶ?」彼はようやく唇を離し、かすれた声できいて、顔をのぞきこんだ。

「ええ」声があやふやだったのか、それともまだ目を丸くしたままだったのかもしれない。

彼は熱情にかられた硬い顔をしているのに、苦笑したから。

「安心して」という言葉に、自分でもちょっと意外だったけれど、すなおに従った。彼のものは大きくどっしりしていて、岩のように固かったけれど、それを動かさず、ただ奥のほうまで入れたままにしている。その結果――思いもかけない感覚をおぼえた。どうなるかと思ってておそるおそる腰を動かしてみると、彼をつつんでいるところが締めつけられるように熱くなって、あえぎ声を漏らしていた。彼がさっきとはまるでちがうほほえみを浮かべ、顔を寄せて耳の下のやわらかい場所に唇を押し当てた。それでも、下半身はまだ動かさない。じれてきて、もういっぺん腰を揺らすと、下腹から熱い快楽の蔓《つる》がくるくるのびて、腿まで駆け抜けた。その甘美な心地に震えながらうめくと、彼が腿の下に手をさしいれて脚を持ちあげ、膝を曲げさせた。

「僕の腰に脚をからませて」と、耳もとでささやく。

深く息を吸いこんで、言われたとおりに脚を巻きつけたら、自分が期待にわなないているのがわかった。それから、いよいよ彼が動きだした。ゆっくりとした着実な動きに、ギャビーは叫び、背をそらし、彼にしがみついた。

「うーん、いい感じだ」彼がしゃがれた声を出した。でも、ギャビーの耳にはほとんど届いていなかった。自分の鼓動が激しすぎて聞こえない。あえぎ、悲鳴をあげ、想像したこともない感覚の海に溺れていた。あの溶けだすような感じが、今度は燃える液体と化して血管を流れてゆき、神経の末端を波打たせ、いまにも体が炎をあげそうになっている。その反応に気づいて、彼の動きが速くなり、荒々しく奥まではいってきた。けれども今度は、その激しさがうれしく、ギャビーももどかしくなるほど貪欲に応えていた。そうしてついに、彼が体のあいだに手を割りこませ、欲望の核心を探り当ててこすりだした。ギャビーの情熱は渦を巻き、抑えがきかなくなった。

「ニック、ニック、ニック！」彼の肩ですすり泣くと、突然、世界が爆発して、炎の風車のようにくるくるまわった。長く甘美な震えが体を駆けめぐる。彼にしがみつき、あえぎ、体を揺らしながら、歓喜の流れ星がぱちぱちと音をたてて血管を流れていった。

彼は抱きしめる腕に力をこめ、体を震わせて奥深く突きいれ、みずからも昇りつめた。

宙を舞う心地のギャビーは、ようやく地上にもどってきて目をあけた。あおむけに寝ていて、かたわらでは彼が肘をついて横たわり、気だるく、憎らしいほど満足げな笑みを口もとに遊ばせて、こちらを眺めていた。

「どうだったかな。〝だいじょうぶ〟より、だいぶよくなったんじゃないの？」

その顔つきからすると、わざわざきかなくてもわかっているようだ。

「答える気はありません。あなたをこれ以上うぬぼれさせたくないもの」

彼は笑い、顔を近づけてキスした。「そのうち教えてくれ」上機嫌で言った。大きなあくびをひとつして、ギャビーをそばに引き寄せたかと思うと、もう眠りこんでいた。

むっとする間もなく、ギャビーも彼の腕のなかで眠っていた。

目が覚めると、自分のベッドに寝ていた。メアリが静かに動きまわり、暖炉の火を熾《おこ》して一日の準備をはじめている。早朝の冷たい光がカーテンの縁からさしこんでいる。手足をのばすと、裸でいることに気づき、ゆうべの出来事が脳裏によみがえった。愛を交わしたのだ、ウィッカムと――いえ、ニックと。彼はもうニックよ。わたしのニック。向こうみずにもほどがあるが、本名さえさだかでない不埒なならず者にいちばん大切なものを捧げ、ミスター・ジャミソンとの安定した暮らしもどこ吹く風と、一夜かぎりの夢のようなひとときに身をまかせたのだ。

そのすばらしいときを、一秒たりとも悔やんでいない。

もう一度手足をのばすと、腿のあいだが少しひりひりし、胸がいつになく感じやすくなっていることに気づいた。その原因が鮮やかに思いだされ、うっとりと天井を見あげてほほえんだ。

ニック。わたしはニックに身を捧げたのよ。

「申し訳ありません、お嬢さま。起こすつもりはなかったんですが」メアリが炉床の灰を掃きだしながら、すまなそうに見ている。

「いいのよ、メアリ」メイドにほほえみかけて、突如ぎょっとした。ウィッカムは――じゃなくて、もうニックよ。それにあいつが身のためを思うなら、それが本名であるべきだわ――この部屋にいた証拠を残していっていないかしら。ブリーチズとか、ストッキングとか。彼の服が絨毯に散らばっている恐ろしい絵が頭に浮かんだ。

けれども、起きあがって確かめることはできない。このまま首まで上掛けで覆っていないと、裸なのをメアリに見つかってしまう。全裸で寝ているだけでも、じゅうぶんとんでもないことだ。たとえ、寝室に殿方の服が脱ぎ捨てられていなかったとしても。それより不届きなのは、この寝室でその殿方が寝ているのを見つかることだろう。あるいは、ギャビー自身が殿方のベッドで寝ているところを見つかることだろう。

たぶん、一時間前まではそうだった。

ニックに自分のベッドまで運ばれた記憶は、ぼんやりとしか残っていない。ありがたいことに、彼はあれほど深い眠りからさめて、それだけはしてくれたのだ。そのときに、自分の衣類も持ちかえってくれたにちがいない。彼が何者にしろ、抜かりのない人間だから。

ニックについて知っているすべてをあれこれ考え、それにもかかわらず彼に夢中なことを自覚して、これまでに感じたことのない幸せな気持ちが、ふつふつと湧いてきた。

「さあ、お風呂の用意をして、メアリ。それから朝食も運んでちょうだい」

「まだ起きるには早いですよ」メアリがおぼつかなそうな顔で言った。「七時半になったばかりですし。もちろん、早起きされたのはお嬢さまだけじゃありませんけど。閣下はもっとまえに馬でお出かけになりました」

ギャビーは驚いて目を丸くした。「閣下って――ウィッカム伯爵のこと？」彼の名前を呼び分けるのは面倒になるだろう――みんなの前ではウィッカム、ふたりだけのときはニック。いまだって、危ないところだった。ああ、事態はますます複雑になってゆく。「もう出かけたの？」

「ええ、そうです。一時間ほどまえに、お伴をつれて、あのバーネットというかたと。バーネットがご自分で馬の支度をしました。そのせいでお嬢さまのジェムは、厨房にはいってきたときかなり気を悪くしていました。バーネットには馬に手を出す権利はないと言って」

ギャビーはメアリを見つめた。ニック――とバーネット――は馬でどこかへ出かけた。ただの朝の乗馬なら――時間が早すぎるし、あんなに張りきったあとだけれど――バーネットは連れていかないはずだ。そうでしょう？

恐ろしい考えに襲われた。彼は――ああ、どうかそうではありませんように！――トレントと対決しにいったのだろうか。

そう思うだけで、気が遠くなりかけた。

「下へ行って、朝食を持ってきてちょうだい、メアリ。もう起きるわ」

その日、彼は帰ってこなかった。朝になってももどらなかった。ギャビーはその日ずっと、ひどい頭痛を訴えて部屋にひきこもり、はらはらしながら彼の帰りを待った。しかし、彼は帰らなかった。

ミスター・ジャミソンが訪ねてきたが、レディ・ガブリエラは体調がすぐれずお会いできない、と告げられると、あまりがっかりもせずに去っていったらしい。ベスと一緒にときどき様子を見にきたクレアによれば、ほかにも来客があったそうだ。十人くらいの紳士と、ほぼ同数の淑女の訪問があったという。社交界に名を売ったたしかなしるしだ。

「明日は自分で下におりて、ミスター・ジャミソンをお迎えしなければいけませんよ」オーガスタ叔母がきびしい声で言い渡す。叔母は頭痛がぴたりと治まるというチザン茶の煎《せん》じ方を教えに、みずから部屋まであがってきたのだ。「残念ですけど、ウィッカムのおまえに対する異様な振る舞いのことは、まだ噂になっています。わたしがだいぶ鎮めておきましたけどね。まったく。モード・バニングの口さがないことときたら。昔からですよ。それに、彼女はおまえたちが嫌いで、とりわけクレアのことは目の敵にしてる。噂の出所はまちがいなく彼女でしょう。それを鵜呑みにするのは、ごく少数の人間——常識のない人たちですけど。それでも、ミスター・ジャミソンをしっかりつかまえておいたほうがいいわ。好事魔多しと言いますからね。おまえの年頃の娘にふさわしい縁談は、降るほどあるわけじゃないんだから」

ギャビーは自分もそう思うと言った。その返事に元気がなかったのか、オーガスタ叔母は頭痛の治し方を書きとめてから帰っていった。

朝になってもニックがもどらないと、ギャビーは心配でどうしようもなくなった。ゆうべは一睡もしていない。隣室の物音に耳をすましていたのだ。帰ってきたことに気づかなかったのかもしれないと思って、部屋も二回のぞいてみた。けれども帰宅した気配がないのがわかると、トレントに怪我をさせられたか殺されたのではないかという恐ろしい考えが、頭を占めはじめた。

それ以外にどんな理由があるだろう。一緒に夜を過ごした翌日だというのに、ふいといなくなってしまうなんて、ひとこともなく去ってしまうなんてことは、まずありえない。

心配のあまり、ニックのことしか考えられなくなって、ギャビーはジェムを呼びつけた。

「あの公爵野郎がまだロンドンにいるかどうか確かめろっていうんですか」あきれたようにきく。スタイヴァーズ同様、ジェムも昔からトレントのことを知っていて、蛇蝎《だかつ》のごとく嫌っている。もちろん、トレントのせいで窓から飛びおりて脚を悪くしたことは話していないけれど。「さしつかえなければ、理由をちゃんと教えてもらえませんかね」

「それは――トレントに侮辱されたから、それをウィッカムに教えたら、トレントを殺してやると言ったの。それで、昨日の朝早く出かけたきり帰ってこないのよ」

「それじゃあ、ミス・ギャビー、あのペテン師がお嬢さんの私事にまで深くかかわってるって聞こえますけど」

「ジェム、お願いだから言われたとおりにしてよ」悲愴な思いが声に出ていたのだろう、ジェムの表情が曇った。

「あいつの口車に乗せられたんだな。あいつと気脈を通じてるんですね、ミス・ギャビー。あの男はやっかい以外の何物でもないのに」

「ジェム……」

「どうしてもというなら、やりますよ。はっきり言って、あいつになにかあったとは思えませんけどね。それより、もっとうまいもうけ話を見つけて、そっちへ乗り移っただけじゃないですかねえ」

もどってきたジェムの報告を聞くと、ギャビーは具合が悪くなった。トレントはまだロンドンにいて何事もなく動きまわっており、ジェムが気をきかせて馬丁や使用人にたずねたところ、ウィッカムやバーネットがトレントに近づいた気配はないというのだ。

ウィッカムが消えてしまった理由が際限なく思い浮かび、そのどれもが芳《かんば》しいものではなかった。

前日の頭痛がまだ残っているのを言い訳に、クレアとベスから誘われた外出を断わって、ギャビーは昼食がすむとすぐに自室に引きあげた。そこまでするのは浅ましいと思うが、ウィッカムの——ニックの——あるいは、ほかの何者かの——部屋を調べたら、彼が消えてしまった手がかりが見つかるかもしれない。

忽然と、黙って消えてしまったのだ。

いちばん心にひっかかっているのはそれだ。一緒に夜を過ごし、たがいのことを深く知りあったばかりなのに、黙ってこれほど長く家をあけるなんて、絶対にありえない。

ギャビーは境の扉から彼の部屋にはいった。夜盗のような気分だ。この時間なら、使用人たちはみな忙しく立ち働いているだろうが、それでも、ウィッカムの持ち物を調べているところを見つかるのは避けたい。きっと変に思われるだろう……

彼の部屋は妙に心がほっとした。まず化粧室から探った。ブラシには、つややかな黒い髪が数本くっついている。房のついたヘシアン・ブーツは磨きあげられ、隅に並んで置かれている。椅子の背には、おろしたてのクラバットが掛かっている。抽斗をあけ、やましさを感じながら中身をあらためたが、それらしきものは見つからなかった。カフスボタンや宝石類やふつうの装身具といった、男性の身だしなみに必要なものばかりだ。寝室にも、個人を特定するようなものは見当たらない。マントルピースの上には、折りたたみ式の小型望遠鏡。暖炉のそばのテーブルには、葉巻の箱とブランデーの瓶。ベッドの脇の小卓には、戦史ものの本。

彼の素姓や身分を示すものも、どこにいるのかを教えてくれるものもなかった。

やましさをつのらせ、小卓にひとつだけついている抽斗を引いてみる。

最初に気づいたのは香りだ。頭がくらくらするような、甘ったるい、ちょうど盛りを過ぎたバラのようなにおい。鼻にしわを寄せながらも、ほほえみそうになる。ニックがこんな香りに惑わされるわけがない。それでも、どこかで嗅いだにおいだと思って、だんだん眉が険しくなる。そして、抽斗に趣を添えているものに視線を落とした。開封された手紙が、きれいに折りたたまれて重なっているのを見たとたんわかった。

この香りのもとは、レディ・ウェアの恋文だ。

38

他人の私信を盗み読むのが、言語道断なのはわかっている。このまま抽斗を閉めて部屋から出ていったほうがいいことはわかっている。どうしても、そうできないだけだ。香水まみれの私信を一通取りあげて、読みはじめた。

愛の言葉がくどくどと連ねてあるほかは、愛しいウィッカムがおこなった愛の行為の数々や、レディ・ウェアがしてもらいたいことの数々が描写されているだけだった。

すべての私信を読みおえるころには——全部で六通あったと思う——強烈な打撃を受けたような気分になっていた。顔から血が流れだすのを感じた。胃がむかむかし、いまにも吐いてしまいそうだ。

私信に記されている愛の行為のなかには、ギャビー自身も愛しいウィッカムから教えられたものがあった。

「お嬢さま！」

隣室からメアリの声が聞こえ、ギャビーは顔をあげた。読みおえたばかりの最後の一通をしまい、抽斗を閉めると、ゆっくりとした足どりで自室へもどりはじめる。ウィッカムの部屋にいたことを見とがめられるのも、もはや気にならなかった。ウィッカムのことなど、もうどうでもよくなっていた。彼の警告するような口調が耳によみがえる。ジェムに言わせれば〝本物のごろつき〟の誘惑に身をまかせたあの忘れられない一夜、彼は「明日は」と言いかけた。彼なりに、明日のことはわからないと言おうとしていたのではないか。

そして、明日がやってきた。

彼の身をあれほど心配したのが、ばかみたいに思える。いえ、痛ましささえ感じる。これでは、かなわぬ恋に身を焦がす年増のようだ。もちろん、彼にはなにか言い残してゆくつもりなど毛頭なく、理由はなんであれ、バーネットと去っていったのだ。彼との思い出は、太陽であり、月であり、星だったかもしれないけれど、彼にとっては、ほんの戯れでしかない。毎晩のように取っかえ引っかえするさまざまな女たちとおなじ。自分もそのひとりにすぎないのだとわかって、ギャビーは胸が張り裂けそうになった。

「あら、お嬢さま、そこにいらしたんですね」

気づかないうちに、境の扉から自分の部屋にはいっていた。メアリがほほえみかけて、顔をしかめた。

「また頭痛がぶりかえしたんですか」心配そうにきく。「お顔の色が真っ青ですよ」

「なにか用なの、メアリ？」自分でも驚くほど、冷静沈着な声だった。胸の内は傷つき、いや、粉々に砕けていた。だが、これまでの人生の大半を父のような人間と暮らした経験から、傷ついた心は見せないに越したことはないのを学んでいた。

「ミスター・ジャミソンがおみえになってます。それから、レディ・サルコムもおみえで、お嬢さまにお知らせしてくるようにとおっしゃられて。ご気分がすぐれないとお伝えしましょうか」

ギャビーは深く息を吸いこんだ。ミスター・ジャミソンが来ているなら、目的はひとつしかない。正式に求婚したいのだ。

それを断わるのは愚かとしか言いようがない。良識がもどるのが間にあったことを神に感謝するばかりだ。

「いいえ、メアリ、まいります。手を洗って、髪をととのえてから行くわ」

手を洗い、メアリに髪をピンで留めてもらってから、階下へ向かった。ひと足踏みだすごとに、盛りを過ぎたバラの甘ったるいにおいが襲ってくる。どれほど手を洗っても、レディ・ウェアの香水のにおいは、肌から取れなかった。

明くる日はクレアのお披露目舞踏会の当日だった。オーガスタ叔母の指示のもと、狂乱の準備がまわりでおこなわれていたにもかかわらず、ギャビーはうっかり忘れそうになっていた。クレアに化粧室へ追いやられ、メアリにお風呂と着替えと結髪《けっぱつ》をせかされなかったら、病気を理由に部屋にこもっていたかもしれない。今回は、気分がすぐれないのはかならずしも嘘とはいえない。この三日間ろくに食事も喉を通らないし、ほとんど眠ってもいなかったから。

ウィッカムはまだもどっていなかった。黙って出かけたきり、三日近くも行方がわからないのだ。

「あの子ときたら、ただじゃおかないからね」オーガスタ叔母は遅れてきたギャビーの耳もとでささやき、腕を取って、客を迎える列に押しこんだ。叔母は紫のサテンのドレスに見事なダイヤモンドのネックレスをさげ、銀髪にはダチョウの羽根を三本飾っている。金のサテンのアンダードレスの上に鈍い金のレースの夜会服をはおったギャビーは、堂々とした叔母と美しい妹にはさまれて、自分が見劣りするのはわかっていたが、そのほうがいいと思っていた。「あの子は舞踏会の主人なんですよ。その主人がいないなんて、みなさんがどう思うかしら」

叔母はギャビーとクレアをつぶさに眺めた。隣にいる妹は、おとぎ話のお姫さまのようなスパンコールのついた真っ白いドレス姿で、真珠のネックレスだけをさげている。「ふたりとも、よく似合ってること。ガブリエラ、ちょっと頰をこすってごらん。顔色が悪すぎますよ」

そして、最初の客人たちが階段をあがってきた。

舞踏会は大成功だった。夜が更けるにつれて、室内が熱気につつまれてゆくのを感じた。ロンドンの上流社会の人々が一堂に会し、女性は意匠を凝らしたドレスと高価な宝石で身を飾り、男性は上等の夜会服を着こなしている。オーガスタ叔母は、客たちが立錐《りっすい》の余地もないと話しているのを漏れ聞き、それが最高の褒め言葉なのを知っているので、有頂天になっていた。ウィッカムの不在は――叔母はときおりかたわらに来てこぼしはするものの――母方の遠縁に不幸があったと説明しておいたため、それほど話題にのぼらなかった。それに、ギャビーが兄とあまり上品ではない振る舞いにおよんだことは、とうに忘れられているようだった。

「それにしても、どうしてウィッカムは黙ったまま出かけたりできるのかしらねえ」ミスター・ジャミソンにパンチを取りにいかせると、オーガスタ叔母は苦々しく言った。「わかったら説明してちょうだいよ。この舞踏会でおまえの婚約を発表できたらいちばんいいんだけど、ウィッカムがいないんじゃ、そういうわけにもいかないでしょう。あの子がもどるまで待つしかないわね」

ほんとうにもどってくれればの話だけれど、と思いながら、ギャビーはレディ・ウェアの恋文を読んでいらい胃を締めつけているしこりが、凍りつくのを感じた。彼が女たらしだということはよくわかっていたはずなのに――数ある欠点のなかでも、いちばんの問題かもしれない――愚かにも、自分との関係だけは特別だと思いこんでいた。その思い違いから、彼に恋することを自分に許し、心の奥に刺さった棘のような彼への思いをつまみだすことができなかった。その思いが、しばらくのあいだ、心に居すわっていたのだ。でも、もう彼の正体に目をつぶったりしない。彼はただの魅力的な悪党にすぎない。

わたしには生きるべき人生がある。そして、養うべき妹たちがいる。

ミスター・ジャミソンはまじめな良い夫になってくれるだろう。自分には過ぎた人かもしれない。

昨日、ミスター・ジャミソンから結婚を申しこまれ、彼を冒瀆《ぼうとく》していることは重々わかっていながら、承諾した。今後は、ふさわしい妻になるよう精いっぱいつとめよう。

それがせめてものつぐないだ。清らかなままではないことを隠して嫁ぐのは、相手をだましていることになるのだから。

「あのかたたちが最後のようね。お出迎えがすんだら、わたしたちも行きましょう」オーガスタ叔母が、階段の列がだんだん短くなるのを眺めて言った。背後のホールでは、お仕着せ姿の使用人たちが、最高級の外套やオーバーを手にして小走りに歩いている。正面の扉は閉まっていて、去ってゆく馬車の音を遮断している。

ギャビーは最後に到着した客を迎えてから、ミスター・ジャミソンがさしだした腕を取って、舞踏場へはいっていった。先にお出迎え役を免除されたクレアは、もうひと組のカップルと一緒に軽快なカドリルを踊っていた。クレアのパートナーはティンダル侯爵で、うっとりした目で妹を見つめている。客の大半はフロアの端のほうをうろうろしている。まだダンスを申しこまれていないデビュタントも数人いて、壁際に並んだ椅子に腰をおろしている。シャペロンの色鮮やかなドレスのなかで、デビュタントの白いドレスはいやでも目立つ。デズデモーナも、その気の毒なひとりだった。かたわらのレディ・モードは花崗岩に刻んだような笑みを顔に貼りつけ、隣の貴婦人と話をしていた。ギャビーはデズデモーナがかわいそうになり、ふさわしい紳士を見つけしだい彼女のもとへやろうと心に誓ってから、目をほかへ向けた。

舞踏場は細長い部屋で、まだ夜がはじまったばかりなのに、すでに人いきれで暑かった。庭を望む縦長の窓は開け放たれ、薄いカーテンが風にはためいている。幾十もの金箔の燭台の上ではロウソクの明かりが揺らめき、さらなるロウソクの炎が、頭上の水晶のシャンデリアの光に照り映えている。四隅には花と緑が並べられ、壁にはめこまれた鏡がその姿を映しだしている。今宵のために呼ばれたオーケストラは美しい音色を奏で、あたりには心を打つ調べと、笑い声や話し声が満ちあふれていた。

ギャビーはミスター・ジャミソンの腕にひっぱられ、彼の妹や友人たちに紹介された。自分の友人ともおしゃべりをしながら、気づかないふりをしていたが、ミスター・ジャミソンとの仲に関する感想があちこちでささやかれているのは知っていた。社交界の活力源はゴシップであり、ギャビーたちのこともその大河の支流のひとつにすぎない。こうしてまずまず楽しめないこともない夜が過ぎていったが、オーケストラが最初のワルツを演奏しはじめたときだけ、気持ちが沈んだ。

ニックとワルツを踊った思い出がまざまざとよみがえってきたのだ。

「よかったら……?」ミスター・ジャミソンがやさしくフロアを手で示した。

ギャビーはほほえみかけた。ミスター・ジャミソンは思いやりのある善良な男性だ。その人と一緒になるありがたみをわからずに、ハンサムな放蕩者との恋に真っ逆さまに落ちてしまったのは、彼のせいではない。

「ほんとうはダンスは踊らないの」笑顔で言うと、ミスター・ジャミソンは見るからにほっとした顔をして、サパールームへいざなった。

39

三日間をほとんど馬上で過ごし、ニックは疲労困憊《こんぱい》していた。並んで馬を走らせているバーネットも、同様に疲れた顔をしている。瀟洒《しょうしゃ》な住宅街の裏手にある細い路地を抜けて厩舎に近づくと、音楽が聞こえてきて、ふたりは顔を見あわせた。

「しまった、クレアの大事な大事な舞踏会を忘れていた」

「そりゃあ、大目玉を食らいますね、キャプン」バーネットが癪にさわるほど楽しそうに言う。「ミス・ギャビーはきっとキャプンの首を刎《は》ねるでしょう。レディ・サルコムも。あの老婦人はこの舞踏会の作戦をナポレオンより周到に練ってましたからね。きっと、キャプンを粉々に嚙み砕いて吐きだすでしょう」

「おまえはいったいだれの味方なんだ、バーネット？」ニックは苦い顔できいた。にやりと笑われて、気分はますます悪くなった。さらに、馬を厩舎へ連れていくと、出てきた馬丁はジェムだった。

ふたりを見るなり、ジェムはしかめっ面をした。「ほう、帰ってきたのか」舐めた口調で言う。ニックは馬からおりて、手綱を渡した。バーネットもおなじようにすると、うなり声が返ってきた。

「女性がたに変わりはないか」本心から知りたかったのと、不本意ではあるがガブリエラのために、この老いぼれの無礼を我慢しなければならないという結論に達していたから、ニックは声をかけた。

「ごきげんだよ」ジェムは言葉とは裏腹に、ぶすっとした声で答えた。馬たちを連れていこうとしたが、振りかえってバーネットをにらみつける。「おまえの腐れ馬は自分でしまっておけ」手綱をつっかえす。「おれはおまえの馬丁じゃない」顎を引き締め、ニックを横目でにらんだ。「ほんとのところは、あんたの馬丁でもないんだ。あんたは彼じゃないからな」

「根性の曲がった老いぼれめ」ジェムがニックの馬を引いて去ってゆくと、バーネットは言った。「いつか、あいつに強烈なパンチをお見舞いしてやりますよ、キャプン、我慢の限界が来たら」

「まあ、無理だな」ニックはにべもなく言った。「ミス・ギャビーがお気に召さないだろう」

バーネットは不満げな声を漏らし、自分の馬を引いて厩舎にはいっていった。

暗がりに取り残され、ニックは足早に裏庭へ向かった。曲がりくねったレンガ敷きの小道ではなく、灌木《かんぼく》の陰に沿った芝地を選び、舞踏場の窓から音楽や笑い声や話し声とともに漏れてくる明かりをさけて進んだ。このまま行けば、だれにも見とがめられずに自分の部屋にもどれるだろう。家を出てから風呂にもはいっておらず、三日前のゴミのような悪臭を放っているのが自分でもわかる。ひげも剃っていなければ、服も着替えていない。これ以上伯爵らしくない人間はそうそう見つからないだろう。

だが、さがしていたものがついに見つかったという確信を抱き、ほんの半日程度のつもりで出かけたのだが、ひとつの事柄が別の事柄を導いているうちに、いきなり謎の答えが転がりこんできて、半日が三日に延びてしまったのだった。

いまはただ、ガブリエラの顔を見たいだけだ。

たとえ入り組んだ謎の全貌があきらかにならないとしても、ひとつだけはっきりしていることがある。ガブリエラは俺のものだ。彼女の純潔を奪ったときから、身の振り方は決めていた。もっとも、この状況ではその栄誉に浴するのはやっかいだろう。細部までぬかりなく進めなければならない。

裏口から邸内にはいり、使用人用の階段を一段飛ばしにのぼりながら、ニックはうっすらほほえんでいた。肝心なのは、彼女がどれほど自分を恋しがっていたかということだ。

これまでどおり運が良ければ、すぐにでも彼女から聞きだしたいところだが、恋しくてたまらなかったという答えが返ってくるはずだ。

「マーカス！　マーカス！」

ニックはびっくりして顔をあげた。上品な白いドレス姿のベスが階段のてっぺんに腰かけ、黒いスリッパを履いた足をそろえて下の段にのせている。そんなところでなにをしているのかと思ったが、膝の上の皿を見て、頬がゆるんだ。サパールームから料理を失敬してきたのだろう。

「どこに行ってたの？」ベスは立ちあがり、笑顔で階段をおりてくると、片手で抱きついてきた。抱きしめかえしながら、ニックは自分が実の妹と会ったように喜んでいることに気づき、体を離してからベスの顎を軽くつまんだ。「クレアの舞踏会に間にあわないわよ。オーガスタ叔母さまはかんかんだし、ギャビーも落ちこんでる――わたしは落ちこんでると思うの。自分では気分がすぐれないって言ってるけど」ふいに、鼻にしわを寄せて、疑わしそうに兄を見あげる。「なんのにおい？」

ベスの言葉が気になったが――気になるどころではなかったが――思わず笑ってしまった。

「たぶん、僕だよ。気にするな。ガブリエラは病気なのか」

「本人はそう言ってる」ベスは真剣な目で見つめた。「ギャビーが落ちこんでるのは、ミスター・ジャミソンとの結婚を承諾したせいだと思うの。彼のことなんて、少しも好きじゃないでしょ？」

「なんだって？」ニックは愕然として、ベスをまじまじと見た。

激しく頭を動かして言う。「知らなかったのね。ギャビーにきいたら、マーカスの許可はいらないって言われたから、てっきり知ってるんだと思ったの」

「ジャミソンがガブリエラに求婚するということは知っていた」ニックは慎重に言葉を選びながら、頭をしゃんとさせなければと思った。いま話題にしているのは、自分たちのきょうだいのことなのだから。だが、疲労のあまりまともに考えるのもむずかしく、ましてや蜘蛛の巣のように張りめぐらした嘘の糸をもつれさせないようにするのは、困難をきわめた。「ガブリエラは断わるつもりだと思っていたが」

ベスは首を振った。「承諾したのよ」

「たしかか?」

ベスはうなずいた。

「いつだ?」

「昨日、彼が結婚を申しこみにきて、ギャビーは応じたの。オーガスタ叔母さまは今夜の舞踏会で発表したかったみたいだけど、お兄さまが帰ってこないうちはできないって」声に力がなくなり、心配そうな顔でニックを見あげた。「でも、こうして帰ってきたわけでしょ? 着替えて、みんなのところへ顔を出せば、まだ発表できるわ」

「まっぴらだ」考えるより先に声が出ていた。

ベスはその言い方になんの不審もおぼえなかったようだ。「わたしもそう思うの。ギャビーもほんとうは彼と結婚したくないのよ。お兄さまなら、やめさせられるかもしれない。わたしの話は聞いてくれないの」

「なんとか説得してみるよ」ベスの赤い髪をちょっとひっぱり、階段をのぼりはじめる。

「教えてくれてありがとう」

「帰ってきてくれてよかった」ベスの声を背中に聞きながら階段をのぼりきり、自分の部屋へ向かって廊下を進んだ。

十五分ほど経ってからバーネットがあらわれたときには、従僕が用意した風呂をつかい、黒の夜会用ブリーチズと白の絹のストッキングを身につけ、ひげを剃りかけていた。

「たいした従者だな、おまえは」ひげを剃りながら、嫌味を言った。

「おれに当たってもしかたないでしょ、キャプン。おれたちが留守のあいだに、ミス・ギャビーが別の男を見つけたとしても、おれには防ぎようがない」バーネットは衣装ダンスを探り、主人の上着を取りだすと、軽く振ってから椅子の背にかけた。

「じゃあ、おまえも聞いたんだな？」バーネットに隠し事はできないし、隠そうとしたこともめったになかった。

「厩舎や厨房で噂になってましたよ。彼女は一日も早く結婚したがってるって」

手がすべり、頬に大粒の血が浮かぶのを見て毒づいた。咳だか笑い声だかわからないくぐもった音が聞こえ、バーネットを横目でにらんだ。

「すっかり形勢逆転ですね。いつもなら、女のほうがわれ先にとキャプンに寄ってくるのに」

シャボンの泡を顔からぬぐいさり、タオルを放った。「自分の仕事に専念したらどうだ？シャツを寄こせ」

ようやく着替えを終えると、ニックは伯爵の気品を失わない程度に急ぎながら正面階段へ向かった。主人を迎えようと足を踏みだしたスタイヴァーズを手で追い払い、階段をおりきろうとしたとき、物音か動きに気をとられ、かたわらに目をやる。

すると、客間にガブリエラがいた。ジャミソンとともに。ここから見るかぎり、ふたりのほかに人はなく、おまけに、あの愚鈍なでぶが彼女をきつく抱きしめているではないか。彼女にキスをしようとして。

つかのま、ニックはその場に凍りついた。怒りと、独占欲と、うとましく思っていた嫉妬のようなむきだしの感情の熱い波が、胸のなかでせめぎあう。それらはついに団結し、ニックは歯を食いしばり、目をぎらりと光らせた。

そして、敵対心をじっと抑えながら、抱きあっているふたりのほうへ近づいていった。

40

「いったいこれはどういうことだ？」

その声で、彼が帰ってきたことがわかった。ギャビーは急激に振りかえり、首を痛めそうになった。一瞬で、彼が無事であることを確かめ、ついで、その姿に見とれた。非の打ちどころのない黒の夜会服は、がっしりした肩と長く力強い脚にぴったり合っている。黒い髪は後ろに撫でつけ、精悍な整った顔は険しく、怒ってさえいるようだ。その目は――やはり、彼は怒っている。猛々しい青の瞳をらんらんと光らせて、こちらを見ている。

おめでたいことに、最初に感じたのは、ニックのような男性はふたりといないということだった。

つぎに、その首をへしおってやりたいと思った。

ミスター・ジャミソンは猛然とにらみつけている男の登場におそれをなしたらしく、とっさに抱擁を解いたので、近くの椅子につかまらなければ倒れてしまうところだった。こじつけめいているけれど、ギャビーはそれもニックのせいにして、にらみかえした。

「これは——その、閣下——わたしの婚約者の——その……」ミスター・ジャミソンは顔を真っ赤にし、五十代の大地主というよりも、少年のように口ごもった。

「ガブリエラ」ニックはミスター・ジャミソンには取りあわず、怒りに満ちた声できいた。

「きみたちはキスをしていたのか」

ギャビーはほほえんだ。顎をあげ、落ちつきはらった冷ややかな声で答える。

「ええ、そのとおりよ」

不穏な静寂のなか、ふたりは見つめあった。

「なんらやましいところはありません。妹御さんはわたしの申し出を受けてくださった。つまり、わたしの妻になるのです。気分を害される必要はないのですよ、閣下。もちろん、妹御さんを守りたいというお気持ちはお察しいたしますが……」

「ミスター・ジャミソン」ギャビーは甘い声で言った。「舞踏室にもどったほうがよさそうね」

「ああ、そうだね。そのほうがよければ」そう言ってミスター・ジャミソンがさしだした腕に手をからませ、ギャビーはきびしい一瞥を投げ、そばを通り過ぎようとした。

「ガブリエラ」ニックは腕をつかむという単純な方法で、押しとどめた。ギャビーは視線をさげた。褐色の長い指が、白く細い二の腕を握っているのを見ると、顔をあげてきっとにらんだ。「悪いが、ちょっと話がある」

「話すことはないわ」はっきり告げ、腕をひっぱって彼の手を振りはらった。ミスター・ジャミソンの腕につかまったほうの手で、部屋を出るようにうながす。熱い息がうなじにかかるほど、ニックが追ってくるのを感じる。

「レディ・ガブリエラ」ミスター・ジャミソンが困惑したような顔と声でいさめる。「お兄さまがああ言っておられるのだから——家族の不和は望ましくない——なんといっても、彼はあなたの後見人なのですし」

「後見人などではないわ」ギャビーは怒りまかせに言い、われに返ってつけくわえた。「わたしは成人しております」

「そうはいっても……」

そのとき舞踏室に着き、ギャビーは顔に笑みを貼りつけた。ニックは戸口をはいったところで、友人につかまって立ちどまっている。急ぎ足でミスター・ジャミソンについていきながら、ギャビーはそちらを振りかえった。デンビー卿と握手を交わしているかたわらで、ミスター・プールとサー・バーティ・クレインが気づいてもらうのを待っている。左手からレディ・アリシア・モンテーニュがミセス・アーミティッジを引きつれて近づいてゆく。知人とおしゃべりをしていたオーガスタ叔母は、ニックの姿を目にとめるなり、全速力で向かっていった。

「いい気味」ギャビーは満足して、ミスター・ジャミソンをうながし、またしてもシャペロンたちとすわっているデズデモーナのほうへ向かわせた。ニックは自由になりしだい追ってくるだろうが、対策は考えてある。

「あなたは少しウィッカム伯爵に冷たいのではないですか。お兄さまのことを慕っているとばかり思っていたんですよ。まちがいなくそう見えたから……」そこで言い淀んだ。「だが、あなたがたが仲たがいするようななにかがあったのはまちがいない。それが事実なら、遺憾なことです。あなたはお兄さまと仲直りできると思いますか。今夜、われわれの婚約発表をしてくれたらと願っていたのですが。早くひろまったほうが、早く結婚式をすませてしまえますからね」この冗談めかした言い方も、ギャビーには聞こえていなかった。椅子に腰をおろすのを、クレアが待ちかまえていたのだ。

「マーカスが帰ってきたわね」興奮した口ぶりで言う。ダンスの合間に駆け寄ってきたところで、お相手の若きミスター・ニューベリーが、クレアに群がる殿方の例にもれず、うっとりした顔であとからやってくる。「もうお兄さまとお話しした？　どこに行っていたのか教えてくれた？」

ギャビーの答えも待たず、クレアは〝お兄さま〟に手を振っている。彼が手を振りかえし、取り巻きの輪を離れてこちらへ近づいてくるのを見て、めったにないことだが、ギャビーはクレアに腹が立った。

「帰ってきてくれて、みんな喜んでいるわ」ニックがやってくると、クレアはさえずった。

ほほえみを浮かべ、つま先立って彼の浅黒い頰にキスする。

ニックはクレアの手を取り、くるりとまわしてドレス姿を眺めて、ほほえんだ。「あいかわらず美しい」

「ありがとう」ニックが手を放すと、クレアは彼の顔を見つめて笑いかけた。ギャビーは自分が恐ろしい顔つきをしているのに気づき、もう一度笑みを貼りつけた。「ずいぶん心配したのよ。とくにギャビーが。なにも言わずに出かけるのはよくないわ」

ニックがちらりとこちらを見る。「そのようだね」

楽団がつぎの演奏をはじめた。

「あら、いけない。ミスター・ニューベリーはどこかしら。彼とのダンスなのに。ああ、そこにいたのね、ミスター・ニューベリー。またあとでお話ししましょうね、マーカス、ギャビー、ミスター・ジャミソン」

そう言うと、フロアへもどってゆく。

「踊ろう、ガブリエラ」ニックが真正面に立ち、怖い顔で言った。

「踊らないわ」にべもなく答える。彼と目を合わせるには、見あげなければならなくて、それが癪にさわった。背が高いのが有利なようで、ずるい気がする。

ニックはいらいらしているようだ。「いいや、踊る」

かたわらで、目を見開いてふたりを交互に見ていたミスター・ジャミソンが、首を振った。

「いいえ、彼女はほんとうに踊らないのです。何度もきいてみたのですが、答えはいつもおなじで」

ニックは眉をひそめた。

「そんなに踊りたいの?」選びぬいた短い言葉で彼がミスター・ジャミソンを黙らせるまえに、ギャビーはきいた。

「ああ、そうだ」

ギャビーはにっこりして、左側のデズデモーナのほうを見た。隣の空席越しに手をのばし、腕を軽くたたいて合図する。

「ウィッカムが踊りたくてしかたないんですって」音楽に負けないように声を張りあげる。

「もちろん、わたしはだめだから、もしよかったら……」

「喜んで」デズデモーナはすばやく答えて、立ちあがった。罠にはめられ、ニックには逃れるすべがない。ギャビーに鋭い一瞥をくれると、ほほえみを浮かべてデズデモーナに腕をさしだした。ギャビーはにこにこして、ふたりを見送った。

「飲み物でも取りにいきましょうか」ミスター・ジャミソンにきく。飲み物は食堂に用意されており、ウィッカムが近づいてくるまでは、そこへ行こうとしていたのだ。

「パンチでよければ、わたしが取ってきますよ」かなり沈んだ顔で、腰をあげる。

「一緒に行くわ」

だがあいにく、扉へ向かう途中でオーガスタ叔母につかまった。

「ウィッカムがもどってきて、ほんとによかったわねえ」紫の羽根飾りを盛んに揺らして言う。「まあ、あの子がクレアの舞踏会を欠席するとは思っていませんでしたけどね。ミスター・ジャミソンとの婚約発表について話したら、喜んでそうすると言いましたよ。おまえと話をして、気持ちを確かめたらすぐにでもって。あんな思いやりのある兄をもって、おまえは幸せ者ですよ、ガブリエラ。男の兄弟というのは、たいていそこまで気づかうことはないんだから」

「では、あなたと話があると言っていたのはそのことだったのですね」ミスター・ジャミソンがほっとしたような顔でうなずいた。「機会がありしだい、話したほうがいい」オーガスタ叔母に視線を移す。「式は六月にあげられたらと思っているのですが、レディ・サルコム、そのまえにあなたのご意見をうかがいたいと……」

ふたりはたちまち、夏の結婚式の利点と欠点についてぺちゃくちゃやりだした。ふたりとも多大な興味をかきたてられているらしいが、ギャビーにとってはどうでもいいことだった。彼らから少し離れて立っていると、背中にじっと注がれる視線を感じて振りかえった。ニックが恐ろしい形相で近づいてくるところだった。青い目をぎらぎらさせている。ギャビーは観念して顎をあげ、足に力を入れた。

「そんな怖い顔をして、恥をさらすのはよして」彼がそばまで来ると、小声で言った。

ニックは笑顔をつくろうとしたが、歯をむいただけだった。

「もう一度僕を避けたら、きみが見たこともないような恥さらしな真似をするぞ」

そのとき、ミスター・ジャミソンがこちらを向き、彼を見つけた。「ああ、閣下、いまレディ・サルコムと話していたのですが、できましたらレディ・ガブリエラとの婚約を発表していただければと――」

楽団がワルツを演奏しはじめた。

ニックが目を合わせた。その魂胆はわかった。

「踊ろう、ガブリエラ」食いしばった歯のあいだから言うと、ギャビーの手首をぎゅっとつかんだ。彼から逃れようとすれば、みっともない場面をさらすことになる――逃れられるとしての話だけれど。ニックはギャビーの背後のミスター・ジャミソンに目をやり、そっけなくうなずいた。「心が決まったら知らせるよ」

そして、引きずるようにギャビーをフロアへ連れだした。

41

「釈明してもらおうか」ダンスに移りながら、ニックは不快げに口をひらいた。

ギャビーはただにらみつけた。相手のずうずうしさに呆気にとられ、とっさに言葉が出てこなかったのだ。

「よりによってあなたなどに釈明する必要は、どこにもないわ」ようやく口がきけるようになると、冷ややかに言った。「お忘れのようだけど、あなたはわたしの兄じゃないのよ」

「いや」目に不気味な光をたたえている。「忘れるわけないじゃないか」

そのほのめかしに、自分ではどうにもできず頰が熱くなるのを感じ、簡単に赤面させられたことに、むかっとした。

「卑劣な人ね」歯を食いしばって言う。

「自分はミスター・ジャミソンとキスをしていたくせに」

「彼とキスしていけない理由がどこにあるの？　わたしたちは婚約しているのよ」

ニックは触れあった手に力を入れ、背中にまわした腕をこわばらせて、ギャビーをくるりとまわした。ギャビーはいやおうなく彼の広い肩にしがみついた。目の端に、金色のレースのスカートの裾が、彼の脚を撫でるのが見える。腹が立ちすぎて、意識せずにやっていたが、なんの苦労もなくワルツを踊っていることにいま気がついた。悪いほうの脚が、ひとりでに弱点を補っていたのだ。

「きみってやつは」どこか楽しそうな声だったが、顔を見あげると、石のように硬い目をしていた。

「嫉妬しているのね」ギャビーはあきれて言った。「ミスター・ジャミソンに」

それから、笑いだした。

すると、硬い目に青い炎がともった。

「だとしたら、どうなんだ?」ややあって、語気荒く言う。「僕はそうする権利をもらったと思うが。それとも、ほんの数日前に、僕のベッドに裸のきみがいたのは、僕の幻想なんだろうか。それなら謝るよ」

ギャビーは口をぽかんとあけ、それから音をたてて歯を合わせた。体のなかで怒りの熱が高まるのが感じられるほど、かっとなった。

「黙って三日も姿を消したあとで、よく言えるわね」そうして、いつわりの甘い笑みを浮かべた。

「だから、僕への腹いせにミスター・ジャミソンと婚約したというわけか」

「うぬぼれるのもいいかげんにして」

「留守のあいだ、僕のことを心配していたそうじゃないか、ガブリエラ」小ばかにしたような顔をする。「クレアがそう言っていた」

ギャビーは背中をこわばらせた。彼の抱擁は解きがたかった。彼の脚がスカートに触れているのを感じる。逃れられるものなら、ぐいと身を引いて、歩き去っていたところだ。けれど、もちろんそんなことはできない。ふたりはダンスフロアの真ん中にいるのだ。まわりでは、何十組ものカップルが踊っていて、おそらく何百もの目が見守っているのだから。

「そう考えているの？」ギャビーも小ばかにしたように目を光らせた。「べつに意外じゃないわ。あなたがうぬぼれる癖があることはわかっているから」

「僕の考えを教えようか、スイートハート。きみがむかっ腹を立てているのは、僕に夢中なことに気づいたからだよ」

その冷やかすような言い方に、公衆の面前で裸にされたも同然の屈辱をおぼえた。このましおれてしまいたい。日を浴びたバターのように溶けてしまいたい。彼の前から逃げだせるなら、どんな手でもつかう。彼の図星を突く言葉は、ナイフのように鋭く刺さった。この男はわたしの純潔を奪い、黙っていなくなったあとで、ぬけぬけと顔を見せ、あざけるような口調でスイートハートと呼んだ。そのうえ……

ギャビーはレディ・ウェアの香水まみれの手紙を思いだした。彼女もニックに夢中なのはまちがいない。

そういう女性はほかにもまだいるだろう。

そう思うと、心がしぼんだ。

「あなたは最低よ」冷えきった声で言うと、知らぬ間に手が出て、彼の横面を張り飛ばしていた。

その音は、針で風船を突いたように、音楽や話し声や笑い声をつらぬいた。ニックはぴたりと動きをとめ、手を放して頬に持ってゆく。ギャビーには自分がつけたてのひらの痕が、はっきり見えた。最初は白くなり、だんだん赤黒くなっていった。

まっさきに気づいたのは、まわりから漏れる空気の音だった。あたりを見まわすと、自分たちは注目の的になっていた。近くのカップルたちは踊るのをやめて見つめている。ほかの者たちも何事かといぶかるように足をとめ、部屋の端のほうにいる者たちまで首をのばしてこちらを見ようとしている。そのなかにクレアの姿が見えた。なにが起こったのかわからないというように、きょとんとしている。部屋の向こう側では、オーガスタ叔母が恐怖の目を見開き、その隣ではミスター・ジャミソンが口をぽかんとあけていた。

空気が漏れるような音は、何十人もの人たちがいっせいに息をのむ音だったのだ。

ギャビーはたったいま、なにもかもだいなしにしてしまった。自分の人生ばかりでなく、おそらくはクレアの人生も。

自分をこんな目に追いこんだ男にはもう目をくれず、ギャビーは背を向け、できるかぎり優雅さ保ちながら、急いで部屋から逃げだした。

「ガブリエラ」背後から、自分の名を呼ぶかすれた声が聞こえる。

ニック。彼はきっと追ってくるだろう。

でも、顔を合わせたくない。いまは会いたくない。二度と会いたくない。

廊下に出ると、使用人用の階段へ向かった。

どうやって裏庭までたどりつけたのか、自分でもわからない。絶望のあまり呆然となっていた。そんなショック状態にあるおかげで、いまのところは気持ちがもちこたえているようだ。

だいなしだ、だいなしだ。

ニックもなにもかも失ってしまった。それもこれも自分の愚かさのせいで。けれども、よく考えてみれば、どれももともと自分のものではなかった。それはみんな、ロンドンにいるあいだのかりそめにすぎず、今夜その命数が尽きたのだ。

ニックがそうであるように、すべては——パーティも衣装も恋人も、社交界を象徴するすべては、熱気や月光でつくられたものだったのだ。

最初から終わりが来ることは決まっていた。決まっていなかったのは、それがいつ来るかということだけだ。

舞踏室の二階の窓からこぼれる明かりをよけて暗がりを歩きながら、襟ぐりのあいたドレスに夜気は冷たすぎ、むきだしの腕をさすった。そよ風が吹いて、スカートを揺らす。音楽はまだ鳴っている。笑い声や話し声もまだ聞こえてくる。

オーガスタ叔母が取りしきっているのだから、姪の尻ぬぐいをしようと躍起になったにちがいない。

だが、夜が明ければ、すべては一変してしまうだろう。

屋敷に目をもどしたとき、暗がりからいきなり手がのびてきて、腕をつかんだ。ギャビーはぎくりとしてあたりを見まわした。ニックがとうとう追いついてきたのだと思いながら。

そこにちがう者の姿をみとめると、足がすくみ、口がからからになり、胸が早鐘を打った。

ピストルが心臓を狙っている。ギャビーはいやになるほど見慣れた顔を見つめた。

「またもや月夜に鉢合わせしたようだね、愛しのギャビー」

42

それがトレントだとわかったとたん、ニックの呼ぶ声が聞こえた。

「ガブリエラ!」

腕を握る手に力がはいった。不意の痛みに、ギャビーはあえいだ。

「静かに」トレントは急に残忍な声になり、ぐいっと引き寄せてギャビーを後ろ向きにさせると、喉もとに腕をまわして、息が漏れない程度に締めあげた。ギャビーは上等なウールの上着の袖越しに、彼の腕に爪を食いこませた。こめかみには銃口を突きつけられ、喉を締められて悲鳴すらあげることができない。冷たい恐怖が背筋を伝う。鼓動が耳に響く。

「ガブリエラ!」

ニックだ。かすかな物音を聞きつけたのか、本能にうながされたのかはわからないが、こちらへ近づいてくる。トレントは灌木の陰の暗がりにギャビーを引きずりこんだ。おぼろ月の細い光は、庭の真ん中しか照らしていない。ニックが小道をやってくる。その大きな姿は、月光のもとではただの黒い影にしか見えない。ギャビーは息をするのもままならないことにおびえていたが、突然、自分のことより彼の身が心配になった。

「ガブリエラ！」

そのとき、ニックがギャビーに気づいた。たまたま金色のドレスが月の光を反射しただけかもしれないが、なにかを見たのはまちがいない。けれども、トレントの姿は見ていないらしく、自分が危険に踏みこもうとしていることには、まるで気づいていなかった。ニックは小道をはずれ、足早に近づいてくる。ギャビーは叫ぼうとしたが声が出ず、てのひらがじわっと湿ってくるのを感じた。

「ガブリエラ、お願いだ……」彼の声はかすれていた。

「おお」トレントが満足げに言い、ギャビーを前に押しながら月明かりの下まで進みでた。まだ喉もとに腕をまわされ、頭に銃を突きつけられている。

ニックははっと立ちどまった。ギャビーをちらっと見てからトレントに視線を移す。にわかにその目が黒玉のように黒々と光った。

「彼女を放せ」

トレントは笑った。「おいおい、冗談だろう」

「逃げきれないぞ」

「ほう、だが、見てのとおり、ギャビーという人質がいるんだから、逃げられると思うが」

銃口をさらに強く押しつける。銃をめりこませようかというほどの力に、思わず弱々しい声が漏れた。そのとたん喉の締めつけが強まり、黙らせられた。ギャビーはトレントがいかに残酷な男かを思いだした。残酷な行為を楽しめる男なのだ。

ギャビーは身を震わせた。いっきに体が氷のように冷たくなる。理性を失いそうな恐怖がどっと襲ってくるのを、懸命に押しもどすのがやっとだった。

「彼女を傷つけたら、おまえを殺す」ニックは覚悟を決めた声で言った。

「わたしを脅すつもりか、大尉《キャプテン》？　おっと、失礼、きみはもう少佐だったね？」喉もとにまわされた腕の力がほんの少しゆるんだ。ギャビーは震える息をついた。すると、また締めつけられた。これは拷問だ。息ができたと思ったら、またできなくなる。それをこの男はわざとやっているのだ。「このたびの昇進おめでとう。きみも彼が実の兄でないことは知っているんだろう、ギャビー。もちろん、承知のうえだな。だが、その正体までは知るまい。ニコラス・ディヴェイン少佐、ウェリントン軍のスパイ狩りの名手だ」

最後の言葉には嘲笑の響きがあった。ギャビーは目を丸くしてニックを見つめた。彼は政府の人間だったの？　それなら、最初から誤解していたことになる。

「そういうおまえは、僕が目下追っているスパイだ」ニックの声には敵意がこめられていた。

「きみは周到だ。それは褒めてやろう。うまく跡をくらましたつもりだったんだが。じつを言うと、きみがロンドンに来てから、ずっと見張っていたんだ。ウィッカムになりすましたのは見事だったたな。本物のウィッカムが予定どおり死んでいるのを確かめるのに、ひと月近くかかったよ」

「おまえが殺させたんだな」

背後でトレントが肩をすくめるのがわかった。気持ちがニックに集中しているせいで、ギャビーの呼吸もいくらか楽になっていた。「そんなことはしたくなかったんだが――友人の息子だしね――あの弁護士のチャロウがよけいなことをしてくれて。マシューは万が一のことを考えて、封印した手紙をほかの書類と一緒に預けていたんだが、チャロウのばかがその手紙を息子に送ってしまったんだ。そこにはわたしがフランスのスパイであることが明かされていた。その秘密はマシューが生きているあいだはずっと保たれていた。マシューは欠点の多い男だが、祖国を裏切ることには気が進まなかった。しかし、経済的な苦境におちいったせいで、ホーソーン・ホールをわれわれの会合の場につかうことを断わりきれなかったんだ。あそこは人里離れているから最適なんだよ。マシューはわたしに多額の借金を負い、返済するすべもなかった。そこで、あの手紙を書いて、そのことをわたしに告げたんだ。もちろん、手紙が息子の手に渡ったままでは困る。わたしが――その――取りもどすまでには、一週間もかからなかったんじゃないかな」

「つまり、家に押し入って手紙を盗ませ、すでに読んでしまったおそれがあるマーカスを殺させるまでにはということか」

トレントはほほえんだ。「そのとおり。もちろん、確信はなかった。だが、まちがいなく読んだだろう。そうでなければ、きみとわたしはここにいない。きみは彼に呼びだされたんだろう？　ひとつ腑に落ちないのは、彼がなぜきみのことを知っていたのかだ。たいがいの者はきみの存在を知らない。軍の人間でさえ。わたしはそれを知る数少ないひとりだと自負している」

「マーカスはいとこだ。母親どうしが姉妹でね。僕たちはセイロンで一緒に育った。僕の父は軍人で、彼の父親は伯爵だった。やがてたがいに別の道を歩むようになったが、関係は親密なままだった。その彼を殺されたんだ。ただですませるわけにはいかない」

「ほう」トレントは納得したような声で言った。「どんな鎖にも、弱い部分はかならずあるようだな。きみはわたしに、自分をウィッカムだと思いこませたかった。襲われたが死なずにすみ、ロンドンにやってきたと。わたしが調べもせずにきみを狙うと、本気で考えていたのか」

「希望をもつのは勝手だ」

「最後の質問だ。どうしてわたしだとわかった？」

「おまえは自分で尻尾を出した」ニックは冷笑を浮かべた。「ガブリエラを脅すべきじゃなかった。それが最大の失策だよ」

トレントは笑い、あたりを見まわした。「さて、やっと近づきになれたのはうれしいが、そろそろ行かなければ。ここへ来たのはギャビーが目当てではなかったんだよ。きみを殺すためなんだ。だが、思いがけぬひろいものをした。もともとマシューには好きにしていいと言われていてね、もらいにこようと思っていたんだ」

トレントはギャビーを引きずりながら、後ろにさがりはじめた。その腕をひっかいても力はゆるまず、ふたたび息ができなくなってきたうえ、こめかみが痛むほど銃を押しつけられている。寒いにもかかわらず、わが身とニックの身への恐怖から汗がにじむ。話しあいの時間は終わったようだ。武器を持っているのはトレントだけで、ふたりを生かせておくつもりはなさそうだ。ニックをできるだけ屋敷から遠ざけてから撃とうという腹積もりらしい。息もたえだえで、胸をどきどきさせながら、ギャビーはよろけるふりをしてトレントの歩みを遅くさせようとしたが、彼の力は驚くほど強かった。

ニックがトレントの意図に気づいているとしても、その気配は見せなかった。吸い寄せられるように、一歩一歩ついてきている。そして、ほんの少しずつ着実に間合いを詰めており、気持ちはトレントに集中していた。一条の月光が照らす顔は、まったくといっていいほど無表情だ。その目は黒い氷のかけらのごとく冷たく、ひとときもトレントの顔から離れない。

「逃げきれると思うなよ。いまごろはもう、この庭は囲まれているはずだ」ニックは軽い調子で言った。

トレントはくすりと笑った。「そんなはったりにはひっかからないよ」

「はったりじゃない。昨日からおまえを尾行させていたんだ。いまごろは十人以上の部下が、あの生け垣の向こうに潜んでいる」

「そうとはとても思えないね、少佐」

「ガブリエラを放せ。一対一で話をしよう」きびしさを増し、ナイフの切っ先のごとく鋭い声は、別人のようだった。愛嬌のよさも、からかうような響きもない。まるでトレントのように、冷酷で情け容赦のない人間のようだ。ぞっとしたが、同時に希望も湧いてきた。トレントを阻止できる人間がいるとすれば、それはニックだ。

引きずられるまま、庭の東のはずれ近くまで来ていて、生け垣の切れ目が見えた。まもなくトレントとふたりきりになり、彼のなすがままなのだと思うと、またもや圧倒的な恐怖が襲ってくる。胸が締めつけられ、胃がむかむかした。体じゅうから冷や汗が噴きだし……

だめよ。ギャビーは自分に言い聞かせた。ニックを信じなければ。

心臓がティンパニのように高鳴った。ニックが行動を起こすときが迫っている。さもなければ、ふたりのうちのどちらか、あるいは両方とも死んでしまうだろう。

「たしか、優位にいるのはわたしのはずだ。話しあう必要はないよ、少佐」

「いまだ、バーネット!」ニックが大声で命じた。希望と恐怖が入りまじり、口から心臓が飛びだしそうになった。それから、いまの台詞《せりふ》は、わたしにつかったのとおなじお粗末な手ではないかという気がして……

43

ガブリエラに突進すると同時に、トレントが発砲した。至近距離だったので、銃声は耳を聾《ろう》するようだった。弾が耳もとをかすめるなか、ニックはガブリエラに重なるように地面に倒れながら、体をひねって着地の衝撃をひとりで受けとめた。思ったとおり、トレントの狙いはガブリエラではなく、自分だった。判断がまちがっていなくて、ほんとうによかった。トレントが予想とはちがう動きに出ていたらと思っただけで、体が震えはじめる。

四方から部下たちが飛びだし、トレントを取り囲んだ。彼らは冷静で、優秀で、よく訓練されている。いくらトレントが逃げようともがいても、なんなく取り押さえ、縛りあげた。銃声に驚いたにちがいなく、屋敷から外に出てきた客も何人かいて、騒ぎが起こっているほうに目を凝らしている。ニックは冷たく固い地面に横たわり、ガブリエラのあたたかくやわらかな体を抱いたまま、部下たちにするべき仕事をさせておいた。トレントのことはもう何カ月もまえから探っていた。政府の機密書類を閲覧できる者のなかに、ウェリントン軍の作戦を敵に流しているスパイがいることがあきらかになったときからだ。皮肉なことに、トレントに注目したのは、ガブリエラのためだった。それがなければ、トレントなどには見向きもしなかっただろう。しかし、彼のことを調べるうちに、この公爵こそが自分の追っていた男だと確信させる情報を手にしたのだ。

いま、ニックの心はすべてガブリエラに向かっている。

なめらかなむきだしの腕を、まるでもう離さないというように首に巻きつけ、心地よい乳房を胸にしっかりと押しつけ、肩に顔をうずめているガブリエラは、自分と同様、震えていた。

「ああ、ニック」その声も震えている。

彼女が呼ぶ自分の名は、これまで聞いたことのないほど甘美な響きをともなった。ガブリエラをひしと抱きしめ、そこにしか口が届かないので耳にキスをし、バニラの甘い香りを吸いこむ。

「だいじょうぶかい」

ガブリエラの震えがいくらか弱まったような気がする。自分のほうはもう落ちついてきた。いずれにしても、体が震えたのはガブリエラが心配だっただけだから。だれかの身をこれほど案じたのははじめてだ。これはいったいどうしたことだ。

「ええ。あなたは？」

「僕がとめるまえに、やつがきみを撃つんじゃないかと思って寿命が十年縮んだことをのぞけば、だいじょうぶだよ」

「わたしはあなたが撃たれるんじゃないかと心配したわ」

よし、これは脈があるぞ。手をさげて彼女の背中を撫でる。レースのドレスは露出が多く、肩甲骨のあたりまであらわになっている。

「ガブリエラ」

「なあに」

「こっちを見て」

かすかな震えがまだ体を駆けめぐっているが、ガブリエラは言われたとおりにした。月明かりのもとで、瞳は神秘的な黒っぽい光をたたえている。こちらを見あげながら、口をひらきかげんにしている。その唇から気をそらせるのは容易ではなかったが、なんとか目を見つめることに集中した。

「舞踏室できみにひっぱたかれるまえに、僕が言ったことをおぼえているかな?」

ガブリエラは眉をひそめてにらんだ。「ええ、もちろん、おぼえているわ」

「きみが僕に夢中なんじゃないかってことだけど」

眉間のしわが濃くなった。「わざわざ言っていただかなくてけっこうよ」そっけない声で言う。

ニックは思わずほほえんだ。出会ったときにも、その天性の気位の高さに目がとまった。

自分でも意外だったが、勇気があって誇り高い女が好きなのだ。それをつつんでいるのが、華奢な骨と磁器のようになめらかな肌で、雨のような色の目をしているとなればなおさら……

「笑っているの?」声は険悪になっていた。

「僕がそう言ったのは」彼女の怒りが爆発しないうちに、あわてて先をつづけた。「いままで驚いているが、僕もきみにすごく夢中なことに気づいたからだよ」それが本心であることをこれほど実感したことはかつてなかった。

ガブリエラは目を見開いた。そして、息をのんだようだ。首にまわされた手に力がはいる。小首をかしげて、こちらを見あげた。

「まあ、ニック」おずおずとほほえむ。その瞬間、彼女の目に熱情が浮かんだ。「あなたを愛してるわ、ニック」

ありがたいことに、増えつつある群衆には背を向けている。ふたりはちくちくする芝地に横たわり、こんもりと茂った生け垣の陰に隠れて抱きあっていた。ガブリエラの薄い金色のスカートは脚にからまり、半裸の胸はしっかりと押しつけられている。このまま動きたくない。どうやら彼女もおなじ気持ちのようだ。そんなことを思いながら、苦笑した。舞踏室からあふれてくる群衆のことを考えると、そろそろ立ちあがって、彼女も起こさなくてはいけないだろう。こんな姿を見られたら、ますます体面が傷つく。彼らはウィッカム伯爵が芝に寝転がって妹にキスしていると思うから。それでなくてもその妹は、半時も経たないまえに混みあった舞踏室の真ん中で兄の横面を張り飛ばしているのだ。

だが、かまうものか。ニックはガブリエラにキスした。

「キャプン！　キャプン！」バーネットがただならぬ声で呼んでいる。ニックはあたりを見まわすなり、回転しながら猫のようにすばやく立ちあがった。怪しげな見知らぬ男が芝地をこっそり駆けてくる。黒ずくめの服装で、頭巾をかぶっているところからすると、暗殺者にちがいない。ニックは警戒心を研ぎ澄ませた。暗殺者のあとから、バーネットが息をはずませ、ゴールをめざす馬のように全速力で走ってくる。だが、敵は目前に迫っている。ニックは小声で毒づきながら体を低くし、丸腰で相手と向かいあった。ガブリエラが後ろにいてよかった……

まともに考えられたのは、それが最後だった。銃声が轟き、胸に衝撃を感じた。視線をさげると、胸の真ん中から鮮血があふれ、ウエストコートを染めている。

ニックはうめいた。

背後で、ガブリエラが悲鳴をあげた。

ウエストコートにひろがる染みをなおもぽかんと見つめるかたわらで、四人ほどの部下が暗殺者に飛びかかって取り押さえる。その直後に、バーネットがたどりついた。

「キャプン！　キャプン！」

ニックは信じられない思いで、腹心の部下を見あげた。「待ってくれ」弱々しい声で言った。すでにろれつが怪しくなりはじめている。「まだ動かすな。ガブリエラを先に……」

「ああ、キャプン」がくりと膝を折ると、バーネットがしっかり抱きしめた。ぼやけた視界に、部下たちがトレントと暗殺者をひったててゆくのが映る。その姿は、夜の影のようにしだいに見えなくなり……

「待て」ニックはもう一度制した。

「ニック！」ガブリエラの恐怖にひきつった声が、耳を満たしはじめた雑音を突き破る。

「ニック！　ニック！」

「彼女を連れていけ」息もたえだえに命じると、暗闇にのみこまれ、震える息をひとつついて、その場にくずおれた。

十五分後、バーネットが半狂乱のガブリエラを無理やり引き離し、ニックの部下たちがとうに遠ざかり、客たちが全員集まってきたなかで、至急呼びつけられた外科医が、第七代ウイッカム伯爵マーカス・バニングの死を告げた。

44

イングランドの天候にふさわしく、その年の六月は肌寒かったが、それはちっともかまわなかった。ギャビーは時間が許すかぎり戸外で過ごし、あたたかい服を着てムーアをあてもなくさまよった。脚が痛みつづけるまで歩き、さらに歩いた。疲れきるまで、翌朝からきちんと動くには腿を揉まなければならなくなるまで、体が悲鳴をあげるまで歩いた。ほんの数時間の心の平安を得るには、そうするしかないことがわかったから。長い夜がくればまた、恐ろしくつらい夢に苦しめられる。

ホーソーン・ホールにもどってこられたのは、せめてものなぐさめだ。残された人生のわずかなひとときを、生まれ育ったこの屋敷で過ごせるのだから。いまや第八代ウィッカム伯爵となったまたいとこのトーマスは、この屋敷が永久に自分のものとなるまえに、荷物を取りに帰ることを許してくれた。だが、三日後にはここを去らなくてはならない。

あんな不祥事を起こしてしまったのに、オーガスタ叔母はギャビーたち姉妹にロンドンの家で一緒に住もうと声をかけてくれた。それでも、スキャンダルの影響は大きかった。ミスター・ジャミソンは申し出を取り消した。友達だと思っていた人たちの何人かには絶交された。行く先々で蔑みの目で見られ、ひそひそ話をされた。けれども、そのだれも責めることはできない。ロンドンの上流社会の人々は、ギャビーが実の兄に恋をし、その兄がウィッカム邸の庭で得体の知れぬ男に狙撃された場面を目撃したと思っているのだから。ギャビーはだれにも、妹たちにさえなにも釈明しなかったが、少なくとも妹たちは、姉と兄が愛しあっているという話に関しては、善意に解釈しているようだった。バーネットはウィッカムの死の翌日に、陸軍省の高官とともに訪ねてきた。国家の安全のために、前夜亡くなった男の正体は明かさないでほしいと頼まれたので承知した。

ついでに言えば、要求を聞き入れなかったら殺されていたのだろうかという思いが、ふと頭をかすめることがある。

ニックは死んだが、だれもそれを知らない。妹たちも、叔母も、ジェムをのぞいた使用人たちもみんな、世論によれば道ならぬ恋に落ちていた兄のマーカスの死を悼んでいると思っている。ニックが死んで絶望しなかったら、そのほうがおかしいだろう。

だが、愛する人を亡くしたこの喪失感や苦しみの深さを分かちあえる者はいない。だから、ひとりでムーアを歩き、悲しんでいるのだ。

「ミス・ギャビー、暗くなってきましたよ。もうもどらないと」

ギャビーは振りかえり、ジェムにほほえみかけた。心配でたまらないのがよくわかる。ジェムの声はやさしく、こちらを見る目にはギャビーが脚を折り、完治する見込みがないのを知ったときとおなじ陰鬱な表情をたたえている。ジェムはこのあてもない散歩に同行することにしたようだ。あからさまについてくるのではなく、あたりが暗くなったときや、沼などの危険な場所に近づいたときに、ひょいと姿をあらわす。そういう心づかいがありがたかった。

クレアとベスも姉のことを心配していた。それがわかるから、ふたりの前にいるときにはできるだけおだやかな精神状態を保とうとした。妹たちもマーカスという名の男の死を悼んでいるが、その悲しみ方はギャビーとはちがう。

ギャビーは最近顔を合わせたばかりの魅力的な兄の死を悲しんでいるのではない。愛した男の死を悲しんでいるのだ。

葬儀のときは悪夢だと思った。ウェストミンスター寺院には千人もの人々が訪れたが、それが最後のお別れをするためなのか、ギャビーを眺めたりゴシップに花を咲かせたりするためなのかはわからなかったけれど、べつにどちらでもよかった。

だが、ほんとうの悪夢がはじまったのは葬儀がすんでからだった。この世は亡霊たちが住む灰色の世界になった。ギャビーは自分のどこかが——心かもしれない——壊れ、二度と元にはもどらない気がした。

そして、それを知る者はだれもいない。

「お嬢さんはどうか知らないけど、おれは寒くなってきたな」

ギャビーはそちらを向き、ジェムのために笑顔をつくって近寄り、一緒に帰途についた。身の引き締まるような風が、ハリエニシダの香りを運んでくる。屋敷のそばの湖には沈みゆく太陽が映っている。ホーソーン・ホールは空を背景に浮かびあがり、ギャビーの胸の内のように暗鬱に見えた。

正面の低い階段をのぼって、屋敷にもどった。ジェムも後ろからついてきたが、なかにはいるなり、厨房へ向かった。玄関ホールで外套と手袋を脱いでいると、姉が帰ってきたことに気づいたクレアとベスがあらわれた。ふたりとも客間の窓から姉の様子をうかがっていたのだろう。暖炉には火がついている。

「凍えそうな顔ね」ベスがやけに陽気な声で言う。扉のそばの帽子掛けに外套をかけ、ホールの真ん中にある大きな円卓に手袋を置いた。ベスは姉の手を取り、暖炉のそばへひっぱってゆく。そこまで着くと、ギャビーは妹の手を軽く握ってから放し、冷たい両手を火にかざした。本音をいえば、どれほど盛大に火を燃やそうと、ほんとうのあたたかさは感じられなくなっている気がする。「あまり長く外にいちゃだめよ」

「こんなにやつれちゃって、ギャビー」あとから客間にはいってきたクレアが、ギャビーを眺めて、眉を曇らせる。姉妹はふたたび喪服に身をつつんでいる。今回は兄とされている者のために。ギャビーは細身の長袖のドレス姿の自分が幽霊のように見えることを知っていたが、気にしなかった。

もうなにもかもどうでもよかった。いえ、そうではない。妹たちのことは気になっている。ふたりのために、ギャビーはなんとか笑顔をつくった。「寄付に出す古着の準備は終わったの？」精いっぱいきびきびした声でたずねた。できることなら、落ちこんだところを見せてクレアとベスの元気をくじくことはしたくない。

「あんなものほしがる人がいると思う？」ベスがにべもなく言った。「ぼろもいいところだわ」

これを聞いて、三人は少し笑った。クレアが窓辺へ歩いてゆく。

「ねえ」絹のカーテンをつかんで持ちあげ、窓からさしこむかすかな余光に透かして見た。「このカーテンももうぼろぼろよ。これも取りはずして寄付したらどうかしら」

「レディ・モードからきびしく言われたでしょ。ここから持ちだしていいのは、自分たちのものだけだって」ギャビーは一蹴した。「カーテンはそのままにしておきましょう。そうじゃないと、彼女に泥棒って呼ばれてしまう」

「だれか来るわ」クレアはカーテンをもどし、窓の外に目を凝らしている。ギャビーとベスもそばに寄った。ホーソーン・ホールには、姉妹が好奇の目をみはるような客などめったに来ないのだ。

翳りゆく日のせいで、二頭立ての馬車のぼんやりとした輪郭と御者台に人がひとりいることしか見えない。

「トーマスが予定より早く来たなんてことないわよね?」だれもが頭に浮かべたぎょっとする考えをベスが口に出した。馬車は速度を落として屋敷の正面に近づいた。御者が馬をとめると、馬車の扉がひらいた。

「男の人がひとりだわ」人影がステップをおりてくるのを見ながら、クレアが眉をひそめて言い、姉と妹を振りかえった。「だれだと思う?」

「確かめにいきましょう」

意見が一致して、三人は玄関ホールへ出ていった。ベスが先頭で飛びだし、ギャビーとクレアがあとにつづく。ふたりが玄関に着くか着かないかのうちに、ベスが扉をあけた。

男はまるで自分の家であるかのように、石段を悠々とのぼってくる。たっぷりしたケープつきの外套を着て、ビーバーの毛皮の帽子を目深にかぶり、夕日を背にしているので、背が高いということ以外は見分けるのがむずかしかった。

けれど、その動作には見覚えがあるような……。

ギャビーはじっと見つめた。その男がホールの明かりのもとに足を踏みいれると、胸が高鳴りだした。

「ニック」ささやくような声で言い、震える両手を胸に押しつけた。それから、うれしさに叫んだ。「ニック!」

彼が帽子を脱ぐより早く、駆けだしていた。

息を切らし、泣き笑いしながら、その腕に飛びこんだ。ニックはしっかりと受けとめて抱きあげると、息ができないほど腕に力を入れながら、ギャビーを大きくぐるりとまわしてから、床におろした。

この世では二度と見ることがないと思っていたあの青く輝く瞳を見あげ、気が遠くなりそうになる。

「ニック」かすれた声で呼び、首筋に腕を巻きつける。ニックは顔をさげて唇にキスした。

恋人どうしの長く熱いキスが交わされた。やっとニックが顔を離すと、思ったとおり、クレアとベスがこちらをぽかんと見つめていた。彼の腕に抱かれたまま妹たちのほうを向いてなにか言おうとしたとき、というより、なにか言おうと考える間もなく、ニックが話しだした。

「クレア、ベス、もう想像がついていると思うが、僕はきみたちの兄さんじゃない。だから、僕たちをそんなふうに見ないで。僕はニック・ディヴェインだ」

「ああ、よかった」クレアが心から言い、口を閉じた。ベスが激しくうなずく。それから、ふたりともニックに駆け寄ってきた。片手でギャビーを抱いたまま、妹たちをかわるがわる抱きしめてから、ニックはふたたびこちらを見た。ギャビーは彼の腰をぎゅっと抱きしめ、身を乗りだした。彼から目を離すことができない。その顔に見とれながら、自分でもばかみたいにほほえんでいるのがわかる。体のなかで幸せの泡がはじけている。輝くばかりのこのうえない幸せに、冷えきっていたつま先まであたたかくなった。こんな奇跡があるだろうか。ニックは死んでいなかった。わたしのもとに、もどってきたのだ。

ニックはもう一度キスをした。さっきのように激しくはなかったけれど、じゅうぶん熱いキスだった。ギャビーは首筋に抱きつき、キスを返した。

顔が離れると、ニックはほほえんでいた。ギャビーもうっとりとほほえみかえす。興味津々の妹たちのことなど少しも気にならず、なおも首筋にしがみついていた。まるで長く恐ろしい悪夢からついに覚めたような心地で……

「僕を恋しがっていたようだね」ニックはかすれ声で言うと、ようやく後ろ足で蹴って扉を閉めて、凍える風が吹きこんでくるのを防いだ。

ギャビーはまばたきをして、彼が幽霊でも、悲しみのあまり錯乱した頭がつくりあげた幻想でも、熱気や月光のようなものでもなく、本物であることに納得すると、いまの状況がわかりはじめた。

「恋しがったですって？」彼の言葉の意味を理解すると、あきれかえった口ぶりできいた。怒りが湧きあがってくる。「あなたって人は、どうしようもない卑劣なならず者ね。てっきり死んだと思ったのよ」

彼の肩を力いっぱい押しやり、腕から逃れた。

ニックは笑っている。「ガブリエラ……」

「わたしがどんな気持ちでいたかわからないの？」もはや怒りはとまらない。鼓動が響き、顔に血がのぼるのを感じる。「あなたが死んでしまったと思っていたのよ」

「悪かった、僕は……」

「悪いわよ」どなりつけるように言った。体が震えるほど腹が立ち、目の前に赤い海が浮かんだ。息も荒く、胸が波打っている。さっと首をめぐらすと、呆然と見ていたクレアとベスが、危険を察知してあとずさった。円卓に置いた手袋のそばに、小型の革製本があるのを見つけてひったくり、それを彼に投げつけた。ニックは笑いながら椅子の陰によけ、本は向こうの壁にたたきつけられた。「悪かっただけで、すませるつもり？　わたしはあなたの葬儀にも出たのよ」

つぎは革製のカード入れを投げつけた。今度も、ニックは笑いながらよけると、こちらへ向かってきた。家具の陰づたいに進み、飛んでくるものをよけながら。

45

「しかたがなかったんだ」狙いすましたロウソク消しをひょいとよけながら、ニックは言いかえした。「ガブリエラ、ちょっと聞いてくれ」

ギャビーは物音を聞きつけてやってきた者たちに視線をさまよわせた。ジェム、ミセス・バックネル、スタイヴァーズ、トゥインドル、その他の使用人一同に、バーネット。

「あなたもよ」震える指をバーネットに突きつける。「あなたも彼が死んだと思わせた。いいえ、死んだとはっきり言ったわ。お役人を連れてきたし、彼の葬儀では泣いていたのよ」

バーネットは通ってきたばかりの戸口のほうへすごすごとさがった。「そういう命令だったんですよ、お嬢さん」おびえて、消え入りそうな声で言う。

「命令ですって!」ギャビーは金切り声をあげ、なにか投げつけるものはないかとあたりを見まわした。

「こらこら、バーネットにものを投げるのはやめてくれ」すぐそばまで来ていたニックがたしなめる。「ちなみに、彼はジョージ・バーネット軍曹で、以前は僕の従兵だった。彼は命令に従っただけだよ。それをいうなら、僕もそうだが」

目の前まで来ると、ニックはいきなりギャビーに飛びかかって腕をつかんだ。ギャビーはその顔をにらみつけた。

「よくもそんなことができたわね。わたしがどんな思いでいたかわかる？　あなたを失ってしまったと思ったのよ」

そう言うなり、ギャビーはわっと泣きだした。喉が痛み、目がひりひりするほどの勢いで泣きじゃくる。ニックの顔から笑みが消えた。ふいに気がとがめてギャビーを見つめると、なにも言わず、軽々と抱きあげた。

ギャビーは忘れかけていた彼のたくましさを思いだした。

そして、彼の首に腕をまわし、肩に顔をうずめて、胸も張り裂けんばかりに泣いた。

「ガブリエラ、泣かないで。僕が悪かった」耳もとでささやく。今度は心からの言葉だった。それでもギャビーの嗚咽《おえつ》がとまらないと、あたりを見まわしてつけくわえた。「ふたりだけにさせてもらえないかな。書斎かどこか、落ちついて話ができる部屋がほしい。暖炉の火がある部屋が」

ニックの腕のなかで、ギャビーはぶるぶる震えていた。

「こっちへどうぞ、キャプテン」と言ったのはジェムで、その口ぶりには悪意はほとんどなかった。ニックに運ばれながら顔をあげると、ジェムが書斎の扉をあけたままにしてくれているのが見えた。そこでまた嗚咽がこみあげてきて――自分でもとめようがなかった――彼の肩に顔をうずめ、上着を涙で濡らした。

「ありがとう、ジェム」ニックが言った。

ジェムの返事には心がこもっていた。「こんなことを言う日が来るとは思ってなかったけど、また会えてうれしいよ、キャプテン。ミス・ギャビーがあんなふうになっちゃうのは、見たことがなかった」

ニックがうなずくのがわかった。それから彼はギャビーを書斎に運びこんだ。扉が閉まる音がしてから、暖炉の前の椅子に腰をおろし、ギャビーを膝にのせた。

「ガブリエラ」顎の脇にキスした。彼の唇はあたたかく、ひげがちくちくした。妙なことに、その懐かしい感触に、さらに涙がこみあげてきた。「泣かないでくれ、愛しい人。お願いだ。ごめんよ。僕は死んだことにしなければならなかったんだ。いずれその日が来るのは知っていたが、それがいつなのかはわからなかった。あの暗殺者は偽者で、僕の部下だよ。豚の血を詰めた袋を撃ったんだ。バーネットが首筋のつぼを押して、僕を気絶させた。そのあとは筋書どおりにことを運んだ」

「わたしにも死んだと思わせたのよ!」

「僕の役目はスパイをつかまえることかもしれないが、心はまだ兵士なんだ。このことはだれにも、きみにさえ言ってはいけないという命令だった。どうしようもなかったんだ。できるだけ急いでもどってきたんだけど」ニックは顎の線に沿って耳まで唇をすべらせると、説きふせるように先をつづけた。「残りの人生をウィッカム伯爵のふりをしたまま生きることはできないだろう？　きみに結婚を申しこめなくなるじゃないか」

それを聞いて、ギャビーはぴたりと泣きやみ、居ずまいをただした。鼻をすすり、濡れた頬を手でこすってから、疑わしそうな目をしてみせ、ニックをほほえませた。

「わたしに求婚しているの？」

「そうだよ」

ギャビーは顔をしかめた。「兵士と結婚するのはいやよ」

ニックの笑みが広がった。「きみは運がいい。ちょうど軍を離脱したところだ。バーネットもだよ」

しかめた顔がさらに渋くなった。「それで、いったいどうやって家族を養うつもり？」

ニックは目をきらめかせた。「もう打ちあけてもいいと思うけど、僕はすごく裕福なんだ。どこかに地所を買って――よければ、きみが選んでくれてもいいよ――そこで暮らすのはどうかな。きみの妹たちや、僕たちについてきたいという使用人たちも連れていこう。長いあいだ、わが家のない生活がつづいたから、そろそろまた落ちつくのもいいだろう」

「家の心配なら、オーガスタ叔母がもうしてくれているわ」ギャビーは顎をつんとそらした。

「話は簡単だ。オーガスタ叔母か僕か、どちらか選べばいい」

ギャビーはうつむき、ややためらってから、ふたたび顔をあげた。「レディ・ウェアのことは?」

ニックは眉間にしわを寄せた。「ベリンダ? 彼女がどうした?」

「言っておいたほうがいいと思うけど、たまたま彼女の——手紙を見ちゃったの」少し喧嘩腰に言った。内心は不安でたまらず、彼がなにかよくないことを言いだすのではないかとびくびくしていた。愛人の存在を認めるなんて、絶対にできない。愛しすぎているから、とても無理だ。それでも、彼がいなくなってしまうことにくらべたら、愛人がいるほうがまだましだろう。彼なしの人生なんて考えられない。

「ガブリエラ、僕の抽斗を探って手紙を読んだのか」

ギャビーはうしろめたい気持ちでうなずいた。「あなたになにかあったんじゃないかって心配だったのよ。だから居場所がわかる手がかりになりそうなものをさがしたの」

ニックはこちらをじっと見つめてから、いきなり笑いだした。「そのときのきみの顔を見たかったな! ベリンダの手紙はきわどいからね」

「そんなこと、ちゃんとわかっているわ」にべもなく答える。

ニックは眉をひそめた。「それで、ジャミソンの申し出を承諾したのか。ベリンダにやきもちを妬いて」そう言うと、また笑いだした。

ギャビーはニックをにらみつけた。「あら、あなただって、ミスター・ジャミソンに妬いていたでしょ」

「そうだったかな。頼む、思いださせないでくれ」にっこり笑い、膝にのせていたギャビーの手を持ちあげ、口もとに運んでキスした。手をおろしながら、真剣な目で見つめてくる。「いいだろう、ガブリエラ、認めるよ。過去に関係をもった女は多い。だが、きみと結婚したら、ほかの女には目もくれないと約束する」

ギャビーは考えこむように彼を見つめながら、胸がどきどきと脈打つのを感じた。それから、ほほえみを浮かべた。「あなたを愛していることはわかっているでしょ」

「それは承諾のしるしかな?」

「ええ、もちろんよ」

抱き寄せられて、ギャビーはニックの首に腕をまわし、この数週間、鬱積させていた思いの丈をこめてキスした。ようやく彼が顔を離すと、あの美しい青い目をのぞきこみながら、痛切に感じた。ついに心の拠りどころにたどりついたのだ。

「愛しているよ」かすれた声でささやくと、ニックはふたたび唇を重ねた。「これからの人生を費やして、きみをどれほど愛しているか教えてあげよう」

「ニック……」魂を揺さぶられ、彼への愛で胸がいっぱいになり、それ以上言葉にならないことに気づいた。だから、もう一度キスをした。

その後、だいぶ経ってからのこと、ふたりは暖炉の前で絨毯に寝そべっていた。扉には鍵をかけてあり、家じゅうの者はとっくに床についている。ふたりを覆っているのは、ニックが掛けた彼の外套だけだ。その下で、ふたりは裸でからみあっている。ニックは片腕を枕にして、あおむけになり、目を閉じてすっかり寝入っているように見える。ギャビーは彼の胸を枕に寝ていたが、暖炉の薪がはぜる音にはっと目をあけた。

つかのま、眠い目で炎を見つめながら、なぜ目が覚めたのかを思いだそうとした。そのときまた、さっきより大きな音をたてて薪がはぜ、ギャビーは目を丸くした。そして、ほほえんだ。

そう、あのとき悪魔と契約したのも、この暖炉の前だった。その悪魔は精悍でハンサムな人間になって、隣に寝ている。

ギャビーは黒い毛に覆われた胸に手を走らせ、ちらりと上を見て、目を覚ます気配があるかどうかを確かめた。ニックはぴくりとも動かない。

暖炉はなおも、やかましい音をたてている。ギャビーはにっこりして、手を下へすべらせた。

悪魔はいまではギャビーのものだ。もうどこへもやらない。彼と結婚するのだから。

求めていたものに手が届くと、いたずらっぽく目を光らせながら考えた。でも、とりあえずは、彼をもうちょっとだけ困らせてやってもかまわないだろう。

訳者あとがき

わが国ではロマンティック・サスペンスの名手として名高いカレン・ロバーズのヒストリカル作品『恋のかけひきは密やかに』をお届けします。

一八一〇年イングランド北部、亡き父が女嫌いの偏屈者だったせいで遺産を手にすることができず、約《つづま》やかな暮らしを余儀なくされているバニング三姉妹。長女のギャビーは現状を打破するべく、幼いころに一度きりしか会ったことのない異腹の兄に援助を求めたが、そのとたん、この第七代ウィッカム伯爵は海の彼方の島で非業の死を遂げてしまう。死ぬまえにしたためたという妹たちへの愛情あふれる快諾の手紙も、いまとなってはうらめしい。せめて次女のクレアがロンドン社交界へのデビューを果たすまでは、なんとか生きていてほしかった。そういった事情はなにも知らず、兄からの手紙を読んでロンドンへ行けるとはしゃいでいる妹たちを眺めているうち、妹思いのギャビーの頭に恐ろしい考えが浮かんだ。クレアが無事に社交界入りし理想の伴侶を見つけるまで、兄の死を隠しておくのだ。一大決心をしてロンドンのタウンハウスに到着してみると、そこに待っていたのは、兄のウィッカムだと名のる魅力的な男だった。

ギャビーは昔から妹たちの母親代わりをつとめてきたしっかり者です。年齢も当時では年増と呼ばれる二十五歳だし、容姿もとりたててすぐれているわけではないし、ちょっぴり足の具合も悪いので、自分は恋を知ることはないだろうとあきらめています。それでも持って生まれた気品と威厳は失わず、困難な状況に立ちむかっていきます。本人は大まじめなのですが、悲壮感はさほどなく、行動も思考もどこかユーモラスな愛すべきキャラクターです。かたや美男かつセクシーで、危険なのに如才なく、野性味豊かなのにどんな伯爵より伯爵らしいという偽ウィッカムは、時代遅れのあかぬけない格好をした瘦せっぽちのくせに、臆する色もないギャビーに、これまで出会った女性にない魅力を感じます。そして、ギャビーの反応がおもしろく、からかわずにはいられません。そうこうするうち、自分がギャビーに本気で惹かれていることに気づきはじめます。しかしながら、彼はある密命を帯びてウィッカム邸にやってきたのでした。

心ならずも共謀して兄妹を演じることになったこの両者の恋のかけひきを中心に、クレアの社交界デビューのあれこれを織り交ぜつつ、本物のウィッカム伯爵を殺した犯人の正体と動機を探りながら、偽ウィッカム伯爵の正体と密命もじょじょに明かされていくという、まさにサービス満点の物語。作者のロバーズは心から楽しんで書いたそうですが、その言葉どおり、随所から楽しさが伝わってくる作品に仕上がっています。

カレン・ロバーズは一九八一年に"*Island Flame*"(ヒストリカル・ロマンス)でデビューしてから現在にいたるまで、四十作にのぼる著作を持つベストセラー作家です。邦訳作品には『パラダイスに囚われて』『月明かりのキリング・フィールド』『銀のアーチに祈りを』『いつも天使は夢の中に』(いずれもヴィレッジブックス刊)があり、日本のファンの心もしっかりつかみました。二〇一二年八月には最新作の"*The Last Victim*"が本国で発売される予定です。

本書『恋のかけひきは密やかに』は、バニング・シスターズ三部作の第一作として二〇〇一年に刊行されました。ロバーズにとっては十年ぶりのヒストリカルは喝采を博し、翌年には次女のクレアを主人公とした"*Irresistible*"が出版されます。その後、ファンの期待をよそに八年が過ぎてから、二〇一〇年に三女ベスの物語"*Shameless*"が発表され、三部作はついに完結しました。美貌のクレアがいったいどんな恋をするのか、本書では十五歳の無邪気なベスがどんな大人の女性に成長するのか、そちらもおおいに気になりますね。

二〇一二年四月

ザ・ミステリ・コレクション

恋《こい》のかけひきは密《ひそ》やかに

著者　カレン・ロバーズ

訳者　小林浩子《こばやしひろこ》

発行所　株式会社 二見書房
東京都千代田区三崎町2-18-11
電話 03(3515)2311［営業］
03(3515)2313［編集］
振替 00170-4-2639

印刷　株式会社 堀内印刷所
製本　合資会社 村上製本所

ISBN978-4-576-12061-4
http://www.futami.co.jp/

その夢からさめても
トレイシー・アン・ウォレン
久野郁子［訳］

大叔母のもとに向かう途中、メグは吹雪に見舞われ近くの屋敷を訪ねる。そこで彼女は戦争で心身ともに傷ついたケイド卿と出会い思わぬ約束をすることに……!?

ふたりきりの花園で
トレイシー・アン・ウォレン
久野郁子［訳］

知的で聡明ながらも婚期を逃がした内気な娘グレース。そんな彼女のまえに、社交界でも人気の貴族が現われ、熱心に求婚される。だが彼にはある秘密があって…

あなたに恋すればこそ
トレイシー・アン・ウォレン
久野郁子［訳］

許婚の公爵に正式にプロポーズされたクレア。だが、彼にとって〝義務〟としての結婚でしかないと知り、公爵夫人にふさわしからぬ振る舞いで婚約破棄を企てるが…

昼下がりの密会
トレイシー・アン・ウォレン
久野郁子［訳］

家族に人生を捧げた未亡人ジュリアナと、復讐にすべてを賭ける男・ペンドラゴン。つかのまの愛人契約の先に、ふたりを待つせつない運命とは…。シリーズ第一弾！

月明りのくちづけ
トレイシー・アン・ウォレン
久野郁子［訳］

意に染まない結婚を迫られたリリーは自殺を偽装し、冷酷な継父から逃れようとロンドンへ向かう。その旅路、ある侯爵と車中をともにするが…シリーズ第二弾！

甘い蜜に溺れて
トレイシー・アン・ウォレン
久野郁子［訳］

父の仇を討つべくガブリエラは宿敵の屋敷に忍びこむが銃口を向けた先にいたのは社交界一の放蕩者の公爵。しかも思わぬ真実を知らされて…シリーズ完結篇！

夜明けまであなたのもの
テレサ・マデイラス
布施由紀子［訳］

戦争で失明し婚約者にも去られた失意の伯爵は、看護師サマンサの真摯な愛情にいつしか心癒されていく。だが幸運にも視力が回復したとき、彼女は忽然と姿を消してしまい…

運命は花嫁をさらう
テレサ・マデイラス
布施由紀子［訳］

愛する家族のため老伯爵に嫁ぐ決心をしたエマ。だがその婚礼のさなか、美貌の黒髪の男が乱入し、エマを連れ去ってしまい……雄大なハイランド地方を巡る愛の物語

月夜に輝く涙
リズ・カーライル
川副智子［訳］

婚約寸前の恋人に裏切られ自信をなくしていたフレデリカ。そんな折、幼なじみの放蕩者ベントリーに偶然出くわし、衝動的にふたりは一夜をともにしてしまうが……!?

愛する道をみつけて
リズ・カーライル
川副智子［訳］

とある古城の美しく有能な家政婦オーブリー。若き城主の数年ぶりの帰還でふたりの間に身分を超えた絆が…。しかし彼女はだれにも明かせぬ秘密を抱えていて……?

鐘の音《ね》は恋のはじまり
ジル・バーネット
寺尾まち子［訳］

スコットランドの魔女ジョイは英国で一人暮らしをすることに。さあ〝移動の術〟で英国へ——、呪文を間違えたジョイが着いた先はベルモア公爵の胸のなかで…!?

恋泥棒に魅せられて
ジュリー・アン・ロング
石原まどか［訳］

ロンドン下町に住む貧しい娘リリー。幼い妹を養うためあらゆる手段を使って生きてきた。そんなある日、とあることから淑女になるための猛特訓を受けることに!?

夜風はひそやかに
ジャッキー・ダレサンドロ
宮崎 槇［訳］

十九世紀、英国。いつしか愛をあきらめた女と、人には告げられぬ秘密を持つ侯爵。情熱を捨てたはずの二人がたどり着く先は…？ メイフェア・シリーズ第一弾！

琥珀色の月の夜に
ジャッキー・ダレサンドロ
宮崎 槇［訳］

十九世紀、英国。いつしか愛をあきらめた女と、人には告げられぬ秘密を持つ侯爵。情熱を捨てたはずの二人がたどり着く先は…？ メイフェア・シリーズ第一弾！

真夜中にワルツを
ジャッキー・ダレサンドロ
酒井裕美［訳］

伯爵令嬢が一介の巡査と身分を越えた激しい恋に落ちたとき……彼女には意にそまぬ公爵との結婚の日が二週間後に迫っていた。好評のメイフェア・シリーズ第三弾！

はじまりはいつもキス
ジャッキー・ダレサンドロ
酒井裕美［訳］

破産寸前の伯爵家の令嬢エミリーは借金返済のために出席した夜会で、ファーストキスの相手と思わぬ再会をするが、資産家の彼に父が借金をしていることがわかって…

きらめく菫色の瞳
マデリン・ハンター
宋 美沙［訳］

破産宣告人として屋敷を奪った侯爵家の次男ヘイデン。その憎むべき男からの思わぬ申し出にアレクシアの心は動揺するが…。RITA賞受賞作を含む新シリーズ開幕

誘惑の旅の途中で
マデリン・ハンター
石原未奈子［訳］

自由恋愛を信奉する先進的な女性のフェイドラ。その奔放さゆえに異国の地で幽閉の身となった彼女は〝通りがかりの〟心優しき侯爵家の末弟に助けられ…!?

灼けつく愛のめざめ
シェリー・トマス
高橋佳奈子［訳］

短い結婚生活のあと、別々の道を歩んでいた女医のブライオニーと伯爵家の末弟レオ。だが、遠く離れたインドの地で再会を果たし…。二〇一〇年ＲＩＴＡ賞受賞作！

罪深き夜の館で
シャロン・ペイジ
鈴木美朋［訳］

失踪した親友デルの行方を探るため、秘密クラブに潜入した若き未亡人ジェインは、そこで思いがけずデルの兄に再会するが…。全米絶賛のセンシュアル・ロマンス

赤い薔薇は背徳の香り
シャロン・ペイジ
鈴木美朋［訳］

不幸が重なり、娼館に売られた子爵令嬢のアン。さらに〝事件〟を起こしてロンドンを追われた彼女は、若くして戦争で失明したマーチ公爵の愛人となるが……

罪深き愛のゆくえ
アナ・キャンベル
森嶋マリ［訳］

高級娼婦をやめてまっとうな人生を送りたいと願う美女ソレイヤ。ある日、公爵のもとから忽然と姿をくらまして…。若く孤独な公爵との壮絶な愛の物語！

囚われの愛ゆえに
アナ・キャンベル
森嶋マリ［訳］

何者かに突然拉致された美しき未亡人グレース。非情な叔父によって不当に監禁されている若き侯爵の愛人として連れてこられたと知り、必死で抵抗するのだが……

その心にふれたくて
アナ・キャンベル
森嶋マリ［訳］

遺産を狙う冷酷な継兄らによって軟禁された伯爵令嬢カリスは、ある晩、屋敷から逃げだすが、宿屋の厩で身を潜めていたところを美貌の男性に見つかってしまい……